Der Ruf des Henkers

Für Old Father Thames

Björn Springorum

Der Ruf des Henkers

Jeder Schuldige ist sein eigener Henker.
– Nach Lucius Annaeus Seneca

England in der Mitte des 19. Jahrhunderts

Prolog

»Erinnerst du dich daran, was du zu mir gesagt hast, Richard?«

»Dass ich in dich verliebt war, seit ich dich das erste Mal gesehen habe?«

»Nicht das, du Dummerchen. Das andere.«

»Das andere? Ah, du meinst, dass du unschuldig bist?«

»Eben das. Das glaubst du doch immer noch, nicht wahr?«

»Aber natürlich. Das … das bist du doch auch, oder?«

»Was denkst du denn! Dass ich etwas mit dem Tod meiner eigenen Mutter zu tun habe?«

»Nein, nicht doch. Es ist nur …«

»Was? Was ist nur?«

»Hast du nicht selbst gesagt, dass …«

»Und wenn schon. Solange du denkst, dass ich unschuldig bin, ist alles in Ordnung. Er wird bald hier sein, weißt du? Der Henker, meine ich. Der Richter hat es gesagt. Du bist der Sohn des Pfarrers. Dir wird man glauben, wenn du ihnen erzählst, dass wir an diesem Abend oben beim Weiher waren. Du kannst ihnen auch erzählen, dass du mich küssen durftest.«

»Ich soll schon wieder für dich lügen, Liz? Wie letztes Jahr, als die Kinder verschwanden?«

»Für mich? Aber nein, doch nicht für mich. Für uns, Richard. Für uns …«

I

William Calcraft

Seit zwei Tagen war ich nun schon unterwegs nach Osten, und je näher ich der Küste kam, desto dichter wurde dieser verdammte Nebel.

Ich verabscheute den Nebel. Nicht, weil er feucht oder kühl war. Nicht, weil er mich ängstigte. Ich verabscheute ihn, weil ich nicht wusste, wer dort draußen lauerte. Oder was. Was mich aus der Sicherheit des grauen Schleiers heraus beobachtete, mir nachstellte.

Seit mich die Eisenbahn gestern in einer Wolke aus Ruß und Qualm bei Gravesend ausgespuckt hatte, war ich von einem übellaunigen Kutscher und seinen sturen Ackergäulen durch morastige Sümpfe und über windgeplagte Heiden geschleppt worden, die letzten Meilen hatte ich zu Fuß zurückgelegt. Vom Fortschritt, der in der Hauptstadt wie ein neuer Gott gepriesen wurde, war hier nichts zu spüren.

Es kümmerte mich nicht, zu Fuß zu gehen. Ich reiste stets nur mit leichtem Gepäck; alles, was ich für meine Arbeit benötigte, trug ich in einer alten Ledertasche bei mir. Es mochte wenig sein. Doch es zählte bekanntlich nur, was ich damit anrichten konnte. Und das war eine ganze Menge.

Fast hätte ich die Abzweigung nach Sheerness im Nebel übersehen. Hier draußen waren Straßenschilder so selten wie Gasthäuser: Eines zu verpassen konnte in beiden Fällen eine Übernachtung auf der Straße bedeuten.

Nicht, dass Zeit in meinem Beruf eine allzu große Rolle spielte. Meist verhielt es sich sogar so, dass man mein Kommen wie die Überbringung einer schlechten Nachricht hinauszögern wollte. Dass man froh war, wenn ich eine Abzweigung verpasste.

Manchmal war jedoch auch in meiner verhassten Zunft Eile geboten. Und in diesem Fall durfte ich mich keinesfalls verspäten. Das sagte mir mein Instinkt. Nach all den Jahrzehnten, nach all den ausgeführten Aufträgen, nach all den … Konfrontationen hatte ich gelernt, ihm zu vertrauen.

Meine Arbeit war es, die mich regelmäßig aus diesem stinkenden Loch namens London hinausführte. Sie war es, die mich gottverlassene Geisterstädte wie dieses erbärmliche Sheerness direkt an der Küste aufsuchen ließ. Ich war Henker von Beruf. Und mein Ruf eilte mir voraus.

Die Menschen mieden mich, wie sie einen Aussätzigen mieden. Sie hielten Abstand zu mir wie zu einem Kriminellen, obgleich ich es war, der die Verbrecher richtete und ihr Leben wieder sicher machte. Sie fürchteten mich ebenso sehr, wie sie mich brauchten. Eine der vielen Unsinnigkeiten im Umgang der Menschen mit des Lebens letztem Richter, dem Tod. Ganz zu schweigen von den Hinrichtungen. Da strömte er plötzlich zusammen, der Pöbel, als wäre ich ein Zauberkünstler, der die Massen mit Rauch und Spiegeln in Atem hielt. Herrje, sogar für Kinder war meine Arbeit eine willkommene Abwechslung!

Mir war es gleich. Abseits des Richtplatzes ließ die Welt mich in Ruhe. Überdies sorgte mein Beruf dafür, dass nur ein Narr auf die Idee kam, mich auszurauben. Es brachte angeblich Unglück, einen Henker zu bestehlen.

Wer es doch versuchen wollte, fand nicht allzu viel von Wert in meinen Manteltaschen. Geld trug ich nie viel bei mir, in meiner Tasche befanden sich lediglich zwei Kapuzen und mein Strick. Alles, was ich außerdem für meine Arbeit brauchte, war ein Galgen. Und den gab es in diesen dunklen Zeiten fast in jeder Stadt.

Als ich über einen Hügel stieg, sah ich die Küste. Bleiern verlor sich das Meer vor mir in der Ferne. Die feine Linie zwischen Himmel und Wasser, der Horizont, war nicht auszumachen.

Einmal mehr hatte mich irgendetwas an die Küste geführt. Am Wasser, so wusste ich, waren sie stets am zahlreichsten gewesen. Offenes Gewässer mieden sie, ja sie hassten es regelrecht. Dennoch spürte ich sie hin und wieder sogar an den Küsten auf.

In letzter Zeit waren sie zahlreicher geworden. Das musste nichts bedeuten. Ich war jedoch auf der Hut, stets wachsam wie ein getreuer alter Köter. Ich hatte auf die harte Tour lernen müssen, jedes noch so kleine Anzeichen ernst zu nehmen.

Ich wusste nicht, wann es so weit war, da konnte ich einen noch so guten Instinkt haben. Diesmal jedoch, das spürte ich, war etwas anders. Sie waren ohne jeden Zweifel zahlreicher geworden. Zahlreicher und wagemutiger. Böser. Ich blickte auf die leblose Stadt. Ob mich hier ein Hinterhalt erwartete? Unwahrscheinlich, aber nicht auszuschließen. Nach allem, was ich wusste, bereiteten sie sich vor. Wo sie das taten, blieb mir verborgen. Wie ich es hasste, wenn sie mir einen Schritt voraus waren!

Wo wir gerade bei Hass waren. Ich hasste auch diese Flecken im Nichts. Diese freudlosen Käffer, in denen Fremde so willkommen waren wie die Pest. Aber irgendjemand musste diese Arbeit ausführen. Ob das nun ich oder ein anderer tat, spielte keine Rolle. Oder sagen wir besser: Es spielte für die meisten keine Rolle. Da war eben immer noch diese andere Sache. Meine heimliche Aufgabe, die mich hergeführt hatte. Meine Mission. Ich war sicher, dass mein Gefühl mich nicht getrogen hatte. Und wenn doch, so konnte ich zumindest die ein oder andere Münze einstreichen.

Zehn Pfund für jede aufgeknüpfte Seele bezahlten sie mir, ein lächerlich hoher Preis, wie mir schien. Zehn Pfund dafür, dass ich einem verurteilten Verbrecher die Kappe über den Kopf zog, ihm den Strick um den Hals legte, den Schemel unter den Füßen wegtrat und ihn ins Jenseits schickte? Von dieser Summe konnte ein bescheidender Engländer einen Monat bequem leben. Und wenn ich etwas war, dann bescheiden.

Einige der armen Teufel hatten sich vor ihrem letzten Gang eigens für mich in ihren feinsten Zwirn gehüllt. Sie wussten, dass ich das Recht hatte, nach ihrem Tod ihre Kleidung an mich zu nehmen. Als würde das ihr Schicksal ändern! Das ein oder andere Mal hatte ich das auch in Anspruch genommen, ich war schließlich noch nie jemand gewesen, der Gelegenheiten ungenutzt verstreichen ließ. Der Aufschrei der geheuchelten Pietät war so groß gewesen, dass ich es mir sogleich wieder abgewöhnte.

Doch ich beschwerte mich nicht. Es war die Arbeit des Todes, die ich ausführte, und es war der Tod, den ich mit mir führte. Das mochte manch anderem Angehörigen meiner glücklosen Zunft aufs Gemüt schlagen. Mich ließ es kalt. Der Tod war mein Gott, doch ich brachte ihm keine Verehrung entgegen. Ich fürchtete ihn nicht. Er gehörte zum Leben wie die Nacht, die Trauer und der Winter. Kein Leben war vollständig ohne ihn.

Diesmal hatte ich die Stadt fast erreicht, bis mich die ersten Menschen auf der Straße erkannten. Was dann passierte, war ein wohlbekanntes Possenspiel, das ich zahllose Male mit wechselnden Akteuren aufgeführt hatte. Ihre Blicke wandelten sich von Neugier zu einer Maske aus Furcht und Abscheu, Kinder wurden beiseitegenommen, Türen und Fenster hastig geschlossen, Straßenseiten gewechselt. Das war wohl der Preis dafür, wenn man über 30 Jahre lang im Namen ihrer Majestät Königin Viktoria den Tod über verurteilte Verbrecher brachte. Selbst Lieder gab es über mich. Sie wurden kleinen Kindern vorgesungen, wenn sie nicht brav waren.

»Wo ist der Bürgermeister?«, rief ich. Das Geräusch davoneilender Schritte antwortete mir, danach folgte Stille. »Oder der Richter?« Ich senkte resignierend die Stimme. »Irgendjemand eben, der nicht vor mir davonläuft.«

Nichts.

Ich brauchte die abergläubische Dorfbevölkerung nicht, um an die nötigen Informationen zu kommen. Ich wusste, welchen Ort ich dafür aufsuchen musste – darin glich jedes Dorf dem anderen.

Im Pub herrschte das Fieber. Es war heiß, schwitzig, glühend, der Geruch von Bier, Pfeifenrauch und Schweiß umschlang alles wie der Nebel draußen vor der Tür.

»Wo ist der Bürgermeister?«, fragte ich erneut, nachdem ich an den klebrigen Tresen getreten war.

»Wer will das wissen?«, murmelte der Wirt. Er machte sich nicht einmal die Mühe, mich anzusehen. Fremde waren in diesen Teilen des Landes nie besonders willkommene Gäste. Selbst dann, wenn sie keine Henker waren.

»William Calcraft, Wirt«, sagte ich besonders laut.

Die Wirkung meines Namens war einmal mehr erstaunlich. Sofort verstummten alle Gespräche in dem niedrigen Raum, das Knistern des Kaminfeuers und das gelegentliche Aufstoßen eines besonders eifrigen Trinkers waren die einzige Geräuschkulisse.

Der Wirt drehte sich langsam um. »Verzeiht, mein Herr«, begann er mit brüchiger Stimme. »Ich habe Sie nicht erkannt.«

»Nicht hingeschaut hast du, du Nichtsnutz!« Verdammt, machten mich diese Menschen vom Land wütend! »Wo ist der Bürgermeister? Ich muss ihn sprechen. Ich möchte hier keine Wurzeln schlagen.«

»Francis«, brüllte der Wirt durch den Raum.

Verschüchtert blickten sich einige der Zecher um. Vor dem Kamin schreckte ein junger Bursche hoch und blickte mich mit großen Augen an. »Hol den Bürgermeister. Sag … sag ihm, der Henker ist hier.«

»Nicht nötig«, fuhr ich dazwischen. »Du wirst mich hinführen, Junge. Ich habe kein Interesse, in diesem Loch zu warten.«

Das schien den Wirt trotz meiner offensichtlichen Beleidigung zu erleichtern. Der Knabe indes erbleichte und blickte mich ungläubig an. »Ich soll …«, begann er mit tonloser Stimme.

Er tat mir fast ein bisschen leid. Fast. »Mich zum Bürgermeister führen. Ist das denn so schwer zu verstehen? Los jetzt, meine Zeit ist kostbar.«

Die des Jungen offensichtlich auch. Wie ein aufgescheuchtes Huhn eilte er vor mir durch die Straßen, drehte sich alle paar Schritte mit angstvollem Blick zu mir um und hastete dann weiter durch die engen Gassen. Es roch nach Salzwasser und nach Morast, hin und wieder durchbrach der Schrei einer Möwe die Stille dieser geisterhaften Nebelwelt.

»Hier, Herr«, brachte das zitternde Etwas vor einem großen, aber schmucklosen Gebäude hervor. »Dürfte ich dann …«

»Ja, ja, scher dich fort«, meinte ich beiläufig und erklomm die Stufen.

Noch bevor ich mit meinem Stock an die hohe Holztür klopfen konnte, schwang sie auf und ein fülliger Mann mit schütterem strähnigem Haar erschien in der Öffnung. Eine Wolke aus Wein und Gebratenem schlug mir entgegen.

»Mister Calcraft, wir haben Sie erwartet. Können wir?«

In Sheerness hielt man offensichtlich nichts von allzu langen Begrüßungszeremonien und dem Austauschen von oberflächlichen Höflichkeiten. Selbst das obligatorische Vorbereitungsgespräch schien übergangen zu werden. Mir kam das entgegen. Ich wollte endlich wissen, ob mein Instinkt ein weiteres Mal recht behalten sollte.

»Sicher«, entgegnete ich kühl. »Gehen Sie voran. Der Richter …«

»… wird unverzüglich informiert. Wir haben Sie längst erwartet und die nötigen Vorkehrungen getroffen. Je schneller wir diese Dinge aus der Welt schaffen, desto eher können wir in Ruhe weiterleben. Die Verurteilten werden sogleich aus den Zellen geholt. Der Pfarrer ist bereits bei ihnen.«

»Was wirft man ihnen vor?«, fragte ich den Bürgermeister, als wir gemeinsam in Richtung Hafen liefen. Nicht, dass es mich sonderlich interessierte. Sagen wir, es war eine rein statistische Frage. Seit wenigen Monaten drohte für lediglich fünf Arten des Verbrechens die Todesstrafe. Wenige Jahre zuvor waren es noch 222 gewesen – die seligen Zeiten des Blutigen Kodex, in denen ein Straßenjunge sogar für das Stehlen eines Brotes an den Galgen gekommen war.

»Oh«, sagte er unbekümmert und machte eine ausladende Handbewegung. »Sie wissen schon: Hochverrat, Brandstiftung, vielleicht sogar Mord.«

Ich blieb stehen. »Vielleicht?«

»Sie streitet es natürlich ab, das kleine Biest, aber Sie wissen ja, wie dieses Gesindel ist.« Der Bürgermeister schnaufte und es bereitete mir einige Genugtuung, meinen schnellen Schritt nicht zu verlangsamen. »Kein wahres Wort kommt über ihre Lippen.«

Ja, ich wusste, wie diese Verbrecher waren. Ich wusste aber auch, wie diese Richter waren. Es mutete erstaunlich an, wie schnell sie bisweilen mit einem Todesurteil bei der Hand waren. Schuldig oder nicht, das war nicht immer eindeutig zu bestimmen. Doch ich hatte eigentlich längst aufgehört, darüber nachzudenken. Wenn man in meiner Position einmal damit anfing, wurde man seines Lebens nicht mehr froh.

»Natürlich«, entgegnete ich knapp und eilte weiter. Ich hatte nicht die geringste Lust, mich auf ein Gespräch über die wahre Natur der Verbrecher einzulassen. Viel zu oft war es schwer zu sagen, auf welcher Seite sie eigentlich standen.

Am Dock wurden die Straßen belebter. Eine Hinrichtung ließ sich selbst hier niemand entgehen. In London sorgten sie seit einiger Zeit regelmäßig für ein Verkehrschaos, wenn Zehntausende Gaffer auf den Platz vor dem Newgate-Gefängnis strömten. Das war nicht besonders schön anzusehen und sorgte regelmäßig für Skandale, wenn Adlige unter den Schaulustigen entdeckt wurden.

»Nicht übel, dieser Nebel, was?«, plauderte der Bürgermeister. Ich wusste nicht einmal, wie er hieß. Es interessierte mich auch gar nicht. Ein oberflächliches Gespräch wie dieses ebenso wenig, also schwieg ich. Dem Bürgermeister war das egal. »Ich sehe, Sie tragen alte Stiefel«, meinte er munter. »Und Sie tun recht daran. Hier in Sheerness sagen wir gern, dass es sich gar nicht lohnt, teure Schuhe zu tragen. Die sieht man bei all dem Nebel eh so gut wie nie.«

Er lachte meckernd und verschluckte sich dabei. Teufel, waren wir bald da?

Kinder wuselten um den Richtplatz herum. »Schert euch fort!«, herrschte ich sie an und wandte mich an den Bürgermeister. »Sehen Sie zu, dass die Kinder verschwinden. Der Tod ist kein Spielgefährte.«

»Das können Sie unmöglich ernst meinen!«, entfuhr es dem dicken Mann. »Sie freuen sich seit Tagen darauf.«

Ich schüttelte den Kopf und bestieg das Schafott. Der Richter erwartete mich bereits mit ernstem Blick. Ich konnte die bedeutungsschwangeren Mienen dieses wichtigtuerischen Berufsstandes nicht ertragen. »Irgendwas, das ich wissen muss?«, fragte ich, ohne ihn anzusehen.

»Ah, Calcraft. Schön, dass wir uns mal persönlich kennenlernen! Edwards mein Name. Nun, das Übliche, denke ich. Ich muss Ihnen ja nicht erzählen, dass es hier in Sheerness sonst nicht allzu viel Unterhaltung gibt. Wenn Sie also die Güte hätten, Ihr … Spezialprogramm aufzuführen, wären wir Ihnen sehr verbunden.«

Ich zog es vor zu schweigen. Der Umgang dieser Menschen mit dem Tod war an Geschmacklosigkeit nicht zu übertreffen. Sie sahen in mir den seelenlosen Henker, den Adjutanten des Todes, der seine Opfer mit Freuden an den Strick führte und aus ihrer Hinrichtung ein Spektakel für die Massen machte. Der sie quälte, indem er das grausame Spektakel ins Endlose hinauszögerte. Wenn sie nur wüssten, weshalb ich das tat!

Ich schluckte eine scharfe Bemerkung herunter und nickte.

»Wir werden es natürlich entsprechend vergüten, hat mir der Bürgermeister zugesichert«, fügte der Richter an.

»Wann treffen die Verurteilten ein?«, fragte ich, um das Thema zu wechseln.

In diesem Moment erhob sich ein Chor an Beleidigungen, höhnischem Gelächter und Pfiffen. Auf das Empfangskomitee der Verurteilten war wie gewöhnlich Verlass. Die Menge war beachtlich angeschwollen, von allen Seiten strömten mehr Menschen heran. »Das beantwortet die Frage dann wohl«, meinte ich leise und machte mich an die Vorbereitungen.

Zwei waren es heute. Der Strick am Galgen wirkte stabil und dick, dennoch knüpfte ich mit geübter Hand zwei Schlingen aus meinem persönlichen Bestand. Guter Strick war nicht günstig, doch ich zog es vor, mit meinem Material zu arbeiten.

»Hoch mit euch, ihr Teufel!«, rief ein bösartig dreinblickender Mann. Wohl einer der Wärter, vermutete ich. Warum immer die Grausamsten an Arbeit wie diese kamen, hatte ich in all meinen langen Jahren als Henker nie verstanden. Dasselbe galt im Übrigen für Lehrer, Politiker, Heimleiter, Gouvernanten oder Stiefväter. Alles keine besonders angenehmen Zeitgenossen.

Angeführt von einem leise singenden Pfarrer schob sich der erste Verurteilte an mir vorbei, wie es die meisten taten. Ängstlich, ohne Hoffnung, den leeren Blick auf den Holzboden des Schafotts gerichtet.

Dann kam sie.

Ich spürte sofort, dass bei ihr etwas anders war. Dass hier keine normale Verurteilte vor mir stand. Dieses sonderbare Mädchen mit den langen schwarzen Haaren schaute mich direkt an. Starrte mir mit festem Blick in die Augen, ihr Gesicht ein Bildnis der wissenden Gleichgültigkeit. Ich gebe zu, dass ich einen Moment zögerte. Unsicher war. Nicht wusste, wie ich damit umgehen sollte.

Richter Edwards trat vor, um die Urteilsverkündung zu verlesen. Doch er kam nicht weit. »Aufhören!«, ertönte eine laute Stimme im Pöbel. »Hört sofort auf damit!«

Ein junger Mann drückte sich durch die Menge. Er hatte halblange Haare und trug zerschlissene Kleider. Nichts Ungewöhnliches in dieser Zeit und in dieser Gegend. Seine Augen hingegen waren ungewöhnlich. Sie waren fest auf das verurteilte Mädchen neben mir geheftet, weit aufgerissen und entschlossen. »Scher dich fort, Richard«, erhob der Richter die Stimme. »Du solltest gar nicht hier sein.«

Der Neuankömmling beachtete den Kerl mit der lächerlichen Perücke nicht und richtete seine Worte direkt an mich. »Bitte, Sie müssen sie verschonen. Sie ist unschuldig.«

So etwas hörte ich bei meiner Arbeit alles andere als selten, aber da war etwas, das mich hellhörig werden ließ. »Wie meinst du das, Junge?«, fragte ich.

»Hören Sie nicht hin, Calcraft!«, fuhr der Richter dazwischen. Er wandte sich um. »Pfarrer Winters, haben Sie mir nicht ausdrücklich zugesichert, Ihr Sohn sei eingesperrt?«

»Doch, ich ...«, begann der Pfarrer mit der seltsam hohen Stimme. »Richard, scher dich fort, du ungezogenes Balg!«

»Ich werde alles tun, wenn Ihr mich anhört«, rief der Junge unbeirrbar. »Sie war es nicht. Liz ist keine Mörderin!«

Jetzt schaltete sich auch der Pöbel ein. »Und ob die elende Hexe das ist! Hat die eigene Mutter auf dem Gewissen«, rief jemand, ein anderer gab sich mit einem »Erhängt sie!« zufrieden. Grollen und Murren drang durch den Dunst. Zumindest das Volk schien sich in dieser Sache einig zu sein. Wahrscheinlich wollte es sich das Spektakel aber nur um keinen Preis entgehen lassen.

Ich wandte mich zu dem Mädchen um. Regungslos stand es da, den Blick in die Ferne gerichtet. War das allen Ernstes der Anflug eines leisen Lächelns um seine Lippen? Was wurde hier nur gespielt? Konnte es sein, dass ...

Für einen kurzen Augenblick sah es mich wieder an. Ich zuckte zurück. So etwas hatte ich noch nie verspürt. Hier ging irgendetwas vor sich. Etwas, wofür ich vielleicht noch nicht bereit war.

»Machen Sie Ihre Arbeit, Calcraft.« Die Stimme des Richters klang jetzt leise und gefährlich. Jedoch schwang auch Besorgnis in ihr mit. Nervosität. »Tun Sie das, wofür wir Sie so fürstlich entlohnen.«

»Ich spreche zuerst mit dem Jungen.« Ich wusste, dass ich zu weit ging. Vor mir standen zwei zum Tode verurteilte Verbrecher, das Urteil anzuzweifeln stand mir nicht zu. Ich musste es dennoch riskieren. Wann hatte mich mein Gefühl zuletzt im Stich gelassen? Es war lange her.

Ich stieg vom Richtplatz herab. »Führt die Verurteilten zurück in ihre Zellen. Die Hinrichtung ist vertagt!«, teilte ich den Wachen in schroffem Ton mit. »Und du, Junge …«

»Er wird nirgendwo hingehen«, ertönte die schrille Stimme des Pfarrers. Sein Gesicht war rot angelaufen und er mühte sich unbeholfen die Treppe herab, der Blick feurig vor Zorn. »Was habe ich dir gesagt, du …«

»Das ist mir egal!«, spuckte der Junge trotzig aus.

Ich bewunderte seinen Mut. Er schien kaum älter als 14 zu sein, das Kind hatte sein Gesicht noch nicht verlassen. Doch er wich nicht zurück. Eine Furchtlosigkeit umgab ihn, die ich in dieser reinen Form selten erlebt hatte. »Ihr dürft das nicht tun! Liz ist unschuldig!«

Mittlerweile hatten die anwesenden Wachen und Polizisten alle Hände voll zu tun, die Menge im Zaum zu halten. Eine vertagte Hinrichtung konnte ganz schön ungemütlich werden, das hatte ich in London mehr als einmal hautnah miterlebt.

»Calcraft, wie können Sie es wagen?«, zischte der Richter. Er und der Pfarrer hatten sich vor mir aufgebaut. Dick pulsierten ihre Adern auf der Stirn. »Das werden wir melden!«

»Meinetwegen«, entgegnete ich abfällig. »Aber zunächst unterhalten wir uns mit dem Jungen. Ich folge Ihnen!«

»Sie gehen eindeutig zu weit, Calcraft! Denken Sie, dass Sie sich hier draußen alles erlauben können, weil Sie im Auftrag der Krone handeln und aus London kommen? Da täuschen Sie sich gewaltig, Freundchen. Das wird ein Nachspiel haben!«

Das unangenehm hohe Organ des Pfarrers ließ meine Ohren rauschen. Wir saßen in einem dunklen Sitzungssaal im Rathaus, der Junge stumm und trotzig in einer Ecke, ich an einem Tisch. Richter Edwards und Pfarrer Winters hatten sich drohend vor mir aufgebaut, der Bürgermeister lief unruhig auf und ab.

Ich bewahrte Ruhe. »Ich weiß, was ich tue. Ich bin nicht umsonst seit über 30 Jahren der oberste Henker im Vereinigten Königreich. Ich spüre, wenn irgendetwas nicht mit rechten Dingen zugeht.« Das tat ich wirklich – selbst wenn ich es ganz anders meinte, als ich es sagte. Die Wahrheit hätte die Menschen nur zu Tode geängstigt.

»Und was, denken Sie, soll das sein?«, schaltete sich der Bürgermeister ein.

Interessant: Er war offensichtlich nervös.

»Sie wissen doch sicherlich, dass der Blutige Kodex längst abgeschafft wurde«, begann ich. »Dass es mittlerweile unter schwerer Strafe steht, zu Unrecht Verurteilte ins Jenseits zu befördern.«

»Seit wann gibt sich denn ein Henker als Moralapostel aus?«, höhnte der Richter. »Zerren die vielen Seelen, die Sie ermordet haben, an Ihrem Gewissen?«

»Ich habe niemanden ermordet«, entgegnete ich gelassen. »Das haben die Verurteilten stets selbst getan. Und nun raus mit der Sprache«, wandte ich mich zu dem Jungen in der Ecke. »Richard ist dein Name, richtig?«

Der Junge nickte entschlossen.

»Wieso ist sie unschuldig, Richard? Du weißt, was auf dem Spiel steht, wenn du lügst.«

»Ich lüge nicht. Mein Vater, er …«

»Ich warne dich!«, brachte der Pfarrer gefährlich leise zwischen zusammengepressten Lippen hervor. Er war offensichtlich alles andere als glücklich über seinen Sohn. »Noch ein Wort, und …«

Neuer Mut flammte in den Augen des Jungen auf. »Er hat es selbst gesagt! Sie wollen sie loswerden, weil sie, nun ja, weil sie etwas schwierig ist.«

»Schwierig!«, rief der Richter aus. »Sie stiftet nur Unheil in dieser Stadt. Legt Feuer, stiehlt, zerstört Eigentum, prügelt sich …«

»Und mordet?«, fragte ich mit hochgezogenen Brauen.

»Nein!«, brach es aus Richard heraus. »Bitte, Sie dürfen nicht zulassen, dass sie sie an den Galgen bringen. Ich werde alles dafür tun!«

Etwas an der Art des Jungen imponierte mir. Er war tatsächlich furchtlos, stellte ich erstaunt fest. Einen wie ihn konnte ich auf meinen gefährlichen Reisen gut gebrauchen.

»Wie alt bist du, Junge?«, fragte ich ihn.

»14, Mister.«

»Und du bist dir wirklich ganz sicher?«

Er nickte hastig.

»Das haben wir nun davon!«, entfuhr es dem Bürgermeister. »Ich war von Anfang an dagegen, aber ihr wolltet ja nicht auf mich hören. Und jetzt hast du nicht mal deinen Sohn von der Hinrichtung fernhalten können, du verdammter Pfaffe!«

Wild gestikulierend stürmte der Bürgermeister aus dem Raum. Eine peinliche Stille entstand. Was wurde hier nur gespielt? Nur in einem Punkt war ich sicher: Irgendetwas stimmte mit dem Mädchen nicht. Aber wieso war ich regelrecht zurückgeschreckt, als ich ihr gegenübergestanden hatte?

»Was geht hier vor?«, verlangte ich zu wissen. »Wir haben es doch nicht etwa auf eine kleine Hexenjagd angelegt, oder?«

»Hüten Sie Ihre Zunge, Henker. Wir sagen nichts mehr dazu!« Der Pfarrer gab sich trotzig wie ein kleines Kind. »Und was dich angeht, du undankbares Stück …«

»Lassen Sie den Jungen aus dem Spiel. Er hat mehr Mumm in den Knochen als Sie alle zusammen! Richter«, wandte ich mich schroff an den aufgeblasenen Kerl mit der verrutschten Perücke. Ich musste nachdenken. Die nach abgestandenem Pfeifendunst stinkende Luft in diesem Zimmer war nicht gerade hilfreich dabei. »Wenn London diese Angelegenheit überprüft, kann es schnell passieren, dass Sie statt ihrer aufs Schafott wandern. Sie begehen Verrat an der Krone, sollte der Junge die Wahrheit sagen.«

»Sie messen dem Wort eines törichten Balgs mehr Gewicht bei als dem unseren? Calcraft, Sie sind ein Narr!«

Vielleicht war ich das. Vielleicht aber auch nicht. Ich war lediglich sicher, dass mir dieses Mädchen große Schwierigkeiten bereiten würde. Schuldig oder nicht.

Ich musterte den Jungen. Er war bereits recht groß, schien in guter körperlicher Verfassung zu sein. Etwas hager vielleicht. Der Plan, der gerade in mir Gestalt annahm, war vielleicht tollkühn, vielleicht schlicht und ergreifend dumm und tödlich für viele. Ich hoffte jedoch, dass er der richtige war.

»Es kümmert mich nicht, was Sie in mir sehen, Edwards. Ich werde Ihnen jetzt einen Vorschlag unterbreiten.« Ich pausierte. »Nun, keinen Vorschlag, denn eine Wahl haben Sie nicht. Sie lassen das Mädchen frei und geben den Jungen in meine Obhut. Er wird fortan mein Lehrling sein.«

Richards Gesichtszüge entgleisten, auch der Richter blickte mich fassungslos an. Einzig der Pfarrer schien Gefallen an diesem Vorschlag zu finden. »Und wenn wir diesem ... Vorschlag, wie Sie es nennen, zustimmen? Was dann?«

»Dann wird niemand von dieser Angelegenheit erfahren. Und das dürfte Ihnen allen lieb und teuer sein, wenn Sie das kleine bisschen Einfluss behalten wollen, das Ihnen Ihre armselige Position zugesteht.«

Was tat ich hier? Wenn dieses Mädchen doch eine Mörderin war, beging ich gerade Hochverrat. Konnte ich wirklich so sicher sein? Ich horchte in mich hinein.

Ja, ich war es. Leider. Ich wusste schon seit vielen Jahren, dass dieser Tag irgendwann kommen würde. Ob er der Richtige für diese Aufgabe war, vermochte ich natürlich nicht zu sagen. Niemand konnte das. Ich wusste ja nicht einmal, ob ich der Richtige war. Ob ich dem gewappnet war, was unausweichlich vor mir lag.

»Gut, gut, nehmen Sie den Jungen und hauen Sie ab. Ich habe keine Verwendung für ihn. Macht immer nur Ärger, will nicht lernen, taugt nicht zum Pfarrer und zu etwas anderem auch nicht. Bei einer Vogelscheuche wie Ihnen ist mein undankbarer Sohn gut aufgehoben, Calcraft.« Er lachte schrill. »Der Henker und sein Lehrling. Wie drollig! Dann schnappen Sie sich den Nichtsnutz, schicken zumindest den anderen Sünder in die Hölle, falls Sie nicht schon vergessen haben, weshalb Sie hier sind, und sehen dann zu, dass Sie verschwinden!«

»Bist du einverstanden, Richard?«, fragte ich und ignorierte die Beleidigung. Auf stumpfe Provokation ließ ich mich schon lange nicht mehr ein.

Der Junge blickte mich mit großen Augen an. So hatte er sich den Verlauf des Gesprächs offensichtlich nicht vorgestellt. Ich mir auch nicht, doch ich durfte diese Situation nicht ungenutzt lassen. So etwas hatte ich noch in keinem Jungen gespürt.

»Wenn Liz dadurch verschont wird«, sagte er mit brüchiger Stimme, »werde ich es tun.«

»Das wird sie«, sagte ich bestimmend. »Lasst sie mit sofortiger Wirkung frei, gebt ihr etwas Geld und setzt sie in eine Kutsche.«

»Aber …«, begann Richard stockend. »Kann ich mich nicht von ihr verabschieden?«

»Was erlaubst du dir, du Bengel«, schaltete sich sein Vater ein. »Sei froh, dass sie nicht längst am Galgen baumelt!«

In den nächsten Jahren würde kein Tag vergehen, an dem ich mich nicht fragte, ob das nicht vielleicht besser gewesen wäre.

II

Richard Winters

»Los, Junge, runter von der Straße!«

Ehe ich mich versah, hatte mich der Alte in den Straßengraben gestoßen. Der Alte … So nannte ich ihn natürlich nur für mich. Seit er mich im Tausch gegen Elizabeths Leben als Lehrling aufgenommen hatte, waren einige Monate vergangen. Und ein Spaziergang war diese Zeit wahrlich nicht gewesen. Eher ein grausamer Marsch von Galgen zu Galgen, von Tod zu Tod. Dass uns die Krähen noch nicht folgten, wunderte mich ein wenig.

»Autsch!« Irgendetwas presste sich schmerzhaft in meine Rippen. Eine Wurzel, na wunderbar.

Er kauerte sich neben mich, sein Atem rasselnd, sein Blick wild. Mehr denn je sah er aus wie ein verschlagener Raubvogel. Dass ich mir die Rippen geprellt hatte, schien ihn ebenso wenig zu stören wie der Riss in meinem Mantel. War ja nur ein weiterer. Bald schon würde er nur noch aus Rissen, Flecken und Flicken bestehen. Eigentlich erstaunlich, dass man mir nicht ein paar Münzen zuwarf wie einem Bettler.

Wahrscheinlich trauten sie sich nicht, weil ich mit William Calcraft unterwegs war, meinem Meister. Seit einigen Wochen war er noch verschwiegener, schroffer und abweisender als sonst. Und das hatte bei einer Person wie ihm wirklich etwas zu bedeuten. Er begegnete jedem Fremdem mit Misstrauen und Feindseligkeit, wirkte angespannt. Beinahe so, als erwartete er etwas. Jetzt schien er mir allerdings völlig übergeschnappt. Und das, wo er mir schon unter normalen Umständen gehörig Angst einjagen konnte.

»Was ist denn?«, wagte ich nach einigen Augenblicken zu fragen.

»Schweig!«, zischte er bloß, ohne den Blick von der Straße zu nehmen. »Etwas nähert sich.«

»Etwas?«

Mein Meister blieb mir eine Antwort schuldig. Stattdessen versteckte er sich hinter einem Busch, die Augen auf die schlammige Straße gerichtet, die rechte Hand in der Manteltasche. Was er wohl darin verbarg?

»Was auch passiert: Du rührst dich nicht von der Stelle. Niemand darf dich sehen, verstanden?«

Ein klapperndes Geräusch ertönte, dann schälte sich ein Eselskarren aus dem Nebel. Darauf saß eine zusammengesunkene Gestalt, den Hut tief ins Gesicht gezogen, die Peitsche schlaff in der Hand. Sie schien zu schlafen.

»Und deswegen stoße ich mir die Rippen?«, fragte ich. »Das ist doch nur ein Kutscher.«

In dem Moment sprang der Alte auf und stürmte auf den Karren zu. Seine Schnelligkeit überraschte offenbar nicht nur mich.

Natürlich blieb ich nicht in meinem Versteck. Das mit dem blinden Gehorsam hatte mir noch nie besonders gut gefallen. Ich robbte ein Stück höher und sah, wie mein Meister auf den Wagen zustürmte. Die Esel schrien und scheuten, der Kutscher fiel vor Schreck fast von seinem Bock und ließ seine längst erloschene Pfeife in den Schlamm purzeln.

»Zeig dich!«, dröhnte die Stimme meines Meisters durch die kalte Nässe. Sie klang böse und einschüchternd. Mit der einen Hand hatte er die Esel am Zügel gepackt, mit der anderen den kurz geratenen Kutscher am Genick.

»Was wollen Sie?«, schrie der und schlug wild um sich. Doch Calcraft war nicht nur schneller, als man ihm das jemals zugetraut hätte, er war auch viel stärker. Er hob ihn einfach vom Kutschbock in die Höhe. »Was wollen Sie denn?«, wimmerte der Fremde.

»Sag du es mir, du Wicht! Will ich etwas von dir?«

Ich hockte regungslos im Graben, unfähig, wegzusehen. Gehörte das etwa auch zu den täglichen Aufgaben eines Henkers? Ich bezweifelte es stark.

»Wie meinen Sie das denn?« Die Stimme des Kutscher schlug in nackte Panik um. Kein Wunder, wenn dich ein wahnsinniger alter Mann aus deinen Träumen reißt! »Ich will doch nur zum Markt.«

Calcraft gab ein Knurren von sich, dann ließ er den zu Tode verängstigten Kutscher sinken und gab die Zügel frei. »Dann los. Nichts für ungut, auf diesen Straßen kann man nie wissen.«

Erst als dieser eilig das Weite gesucht hatte, wagte ich mich vollständig aus meinem Versteck hervor. Gespannt auf eine Erklärung klopfte ich mir notdürftig Schlamm und Blattwerk von der Kleidung.

Doch Calcraft ging einfach weiter, als sei nichts geschehen. »Trödle nicht, Junge. Ich will heute noch raus aus dem Regen!«, drang seine Stimme zu mir. Ich biss mir auf die Zunge, um eine gepfefferte Antwort zu unterdrücken. Nach einigen Wochen an der Seite dieses Mannes hatte ich gelernt, mein Mundwerk zu zügeln. Auch wenn es mir immer schwerer fiel.

»Wie weit ist es denn noch?«, rief ich voraus, wo ich die hagere Gestalt undeutlich auf der verlassenen Landstraße ausmachen konnte.

»Wenn wir da sind, sind wir da.«

Ganz wunderbar, immer diese hilfreichen Bemerkungen. Ich fluchte und stapfte weiter, der Mantel klebte an meinem Körper, die Stiefel waren längst durchnässt, die Kälte hatte meinen Körper erfolgreich erobert. Ich würde in der nächsten Stadt einen Schuhmacher aufsuchen müssen. Schon wieder. Andere Lehrlinge gaben ihren kümmerlichen Lohn für ihr Vergnügen aus, ich, um meine Kleidung beisammenzuhalten.

Früher hatte ich immer davon geträumt, die Welt zu entdecken. Ferne Länder zu bereisen, neue Orte zu besuchen, Abenteuer in der Wildnis zu bestehen, nach Möglichkeit sogar mit einem Heißluftballon zu fliegen. Was ich von der Welt gesehen hatte, seit ich der Lehrling von William Calcraft war, könnte sich nicht stärker davon unterscheiden. Arme Dörfer, missmutige Kutscher, tückische Moore, unfreundliche Dorfbewohner, die uns behandelten wie Aussätzige – nicht besonders abenteuerlich.

Immerhin entschädigte die gelegentliche Fahrt mit der aufregenden Eisenbahn für die eine oder andere Mühsal, die ich erdulden musste. Das und die Gewissheit, dass ich Liz gerettet hatte. Das ließ mich mein Los ein wenig leichter ertragen. Auch wenn ich mich langsam fragte, ob ich sie jemals wiedersehen würde.

Der Tag, an dem der Henker in unsere Stadt gekommen war, war der Tag gewesen, an dem mein altes Leben geendet hatte.

Manche werden sagen, ich sollte froh sein, dass nur mein altes Leben geendet hatte. Eine Begegnung mit einem Henker war für viele schließlich das Ende des Lebens im Allgemeinen. Mein Schicksal erleichterte das nur bedingt. Für weite Teile des Landes war ich sowieso praktisch tot, seit mich Calcraft als Lehrling aufgenommen hatte. Man mied uns, wohin wir auch kamen, brachte uns nichts als Angst, Abscheu und Ablehnung entgegen. Der Alte ertrug das mit einer Ruhe, die mir einen Schauer nach dem anderen über den Rücken jagte. Würde ich eines Tages genauso werden?

Ach was! Unsere Arbeit war die Arbeit des Todes, doch ich weigerte mich, ihn über mein Leben bestimmen zu lassen. Das tat er schon bei all den anderen armen Teufeln, die mir bisher begegnet waren. »Wo es Menschen gibt, gibt es den Tod. Es wäre töricht, das eine vom anderen trennen zu wollen. Wir sind nur Diener des Gesetzes«, hatte Calcraft mir vor meiner ersten Hinrichtung gesagt. Und ich klammerte mich an diese Worte. Drei Hinrichtungen hatte ich in den letzten Wochen an der Seite meines Meisters mit angesehen. Drei Hinrichtungen, die mir noch immer Albträume bescherten – jede Nacht, wenn wir in einem miesen Gasthaus unterkamen und für ein paar Stunden auf durchgelegenen Betten ruhen konnten.

Ich schleppte mich weiter durch den Regen. Meine Haare waren lang geworden, nass und kalt klebten sie mir an der Wange. Längst sehnte ich mich nur noch nach einer heißen Suppe und einem Feuer. Obwohl es Herbst war, waren die Nächte bereits bitterkalt.

»Was war das gerade gewesen?«, traute ich mich zu fragen, als ich ihn eingeholt hatte. Nicht, dass ich oft eine Antwort erhielt. Ich hatte es mir jedoch längst zur Angewohnheit gemacht, dennoch zu fragen. Manchmal wurde ich für diesen Starrsinn belohnt.

»Nichts, was dich zu interessieren hat«, schnauzte er mich an. Dann, etwas versöhnlicher: »Zumindest noch nicht. Du bist noch ein Grünschnabel, Junge.«

»Ich bin 15! Wie lange werde ich denn ein … Grünschnabel sein?« Ich fand es nicht gerade angebracht, dass jemand wie ich, der bereits mitgeholfen hatte, den einen oder anderen Menschen an den Galgen zu bringen, als Grünschnabel bezeichnet wurde. »Nur so aus Interesse, Meister.«

Für Calcraft war allerdings jeder ein Grünschnabel. Er war, wie er selbst sagte, seit über 30 Jahren im Dienst des Stricks und hatte in dieser Zeit mehrere Hundert Seelen in den Himmel geschickt. Oder in die Hölle, um genau zu sein. Doch was religiöse Dinge anging, war ich immer schon der falsche Ansprechpartner gewesen – eine weitere Sache, die meinem Vater, dem Pfarrer, nicht allzu gut geschmeckt haben dürfte.

»Bis du keiner mehr bist.«

Wie ich diese Antworten hasste! Es waren ja im Grunde genommen nicht einmal Antworten. Weiteres Nachbohren war meist zwecklos, das hatte ich bereits gelernt. Calcraft würde mich dann nur missbilligend anschauen, sich mit der Hand über den struppigen Bart streichen, den Kopf schütteln und weitergehen. Abermals schluckte ich eine scharfe Entgegnung herunter und trottete weiter. Ich wollte es mir nicht schon nach wenigen Monaten mit meinem Meister verscherzen. Vor allem, weil er manchmal regelrecht humorvoll sein konnte. Meist war dann das eine oder andere Bier im Spiel.

Ich hatte aber sowieso noch nicht verstanden, wofür der Alte überhaupt einen Lehrling brauchte. Die Hinrichtungen führte er so gut wie allein durch, bis auf wenige Handgriffe stand ich teilnahmslos daneben. Gepäck hatte ich keins zu tragen, auch Botengänge musste ich nur hin und wieder für ihn erledigen. Meist ging es dann um solch unverzichtbare Dinge wie den richtigen Pfeifentabak. Und dass er mich der Gesellschaft wegen an seiner Seite haben wollte, nun, diesen Gedanken hatte mir seine Schweigsamkeit schnell ausgetrieben.

Ich war ein Lehrling, dem kaum etwas beigebracht wurde. Zumindest nicht vom Henker persönlich. Viel eher war es das Leben, das mir in den letzten Monaten so manches beigebracht hatte. Oder, besser gesagt, das Ende desselben. Ich glaube, das Konzept des Lehrens war Calcraft völlig fremd. Schon mehr als einmal hatte ich das Gefühl gehabt, dass er mich gar nicht deswegen aufgenommen hatte. Die Frage, die sich stellte, war also: Warum dann?

Nach einer endlosen Weile im kalten Regen erreichten wir das nächste Dorf. Die Nacht war längst hereingebrochen. Ich spürte meine Füße nicht mehr, der Regen hatte erfolgreich jeden Winkel meines Körpers aufgeweicht und der Gedanke an ein warmes Bad überdeckte sogar meinen Hunger. Herrje, wir waren doch keine Landstreicher!

»Das warme Wasser reicht nur noch für einen«, schickte uns der Gastwirt zur Begrüßung entgegen. Vielleicht hoffte er, uns dadurch abzuwimmeln. Doch selbst mein Meister hatte genug für heute, außerdem sah dieses Dorf nicht gerade danach aus, mehr als dieses eine Gasthaus bieten zu können.

»Mir reicht es«, entgegnete Calcraft mit dunkler Miene und schob sich an dem Mann mit der schmierigen Schürze vorbei. »Der Junge ist in guter Verfassung, ihm genügt kaltes Wasser.«

Na, vielen Dank auch!

»Wollt's nur gesagt haben. Nicht, dass es dann später Ärger gibt«, meinte der Wirt gezwungen versöhnlich und schob sich hinter Calcraft in die Stube hinein. Aber nicht mit mir! Eher blieb ich dreckig, als dass ich mich bei diesen Temperaturen mit kaltem Wasser überschüttete.

Die Gespräche verstummten, als wir den Schankraum betraten. Auch das kannte ich mittlerweile. Mein Meister war bekannter als die meisten Theaterschauspieler, schon oft war sein Bild in einer Zeitung aufgetaucht.

Woher aber kam sein grausamer Ruf? Er war schließlich niemand, der seine Arbeit genoss, wie man landauf, landab anzunehmen schien. Wer war dieser Mann, der von allen für den Teufel persönlich gehalten wurde und dessen Vergangenheit in ähnlich dichtem Nebel verborgen lag wie dieses Land? Ich wusste es nicht. Und Calcraft selbst hatte nicht das geringste Interesse daran, Licht in dieses Dunkel zu bringen.

Als wir unter den misstrauischen Blicken der wenigen Gäste in einer Ecke Platz nahmen und auf unsere Bestellung warteten, machte ich mir erstmals Gedanken darüber, welche Spuren diese Arbeit bei mir hinterlassen würde. Ich war ein Scherge des Todes, das verdrängte ich gern. Und auch wenn wir nur das letzte Rädchen in der gewaltigen Maschine des Gesetzes waren, so war es doch eben jenes letzte Rädchen, das die Verurteilten das Leben kostete.

»Denk nicht zu viel nach und trink, Junge«, riss mich Calcraft aus meinen Gedanken. Er war gut darin, mich in solchen Situationen zu ertappen. Wohl, weil er sich selbst schon allzu oft in ihnen verfangen hatte. »Ich sehe mich nur kurz um.«

Das tat er immer, wenn wir in einem neuen Gasthaus Quartier bezogen. Ich entschied, es zu ignorieren und stattdessen seinem Befehl nachzukommen. Gin und warmes Wasser waren das Einzige, das die Kälte aus den Knochen vertrieb. Ich hatte das erst kennengelernt, als ich Sheerness verlassen hatte. Mein Vater war ein strikter Gegner des Trinkens – zumindest solange jemand hinsah. Als er mich einmal bei einem Branntwein erwischt hatte, musste ich die ganze Nacht draußen verbringen. Ohne Kleidung. Im Winter. Ihn hinter mir zurückzulassen, war mir gar nicht schwergefallen.

Bei Liz war das etwas anderes. Es verging kein Tag, an dem ich nicht an sie dachte. Seit ich Mädchen nicht mehr doof und irgendwie eklig fand (und, wenn ich ganz ehrlich war, schon etwas davor), war ich verliebt in diese schwarzhaarige Schönheit. Ich hatte jede freie Minute mit Liz verbracht, hatte sie verteidigt, wenn sie mal wieder für irgendwas verantwortlich gemacht worden war. Gut, sie konnte durchaus schwierig und manchmal auch aggressiv sein, aber für mich machte sie das nur faszinierender. Bis zu dieser einen Sache. Da war sie selbst mir nicht geheuer gewesen. Etwas Eisiges in ihrem Blick hatte mich regelrecht verschreckt.

»Wieso haben Sie sie eigentlich verschont, Meister?«, fragte ich, nachdem er – offensichtlich beruhigt – zurückgekehrt war und wir uns an Käse, Brot und kaltem Braten satt gegessen hatten. Diese Frage brannte mir unter den Nägeln, seit wir meine Heimat verlassen hatten – und mit ihr den leblos baumelnden Körper des anderen Verurteilten, der weniger Glück gehabt hatte.

»Wen?«, fragte er nach einem tiefen Schluck von dem dunklen Bier, das an diesem Abend bereits reichlich seine Kehle herabgeflossen war, und wischte sich über seinen ziemlich weißen Bart. »Wen soll ich verschont haben? William Calcraft verschont niemanden.«

»Elizabeth schon.«

Der Krug pausierte auf dem Weg zu seinem Mund. Ich wusste nie, wann ich mit meinen Kommentaren zu weit ging, doch ich hatte beschlossen, an diesem Abend etwas mehr zu riskieren.

»Dein Mädchen?«, fragte er.

Ich wurde rot und strich mir verlegen die vom Regen gewellten Haare aus dem Gesicht. Mein Gott, wie ich das hasste! War doch sowieso für jeden in Sheerness offensichtlich, dass ich in Liz verliebt war. »So … so kann man das nicht sagen.«

»Nein?« Calcraft schaute mich neugierig an. Ich glaube sogar, es war das erste Mal, dass er mich mit etwas anderem als Zorn, Unverständnis oder gerümpfter Nase ansah. »Dafür hast du dich aber ganz schön ins Zeug gelegt.« Er nahm einen Zug aus seiner abgekauten Pfeife, blies den stinkenden Rauch aus und musterte mich weiter. »Wieso warst du von ihrer Unschuld überzeugt?«

»Wieso waren Sie es?«, entgegnete ich wie aus der Pistole geschossen. Es passte ganz und gar nicht in das Bild des »grausamen« Henkers Calcraft, ein junges Mädchen zu verschonen. Immerhin hatte er vor einigen Jahren das Ehepaar Manning an den Galgen gebracht – und mal wieder eine ordentliche Schau daraus gemacht, wie man im Dorf erzählte, wenn man uns, als wir noch klein waren, mal wieder mit einer Schauergeschichte zu gutem Benehmen zwingen wollte.

Mein Meister klopfte sich mit der Pfeife gegen die Nase. »Man muss seinem Instinkt vertrauen«, raunte er. »Und in diesem Fall ging etwas nicht mit rechten Dingen zu. Erzähl mir, Junge, gab es irgendwelche … Vorkommnisse mit ihr?«

»Vorkommnisse? Mit ihr? Wie meinen Sie das, Meister?«

Der Alte blickte mich durchdringend an. »Ich denke, du weißt, was ich meine. Wirt«, wurde er plötzlich lauter, »noch ein Bier für mich!«

»Nun ja«, begann ich, »alle glaubten, dass etwas nicht mit ihr stimmte. Dass sie Dinge geschehen lassen konnte. Schlimme Dinge.«

»Schlimme Dinge?«

»Ach, Sie wissen schon, abergläubischer Hokuspokus, den mein Vater noch weiter geschürt hat.«

»Der Pfarrer.«

»Der Pfarrer, ja. Und kein besonders guter, wenn ich offen sprechen darf. Liz wurde für alles verantwortlich gemacht. Anfangs nur Kleinigkeiten wie verschwundenes Geld aus der Kollekte nach dem Gottesdienst, dann mal eine zerbrochene Scheibe. Irgendwann soll sie jedoch plötzlich für tote Kühe, Brandstiftung, ja sogar für diese vermissten Kinder verantwortlich gewesen sein. Und dann für den Tod ihrer Mutter!«

Calcraft blies mehr von dem stinkenden Qualm aus. »Und was glaubst du?«

»Ich glaube, dass sie … anders ist. Ihr Vater fährt zur See und ist kaum zu Hause, ihre Mutter arbeitete von früh bis spät in einer Schneiderei.« Ich hielt einen Moment inne und dachte an das, was sie vor einiger Zeit zu mir gesagt hatte.

Solange du denkst, dass ich unschuldig bin, ist alles in Ordnung.

Konnte es denn nicht vielleicht sein, dass sie mir etwas verschwieg? Dass sie mich benutzt hatte?

Nein! Ich schob den Gedanken so schnell beiseite wie einen Kübel Pferdemist. So durfte ich gar nicht erst anfangen! Immerhin hatte ich sie vor dem Strick bewahrt. Und sie hatte mich auf die Wange geküsst! Das musste doch etwas bedeuten, oder?

»Sie ist anders, ja, aber nicht böse«, fuhr ich fort. Als ich es aussprach, merkte ich jedoch, dass ich mir selbst nicht mehr sicher war. »Wenn Sie mich fragen, beneiden sie viele um ihre Schönheit, das ist alles.« Ich merkte, wie sehr ich sie vermisste. Es schnürte mir die Kehle zu. »Was passiert denn jetzt mit ihr?«

»Nun, vor dem Galgen hast du sie bewahrt. Vor den Menschen jedoch nicht.«

Spitze. Das war meiner Meinung nach keine allzu erfreuliche Aussicht. »Werde ich sie je wiedersehen?«, fragte ich mit trockenem Mund.

»Das, Junge«, meinte der Alte mit dunkler Miene, »befürchte ich in der Tat.«

Noch vor Morgengrauen stürmte Calcraft in mein Zimmer. »Aufstehen, du Schlafmütze, wir müssen weiter! Du bist in fünf Minuten unten im Schankraum.«

Ich war alles andere als böse darum, derart ruckartig aus meinen

Träumen gerissen worden zu sein. Die Bilder, die mich abermals verfolgt hatten, wünschte ich nicht einmal meinem schlimmsten Feind. Wenn ich denn einen hätte.

Der Wirt war regelrecht erleichtert, als wir uns mit unseren wenigen Habseligkeiten an der Theke einfanden, bezahlten und verschwanden.

»Wozu denn die Eile?«, fragte ich, als wir das kleine Dorf hinter uns gelassen hatten.

»Das wirst du schon sehen, Junge«, lautete Calcrafts beinahe klassische Antwort. Als ob er wusste, wie sehr mir diese Geheimnistuerei missfiel, fügte er diesmal an: »Wenn ich recht behalte, werde ich dir heute Abend einige Dinge erzählen. Dinge, die außer uns niemand wissen darf.«

Ich schwieg erstaunt. Sollten wir tatsächlich Fortschritte machen? Erwartungsvoll schritt ich neben ihm dahin. Wir durchquerten einen Wald und erreichten noch vor Mittag eine größere Siedlung, die man fast ohne schlechtes Gewissen als Stadt bezeichnen konnte. Ludlow hieß der Ort, steil reckte sich der Turm der Abtei vor uns in die Höhe.

Viel unterschied dieses Städtchen nicht von meiner Heimat Sheerness, allerdings war alles deutlich weniger trostlos und heruntergekommen als drüben an der Küste. Gut, das war wahrscheinlich auch kein Kunststück.

Mit wachsender Aufregung entdeckte ich neu verlegte Eisenbahnschienen und, einige Hundert Meter weiter, einen kleinen Bahnhof. Oh, ich konnte es kaum erwarten, wieder an Bord eines Zuges zu steigen. In manchen gab es sogar Erfrischungen! Früher oder später, so hoffte ich, würde uns unser Weg auch nach London führen. Nach London, in die größte und aufregendste Stadt der Welt!

»Fahren wir von hier mit der Eisenbahn weiter?«

»Kommt ganz darauf an, was wir hier finden. Du wartest hier, ich muss etwas überprüfen«, wies mich der Alte am Bahnhofsgebäude an. Dieser Aufforderung kam ich zu gern nach! Mit etwas Glück fuhr ein Zug ein, während mein Meister irgendwelchen Phantomen nachging.

Dass er auf der Suche nach irgendetwas war, stand für mich längst außer Frage. Dass es nichts mit seiner Arbeit als Henker zu tun hatte, auch. Vielleicht würde ich an diesem Abend mehr erfahren.

Ich setzte mich auf eine Bank und wartete. Ein Zug fuhr bis zu Calcrafts Rückkehr leider nicht ein, dafür entdeckte ich zahlreiche Plakate, die einen Jahrmarkt vor den Toren Ludlows anpriesen. Von einem Wanderzirkus war da die Rede, von Spukgestalten und einem Kuriositätenkabinett. Ich hatte noch nie einen Jahrmarkt besucht, weshalb ich umso überraschter war, als mich ein aufgeregter Calcraft mit den Worten begrüßte, wir sollten diesem Jahrmarkt mal einen Besuch abstatten. Zwei Henker auf dem Jahrmarkt, das muss man sich mal vorstellen! Wenn das nicht nach dem Beginn eines schlechten Witzes klang …

»Jetzt hör mir gut zu, Junge«, meinte Calcraft in bester Lehrmeisterstimme, als wir eine Steinbrücke überquert hatten und uns den bunten Zelten, Fähnchen und dem Lärm auf der Wiese außerhalb der Stadt näherten. »Ich will, dass du die Augen aufhältst. Sag mir, ob dir etwas merkwürdig erscheint, ob du ein schlechtes Gefühl hast oder ob dir jemand verdächtig vorkommt.«

»Suchen wir denn jemanden?«, fragte ich etwas ratlos.

»Nicht zwangsläufig.« Erstaunt merkte ich, dass der Alte nervös war. Was war hier nur los? So etwas hatte ich bei ihm ja noch nie erlebt! »Ich möchte, dass du wachsam bist. Wenn du fertig bist, kommst du ins *Bull Inn*, es liegt an der Hauptstraße. Du kannst den Laden nicht verfehlen, es werden Kutschen davorstehen. Und selbst wenn nicht, wird dir das Schild sofort ins Auge stechen.« Er wandte sich bereits um, als ihm noch etwas einfiel. Streng musterte er mich. »Und lass dich nicht von den Attraktionen ablenken!«

Wie unmöglich das war! Kaum hatten wir den Jahrmarkt betreten, befand ich mich in einer völlig anderen Welt. Die Geräusche, die Gerüche, die Musik, die Farben, die Menschen – so etwas Verwunschenes hatte ich noch nie zuvor gesehen! Ein Feuerspucker begrüßte mich gleich am Eingang, in einem Käfig dahinter zwitscherten munter kunterbunte Vögel. Dass es solche Farben überhaupt gab!

Was mich zu Hause in Sheerness den ganzen Tag lang beschäftigt hätte, konnte ich hier kaum würdigen. Es roch nach Karamell und tausend anderen Verlockungen, jeder Schausteller versuchte, seine Konkurrenten mit seinen Sensationen und seinem lauten Geschrei zu übertrumpfen.

»Hereinspaziert, hereinspaziert, betreten Sie das magische Spiegelkabinett!«, hieß es dort drüben. »Wagen Sie sich in die Welt der Geister und Dämonen? Drei Penny für den Schrecken Ihres Lebens!«, schrie jemand hinter einem Stand mit Getränken.

Da gab es Magier und Wahrsager, Hypnotiseure und Fakire. Ein Karussell, beladen mit begeistert johlenden Fahrgästen, drehte zu blechern-leiernden Tönen seine Runden, dahinter brachte ein Jongleur einige Kinder zum Lachen. Aus einem Zelt drangen Rufe des Entzückens, daneben versuchten sich einige angeberische Männer am Dosenwerfen. Für mich schien es wie der beste Ort der Welt!

Die meisten Menschen zog jedoch zweifellos die Freakshow an, eines dieser Kuriositätenkabinette, von denen ich zu Hause schon so viel gehört hatte: Riesen, Zwerge, Wolfsfrauen, siamesische Zwillinge, Allesfresser und sogar Meerjungfrauen gab es hier laut der bunten Reklame zu bestaunen, alles schön verborgen hinter einem blickdichten Zelt und bewacht von zwei bulligen Kerlen.

»He da, Junge, willst du mal was wirklich Aufregendes sehen?«, raunte mir ein Mann mit Zylinder zu und zwinkerte verschwörerisch. »Ich verspreche dir, dass du für fünf Pennys Dinge siehst, die du noch nie gesehen hast.«

Ich gebe zu, die Versuchung war groß. Ich konnte mich nicht mehr daran erinnern, wann ich mich das letzte Mal amüsiert hatte. Menschen, die zur Belustigung anderer zur Schau gestellt werden, kannte ich allerdings von meiner Arbeit – und das hatte nun wirklich nichts mit amüsieren zu tun.

»Nein danke! Aufregend ist für mich wirklich etwas anderes.«

Ich schlenderte weiter. Das wäre außerdem bestimmt nicht das, was sich mein Meister unter »Wachsamsein« vorstellte. Irgendetwas hatte er hier vor. Und wenn es eine Prüfung war, dann wollte ich sie nach Möglichkeit nicht vermasseln.

Eine kleine Bude erweckte meine Aufmerksamkeit. Nicht, weil sie mit bunten Farben und markigem Gebrüll lockte. Auch nicht, weil sich die Menschen davor drängten. Eher das Gegenteil war der Fall: Der Holzverschlag stand abseits der Zelte und des Trubels und sah ziemlich mitgenommen aus. Er wollte nicht recht in das fröhliche Bild dieses Jahrmarkts passen. Und doch war da etwas, das mich anzog. Ein seltsam vertrautes Gefühl, das doch unmöglich zu beschreiben war.

»Hüte dich vor der Hexe«, meinte ein vorübereilender Vater, an dessen Händen zwei dicke weinende Mädchen klebten. »Sie hat nur Böses im Sinn.«

Wenn das nicht mal etwas war, das sich zu untersuchen lohnte! Plötzlich kam ich mir nicht mehr vor wie der Lehrling eines Henkers, sondern wie ein Detektiv, der einer wichtigen Sache auf der Spur war. Als ich mich dem Stand näherte, gab er sich als *Punch-und-Judy*-Bude zu erkennen. Ein solches Puppentheater kannte sogar ich, einst hatte es für zwei Tage in Sheerness haltgemacht. Unnötig zu erwähnen, dass mein Vater strikt gegen diese Ketzerei gewesen war und mir als einzigem Kind der Stadt den Besuch dieses harmlosen Spaßes verboten hatte.

Wochenlang hatte jedes Kind in Sheerness davon geschwärmt, man hatte mich so lange gehänselt, bis Liz einigen eine ordentliche Abreibung verpasst hatte. Nicht sehr heldenhaft, aber sie hielt es für angemessen.

Wahrscheinlich war es kein Wunder, dass ich eine Mischung aus Genugtuung und Aufregung verspürte, als ich mich der verwahrlosten Bude näherte. Einst mochte ihre Bemalung farbenfroh gewesen sein, mittlerweile wirkte sie nur noch traurig und ein wenig gespenstisch. Das Gesicht von Punch mit seiner Narrenkappe war merkwürdig verzerrt und verlaufen, als wäre es großer Hitze ausgesetzt gewesen, der Bösewicht Scaramouche sah aus wie der Schatten aus einem Albtraum.

»Na, Henkersjunge, willst du nicht näher kommen?«, ertönte eine Frauenstimme aus dem Nichts.

Ich blieb stocksteif stehen. Die kleine Bude war noch gut drei Schritt entfernt, außerdem sah sie vollkommen verlassen aus. Woher kam die Stimme?

»Keine Angst, ich beiße nicht. Meine Puppen vielleicht schon, aber nur auf meinen Befehl. Na los, komm näher. Ich weiß doch, dass du die Vorstellung gern sehen willst. Dein Meister ist nicht hier, keine Sorge.«

Mir lief es eiskalt den Rücken hinunter. Was wurde hier nur gespielt? Ich unterdrückte den Drang, einfach wegzulaufen, und näherte mich dem Stand. Ein Henker lief vor nichts davon, schon gar nicht vor einer Puppenspielerin!

»Wie kommen Sie darauf, dass ich ein … Henkersjunge bin?«

Ein hohes Kichern ertönte. »Ach komm schon, Bursche. Als wüsstest du nicht, dass euer Kommen und Gehen nirgendwo lang unbemerkt bleibt.«

Das stimmte. Sogar die Zeitungen berichteten über unsere Ankunft. Dennoch gefiel mir etwas an ihrem Tonfall nicht.

Als ich vor der Bude stand, blickte ich überrascht in das Gesicht einer sehr alten Frau. Die säuselnde Stimme passte ganz und gar nicht zu ihren grauen langen Haaren, den milchigen Augen und der Wüste an Falten, die sich in ihrem Gesicht und auf ihren Händen ausgebreitet hatte.

»Was wollen Sie von mir?«

»Deine Aufmerksamkeit, nichts weiter«, meinte sie in ihrem merkwürdigen Singsang, die Augen unangenehm auf mich gerichtet.

»Und dann?«

»Dann werden dir Punch und Jack Ketch etwas vorspielen.«

Wie auf ein Zeichen schossen links und rechts neben der seltsamen

Alten Handpuppen in die Höhe. Ich schreckte zurück. So hatte ich mir das Puppentheater nicht vorgestellt. Punch war eine wutverzerrte Fratze, sein Gegenspieler Jack Ketch ein greiser Henker. Ich traute meinen Augen kaum: Er sah mehr als nur ein wenig aus wie mein Meister! Ob das nun Zufall war oder auf seiner Berühmtheit beruhte – es war gespenstisch und beunruhigte mich.

»Oh, Mister Ketch«, erwachte Punch urplötzlich zum Leben. Woher kam nur diese grausam scharrende Stimme? Die Alte in ihrer Bude schien an diesem Schauspiel gänzlich unbeteiligt. »Was haben wir denn vor?«

»Dir den Garaus machen, was denn sonst?«, entgegnete die Henkersfigur, was mich erneut zum Zusammenzucken brachte: Das war die Stimme meines Meisters!

»Na dann komm und hol mich!«, höhnte Punch herausfordernd, woraufhin sich Jack Ketch auf ihn stürzte. Bei diesem Handgemenge wurde mir angst und bange. Nichts ließ darauf schließen, dass die Alte die Puppen spielte. Und was noch verstörender war: Sie ließ mich keinen Moment lang aus den Augen.

Als Punch den Henker zu Boden gerungen hatte, aus dem Nichts einen Strick hervorgezaubert hatte und sich daranmachte, ihn aufzuknüpfen, suchte ich fröstelnd das Weite.

»Geh nur, Henkersjunge«, höhnte sie. »Aber vergiss nicht, was du gesehen hast!«

Ihre süßliche Stimme wehte mir nach wie ein fauliger Geruch.

»Wie, sagst du, hat sie ausgesehen, Junge?« Mein Meister lief aufgebracht in unserem Zimmer hin und her, als ich ihm von meiner unangenehmen Begegnung auf dem Jahrmarkt erzählt hatte. »Erinnere dich genau!« Durch das geöffnete Fenster drang der Lärm der belebten Straße herein. Irritiert schlug Calcraft es zu. »Das geht niemanden etwas an«, stieß er ungehalten aus. Er zitterte, wie ich erstaunt feststellte. Keine Frage, das war wirklich ein Tag der Überraschungen!

»Sie war alt, doch ihre Stimme war es nicht«, begann ich. »Sie hatte … komische Augen. Wie eine Blinde, doch ich hatte nicht das Gefühl, dass sie tatsächlich nichts sehen konnte.«

»Das genügt.« Der Alte atmete schwer und setzte sich auf einen Stuhl. »Dann ist es einmal mehr so weit. Ich hatte es befürchtet.«

Ich verstand das alles nicht. »Was? Was ist so weit?«

Der Henker sah mich ernst an. »Du wirst es noch heute Nacht erfahren, Richard.« Ich stutzte. Es kam so gut wie nie vor, dass er mich mit meinem Vornamen ansprach. »Doch du musst noch Geduld haben. Vertrau mir. Du wirst es verstehen. Wecke mich, wenn es dunkel wird. Und ruhe dich auch ein wenig aus. Du wirst deine Kräfte brauchen. Ich«, schickte er nach einer langen Pause hinterher, »ich bin kein Henker. Jedenfalls nicht nur. Ich bin … etwas anderes.«

An Schlaf war nicht zu denken. Nach einer kleinen Runde durch die Stadt schlug ich die Zeit damit tot, einen weiteren Brief an Elizabeth zu schreiben. Ich tat das mittlerweile nur noch sehr selten und unregelmäßig – auch deswegen, weil sie bislang nie geantwortet hatte und ich sie aufgrund mangelnder Informationen nach Hause schickte. Und da war sie wohl schon lange nicht mehr. Inständig hoffte ich, dass sie meine Worte dennoch erreichten. Ich wollte sie unbedingt wiedersehen.

Als ich ihn zum Postamt gebracht hatte, dämmerte es. Ich weckte Calcraft, der wie ein Bär schnarchte, und spürte eine nie da gewesene Aufregung. Wenn er Wort hielt, würde ich jetzt endlich erfahren, was hier wirklich vor sich ging. Was er wirklich trieb.

»Fürchtest du den Tod, Junge?«, war das Erste, das er mich fragte, nachdem er die Augen aufschlug. Mittlerweile war ich ja vieles gewohnt bei einem Meister wie Calcraft; mit dieser Frage erwischte er mich allerdings abermals völlig unvorbereitet.

»Ich weiß nicht«, begann ich unsicher. Es war immer unklar, worauf er mit Fragen wie dieser abzielte. »Ich … ich denke schon, doch. Wieso?«

»Furcht ist nichts, wofür man sich schämen muss«, fuhr Calcraft fort, ohne auf meine Frage einzugehen. »Furcht ist gut. Sie schützt uns, macht uns wachsam, schärft unsere Sinne. Das Kunststück ist, sich nicht von ihr kontrollieren zu lassen.«

»Ja doch, sicherlich«, meinte ich ein wenig ratlos, »aber worauf wollen Sie hinaus?«

Jetzt kam er ganz nah an mich heran und packte mich an der Schulter. »Das, was ich dir heute Nacht zeigen werde, wird etwas sein, was du noch nie zuvor gesehen hast. Was außer mir überhaupt so gut wie niemand jemals gesehen hat. Es wird dich zu Tode ängstigen. Es wird dich dazu bringen, weglaufen zu wollen und nie wieder zurückzublicken. Doch ich beschwöre dich, Junge: Beherrsche deine Furcht! Überlasse ihr nicht die Kontrolle.«

Mir wurde mulmig zumute. »Meister, was steht uns bevor?«

»Ich kann es dir nicht verraten. Du würdest es entweder nicht glauben und dann unvorbereitet sein oder du würdest sofort das Weite suchen. Beides darf unter gar keinen Umständen passieren, hörst du? Betrachte es als wichtigste Lektion deiner Ausbildung.«

»Aber Sie bilden mich doch zum Henker aus!«

»Auch, Junge.« Ein Schatten huschte über sein Gesicht. »Auch. Und jetzt nimm die Laterne und komm. Die Nacht ist angebrochen.«

Scharenweise heitere Menschen strömten uns entgegen, als wir uns wieder dem Jahrmarkt näherte. Sie lachten und erzählten sich von den Wundern des Tages. Mir war nicht nach lachen zumute. Ich wusste nicht, was mich erwartete, doch Calcrafts Andeutungen beunruhigten mich ziemlich.

»Wenn die wüssten«, meinte er bloß, als wir sie hinter uns gelassen hatten. Vor uns reckten sich die dunklen Zelte und Buden in den dunkelnden Himmel. Die Feuer waren niedergebrannt, hier und da glühten noch die Kohlen. Der Tag war vergangen, und mit ihm der Spaß, das Vergnügen. Auf einmal sah hier gar nichts mehr spannend, lustig und aufregend aus. Eher traurig und verlassen.

Der Henker warf einen letzten prüfenden Blick in seine Tasche, nickte entschlossen – und ging auf die abseits stehende Bude der merkwürdigen Puppenspielerin zu. Wie die anderen Stände lag auch sie verlassen im Dunkel.

»Hier ist niemand, Meister«, meinte ich leise.

»Das täuscht. Bleib dicht hinter mir und tu nichts Unüberlegtes.«

Ich hatte Mühe, seinen schnellen Schritt mitzuhalten. Was es auch war, das vor uns lag – mein Meister wollte es zügig hinter sich bringen.

»Zeig dich, Weib!«, donnerte er derart überraschend los, dass selbst ich zurückzuckte. »Los, Junge, leuchte mir«, befahl er. Mit einem Satz war er an dem Holzverschlag und blickte sich im Schein des Gaslichts um. »Wo versteckst du dich?«

»Da, Meister!«, stieß ich aus. Auf der Puppenbühne vor uns waren wie von Geisterhand zwei Figuren aufgetaucht. Die eine erkannte ich sofort wieder. Es war der Henker Jack Ketch, der immer noch sehr nach Calcraft aussah. Diesmal war es jedoch die andere Figur, die meine Angst schürte wie Luft das Feuer. Es war eine Puppe mit abgewetzten Klamotten und halblangem zerzausten Haar.

Sie sah so aus wie ich!

»Oh, Meister, wo sind wir denn hier gelandet?« Jetzt sprach sie auch noch mit einer verzerrten Stimme! »Ich fürchte mich.«

»Ich mich nicht. Ein William Calcraft fürchtet nichts, nicht einmal den Tod!«, ertönte die Stimme des Henkers aus dem Nichts.

Eine dritte Puppe erschien auf der Bühne. Sie trug ein schwarzes Kleid, schwarze lange Haare verbargen ihr Gesicht. »Das solltest du aber. Das solltet ihr beide«, sprach sie, und ihre giftige Stimme schien von überall zu kommen. Ich war wie gelähmt vor Angst. »Du wusstest, dass wir uns eines Tages treffen würden, nicht? Der Junge wird dich nicht retten, alter Mann!«

Calcraft stand neben mir, auch er hatte die Augen auf dieses unwirkliche Schauspiel gerichtet. Er schüttelte den Kopf, als müsste er sich von einem Bann befreien, stürmte vor und fegte die Puppen mit der flachen Hand von der Bühne. »Wo bist du?«, fragte er grollend. »Zeig dich, du feiges Weib!«

»Suchst du mich?«

Ich erstarrte. Da war sie wieder, diese jenseitige Stimme. Ich fuhr herum – und stand der alten Frau direkt gegenüber.

»Scher dich fort!«, rief Calcraft, machte zwei lange Sätze und stieß sie von uns. »Bleib bei mir, Junge. Rühr dich nicht von der Stelle und lass die Laterne nicht fallen.«

Die Alte verzog die dünnen Lippen zu einem spöttischen Lächeln. Mit Grausen sah ich spitze Zähne dahinter. »Dass du jetzt schon unschuldige kleine Jungs in deinen lächerlichen Feldzug mit hineinziehen musst. Du wirst alt.«

»Lass das meine Sorge sein. Fügst du dich freiwillig?«

Sie lachte schrill. Urplötzlich wurde sie wieder ernst, ihre Augen schossen zwischen mir und Calcraft hin und her. Ich kam mir vor, als wäre ich in einem dieser billigen Gruselheftchen gelandet, die man überall bekam. »Was meinst du, Kleiner? Soll ich brav sein?«, fragte sie mich und strich mir mit ihrem knorrigen Finger über die Wange. Instinktiv wich ich zurück. »Oh, du hast Angst vor mir? Wie schmeichelhaft.«

»Schweig endlich, verdammt!«

»Du hast mir nichts zu sagen, alter Mann. Hast ganz schön lang gebraucht, mich zu finden. Ich bin alt und schwach, und das weißt du. Aber was wirst du tun, wenn du es mit *ihr* zu tun bekommst?« Wieder erhob sich ihr irres Kichern. »Aaaah ... du weißt es selbst nicht.«

»Genug«, rief Calcraft und schnellte vor. Seine Geschwindigkeit überraschte mich jedes Mal aufs Neue, doch in der Alten schien er seinen Meister gefunden zu haben. Blitzschnell wich sie zurück, sprang auf die Bühne ihrer Bude und blieb mit dem Rücken zu uns darauf sitzen wie ein wildes Tier, kurz bevor es angreift.

»Zu langsam, Henker!«, höhnte sie, und ihre Stimme klang mit einem Mal gar nicht mehr säuselnd.

Sie drehte sich um.

Was ich dann erblickte, würde ich für den Rest meines Lebens nicht vergessen. Die Schrecken der Galgen waren nichts dagegen. Ich blickte in den Abgrund. In das Gesicht eines Teufels. Eine gräuliche Fratze mit lodernden Augen, platter Nase und spitzen Zähnen. Tiefe Furchen durchzogen die kränkliche Haut, Spucke lief ihr über das Kinn herab. Ich stöhnte und taumelte zurück. »Nein«, schrie ich und wandte den Blick ab.

Das war kein Mensch!

»Bleib standhaft!«, hörte ich die Stimme meines Meisters. »Überlasse der Furcht nicht den Thron.«

Ich zwang mich dazu hinzusehen. Calcraft hatte einen Satz nach vorn gemacht, in der rechten Hand seinen Strick. Das Wesen fauchte und sprang ihn mit weit aufgerissenem Maul an. Doch diesmal war mein Meister schneller. Er riss die gurgelnde und zischende Kreatur zu Boden, achtete gar nicht auf ihr Kratzen und Beißen. Blitzschnell legte er ihr den Strick um den Hals und zog die Schlinge zu. Jetzt erlaubte ich mir, den Blick abzuwenden. Ich wusste nicht, ob ich bei Besinnung bleiben würde, wenn ich es nicht tat.

Als das Würgen, Keuchen und Scharren verstummte, sah ich wieder hin. Reglos und mit weit aufgerissenen Augen lag das Ding auf dem Boden, keuchend beugte sich mein Meister darüber.

»Was war das, Meister?«, fragte ich mit brüchiger Stimme. Ich hatte das Gefühl, den Verstand zu verlieren. Ich wollte – nein, ich konnte nicht glauben, was ich da gerade gesehen hatte.

»Das, Junge«, antwortete der Henker zwischen mühsamen Atemzügen, »war ein Wechselbalg.«

Ein Jahr später

III

Richard Winters

Da war ich nun, Richard Winters, ein Lehrling des Todes, ein Gehilfe des Henkers. Seit bald eineinhalb Jahren zog ich an der Seite von William Calcraft durch das Vereinigte Königreich, um im Namen der großen Königin Viktoria Mörder und Verräter an den Galgen zu bringen.

Es war eine unerbittliche, grausame und einsame Tätigkeit. Und doch war das nur die eine Seite meiner Arbeit. Meines Lebens.

In die andere hatte mich mein Meister an jenem schicksalhaften Abend auf dem Jahrmarkt vor etwa einem Jahr eingeweiht. Und mein Leben für immer verändert.

Doch der Mensch, so musste ich feststellen, gewöhnte sich irgendwann an alles. Selbst an Wechselbälger. Außer mir und meinem Meister wusste so gut wie niemand davon. Es war unser Geheimnis, ein schreckliches Pfand, das schwer auf meiner Seele wog.

Ich war der Lehrling eines Meisters, der Wesen aus alten Legenden jagte. Eines Meisters, der mir eröffnet hatte, dass meine Albträume einen realen Ursprung hatten. Der sein Leben dafür aufgegeben hatte, Alben zu jagen, Wesen aus der Zwischenwelt, die sich für ihre Vertreibung aus unserer Welt rächten, indem sie uns Menschen Wechselbälger in die Wiege legen und dafür unsere Kinder stehlen.

Jedes Kind kannte die Geschichten wie es Geschichten von Riesen, Meerjungfrauen und Drachen kannte. Man kannte diese hässlichen Wesen aus der Welt zwischen unserer und der nächsten. Warum sie vertrieben wurden oder weshalb sie sich auf diese Weise an uns rächen mussten, wusste natürlich niemand. Jedes Märchen hatte eine andere Erklärung dafür. Weil es nicht wichtig war. Weil es nicht mehr als eine Schauergeschichte war.

Bis jetzt.

Manche Legenden, das wusste ich jetzt, enthielten mehr Wahrheit, als mir lieb war.

Endlich hatte mich mein Meister also in sein Geheimnis, in seine Besessenheit eingeweiht. Endlich hatte er eine Erklärung für sein merkwürdiges Tun geliefert. Doch wenn ich damals vor der Bude der verfluchten Puppenspielerin erwartet hatte, jetzt alles über diese Wesen, über die Mission meines Mentors zu erfahren, hatte ich mich einmal mehr gründlich in ihm getäuscht. Wochenlang tat er so, als sei auf dem Jahrmarkt nichts Ungewöhnliches geschehen, gab sich gewohnt schweigsam, abweisend und übellaunig. Städte kamen und gingen, Galgen kamen und gingen, Menschenleben kamen und gingen. Doch über diese grauenerregenden Wechselbälger erfuhr ich nichts.

Ich würde ihn wohl nie ganz verstehen. Anfangs bohrte ich leidenschaftlich nach, löcherte ihn mit Fragen über diese Kreaturen, über seine Aufgabe, warum er das überhaupt tat, ob wir künftig öfter auf diese Wesen treffen würden. Ich bekam entweder gar keine Antwort oder sein allzu typisches »Nicht jetzt, Junge« zu hören.

Mein Meister zog sich in den Wochen nach dem Vorfall mehr und mehr in sich selbst zurück – sofern das überhaupt möglich war. Er grübelte, redete leise mit sich selbst, las in alten Büchern und studierte vergilbtes Pergament. Ich tat es ihm gleich, wurde immer schweigsamer und stellte nicht ohne Erschrecken fest, dass ich mehr und mehr seiner Charakterzüge auch bei mir ausmachen konnte.

Nur mit Mühe schüttelte ich diese Anwandlungen ab und konzentrierte mich darauf, das Leben nicht nur von seiner düsteren Seite zu sehen. Nicht überall nur Tod und Verfall zu erblicken, wie Calcraft es tat. Das war nicht einfach. Meine erste Hinrichtung an der Seite meines

Meisters hatte mich verändert. Etwas war in mir gestorben und wurde durch etwas anderes ersetzt. Was es war, konnte ich nicht genau sagen. Doch ich spürte es. Tag für Tag für Tag. »Der Tod ist allgegenwärtig. Du musst nur genau hinsehen«, hatte mir der Alte vor einiger Zeit eingebläut. »Siehst du dieses Blatt? Noch ist es frisch. Doch das wird es nicht retten. Bald wird es zu Boden fallen und verfaulen. Wie alles auf dieser Welt.«

»Aber wird der Baum im Frühjahr nicht wieder erblühen?«, hatte ich damals gefragt.

»Sicher, doch es wird nicht dieses Blatt sein. Es wird längst wieder zu Erde geworden sein. So wie alles irgendwann wieder zu Erde wird. So wie aus jedem übermütigen Kind ein zahnloser Greis wird. Auch du wirst eines Tages vergehen, Junge. Alles, was wir Henker tun, ist also das Unausweichliche beschleunigen.«

Mein Meister hatte durchaus ein Talent dafür, mir die Stimmung zu vermiesen. Doch einmal mehr schwor ich mir, nicht so zu werden wie er. Dafür gab es zu viel Schönes auf der Welt – selbst hier in England: Der Frühling war endlich hereingebrochen. Und mit ihm milde Nächte und erträgliche Wanderungen.

Deswegen hatte ich irgendwann aufgehört, ihn nach dem Vorfall auf dem Jahrmarkt zu fragen. Und wie so oft war er es, der die Sprache freiwillig darauf brachte. Sturer alter Mann! Musste er sich in seinem Alter – wie hoch es auch sein mochte – eigentlich immer noch wie ein bockiges kleines Kind verhalten? War das nicht eigentlich noch meine Aufgabe? Ich verkniff mir natürlich ein weiteres Mal eine bissige Bemerkung. Das war ein Talent, das ich mittlerweile zur Meisterschaft gebracht hatte.

Nach und nach erfuhr ich so mehr über diesen Zwischenfall, mehr über die wahre Bestimmung meines Meisters. Und lernte einen völlig anderen William Calcraft kennen. Zu einem angenehmeren Menschen machte ihn das vielleicht nicht. Auch nicht zu einem erträglicheren Lehrmeister. Aber immerhin verstand ich sein Tun nun etwas besser.

Es war schließlich nicht selbstverständlich, dass er sein Leben dafür aufopferte, Wechselbälger aus der Welt zu schaffen. Zumal es ihm niemand dankte. Im Gegenteil: Es zwang ihn dazu, noch mehr zum Außenseiter zu werden.

Nur eines begriff ich nicht. »Meister, wieso ziehen Sie als Henker durch die Lande, wenn das doch nur Maskerade ist?«, fragte ich ihn, als die Türme von Newbury vor uns auftauchten. Es war ein milder Frühlingsmorgen und wir liefen durch die Felder von Berkshire. »Gäbe es da nicht … angenehmere Tätigkeiten? Landstreicher zum Beispiel?«

Völlig überraschend erhielt ich eine Antwort. Vielleicht hatte der Alte aber auch nur das Gefühl, dass er mich nicht ewig mit seinen Ausflüchten abspeisen konnte. »Erinnerst du dich an das alte Wechselbalg auf dem Jahrmarkt?«, entgegnete er. »Daran, was ich mit ihm gemacht habe?«

Ich nickte. Wie sollte ich das vergessen? Diese brennenden Augen, dann das qualvoll röchelnde Geräusch, das heisere Schmatzen und schließlich das nasse Schleifen, als mein Meister das Geschöpf in den nahen Wald gezerrt hatte. Die Bilder hatten sich wie Brandmale in mein Gedächtnis eingebrannt.

»Dies ist der einzige Weg, diese Ausgeburten der Hölle zu vernichten«, sagte Calcraft mit dunkler Miene. »Der Strick um den Hals, dazu eine Menge zusätzliches Gewicht – nur so sind diese Kreaturen von ihrer vergifteten Seele zu trennen.«

So langsam dämmerte mir etwas. »Ihre Hinrichtungen, Meister. Ihre … Spektakel, bei denen Sie sich an die Beine der Verurteilten hängen und hin- und herschwingen …«

» … sind nötige Maßnahmen, um diese verdammten Wechselbälger loszuwerden, ja. Und nicht Methoden, die zur Belustigung der Massen oder, noch schlimmer, zu meiner eigenen Belustigung dienen.«

Das musste ich erst einmal verdauen. Er machte sich zu dieser gefürchteten Gestalt, um in Ruhe seiner eigentlichen Aufgabe nachgehen zu können? »Wieso nehmen Sie das auf sich?«

»Einer muss es tun, Junge. Das ist im Grunde nichts anderes als unsere Aufgabe als Henker, wenn auch ein Los, das noch einsamer macht. Die Maskerade als Henker erlaubt es mir, ungestört umherzureisen und zugleich Todesurteile auszuführen. Was hätte ich tun sollen, als ich von ihrer Existenz erfuhr? Wegsehen und so tun, als sei ich so unwissend wie der Rest der Welt?« Er blickte mich mit großen Augen an. »Wechselbälger, musst du wissen, sind durch und durch böse Wesen. Ich weiß nicht genau, wie viele es derzeit von ihnen gibt, doch viele von ihnen landen früher oder später hinter Gittern. Sie können gar nicht anders. Sie müssen uns Leid zufügen. Das macht es leicht, einige von ihnen aufzuspüren. Aber umso gefährlicher, diejenigen aufzuspüren, die sich noch auf freiem Fuß befinden. Das sind sie meist nur, weil sie sich als überaus tückisch erweisen. Oder als überaus mächtig.«

»Woher haben Sie Ihre Informationen, Meister?«, wollte ich wissen. Diese Frage lag mir schon lange auf der Zunge und ich spürte, dass der Alte gerade ungewöhnlich redselig war.

»Das tut nichts zur Sache«, meinte er knapp. Für einen kurzen Moment schien es, als wäre das Gespräch damit beendet. Wir hatten das Stadttor fast erreicht, und für gewöhnlich versiegte damit sowieso jeder noch so kleine Gesprächsfluss. William Calcraft duldete es nicht, dass man seinen Worten lauschte – so profan sie auch sein mochten. »Wichtig ist nur eines, Junge: Das wird nicht das letzte Wechselbalg gewesen sein, dem wir gegenüberstehen werden. Solange du mein Gehilfe bist …« Er pausierte. »Oder zumindest solange du meine Arbeit ausführst«, fuhr er mit einem merkwürdigen Seitenblick auf mich fort, »werden wir sie jagen. Sie finden. Und sie vernichten. Es ist gut möglich, dass du bald erneut einem dieser Wesen entgegentreten musst. Und diesmal wird es wahrscheinlich kein altes und gebrechliches Ding sein, das kaum Widerstand leistet.«

»Wann wird es so weit sein?«, fragte ich. Wir waren kurz vor dem Stadttor zum Stehen gekommen, schon hörte ich die Marktschreier um die Gunst der Kunden buhlen. »Woher wissen Sie, wo sich diese Wechselbälger aufhalten?«

»Ach …« Er winkte ab. »Von wissen kann eigentlich keine Rede sein. Ich habe einen ganz ordentlichen Riecher, was diesen Abschaum angeht. Dazu gute Kontakte überall im Königreich. Und den einen oder anderen Hinweis in Aufzeichnungen und Urteilssprüchen.« Er setzte sich wieder im Bewegung. Irgendwie schien es mir, als wolle er das Gespräch beenden, einfach indem er die Stadt betrat. »Und jetzt kein Wort mehr davon«, zischte er leise. »Was ich dir erzählt habe, geht nur dich und mich etwas an. Niemand darf erfahren, was unsere eigentliche Aufgabe ist!«

Ja, so verhielt es sich mit meinem Meister. Für jede Frage, die er in seiner Gnädigkeit beantwortete, tauchten regelmäßig zwei neue auf. Mindestens. Eine äußerst nervtötende Angewohnheit, das musste ich schon sagen.

Ich hatte zwar einiges gelernt, wusste aber noch immer nicht, woher die Wechselbälger genau kamen, was wir ihnen Schlimmes angetan hatten und wie viele von ihnen sich in diesem Land versteckten. Ob ich eine Bibliothek aufsuchen sollte? In der Abteilung »Märchen und Sagen« würde ich sicherlich eine Menge Material zu den Alben und ihren grausigen Wechselbälgern finden. Ob tatsächlich alles der Wahrheit entsprach, was in diesen Werken stand, wagte ich selbst nach meiner unvergesslichen ersten Begegnung mit einem dieser Wesen zu bezweifeln.

Einmal hatte ich beispielsweise gehört, dass sie die Kinder essen, die sie stahlen. Ein anderes Mal, dass sich der Eingang ihrer Welt unter Brücken, an Weggabelungen und bei Flussquellen befand. Manchmal waren sie klein und behaart, manchmal riesig und mit Schuppen besetzt. Zumindest in einem Punkt enthielten alle Legenden über sie ein Fünkchen Wahrheit: Wechselbälger waren stets hässlich, gefährlich und gemein.

Ich musste mich zunächst also damit begnügen, dass es Dinge auf dieser Welt gab, die ich bislang ins Reich der Fantasie geschoben hatte.

Aber wie konnte es sein, dass sonst kaum jemand darüber unterrichtet war, wie der Alte behauptet hatte? Fragen über Fragen.

Unser Kommen schien niemanden in Newbury zu interessieren. Noch immer wusste ich nicht, was uns hierhergeführt hatte, doch mittlerweile hatte ich gelernt, dass mein Meister einen Ort niemals zufällig aufsuchte. Dennoch unterschied sich Newbury deutlich von anderen Städten, die wir in den vergangenen Monaten besucht hatten: keine angsterfüllten Blicke, kein ablehnendes Verhalten, keine Kinder, die hastig beiseitegezogen wurden. Und, wie ich feststellte, als wir den trubeligen Marktplatz erreichten: keinen Galgen.

In letzter Zeit hatte ich mehr Städte mit Galgen gesehen als ohne. Das schlug offensichtlich aufs Gemüt der Bürger, denn hier in Newbury fehlte von schlechter Stimmung jede Spur. Wir kamen an einem Viehmarkt vorbei, auf dem es zwar äußerst streng roch, aber ein heiteres Treiben herrschte, sogar eine eigene Zeitung gab es hier. Die Straßen waren durchgehend von Gaslaternen gesäumt, auch abends würde es hier nie ganz dunkel werden. In Sheerness konnte man froh sein, wenn man im Winter auf dem Nachhauseweg nicht stürzte und sich alle Knochen brach. »Wir sind also nicht für eine Hinrichtung hier, Meister?«, fragte ich zaghaft, nachdem wir eine Weile durch die Straßen gelaufen waren. Es überraschte mich einmal mehr, wie locker ich mittlerweile mit diesem Thema umging. Der eine oder andere baumelnde Strick hatte wohl durchaus seinen Anteil daran, meine Lehrlingszeit blieb also nicht ohne einen gewissen Lerneffekt.

Calcraft schüttelte den Kopf. »Diesmal nicht, Junge. Und doch sind wir nicht zufällig hier gelandet«, meinte er leise, als wir in den Schatten der Kirche traten. Sie war ungewöhnlich groß, beinahe eine Kathedrale.

Ich ließ das Gesagte wirken. War das wieder einer seiner Sprüche? Ich wusste nie, wann er mich testete. »Nicht zufällig, weil der Tod überall auftauchen kann?«, fragte ich testweise.

Mein Meister verzog den Mund. »Das ist nichts Neues.« Er zeigte auf eine Reihe Wohnhäuser. »Die Häuser von heute sind die Gräber von morgen, die guten Vorsätze am Frühstückstisch das Todesurteil am Abend. Aber das meinte ich nicht, Junge.«

»Lassen Sie mich raten: Wir sind ihretwegen hier.« Den Namen dieser Wesen laut auszusprechen, hatte mir mein Meister schärfstens verboten. Ich hatte in den letzten Monaten einige seiner wirkungsvollen Bestrafungsmethoden kennengelernt, also hielt ich mich tunlichst daran. »Sie haben wieder welche aufgespürt.«

»Gut möglich.« Ich durchschaute meinen Meister mittlerweile genug, um hellhörig zu werden. Immer wenn er aufgeregt war, wurde seine Stimme ein wenig kratzend. So unlustig der Anlass auch war: Ich musste in mich hineingrinsen. Also hatte ich recht!

»Ich bin mir noch nicht sicher. Aber wir müssen bereit sein. Nur für den Fall. Hier …« Er reichte mir ein Blatt Papier, auf dem er mit seiner spinnengliedrigen Handschrift einige Gegenstände notiert hatte. »Du besorgst das, während ich mich umsehe. Wir treffen uns bei Dämmerung im *Bacon Arms*.«

Diese Besorgungsgänge kannte ich schon. Meist wollte mich mein Meister damit bei Laune halten und ablenken, während er etwas auf der Spur war. Ich ließ ihn gewähren, auch wenn ich es mittlerweile recht albern fand, dass er noch immer Dinge vor mir verheimlichte. Doch es kümmerte mich nicht weiter. Für den Moment genoss ich es regelrecht, durch eine Stadt zu schlendern, ohne mich als Henker zu erkennen zu geben.

Und da war noch etwas.

Erst war es schwer, es zu bestimmen, doch nachdem ich neue Schnürsenkel beim Schuhmacher besorgt hatte, merkte ich, dass mich ein seltsames Hochgefühl durchströmte. Woher es kam, konnte ich mir nicht erklären. Je länger ich darüber nachdachte, desto mehr merkte ich, dass ich die ganze Sache aufregend fand. Dass ich es kaum erwarten konnte, wieder einer solchen Kreatur auf die Spur zu kommen. Obwohl mich noch immer ein Schauer überlief, wenn ich an meine erste und bislang einzige Begegnung mit ihnen dachte, wollte ich wissen, wer diese Wechselbälger waren. Woher ihre Wut kam. Ob ich mit ihnen fertigwerden würde.

Endlich schien ich das Abenteuer gefunden zu haben, das ich schon mein ganzes Leben lang gesucht hatte. Und eine willkommene Abwechslung zu unserem Geschäft mit Strick und Galgen war es allemal.

»Abendessen is' bis acht und keine Minute länger«, schnauzte mir der mürrische Gastwirt im *Bacon Arms* statt einer Begrüßung entgegen. »Sag deinem Meister, dass wir den Koch seinetwegen nicht länger beschäftigen. Was denkt er denn, wer er ist? Der Erzbischof von Canterbury, oder was?« Er spuckte aus. »Nicht zu fassen! Kann man ja nur hoffen, dass dem feinen Herrn Lamm und Kartoffeln recht sind.«

Ich zog es vor, nichts darauf zu erwidern und eilte die schiefe Holztreppe ins Obergeschoss hinauf. Es geschah nicht selten, dass es sich mein Meister schon bei seiner Ankunft mit Gastwirten verscherzte. Und in den meisten Fällen konnte ich das verstehen. Wenn auch nur aus Sicht der Gastwirte natürlich.

»Diesem Lump werde ich noch was erzählen.« Calcraft lief mal wieder im Zimmer auf und ab. »Was denkt er denn, wen er vor sich hat? Einen nichtsnutzigen Bürstenverkäufer auf der Durchreise? Unverschämt! Er kannte mich nicht einmal!«

Ich musste grinsen und wandte mich schnell ab. Für jemanden, der nichts auf sein Äußeres gab und dem sein Ansehen völlig egal war, war mein Meister furchtbar eitel. Er war es gewohnt, dass man ihn kannte, dass schon die bloße Nennung seines Namens Türen öffnete, die Menschen einschüchterte und ihm eine Sonderbehandlung garantierte. Doch bis nach Newbury hatte es sein Ruf offenkundig noch nicht geschafft.

»Was ist denn so schlimm daran, bis acht Uhr zu Abend zu essen?«, tastete ich mich behutsam vor. In solchen Momenten musste ich stets sehr vorsichtig vorgehen. Mehr als einmal hatte sich sein Zorn dann direkt gegen mich gewandt. »Ich könnte sogar jetzt schon etwas Lamm vertragen.«

»Papperlapapp, Junge, du weißt nicht, was du redest!« Der Alte wurde aufbrausend. »Du wirst deine Kräfte heute Nacht brauchen!«

Mein Herzschlag beschleunigte sich. »Heißt das etwa …«

»Ja doch, aber nicht so laut. Die Wände in diesen Gebäuden sind bekannt dafür, Ohren zu haben.« Er blickte sich argwöhnisch um. »Womöglich sogar Augen.«

Ich senkte meine Stimme auf ein Flüstern. »Wie gehen wir vor?«

»Wir warten«, sagte Calcraft leise. »Es ist nicht immer leicht, sie aufzuspüren, also muss man sich manchmal … selbst aufspüren lassen.«

Ich verstand nicht. »Wie meinen Sie das?«

Er blickte mich an, die buschigen Brauen dicht zusammengezogen. »Sagen wir, ich habe eine Spur hinterlassen, die man nicht verfehlen kann.«

Mir dämmerte, worauf er hinauswollte, und ich erbleichte. »Wir … wir sind also der Köder?«

Ein bitteres Lächeln umspielte die Lippen des Henkers. »Das sind wir. Wollen wir hoffen, dass etwas anbeißt.«

Langsam kroch die Dunkelheit in unser Zimmer. Eine einsame Kerze warf ihren flackernden Schein auf Calcrafts kantige Züge, ließ seinen gekrümmten Schatten geisterhaft über die Wand huschen.

Wir warteten. Das Abendessen lag längst hinter uns, vor meinem Meister stand ein leerer Bierkrug. Wie lange wir warteten, auf was wir warteten oder was danach geschehen würde, hatte er mir vorenthalten. Einmal mehr.

»Das Mädchen«, begann er unvermittelt, nachdem er einige Zeit miefige Rauchringe zur Zimmerdecke geblasen hatte, »liebst du es wirklich?«

Regelmäßig kam er darauf zu sprechen, aus welchen Gründen auch immer ließ ihn das Thema nicht los. War es, weil er sie verschont hatte? Weil er Gnade gezeigt hatte – und das, obwohl ich sie seither nie wieder bei ihm aufblitzen gesehen hatte?

Es fiel mir nicht leicht, darauf einzugehen. Ich sah in dem Alten viel, aber gewiss niemanden, mit dem ich über die Belange meines Herzens sprechen wollte. Eher hätte ich mich mit dem Griesgram von Wirt darüber ausgetauscht als mit William Calcraft, dem Henker und Schreckgespenst einer ganzen Nation.

»Ich denke schon, ja«, antwortete ich zögerlich.

»Vermisst du sie?«

»Jeden Tag.« Das entsprach der Wahrheit. Unzählige Briefe hatte ich seit meinem Weggang aus Sheerness an sie geschrieben, stets versehen mit meinen nächsten bekannten Aufenthaltsorten. Entweder hatten sie sie nie erreicht – oder sie hatte mich längst vergessen. War ich ihr am Ende immer egal gewesen? Mir war in den letzten Wochen längst klar geworden, dass ich ihr mehr als einmal nützlich gewesen war, dass sie Nettigkeiten gegen kleine Dienste getauscht hatte. Dennoch weigerte ich mich, ausschließlich Kalkül darin zu vermuten. Es war jedoch eine Zuversicht, die langsam bröckelte.

Calcraft sah mich lange an. »Die Liebe ist das Einzige auf der Welt, das mehr Leid verursachen kann als der Tod«, sagte er mit brüchiger Stimme. Und erzählte mir von seiner großen Liebe. Von der Liebe, die ihm das erste und einzige Mal in diesem Leben Schönheit und Glück gezeigt hatte. Von der Liebe, für die er alles getan hatte. Von der Liebe, mit der er fast vor den Altar getreten war. Von der Liebe, die einen anderen Menschen aus ihm gemacht hatte und die er am Ende dennoch an den Galgen bringen musste. Weil sie aus Notwehr einen Mann erstochen hatte. Weil er keine andere Wahl gehabt hatte. Weil er der Henker war.

»Man tut vieles für die, die man liebt, Junge.« Er musterte mich eingehend, beinahe prüfend, wie mir schien. »Manchmal zu viel. Ist das nicht so?«

Mir war, als würde er in mich hineinschauen. Kein sehr angenehmes Gefühl. Mir wurde mulmig und ich gab eine patzige Antwort. Was hatte ich schon getan? Ich konnte nicht mit Sicherheit sagen, was mit ihrer

Mutter passiert war oder wohin die Kinder verschwunden waren. Der Alte musste das doch ähnlich sehen. Er hatte sie schließlich verschont und an diesem folgenschweren Tag in Sheerness nur einen Menschen an den Galgen gebracht.

Mein Meister sparte sich eine Antwort, gab sich stattdessen mit einem missbilligenden Blick zufrieden und wandte sich der Kerze zu. Er klopfte seine Pfeife aus, blies sie sauber, krümelte sich eine neue Ladung von seinem Lieblingstabak hinein und paffte mit zusammengekniffenen Augen vor sich hin. Schon jetzt wusste ich, dass ich ihn auf ewig so in Erinnerung behalten würde. Den Rest des Abends schwiegen wir. Darin waren wir zwei mittlerweile richtig gut.

Irgendwann, ich musste kurz im Sitzen eingenickt sein, rüttelte mich Calcraft wach. »Es ist so weit«, raunte er mit tonloser Stimme. Die Kerze war erloschen, das Zimmer lag in tiefer Dunkelheit. »Hör jetzt gut zu, Junge: Du versteckst dich im Schrank und verhältst dich ruhig. Du kommst auf keinen Fall heraus, ganz gleich, was du hören wirst. Du bleibst dort drin, bis ich dich rufe, hast du mich verstanden?«

Ich nickte. Dann erinnerte ich mich daran, dass es stockfinster war, und schickte ein heiseres »Ja« hinterher.

»Es muss so aussehen, als wäre ich allein. Los, rasch jetzt. Und keinen Mucks!«

So begann es also.

Ich verschanzte mich im Kleiderschrank, zog die Tür hinter mir zu und versuchte, eine halbwegs bequeme Position einzunehmen. Vergeblich. Gebückt kauerte ich mich an die Hinterwand, den Geruch von Mottenkugeln und altem Schweiß in der Nase.

Ein unangenehmer Gedanke durchzuckte mich.

Was, wenn es hier Spinnen gab? Allein durch die Vorstellung, mit diesen vielbeinigen Monstrositäten eingeschlossen zu sein, schüttelte es mich. Schnell schob ich sie beiseite.

Mach dich nicht lächerlich!

Immerhin erwartete ich hier das Auftauchen eines Wechselbalgs.

Wie sich herausstellte, schien es dieses Wechselbalg nicht eilig zu haben. Dafür, dass Calcraft mir zuvor noch erzählt hatte, welch hoher Preis unter ihnen auf seinen Kopf ausgesetzt war, ließ es sich gehörig Zeit.

Ich wartete. Und wartete. In der Dunkelheit hatte ich schnell jegliches Zeitgefühl verloren. Kein Laut drang aus dem Zimmer herein. Wie lang mochte ich bereits hier kauern? Drei Stunden? Eine halbe Stunde? Ganz gleich – mein Rücken sagte mir, dass es bereits viel zu lang war.

Da – war das ein Knarren gewesen? Angestrengt horchte ich in die Finsternis. Kein Zweifel: Jemand – oder etwas – versuchte, möglichst leise eine Tür zu öffnen. Ich hielt den Atem an, mein Herz schlug mir bis zum Hals und drohte einfach aus meinem Körper zu hüpfen.

Es machte mich halb wahnsinnig, weder etwas zu hören noch zu sehen, doch ich erinnerte mich an Calcrafts Worte. Ich würde den Teufel tun und vorzeitig aus meinem Versteck stürmen. Ich wusste ja nicht einmal, was ich dann machen sollte!

Ein fauliger Geruch drang in den Schrank. Jetzt war ich ganz sicher. Wir waren nicht mehr allein. Solch ein ekelerregender Gestank konnte nur von diesen Monstern kommen – und das, obwohl es auch in diesem Städtchen alles andere als angenehm gerochen hatte.

Atemlos wartete ich in meinem Versteck, als draußen plötzlich ein Tumult ausbrach. Ich hörte ein Gurgeln, ein Poltern, einen kehligen Laut, einen Aufprall … und dann Calcrafts Schrei. »Jetzt!«

In völliger Unwissenheit, was mich im Zimmer erwartete, stürmte ich hinaus, bis zum Zerreißen angespannt und mehr als nur ein wenig ängstlich.

Das Bild, das sich mir bot, war mit nichts zu vergleichen. Dagegen wirkte selbst meine erste Begegnung mit diesen Scheusalen auf dem Jahrmarkt wie ein Spaziergang. Mir gefror tatsächlich das Blut in den Adern – und dabei hatte ich diese Redewendung immer als Quatsch abgetan.

Bis jetzt.

Eine Kälte kroch durch meine Venen und schnürte mir die Kehle zu. Durch die geöffnete Tür fiel Licht auf eine … nein, zwei Kreaturen von solch abstoßender Hässlichkeit, dass mich mein erster Impuls fast zur Tür herausstürmen ließ. Dünn spannte sich ihre graue Haut über die breiten Gesichter, mitleidlos blickten die Knopfaugen umher. Und ihre Münder … ihre Münder waren direkt einem dieser alten Bilder entsprungen, mit denen mein Vater angebliche Sünder auf den angeblich rechten Pfad zurückführen wollte. Mir waren diese Bilder immer noch lieber gewesen als sein geheucheltes Gerede von Moral und Sittsamkeit. Selbst wenn sie mit ihren abgebrochenen Zähnen und eingerissenen Lippen jetzt genau vor mir standen.

Mein Meister hatte eine der Abscheulichkeiten zu Boden gerungen und ihr bereits seine Schlinge um den Hals gelegt, als die andere ein boshaftes Zischen ausstieß. Das Wechselbalg hatte mich entdeckt. Für einen grässlichen Moment musterte es mich aus seinen bösen kleinen Augen und ich konnte förmlich spüren, wie es über meinen Tod nachdachte. Mein Herz stand still. Ich war überzeugt davon, dass es mich anspringen würde. Ich erstarrte, die Hand fest um die Schlinge in meiner Tasche geschlossen. Würde ich mit diesem Ding überhaupt fertigwerden? Ich bezweifelte es.

Dann war es mit einem Satz am Fenster, riss es auf und verschwand in der Nacht.

Alles war so schnell gegangen, dass ich keinen einzigen klaren Gedanken fassen konnte. Als ich zu mir kam, merkte ich, dass ich bereits aus dem Fenster geklettert war und die Verfolgung aufgenommen hatte. Brüllte mir der Alte noch irgendwas hinterher? Unmöglich zu sagen. Beging ich hier gerade eine gewaltige Dummheit? Das war schon einfacher zu sagen. Doch es war längst zu spät. Ich handelte instinktiv und hastete weiter.

Gerade sah ich das Wechselbalg hinter der nächsten Straßenecke verschwinden. Es wollte also zum Fluss. Ich rannte, so schnell ich konnte. Die kalte Nachtluft brannte in meinen Lungen, die Ungewissheit in meinem Kopf. Was hatte Calcraft gesagt? Den Strick um den Hals legen und dann mit aller Macht daran ziehen? Klang nicht allzu schwer. Ich ging jedoch nicht davon aus, dass dieses Wechselbalg keinerlei Widerstand leisten würde. Und dann …?

Völlig egal.

Ich musste es versuchen. Außerdem war da etwas, das mich antrieb. Die alte Aufregung, die ich schon einige Stunden zuvor verspürt hatte, war wieder da, raunte mir zu, ich solle nicht aufgeben.

Wenn Elizabeth mich jetzt nur sehen könnte! Sie hatte meinen Mut immer bezweifelt – und das, obwohl ich mehr als einmal den Kopf für sie hingehalten hatte. Ich wusste nicht, weshalb mir dieser Gedanke ausgerechnet jetzt kam, doch wie ich gerade durch den Wald eilte, wurde mir plötzlich bewusst, dass Liz dergleichen niemals für mich getan hätte! Woher auch immer diese Erleuchtung kam – sie hatte mich ausgenutzt. Und ich war darauf hereingefallen. Wieder und wieder und wieder. Sie hatte es ja nicht einmal für nötig gehalten, auf einen meiner Briefe zu antworten.

Genug davon!

Ich eilte am Fluss entlang, die Stadt längst ein schwarzer Schemen hinter mir, das Wechselbalg ein Schatten vor mir. Es flüchtete in den Wald, doch ich holte auf. Ich hörte es keuchen, ein rasselndes, schmatzendes Geräusch. Ich kam näher. Immer näher. Es war langsamer als ich, vielleicht war es ja auch schwächer?

Jetzt waren wir mitten im dichten Wald, der Fluss nur mehr ein leise murmelnder Bach in der Nacht.

Dann war das Wechselbalg verschwunden. Ein wenig Mondschein fiel durch das Geäst, doch von dem gedrungenen Wesen fehlte jede Spur. Einzig sein fauliger Geruch hing noch in der Luft. Zaghaft pirschte ich mich vor.

Urplötzlich wurde mir klar, welch gewaltige Dummheit ich gerade beging. Es konnte überall sein. Warten. Lauern. Mich aus der Dunkelheit heraus beobachten.

Nackte Angst überkam mich. Was wäre jetzt ratsam?

Ich machte einige weitere Schritte in den Wald hinein, erschrak fürchterlich über den Schrei einer Eule und machte entschlossen kehrt.

Da hörte ich es.

Erst war da ein Rascheln. Und dann erklang etwas viel Schlimmeres direkt hinter mir. Ein heiseres, meckerndes Lachen.

Langsam drehte ich mich um – und wurde zu Boden gerissen.

Ich versuchte, mich zu wehren. Vergeblich. Wie Baumstämme drückten mich zwei Arme in den feuchten Waldboden, direkt über mir schwebte die Fratze des Wechselbalgs. Speichelfäden liefen sein Kinn hinunter, sein Atem schlug mir wie eine Kloake ins Gesicht.

»Hab dich, kleiner Henker«, kroch die Stimme des Wesens aus seiner Kehle empor. »War nicht sehr schlau, ohne den Alten hierherzukommen, was?«

Es war eine Falle gewesen! Ich spürte seine Hand an meiner Kehle, wollte schreien, doch ich brachte keinen Laut heraus.

»Aufhängen wollt ihr uns, ja? Uns hübsch die Seele aus dem Leib reißen? Dann wollen wir jetzt mal sehen, wie dir das gefällt, oh ja.«

Langsam, ganz langsam drückte das Wesen zu. Mit aller Kraft versuchte ich, mich zu wehren, trat mit meinen Füßen nach allem, was ich erwischen konnte. Das Wechselbalg nahm keine Notiz davon. Ich bekam keine Luft, röchelte, schon tanzten mir verschwommene Sterne vor den Augen.

Ein plötzlicher Ruck ließ mich die Augen aufschlagen. Calcraft! Er erhob sich hinter dem Wechselbalg, die Schlinge bereits um den Hals der Kreatur gelegt. Er wollte es von mir wegzerren, doch mit hasserfülltem Gesicht versuchte es, meinen Hals wieder zu fassen zu kriegen. Mein Gott, dass ein Wesen so viel Hass ausdrücken konnte. Es schwebte selbst in Lebensgefahr und wollte mir doch um jeden Preis an den Kragen.

»Verschwinde da, Junge!«, rief mein Meister barsch.

Das tat ich zu gern. Hastig krabbelte ich nach hinten, hustend brachte ich einige Entfernung zwischen mich und diese Bosheit. Calcraft zwang das stinkende Wesen zu Boden, zog die Schlinge zu und riss mit so unglaublicher Stärke daran, dass er die Kreatur fast köpfte. Leblos sackte sie in sich zusammen, blieb zuckend in der Erde liegen und bewegte sich nach kurzer Zeit gar nicht mehr.

Schwer atmend lehnte sich mein Meister an einen Baumstamm. Er sah alt aus, blutete und wirkte erschöpfter, als ich ihn jemals gesehen hatte. Instinktiv wappnete ich mich für die Standpauke. Doch sie kam nicht.

Stattdessen humpelte mein Meister zu mir herüber. »Wie geht es dem Hals?«, fragte er mit besorgter Miene. Beinahe fürsorglich tastete er mich ab. Noch nie war er mir so … väterlich erschienen. Obwohl … streng genommen wusste ich gar nicht, was das zu bedeuten hatte.

»Es … es geht schon«, brachte ich mit einiger Mühe hervor. Das war gelogen. Mein Hals brannte wie Feuer, meine Zunge war angeschwollen, das Sprechen war die reinste Qual.

Schwerfällig ging er neben mir in die Knie. »Das war sehr töricht, Richard«, begann er. Na also, da war sie, die Standpauke. Doch mein Meister überraschte mich erneut, als er mir die Hand auf die Schulter legte. »Aber auch sehr mutig. Du hast heute Nacht die wichtigste Prüfung bestanden.« Er ließ ein seltenes Lächeln aufblitzen. »Und sogar überlebt. Das muss gefeiert werden! Komm«, er erhob sich ächzend, »gehen wir zurück. Mal sehen, ob wir diesen Griesgram von Wirt wach kriegen. Ich könnte jetzt einen warmen Gin vertragen.«

IV

William Calcraft

Der Junge entwickelte sich, das musste ich zugeben. Ich hatte mich nicht getäuscht in ihm, als ich ihm am Schafott zum ersten Mal begegnet war. Wie lang war das jetzt her? Mir fiel es immer schwerer, das Verstreichen der Zeit bewusst wahrzunehmen. Ein Jahr? Nein, gewiss war es schon länger.

In der Tat, er machte sich, war ein beherzter und fleißiger Lehrling. Noch hatte er einen langen Weg vor sich, verhielt sich oft töricht, war unaufmerksam und unverständig. Doch es mangelte ihm nicht an Mut. Und den würde er brauchen, bevor das Ende kam. Selbst ich wusste nicht, was uns erwartete. Von ihr. Alles hätte ich für das Wissen gegeben, wo sie sich aufhielt. Was sie plante. Wie viele ihrem Ruf bereits gefolgt waren.

»Du hattest Furcht, nicht wahr?«, fragte ich ihn, als wir in das Gasthaus zurückgekehrt waren. Mir war es geglückt, den nichtsnutzigen Wirt dazu bewegen, uns mit zwei wohltuenden, heißen Bechern Gin zu versorgen. Das Blut auf meiner Kleidung hatte ihn wahrscheinlich davon überzeugt, dass ich tatsächlich niemand war, mit dem man diskutieren wollte. Kein falscher Eindruck, wie ich nicht ohne Wohlgefallen feststellte.

Richard nickte. Er schien mir noch immer reichlich zerstreut, doch ich hatte nicht den Eindruck, dass die Ereignisse dieser Nacht bleibende Schäden hinterlassen würden. Das war angesichts zweier Wechselbälger nicht unbedingt zu erwarten gewesen.

»Furcht ist gut, jedoch darf sie dich nicht kontrollieren. Setze sie als Waffe ein, lasse dir deine Sinne von ihr schärfen. Dann wird sie dir dabei helfen, am Leben zu bleiben. Wenn du der Furcht auch nur ein einziges Mal die Oberhand überlässt, wird sie dich zerfleischen.«

Ich wusste, wie wahr das war! Mehr als einmal hatte mich meine Furcht fast in den Wahnsinn getrieben, hatte sich zum König und mich zum Sklaven gemacht. Das waren die Momente gewesen, in denen ich davon überzeugt war, nicht mit dem Leben davonzukommen. Wie oft war das der Fall gewesen? Zehnmal? Hundertmal?

Doch ich hatte weitergemacht. Jedes Mal den Blick nach vorn gerichtet und versucht, den nach hinten zu vergessen. Das Schreckliche, das noch vor mir lag, das seit so vielen Jahren an den Rändern meiner Wahrnehmung aufflackerte, hatte seinen Teil dazu beigetragen. Ganz gleich, wie viele Jahre ich schon meiner Aufgabe nachkam, ganz gleich, wie viele Wechselbälger ich in modrigen Zellen, in Erdlöchern, unter Brücken aufgespürt hatte, lag die schwierigste Aufgabe noch immer vor mir.

»Hatten Sie eben im Wald keine Angst, Meister?«

Ich überlegte. Wie konnte ich ihm das erklären? Wie konnte ich etwas in Worte fassen, wofür ich selbst keine Worte hatte? Konnte man etwas fürchten, was man so gut kannte? Was so vertraut war? Fürchtete man den dunklen Wald nicht nur deswegen, weil er fremd war, voller seltsamer Geräusche? Und fremd … fremd waren mir diese Wesen nicht. Oh nein, das waren sie nicht.

»Das würde ich nicht sagen«, begann ich langsam. »Doch ich fürchte sie nicht mehr, als ich den Tod fürchte.«

»Dann haben Sie keine Angst vor dem Ende?«

»Nein, Junge, habe ich nicht.«

Den Rest sprach ich nicht aus, fügte ihn aber in Gedanken hinzu: *Ich bin sogar froh, wenn mich der Tod eines Tages holt, nachdem meine Aufgabe getan ist.*

»Morgen Mittag brechen wir auf«, wechselte ich das Thema. Ich wusste, dass ich damit nicht nur den Jungen auf andere Gedanken bringen wollte. Eines Tages würde ich es ihm sagen müssen. Aber ich hoffte, bis dahin würde er noch mehr Zeit haben, sich darauf vorzubereiten. So gut es ging. Das bedeutete aber eben auch, dass ich ihm noch sehr viel mehr über die Wechselbälger, mehr über ihren Plan erzählen musste. Und gerade das ließ mich davor zurückzucken wie die Schlange vor einer Flamme. Zur Hölle, ich trug meine Schweigsamkeit längst wie einen Mantel, der mir selbst eine Begrüßung wie unnötiges Geschnatter wirken ließ.

»Wohin gehen wir?«, wollte der Junge wissen. Stets wollte er irgendetwas wissen. Immerhin: Mittlerweile hatte der Gin die Blässe erfolgreich aus seinen Wangen getrieben.

Ich konnte es ihm nicht sagen – und noch viel weniger zeigen –, doch er war mir regelrecht ans Herz gewachsen. Das verunsicherte mich mehr, als dass es mich erfreute. Wer ein Leben in Einsamkeit verbracht hatte, den Tod als einzigen Begleiter, gab diese schützende Isolation nicht leichtfertig auf. Denn auch wenn mein Lebenslauf etwas anderes sagte: Ich war praktisch mein ganzes Leben lang allein gewesen. Ein neues Leben schrieb dir ein wenig talentierter Schriftsteller an jeder dritten Straßenecke Londons für ein paar Shilling auf den Leib. Oder eben mein alter Vertrauter, der mein Geheimnis kannte und mich in London bei sich aufgenommen hatte. Der einzige Mensch, den ich Freund nannte.

»Es ist an der Zeit, nach London zurückzukehren.«

Viel zu lange hatte ich die Stadt gemieden, hatte minderwertige Vertretungen meine Arbeit ausführen lassen und meinem Ruf damit zweifellos nur noch mehr geschadet. Ich hoffte nur, dass sie nicht wieder diesen törichten Greis an den Galgen gelassen hatten, der schon mehr als einmal für grausige Unfälle gesorgt hatte.

»Nach London?« Der Junge bekam große Augen. »Wirklich? Wir gehen endlich nach London?«

»Ja doch, Junge, aber freue dich bloß nicht zu sehr. Es mag die größte Stadt der Welt sein. Aber es ist eben auch die schmutzigste. Und die verkommenste. Ein modernes Babel, das mehr Unrat anzieht, als uns lieb sein könnte. Das riecht wie eine einzige gewaltige Kloake. Der Tod regiert die Welt, Junge, und London ist sein Thronsaal.«

Er schien meine Worte gar nicht zu hören. Wie oft war er mir damit seit unserer Abreise aus Sheerness in den Ohren gelegen, wie oft hatte er mich ausgequetscht, wie das Leben in London wohl sei. Natürlich hatte ich entweder gar nicht oder nur ausweichend geantwortet. Ich wollte nicht, dass er sich zu sehr darauf freute. Er wusste nicht, was ihn in London erwartete. Und nach allem, was ich in letzter Zeit erfahren hatte, wusste ich das ebenso wenig.

Es war nicht auszuschließen, dass sie sich längst in London aufhielt. Wenn sich meine Befürchtungen als wahr erweisen sollten, rechnete ich sogar fest damit. Waren wir bereit dafür? Ich wusste es nicht. Wie konnte man für so etwas jemals bereit sein?

Nur ungern gab ich es zu: Auch ich bekam es mit der Angst zu tun.

V

Richard Winters

Ich konnte es kaum glauben. Endlich, endlich ging es nach London! Schon mein ganzes Leben lang wollte ich diese Stadt kennenlernen, die eineinhalb Jahre als William Calcrafts Lehrling hatten mich bei jedem Bahnhof, den wir erreichten, sehnsüchtig hoffen lassen, dass uns unsere Reise diesmal in die aufregendste Stadt der Welt führen würde.

Bislang immer vergeblich. Bislang! Nun saß ich tatsächlich in einem Abteil und wartete auf den schrillen Pfiff des Schaffners, wartete, dass sich die Dampf ausspuckende Lokomotive in Bewegung setzte.

Das Unglaubliche war, dass uns der Zug in nur etwas mehr als einer Stunde vom Bahnhof Reading, den wir heute Nachmittag erreicht hatten, nach London bringen würde. Mit einer Kutsche wären wir geschlagene fünf Stunden unterwegs gewesen! Gab es etwas Großartigeres? Ich fragte mich, weshalb nicht die ganze Welt längst Zug fuhr.

Reading war ein weiterer dieser Orte gewesen, die sich nicht entscheiden konnten, ob sie sich modern oder altmodisch geben wollten. Es gab einen großen Bahnhof, ein mindestens ebenso wichtiges Verkehrsmittel war hier jedoch nach wie vor der Ochsen-, Esel- oder Pferdekarren. Vor dem Bahnhof stand ein ganzer Zoo an Zugtieren!

Mein Meister war mal wieder knickrig gewesen und hatte uns Plätze in der äußerst unbequemen und zugigen dritten Klasse besorgt.

Selbst das war mir egal. Wir fuhren nach London! Da konnte mir nicht einmal Calcrafts flammende Rede gegen diese Stadt und ihre zahllosen Abartigkeiten die Laune vermiesen.

Erstaunlicherweise war auch mein Meister alsbald ungewöhnlich guter Dinge. Seit unserem Abenteuer im Wald schien er seine abweisende Art zumindest vorübergehend abgelegt zu haben. Außerdem war da noch sein Blick. Mir schien, er mustere mich mittlerweile mit anderen Augen. Und das, obwohl ich mich meiner Meinung nach äußerst töricht angestellt hatte.

Eines schwor ich mir, als sich der Zug langsam in Bewegung setzte: Ich würde die Wechselbälger nicht mehr unterschätzen und das nächste Mal bereit für ein Aufeinandertreffen sein. Dass es ein nächstes Mal geben würde, daran hatte ich längst keinen Zweifel mehr. Das war Calcrafts eigentliche Aufgabe. Sein Leben. Ich wusste nur nicht, weshalb er sich ganz in den Dienst dieser Mission stellte. Es gab viel, was mein Meister vor mir verheimlichte. Und ich wusste jetzt, dass das nicht immer schlecht war.

Ich war sein Lehrling. Seine Aufgabe war längst die meine geworden. Mehr brauchte ich für den Moment nicht zu wissen.

Wir teilten das Abteil mit einem hinter einer Zeitung verborgenen Herrn mit Zylinder. Er räusperte sich und schien über irgendetwas offensichtlich so verärgert zu sein, dass er darauf angesprochen werden wollte. Unglaublich: Mein Meister tat ihm diesen Gefallen sogar, derart guter Laune war er heute!

»Wo drückt denn der Schuh, mein Herr?«, erkundigte er sich höflich, als wir Reading hinter uns zurückließen.

Der Zylinder hinter der Zeitung schnaubte. Erst dann senkte er seine Ausgabe der *Times* und sah uns missbilligend an. Sein Schnurrbart zuckte nervös. »Das ist ja wohl ein Scherz. Hier, sehen Sie?« Er streckte uns die eng und klein bedruckte Zeitung entgegen. »Schon wieder eine vermasselte Hinrichtung vor Tausenden Gaffern. Diese Henker sollte man auspeitschen. Was erlauben die sich eigentlich? Denken, sie sind etwas Besonderes, weil sie einen Hebel betätigen oder einen Stuhl wegziehen?« Er schnaubte wieder. »Diese Tölpel benehmen sich, als wären wir noch im Mittelalter, und lassen sich von den Massen feiern. Sie verkaufen sogar Teile ihres Stricks zu horrenden Summen!«

»Fürwahr«, begann Calcraft gefährlich ruhig. Das bedeutete selten etwas Gutes. »Diese Massenhinrichtungen sind in der Tat verachtenswert.«

»Sehen Sie.« Wieder das Schnauben. Ich war gespannt, wie lange mein Meister ruhig bleiben würde. Ich wusste, dass auch er kein Freund von öffentlichen Hinrichtungen war, mehr als einmal hatte er aber ihre Wichtigkeit für seine Arbeit betont. Verstanden hatte ich das nicht. Über den Tod gab es mehr zu lernen, als ich bislang angenommen hatte. Und dabei schien er mir vor meinem Aufeinandertreffen mit Calcraft zu den einfacheren Dingen des Lebens zu gehören: Man starb, und damit hatte es sich. »Wenigstens war dieser Calcraft lange nicht in London zu sehen. Der ist der Schlimmste von allen. Eine richtige Bestie, die aus der grausamen Strafe für einen Verbrecher ein sadistisches Spektakel macht. Den würde ich mir gern mal vorknöpfen.«

»So so, würden Sie das?« Mein Meister blieb noch immer ruhig, doch ich war mittlerweile lange genug an seiner Seite, um die Zeichen von Anspannung zu deuten, wenn ich sie sah. »Und was würden Sie dann tun?«

»Ihm gehörig meine Meinung sagen.« Er klopfte verschwörerisch auf seinen Spazierstock neben ihm. »Und ihm ein wenig Vernunft einbläuen, wenn nötig.«

Mein Meister lächelte. Dann lehnte er sich zurück, öffnete seine Tasche und begann darin herumzuwühlen. »Wo habe ich denn nur …«, meinte er geistesabwesend. »Ah, hier.«

Er zog ein kleines Stück Papier hervor und reichte es dem Zylinderträger. »Hier, bitte, für Sie. Ich wäre dann bereit für ein wenig Vernunft.«

Es war eine seiner Visitenkarten! Warum er die überhaupt besaß, leuchtete mir nicht ein. Wahrscheinlich für genau diesen Moment!

Es war ein Spektakel, die Gesichtszüge des Mannes entgleisen zu sehen. Ungläubig blickte er von der Karte in das Gesicht meines Meisters, zu mir, wieder auf die Karte. »Das …«, begann er, entschied sich dann doch gegen das gesprochene Wort und starrte Calcraft einfach nur an.

»Gestatten, William Calcraft, die Bestie«, meinte er mit einem bösen Lächeln. »Und das ist mein Assistent, Richard Winters, auch ein getreuer und grausamer Gehilfe des Todes. Wie war das nun mit Ihrer Meinung? Und der Vernunft?«

Der Mann erhob sich so schnell, dass ihm sein Zylinder vom Kopf purzelte, als er mit hochrotem Kopf aus dem Abteil stürmte. Calcrafts Lachen folgte ihm durch den Gang.

»Das war … großartig, Meister!«, brach es aus mir heraus.

»Nicht übel, was?« Calcraft lachte noch immer. »Hast du sein Gesicht gesehen?«

Ich lehnte mich zurück und genoss weiter die Fahrt. Wie der Wind flog die Landschaft dort draußen vorbei, Felder, Dörfer, Bäume und Brücken rückten kurz ins Bild und verschwanden dann wieder. Selbst fliegen konnte doch kaum besser sein! Es fühlte sich so an, als würde mein altes Leben mit jeder weiteren Meile mehr verblassen. Ich hatte meine Heimat längst hinter mir gelassen, doch hier in diesem Zug kam es mir erstmals so vor, als brachte er mich direkt in ein neues Leben.

Ich hatte Sheerness verlassen, war den Launen meines Vaters entkommen. Und hatte meine erste Liebe als das erkannt, was sie wahrscheinlich gewesen war. Eine Träumerei. Eine schöne Träumerei zwar, aber eine Träumerei, die ich dennoch überwinden musste. Ich würde als neuer Mensch in London eintreffen. Heimweh? Keineswegs. Ich war neugierig auf das, was vor mir lag. Und das als jemand, der in den letzten Monaten mehr vom Tod gesehen und gelernt hatte als all die Jahre zuvor. »Wo es Menschen gibt, gibt es auch den Tod«, hatte mein Meister mir eingeschärft. »Es ist töricht, das eine vom anderen zu trennen.«

Ja, der Tod gehörte zum Leben dazu. Und erstmals jagte mir dieser

Gedanke keine Angst mehr ein. So wenig auch zwischen Leben und Tod liegen mochte – manchmal war es lediglich ein Stück Strick –, so kostbar machte er das Leben.

Irgendwann hinter dem Bahnhof von Maidenhead brachte uns der Zug durch eine hügelige Moorlandschaft. Bedrohlich dunkle Wolken wehten den Regen wie Bindfäden über das Land, doch die tief stehende Sonne gab sich noch nicht geschlagen und tauchte das Moor in ein unwirklich goldenes Licht unter dem dunklen Himmel.

Dann sah ich ihn: den prächtigsten Regenbogen, den ich jemals erblickt hatte. Mit voller Wucht brach er aus den Wolken, kräftig schimmerte er in allen Farben und verlor sich irgendwo in weiter Ferne.

War das nicht auch eine Legende? Der Kobold, der am Ende des Regenbogens einen Goldtopf bewacht. Ein Schaudern krabbelte über meinen Rücken wie tausend kleine Insekten. Was, wenn alle Legenden einen wahren Kern hatten? Wieso sollte nur die grauenerregende Geschichte von den kinderstehlenden Alben und den Wechselbälgern wahr sein?

»Manchmal wäre es besser, wenn eine Legende nur eine Legende geblieben wäre«, sagte Calcraft leise. Einmal mehr hatte er meine Gedanken erraten. »Doch die Alben sind real. Ich wünschte, ich könnte daran etwas ändern. In diesem Land war kein Platz für Alben und Menschen, und die Menschen waren zahlreicher. Sie haben die Alben vertrieben, ohne es zu merken. Ihre Städte, Straßen und ihre Überheblichkeit haben ihnen die Luft zum Atmen genommen. Ja, Junge, so ist der Mensch, doch die Alben sind noch schlimmer. Unbemerkt zogen sie sich zurück in die Zwischenwelt, in diese Welt hinter den Dingen. Dort warteten sie, bis ihre Zeit gekommen war. Sie ließen ihren Hass gären, bis er unerträglich wurde. Dann nahmen sie Rache. Und sie werden nie damit aufhören, wenn man sie nicht aufhält. Wenn wir sie nicht aufhalten.«

Er hielt inne und betrachtete den Regenbogen.

»Kobolde gibt es allerdings nicht, Junge«, meinte er abfällig und sprach nicht weiter. Er schien wieder ganz der Alte, nach dieser Ansprache schweigsamer mit jeder Meile, der wir uns London näherten.

Es war immer noch nicht leicht für mich, die Existenz der Wechselbälger einfach so hinzunehmen. Selbst nach letzter Nacht nicht. Sie hatten meine Albträume derart lang tyrannisiert, dass ich es auch nach den Vorfällen manchmal kaum glauben konnte. Ich fuhr mit der Hand über meine Kehle. Die Schmerzen zeigten mir, dass es diese Wesen tatsächlich gab. Und wir jederzeit wieder auf sie treffen konnten. Hatten wir Menschen das verdient? Gut, wir mochten sie vertrieben haben. Mit Absicht hatten wir das jedoch nicht getan. Ja, ich konnte Calcrafts Hass auf sie zumindest ansatzweise nachvollziehen. Zumal ich mir sicher war, dass ich noch nicht die ganze Geschichte gehört hatte.

»Was ist unser Plan?«, fragte ich nach einer Weile, obwohl ich eigentlich gar nicht mit einer Antwort rechnete. »Was werden wir in London tun?«

»Das, was ein Henker eben so tut, Junge«, gab er mit dunkler Miene zurück. »In einigen Tagen haben wir eine Hinrichtung. Vor dem Newgate-Gefängnis, dem wohl schlimmsten Ort auf Erden. Wollen wir hoffen, dass es regnet. Das hält immerhin einige Menschen ab.«

»Und … in der anderen Sache?«

Er blickte mich streng an. »Das sage ich dir, wenn es so weit ist. London ist ein gefährlicher Ort, Junge. Wir wissen nicht, was uns dort erwartet. Und vor allem …«

»… reden wir nicht darüber!«, beendete ich seinen Satz. Was dachte mein Meister auch, was ich tat? Zum nächstbesten Gemüsehändler gehen und ihm davon erzählen? Oder gleich zur Königin?

»Wer weiß noch davon, Meister? Sind wir wirklich so wenige?«

Demonstrativ stand Calcraft auf und schloss die Abteiltür. »Neugieriger Bursche«, meinte er barsch. »Es sind so wenige, ja. Und das soll auch so bleiben, verdammt. Ich kann dir nicht sagen, wie viele es sind, weil ich mit niemandem darüber spreche. Ich will es auch gar nicht wissen. Wechselbälger halten sich besonders gern in großen Menschenmengen auf. Sie wollen mich schon lange aus dem Weg räumen, doch sie dürfen nicht wissen, dass du auch ein Eingeweihter bist. Das wäre lebensgefährlich!«

»Paddington Station«, fuhr der gellende Ruf des Schaffners dazwischen. »Endstation.«

Ganz wunderbar. Pünktlich zu unserer Ankunft in London hatte es mein Meister also doch noch geschafft, mir die Laune zu verderben.

»Pass doch auf, wo du hintrittst, du Bengel!«

Wir hatten den Bahnhof von Paddington noch nicht mal verlassen und schon hatte ich meinen Meister in dem dichten Gedränge verloren.

So viele Menschen auf einem Haufen hatte ich noch nie gesehen! Im Bahnhof hielten sich doppelt so viele Leute auf wie in meinem öden Sheerness lebten. Mindestens. Mühsam bahnte ich mir einen Weg durch die Menge, rempelte an, wurde angerempelt, ließ Beschimpfungen über mich ergehen, stolperte, kam wieder auf die Beine … und erreichte irgendwann die Bahnhofshalle.

Keine Spur von Calcraft.

Ich eilte unter den gewaltigen Stahlträgern hindurch, meine Tasche fest an mich gepresst.

Ich besaß nichts von Wert. Einige Bücher und Andenken waren mir aber inzwischen sehr teuer geworden. Wenn man keine Heimat mehr hatte, klammerte man sich wahrscheinlich an alles, was auch nur ein wenig persönlich war. Noch hatte ich keinen eigenen Strick, doch der Vertrag sah vor, dass ich ihn eines Tages bekam. Mein Meister hütete seinen wie seinen Augapfel.

Wo war er nur? Als wir aus dem Zug gestiegen waren, war er noch neben mir gegangen. Ob ganz London so vollgestopft war?

»Meister?«, rief ich einem älteren Herrn zu, der sich erstaunt nach mir umschaute und dann kopfschüttelnd das Bahnhofsgebäude verließ. Nein, bis auf den abgewetzten Mantel und den Bart hatte der nun wirklich nichts mit dem Henker gemein gehabt.

Zunehmend nervös durchquerte ich die Halle. Es fiel mir schwer, in diesem Trubel aus vorübereilenden Menschen, Gesprächsfetzen und dem Zischen der Lokomotiven einen klaren Gedanken zu fassen. Sollte ich durch die Tür ins Freie treten? Ich zögerte. Der Alte hatte mir noch im Zug klargemacht, dass wir um jeden Preis zusammenbleiben müssen. Und jetzt das.

Ich blickte mich um. Er war nirgendwo zu entdecken.

»Mist«, fluchte ich leise, fasste mir ein Herz und verließ den Bahnhof. Ich war einem Wechselbalg bei Nacht in den Wald gefolgt, da konnte London wohl kaum so schlimm sein.

Ich sollte unrecht behalten.

Lärm, Gerüche, Farben und ein Durcheinander wie auf einem riesigen Jahrmarkt. Von allen Seiten prasselten Eindrücke auf mich nieder wie starker Regen. Kutschen polterten vorüber, gezogen von vier Pferden und bestückt mit Insassen, die angewidert nach draußen blickten. Verwahrloste Zeitungsverkäufer versuchten, sich gegenseitig mit ihren grausigen Neuigkeiten zu übertönen.

»Der Kensington-Mörder ist noch immer nicht gefasst!« – »Drei Finger in der Themse – blutige Tragödie an den Docks!« – »Pferd trampelt Edelmann nieder!« – »Schon wieder totes Mädchen aus dem Fluss gezogen!«

Mein Gott, es schien, als gäbe es in dieser Stadt nur schlechte Nachrichten – Menschen und schlechte Nachrichten. Nein, das stimmte nicht. Es gab ein ganzes Universum an seltsamen Gerüchen, nicht alle schlecht, aber eben bei Weitem nicht alle gut. Es roch mal süßlich, dann mal eindeutig nach Pferdemist, nach Salz, nach Rost, nach Eisen … dass es so viele Gerüche gab, hätte ich niemals für möglich gehalten.

Und dann dieser Lärm. Direkt neben dem Bahnhof blickte ich in eine riesige Baugrube. Arbeiter wuselten darin umher wie Ameisen, gruben einen Tunnel unter der Straße hindurch und verlegten etwas, das so aussah wie Eisenbahnschienen. Aber eine Eisenbahn unter der Oberfläche dieser riesigen Stadt … Das war unmöglich, oder?

Ich suchte die Menge nach Calcraft ab. Wie sollte ich ihn hier nur finden? Das war doch wie die Suche nach dieser dämlichen Nadel im Heuhaufen. Dort hinten liefen zwei alte Herren mit Spazierstöcken und Zylindern vorbei, hinter ihnen drei Damen mit winzigen Hunden und umso größeren Hüten. Menschen stiegen aus oder in Kutschen, strömten aus dem Bahnhof und in ihn hinein.

Zu allen Seiten versperrten riesige Gebäude die Sicht. Sie waren allesamt eindrucksvoll und wunderschön, doch gerade in diesem Moment wirkten sie beklemmend auf mich, engten mich ein.

Es war hoffnungslos!

»He, du.« Ich wandte mich um und blickte in das Gesicht eines verschlagenen Typen. Er hatte eine Schiebermütze tief ins Gesicht gezogen, die Hände locker in die Taschen gesteckt. »Lust, dir ein bisschen was dazuzuverdienen?«, raunte er mir verschwörerisch zu. »Siehst aus, als könntest du ein paar neue Schuhe brauchen. Und einen neuen Mantel. Und einen Haarschnitt. Und eine warme Mahlzeit. Und …«

»Nein danke!«, ging ich dazwischen und wich zurück. »Kein Bedarf.«

Der Kerl zog eine schmutzige Hand aus der Tasche und betrachtete seine verkrusteten Fingernägel mit einigem Interesse. »Schade, hätte einen zähen Burschen gebrauchen können, der mir am Ufer hilft. Kaum zu glauben, was da alles angespült wird.«

»Nein danke«, wiederholte ich bestimmter, wandte mich rasch um … und stieß mit einer dichten Parfümwolke zusammen. Mit einer Parfümwolke und einer Dame in einem mehr als engen Korsett, um genau zu sein. »Oh, Verzeihung«, brachte ich verlegen hervor.

»Na, was 'aben wir denn da?«, fragte sie mich in einem Akzent, der mir völlig fremd war. »'ast du dich verlaufen?«

»Nein, ich …«, begann ich, doch sie ließ mich gar nicht zu Wort kommen.

»Was meinst du, George? 'at er sich verlaufen?«

Der unheimliche Kerl mit der Schiebermütze kam auf mich zu. Er grinste böse. »Auf jeden Fall! Wir sollten …«

»Das würde ich mir gut überlegen!« Aus dem Nichts tauchte mein Meister auf. Er packte den Mann an der Schulter und zog ihn unsanft weg von mir. Die Dame suchte überraschend eilig das Weite, einzig ihre Parfümwolke verweilte ein wenig länger. »Macht, dass ihr wegkommt!«

Na spitze. Jetzt musste mich mein Meister nicht nur vor Wechselbälgern, sondern auch vor Londons Bewohnern retten.

»Wo hast du gesteckt, Junge? Ich habe dich überall gesucht. Komm, ich habe eine Kutsche gefunden. Wird Zeit, dass wir dieses Chaos hinter uns lassen.«

Endlich konnte ich diese unerklärliche Stadt in Ruhe auf mich wirken lassen. Wir saßen in einer offenen Kutsche, gezogen von zwei mürrischen alten Pferden und einem nicht minder mürrischen Kutscher.

»Gewöhne dich daran, Junge«, hatte mir Calcraft beim Einsteigen zugeflüstert, »es gibt im ganzen Königreich keinen zuvorkommenden Kutscher. Ich gehe fest davon aus, dass dies das alleinige Einstellungskriterium ist.«

Meinetwegen hätte der Kutscher auch der Tod persönlich sein können! Ich wusste gar nicht, wohin ich zuerst schauen sollte. War das aufregend! Überall gab es etwas zu sehen, hinter jeder Straßenecke wartete ein neues Wunder. Dreckig war die Stadt wirklich, damit hatte Calcraft recht gehabt. Aber wen störte das, wenn es überall irgendjemanden gab, der die wundersamsten Dinge verkaufte. Merkwürdige Speisen, Tiere, Eintrittskarten, Elixiere, Blumen, die verrücktesten Früchte, Süßigkeiten, Seife … es gab einfach alles!

»Dort drüben siehst du den Hyde Park«, meinte Calcraft, stopfte sich seine Pfeife und entzündete sie. Ich hatte mich mittlerweile so sehr an sein Ritual gewöhnt, dass ich es erst wahrnahm, wenn ich den Qualm abbekam. Es schien ihm offensichtlich Freude zu bereiten, den Stadtführer zu spielen. »Vor ein paar Jahren fand hier die Weltausstellung statt. Die größte Schau, die diese Welt jemals zu sehen bekam. Da war was los!«

Er tippte den Kutscher mit seinem Stock an. »Wir fahren an der Themse entlang. Ich möchte den Tower passieren.«

»Und ich möchte ein Bier und was zu essen«, schnauzte der Kutscher meinen Meister an. »Nimmt darauf jemand Rücksicht?«

Ich zog überrascht die Luft ein, doch der Alte blieb ganz ruhig. »Ich bezahle Sie nicht für dumme Sprüche«, entgegnete er kühl. Und damit schien die Sache erledigt.

Vor einem prächtigen alten Gebäude, das mein Meister als Oper identifizierte, blieben wir stehen. Die Straße vor uns war verstopft, von allen Seiten drängten Kutschen auf den Platz. »Covent Garden um diese Zeit ist die Hölle«, meinte der Kutscher und spuckte aus. »Aber auf mich hört ja niemand.«

Was dann geschah, war wirklich erstaunlich. Wie auf Kommando strömten plötzlich von überall kleine Jungs und Mädchen herbei. »Ein Penny und ihre Schuhe glänzen mehr als ein frisch geprägtes Pfundstück!«, krähte da ein zerlumptes Kind mit einem Eimer, hier wollte ein Mädchen in einem schmutzigen Kleid Kohle verkaufen. »Ich entsorge Ihren Pferdemist, zwei Pence das Pfund«, richtete wieder ein anderer ein äußerst merkwürdiges Angebot an unseren Kutscher. Der verscheuchte die Kinder wie lästige Fliegen.

»Macht, dass ihr wegkommt!«, schrie er und wedelte mit den Händen. »London ...« Er wandte sich zu uns um und verzog die Lippen. »Hier wollen sie sogar noch mit Pferdemist Geschäfte machen! Irgendwie ja auch kein Wunder – bei 1000 Tonnen Dung am Tag.«

Endlich ging es weiter. Vorbei an Theatern, Pubs, kleinen Geschäften, königlichen Höfen ...

»Und Königin Viktoria? Ist sie auch hier?«, fragte ich.

Calcraft schnaufte abfällig. »Sicher, verschanzt hinter den dicken Mauern und den unerbittlichen Wachen des Palastes, umgeben von Reichtum und Überfluss. Lang lebe die Königin ...«

Der Kutscher schien es einmal mehr für nötig zu halten, sich in unsere Unterhaltung einzumischen. Ich war noch keine Stunde in London und entwickelte schon eine Abneigung gegen diesen Berufsstand. »Seit dem Tod ihres Mannes trägt sie nur noch Schwarz. Man erzählt sich, dass sie diese Farbe nie wieder ablegen wird. Schon jetzt liegen mir die Schneider in den Ohren, dass sie kaum hinterherkommen, schwarze Kleider zu nähen. Der Tod ist eine Industrie geworden, sag ich!«

Mein Meister und ich blickten uns vielsagend an. Das konnte er laut sagen!

»Ist ja alles schön und gut. Als meine Mutter starb, haben wir auch den Spiegel in ihrem Zimmer verhängt und die Uhr angehalten, wie man es eben so macht. Aber man kann es auch übertreiben. Immer muss es einen draufsetzen, dieses Weibsstück.«

Die Menschen gingen tatsächlich sonderbar mit dem Tod um. Sie verhängten Spiegel, damit sich die aus dem verstorbenen Körper befreite Seele nicht darin verfing, sie hielten die Uhren an, weil sie sonst großes Pech fürchteten. Ich hatte diesen Aberglauben nie verstanden, war ihm aber bislang bei jeder Hinrichtung begegnet. Wahrscheinlich musste man sich an irgendetwas klammern, wenn man einen Strick um den Hals gelegt bekam.

In der Ferne erhob sich eine gewaltige weiße Kuppel – St. Pauls Cathedral, die erkannte sogar ich. Wieder stieg ein neuer Geruch in meine Nase. Irgendwie muffig, alt, leicht säuerlich und gräulich.

»Nach was riecht es denn hier?«, wollte ich vom Kutscher wissen.

»Druckerschwärze. Das ist die Fleet Street, Heimat der Zeitungen, Wortverdreher, Berufsalkoholiker und Wichtigtuer. Mit anderen Worten: Hier werden die Lügen produziert, die morgen ganz London glaubt.«

Auch in dieser Straße herrschte eine unglaubliche Geschäftigkeit, wenn sie auch irgendwie anders auf mich wirkte: Zum einen liefen hier fast nur Männer herum, zum anderen sahen sie sich alle ähnlich. Hüte, dunkle Anzüge, Zeitungen unter dem Arm, Zigarre im Mund. Zwischen ihnen liefen jede Menge Zeitungsverkäufer herum, die die druckfrischen Blätter an den Mann bringen wollten.

»Hab schon lang aufgehört, Zeitung zu lesen«, meldete sich unser Kutscher wieder zu Wort. »Wenn ich wissen will, wie schlimm es um unsere Stadt steht, fahre ich in den nächstbesten Krähenhorst.«

»Krähenhorst?«

»Die Armenviertel, Junge. Dort, wo das Elend höher steht als die Themse bei Hochwasser. Wo sich nicht einmal die Polizei hintraut.«

»Wirst du schon noch sehen, Kleiner. Ich soll euch doch nach Whitechapel bringen, oder?« Der Kutscher lachte schrill. »Auch nicht gerade die feinste Gegend, will ich mal sagen.«

Ich blickte meinen Meister erschrocken an. Wieso wohnten wir nur in diesem Whitechapel? Nach allem, was ich bisher wusste, wurde mein Meister nicht schlecht für seine Arbeit entlohnt. Und gab so gut wie gar nichts aus.

»Nicht alle Ecken in Whitechapel sind schlimm«, sagte er tonlos. »Oder sagen wir besser – nicht alle sind lebensgefährlich.«

»Sie müssen es ja wissen«, meinte der Kutscher abfällig.

Ich konzentrierte mich wieder auf meine Umgebung. Es war ja sowieso nicht zu ändern. Calcraft schien mich jedoch einmal mehr zu durchschauen. »Denkst du nicht, ich habe meine Gründe?«, fragte er drohend, und damit war die Sache erledigt. Wie immer eben.

»Extrablatt! Extrablatt!« Ein dicker Junge mit knallroten Backen lief vor uns über die Straße. Er trug ein Bündel Zeitungen unter dem Arm und wedelte mit einer aufgeschlagenen Ausgabe umher. »William Calcraft wieder als Henker im Dienst! Nächste Hinrichtung vor Newgate in wenigen Tagen! Extrablatt! Der grausame Calcraft knüpft wieder den Strick!«

»Das darf doch nicht wahr sein!«, entfuhr es dem Kutscher. Er brachte die Kutsche zum Stehen, sprang vom Kutschbock herunter und war in zwei großen Sätzen bei dem überraschten Zeitungsjungen. »Gib mir das!«, fuhr er ihn an, warf ihm achtlos ein paar Münzen hin und vertiefte sich in die Lektüre.

»Was hat er denn, Meister?«

»Das, was viele haben: eine ganz offensichtliche Abneigung gegen mich.« Mein Meister wirkte erstaunlich gelassen. War er nur ein guter Schauspieler – oder hatte er mittlerweile wirklich ein derart dickes Fell? »Tja, für soziale Kontakte taugt diese Zunft nicht besonders, Junge.«

»Aber … weiß er, wen er da gerade fährt?«

»Noch nicht.« Calcraft lehnte sich zurück. »Doch es wird wohl nicht mehr lange dauern. Siehst du das da?« Er zeigte auf die aufgeschlagene Zeitung in den Händen des Kutschers. »Sieht ganz danach aus, als hätten sie mal wieder meine Fotografie abgedruckt. Das lächerliche Ding, eine Stunde stillsitzen für ein Abbild von etwas, was sowieso niemand sehen will?« Er schnaubte. »Ich hätte es wissen müssen. Kaum bin ich eine Weile aus der Stadt verschwunden, vermisst man mich. Wenn man es auch eher auf ungewöhnliche Weise zeigt.«

Ich beobachtete den Kutscher. »Da, jetzt hat er es!« Er hielt inne, blickte zunächst verwirrt zu uns herüber, dann wieder auf die Zeitung. Seine Miene verfinsterte sich. »Sie!«, schrie er und zeigte mit seinem Finger auf meinen Meister. Er stürmte auf uns zu, der Kopf hochrot, die Augen weit aufgerissen. »Sofort von meiner Kutsche runter, Sie Monster!«

»Was haben wir denn jetzt wieder für ein Problem?«, fragte mein Meister im Tonfall eines Oberlehrers.

»Was wir für ein Problem haben?« Der Kutscher zerrte an Calcrafts Mantel. »Ich sag Ihnen, was wir für ein Problem haben: Sie sind nicht besser als die angeblichen Verbrecher hinter Newgates Mauern, das ist mein Problem. Sie sind ein Mistkerl, der mehr als einen Unschuldigen auf dem Gewissen hat!«

Mein Meister rollte mit den Augen. Offensichtlich musste er Derartiges nicht das erste Mal über sich ergehen lassen. »Die alte Leier wieder, Kutscher?«, fragte Calcraft mit dunkler Miene. »Muss das sein?«

»Fragen Sie das doch mal meinen Bruder. Oh, hab ich vergessen, können Sie ja gar nicht. Weil Sie ihn zu Unrecht gehängt haben! Und jetzt runter von meiner Kutsche, ehe ich Sie windelweich prügle!«

»Komm, Junge.« Der Alte griff seufzend nach seiner Tasche. »Es ist zwecklos.«

Als der Kutscher in halsbrecherischem Tempo davongefahren war, zwinkerte mir mein Meister zu. »Immerhin war die Fahrt umsonst.«

Meine Begeisterung verflog wie ein Schwarm Möwen vor unseren Füßen. Vielleicht hatte für mich wirklich ein neuer Lebensabschnitt in London begonnen. Ich war aber immer noch der Lehrling des Henkers. Und da würden mir Vorfälle dieser Art nicht erspart bleiben. Was auf dem Land eher für Angst und Scheu sorgte, wandelte sich in London also in Zorn – oder in eine unangenehme Begeisterung, wie mir mein Meister erklärte. Ob das besser war?

»Die Menschen haben langsam genug von Hinrichtungen, strömen aber immer noch zu Zehntausenden vor das Gefängnis.« Er schnalzte abfällig mit der Zunge. »Los, gehen wir zu Fuß weiter. Irgendwo werden wir schon wieder eine Kutsche finden.«

Wir liefen an der Themse entlang, diesem gewaltigen Fluss, über den sich endlos lange Brücken spannten. Reger Verkehr herrschte auf dem braunen Wasser, kleine und große Boote, Kähne, winzige Schollen und sogar Flöße fuhren flussauf und flussab, aber auch von der einen Uferseite zur anderen. Am anderen Ufer schickten Fabriken schwarze Rauchwolken in den Himmel.

Unten am Fluss wimmelte es vor Leuten. Sie schienen im Schlamm nach etwas zu suchen. Hin und wieder ertönte ein Aufschrei und ein kleiner Tumult entstand, als gut ein Dutzend zerlumpte Kinder in Richtung des Schreis losstürmten, um zu überprüfen, ob es dort auch für sie etwas von Wert zu holen gab. Herrje, der Kutscher hatte wohl recht: In dieser Stadt versuchte man tatsächlich, alles zu Geld zu machen. Was für ein Leben das sein musste, bis zu den Knien im Morast dieses schmutzigen Flusses. Und was machten sie eigentlich bei Flut?

Schweigend liefen wir weiter, den brackigen Geruch der Themse in der Nase. Sogar darüber hatte ich Legenden gehört. Legenden vom Alten Vater Themse, dem Geist des Flusses. Ich ließ meinen Blick über den gewaltigen Strom gleiten, erfüllt von einem merkwürdigen neuen Gefühl. Es war vielleicht gar nicht so schlecht, dass nicht alles, was in alten Sagen stand, erfunden war. Es brachte ein wenig Magie zurück in die Welt. Ein Gefühl von Abenteuer und Gefahr.

Vor uns erhob sich ein älterer Herr mit dickem Bauch und einer nur mit viel Mühe zugeknüpften Weste von einer Bank und schlenderte auf uns zu. »Sie sehen aus, als könnten Sie eine günstige Überfahrt gebrauchen.« Er zwinkerte uns zu. »Nicht eines dieser überteuerten Dampfschiffe für diese blasierten Gentlemen.«

Mein Meister schnaufte. »Was erlauben Sie sich? Sie sehen so aus, als könnten Sie es vertragen, die Strecke zum anderen Ufer zu schwimmen, anstatt immer nur faul in Ihrem Kahn zu stehen. Guten Tag!«

Manchmal bewunderte ich ihn für seine Schlagfertigkeit. Andererseits: Ich hätte natürlich furchtbar gern eine Reise auf der Themse unternommen. Ich mochte Boote, und obwohl ich direkt an der Küste aufgewachsen war, hatte ich bisher selten eine Reise in einem unternommen. So ein kleines Abenteuer auf dem Fluss stellte ich mir ziemlich aufregend vor.

»Fahren wir denn irgendwann mal mit einem Boot über die Themse?«, fragte ich.

Mein Meister blickte mich geradezu entrüstet an. »Wieso sollte man so etwas machen, wenn man doch gar nichts auf der anderen Seite dieses flüssigen Mistkübels zu schaffen hat?«

»Weil es Spaß macht?«

Er schüttelte den Kopf und ging weiter. »So ein Unfug! Und wenn wir doch mal über den Fluss müssen, gibt es mittlerweile mehr als genug Brücken. Die sind umsonst! Boote oder diese unterirdischen Züge, für die sie gerade Schienen verlegen, das ist ausgemachter Quatsch und Geldmacherei.«

Ich konnte es nicht fassen. Das Konzept des Vergnügens war meinem Meister offenbar völlig fremd. Kopfschüttelnd eilte ich ihm hinterher, fest entschlossen, mir eine solche Fahrt bei der ersten Gelegenheit zu gönnen.

Wenig später saßen wir in einer Kutsche, die sich nicht stärker von unserer ersten Fahrt unterscheiden könnte. Es war ein gewaltiger Waggon, beinahe wie der einer Eisenbahn, der auf Schienen fuhr und von vier Pferden gezogen wurde. Sie quoll über vor Menschen, es herrschte ein furchtbares Gedränge. Und der Geruch erst … ein Viehmarkt war nichts dagegen.

»Willkommen in London«, raunte mir mein Meister mit einem wissenden Grinsen zu, dann ging die Fahrt auch schon los.

Ich wurde bei jeder Biegung, bei jeder Unebenheit in der Straße hin- und hergeschleudert, machte Bekanntschaft mit dem Reifrock einer entrüsteten Dame, der Aktentasche eines Mannes, der sich ein Taschentuch vor das Gesicht hielt, und einem wild kläffenden Hündchen, das mir jemand auf Augenhöhe ins Gesicht streckte. Die angeblich Glücklichen mit einem Sitzplatz waren in Wahrheit allerdings noch schlimmer dran. Sie wurden regelmäßig als Puffer benutzt, wenn der Waggon mal wieder zu schnell um die Ecke bog.

Wenn das das Transportmittel war, mit dem sich ganz London fortbewegte, konnte ich nur hoffen, dass sie diese Untergrundbahn möglichst schnell in die Tat umsetzten!

»Whitechapel!«, verkündete der Fahrer mit seinem dröhnenden Organ. Wir drückten uns durch schlecht gelaunte Mitreisende und fanden uns im schwindenden Abendlicht auf einer sehr schmutzigen Straße wieder. An einer Straßenecke standen ein paar Alte und starrten uns misstrauisch an. Irgendwo weinte ein Kind.

Es war, als hätte man all die schönen Gebäude und all die hübsch angezogenen Menschen aus dem Bild genommen und die Lücken einfach mit verfallenen Häusern und ebenso verfallenen Menschen ersetzt. Wohin ich auch blickte, sah ich Verschläge, Ruinen, über den Dächern hinwegführende Eisenbahnbrücken und graue Fabrikgebäude. Kinder schauten aus fensterlosen Öffnungen auf die Straße herab, Hunde liefen winselnd umher, über allem – Gebäuden, Tieren und Menschen – lag eine dunkelgraue Kohleschicht.

Die wenigen Gaslaternen, die es gab, sorgten nicht unbedingt für Helligkeit. Es schien, als würden sie die umliegenden Gassen nur in umso tiefere Schatten tauchen.

»Hier wohnen wir, Meister?«, fragte ich ungläubig. Es roch nach verfaultem Obst und Abwasserkanälen.

»Bei Tageslicht ist es nur halb so schlimm«, meinte er abwinkend und betrat eine der dunklen Gassen.

Ich beeilte mich, hinterherzukommen. Allein zurückgelassen zu werden, schien mir an meinem ersten Abend in dieser gewaltigen Stadt nicht unbedingt klug. »Ist Whitechapel wirklich so übel, wie der Kutscher gesagt hat?«, fragte ich leise, als ich ihn eingeholt hatte. Wir durchquerten Höfe voller Unrat, kamen an zahnlosen Bettlern vorbei, an schummrigen Spelunken, in denen nur ein paar Kerzen brannten. Hunde liefen winselnd umher. Das war nicht das London, das ich mir vorgestellt hatte.

»Hast du nicht mittlerweile gemerkt, dass es überall in dieser fürchterlichen Stadt so zugeht?« Der Henker wich einigen Damen aus, die uns zweifellos unmoralische Angebote unterbreiten wollten. Davon schien es in Whitechapel besonders viele zu geben. »Das habe ich dir doch schon immer gesagt. Sicher, hier im East End ist es noch schlimmer, und gleich um die Ecke liegt die Dorset Street, die wahrscheinlich schlimmste Straße Londons. Aber wirklich besser ist der Rest der Stadt nun auch nicht.«

Ich sah das anders. Alles in dieser Stadt war neu, viel zu groß, hektisch und auch ein wenig angsteinflößend. Aber wenn wir uns nicht gerade durch eine dunkle Gasse voller Ratten, Müll und gefährlich aussehender Kerle kämpfen mussten, fand ich London noch immer furchtbar aufregend.

»Halt«, zischte mein Meister und brachte mich unsanft zum Stehen.

Ich wollte gerade protestieren, da presste mir der Alte seine Hand auf den Mund und schob mich in die Lücke zwischen zwei heruntergekommenen Häusern. Sie war eng, voller feuchtem Schmutz und stank erbärmlich.

»Still jetzt!«

Das klang ernst! Ich hatte mittlerweile gelernt, seine Spinnereien von dringlichen Angelegenheiten zu unterscheiden. Und das hier klang so dringlich, dass ich mich ohne Widerrede an die bröckelige Hauswand presste und die Luft anhielt.

Stimmen. Das Erste, was ich nach einiger Zeit hörte, waren leise Stimmen. Sie schienen von überall zu kommen, dann wieder nur aus einer Richtung. Es war, als tuschelten sie miteinander. Mein Meister atmete schnell und schwer. Was hier auch vorging: Es beunruhigte ihn.

Das machte auch mir Angst. Mein Meister war eigentlich nie aus der Fassung zu bringen.

Er drehte sich zu mir um und blickte mich ernst an. »Ich weiß nicht, was gleich passieren wird. Aber auf mein Zeichen rennst du los«, flüsterte er. »Verstanden? Dort zwischen den Häusern entlang, und du hörst nicht auf zu rennen, bis du zu einer großen Straße kommst.«

Die tuschelnden Stimmen kamen näher.

»Aber …«

»Hör mir zu«, unterbrach er mich mit aufgerissenen Augen. »Frag nach dem Gasthaus *The Golden Rose*. Dort erwartet man mich. Dort bist du in Sicherheit. Ich werde nachkommen, so schnell ich kann.«

In bedrückender Stille verharrten wir. Ich wagte kaum zu atmen. Aber würde man meinen Herzschlag nicht sowieso noch fünf Straßen weiter hören?

Dann kamen sie die Gasse entlang, durch die wir gerade noch gelaufen waren. Zunächst gab es nichts allzu Ungewöhnliches zu sehen – drei Gestalten, die gebückt durch die Straße schlurften und sich leise unterhielten. Dann merkte ich es. Und hatte das Gefühl, die Angst zöge mir den Boden unter den Füßen weg. Diese Gestalten unterhielten sich, ohne ihre Lippen zu bewegen. Die geisterhaften Stimmen kamen aus dem Nichts.

Ich zitterte am ganzen Leib. Mein Meister legte mir die Hand auf die Schulter, doch selbst das vermochte mich nicht zu beruhigen. Kamen sie näher? Hatten sie uns entdeckt? Eine der Gestalten reckte den Kopf in die Höhe. Und witterte wie ein Tier.

Ich hielt es nicht mehr aus. »Meister«, flüsterte ich fast tonlos. »Sind das etwa auch …«

»Worauf du deine Seele verwetten kannst.«

Das war merkwürdig. Sie sahen aus wie ganz normale Menschen. Andererseits hatte das die Alte auf dem Jahrmarkt auch getan. Schon wieder überlief mich ein Schauer. Und dann hatte sie sich … verwandelt. »Suchen die jemanden?«

Mein Meister deutete ein Kopfschütteln an und schwieg.

Einen schier endlosen Moment verharrten die gebückten Gestalten in der Gasse, tuschelnd, witternd. Mal drehten sie ihren Kopf in diese, mal in jene Richtung. Dann schlichen sie endlich weiter.

»Das tun sie«, sagte mein Meister leise. Er atmete noch immer schwer. »Sie suchen mich.«

»Aber woher wissen die …?«

»Es spricht sich schneller herum, als mir lieb sein könnte, dass ich nach London zurückgekehrt bin. Komm, ich denke, wir können weitergehen.« Wir zwängten uns aus dem engen Durchgang, während Calcraft weitersprach. »Diese Kreaturen hassen mich mehr als alles andere. Wenn du so viele von ihnen in die Hölle befördert hättest wie ich, würde es dir nicht anders ergehen. Doch zu deinem Glück wissen sie noch nichts von dir. Und die, die es wussten, haben dieses Wissen mit in ihr elendes Grab genommen.«

»Wie erkennt man sie nur?«, fragte ich in der beklemmenden Dunkelheit. Ich sehnte mich nach einem prasselnden Kaminfeuer in einem gut besuchten Wirtshaus. Nach einer Decke, die ich mir über den Kopf ziehen konnte. »Diese drei gerade sahen aus wie ganz normale Menschen.«

»So sehen sie für gewöhnlich aus, ja.« Inzwischen hatten wir die Gasse wieder erreicht. Nach diesem Erlebnis wirkte selbst dieser Schandfleck deutlich einladender als zuvor. »Deshalb erkennt sie niemand als das, was sie in Wirklichkeit sind, wenn sie den Menschen im Tausch gegen ihr eigenes Kind in die Wiege gelegt werden. Es sind Gestaltwandler, Junge, verschlagene, trickreiche Gestaltwandler, die man oft erst erkennt, wenn es zu spät ist.«

Endlich kamen wir wieder auf eine größere Straße. Hier sah es sofort deutlich anders aus. Nicht unbedingt sauber, aber immerhin weniger … zwielichtig. Und deutlich heller. Es fuhren sogar einige Kutschen, außerdem versuchte auch hier der eine oder andere Straßenverkäufer, seine Waren loszuwerden – von Kartoffeln über Kohle bis hin zu Streichhölzern war alles dabei. Einer verkaufte kleine winselnde Hunde.

Es war völlig dunkel geworden, als wir ein schmales Gebäude erreichten. Es lag am Ende eines kleinen Platzes zwischen zwei größeren Gebäuden, eines davon offensichtlich ein Armenhaus samt Suppenküche, das andere eine Kirche. Seine besten Tage hatte das Haus längst hinter sich oder sie überhaupt noch nie gesehen, dennoch wirkte es mehr oder weniger sauber und gepflegt. Das schien in diesem Teil der Stadt wirklich etwas zu heißen.

»Da wären wir.« Calcraft zeigte auf das Gebäude. *The Golden Rose* stand in vergilbten Goldlettern auf einem roten Holzschild über der Tür. »Hier wohne ich immer, wenn ich in London weile. Es ist relativ ruhig, relativ sauber – und vor allem relativ sicher.«

»Haben Sie denn kein Haus hier, Meister?«

»Bestimmt nicht! Viel mehr auf dem Präsentierteller sitzen kann man ja gar nicht. Nein, nein, ich ziehe es vor, im Verborgenen zu leben. Hier urteilt niemand über meine Arbeit. Hier kennt man mich vielleicht noch nicht einmal. Die Menschen hier lesen keine Zeitung und haben andere Sorgen, als dass sie sich mit Freuden eine Hinrichtung ansehen würden. In gewisser Weise ist mir dieser Teil der Stadt deswegen sogar sympathischer.«

Vor dem Gasthaus fegte ein junges Mädchen die Straße. Angesichts der gewaltigen Verschmutzung dieses Stadtteils wirkte das beinahe absurd – wie der verzweifelte Versuch, einen Ozean mit einem Teelöffel leer zu schöpfen. Aber immerhin versuchte sie es.

»Oh, guten Abend Mister Calcraft«, begrüßte sie meinen Meister mit ehrlicher Freude. Sie machte sogar einen Knicks! »Wir haben Sie lange nicht gesehen. Wie geht es ...« Sie hielt inne. Erst jetzt merkte sie, dass er nicht allein gekommen war.

»Guten Abend, Rose«, entgegnete Calcraft. »Das hier ist Richard Winters, mein Lehrling. Ich habe vergessen, deinem Vater Bescheid zu sagen, dass ich nicht alleine komme.«

»Das ... das macht doch nichts.« Ein wenig ungeschickt ließ sie den Besen fallen, strich sich die roten Haare aus dem Gesicht und blickte mich schüchtern an. Sie war etwa in meinem Alter, stellte ich fest, lächelte gutmütig und trug ein grünes Kleid. Mit ihren Sommersprossen und der spitzen Nase sah sie irgendwie niedlich aus. »Hallo«, sagte sie leise.

Ich nickte knapp, wie ich es von Calcraft gelernt hatte. »Guten Abend, äh, Rose.«

Unvermittelt musste ich an Liz denken. Sie konnte sich kaum stärker von diesem Mädchen hier unterscheiden. Es lag nicht daran, dass diese Rose hässlich war, ganz und gar nicht. Gegen Liz wirkte sie aber einfach und ein wenig unbeholfen. Mir fiel auf, dass ich sie die ganze Zeit gemustert hatte, und hatte den Eindruck, dass sie jetzt verlegen zur Seite blickte. Hastig hob sie den Besen auf und wandte sich zum Gehen. »Kommen Sie, das Abendessen ist fertig.«

VI

Richard Winters

»Ausgezeichnet wie immer, Ihr Essen, Rose«, lobte mein Meister das junge Mädchen. Er rülpste lauthals, schob seine leer geputzte Schüssel von sich weg und lehnte sich zufrieden zurück. Es war merkwürdig, ihn derart umgänglich zu erleben. Er wirkte beinahe normal!

Sie kicherte, räumte unsere Schüsseln weg und blickte mich fragend an. »Hat es dir auch geschmeckt, Richard?«

»Oh ja, gewiss«, beeilte ich mich zu sagen. Ich war es gar nicht mehr gewohnt, derartige Nettigkeiten auszutauschen. Dass der Alte sich so schnell wieder daran gewöhnen konnte, überraschte mich. »Was … was war das denn eigentlich?« Es war sehr lecker gewesen, sauer, würzig und heiß, doch ich war mir sicher, etwas Derartiges noch nie gekostet zu haben.

»Rose macht das beste Essigfleisch in ganz London.«

»Ach«, meinte sie verlegen und winkte ab. »Das habe ich alles von meinem Onkel gelernt.«

»Und ihn mittlerweile übertrumpft«, sagte Calcraft. Jetzt wedelte er sogar mit dem Zeigefinger und lächelte ihr zu! »Aber wo wir gerade von ihm sprechen – wo ist der alte Herr?«

»Er müsste gleich kommen. Hatte noch etwas in der Synagoge zu erledigen. Noch ein Bier?«

»Ja, bitte. Für ihn aber nicht.« Er deutete auf mich. »Er hat genug.«

Ich überhörte den maßregelnden Ton. Viel interessanter war: Hatte Rose gerade etwas von einer Synagoge gesagt? Ich wusste nicht viel über religiöse Dinge, war mir aber sicher, dass mein Vater einmal erwähnt hatte, dass Juden in einer Synagoge beteten. Er hatte keine allzu schmeichelhaften Dinge über Juden gesagt, und schon damals hatte ich mich gewundert, was sein Problem mit ihnen war. Immerhin glaubten sie doch an den gleichen Gott, sofern ich ihn richtig verstanden hatte.

»Werden Sie länger in der Stadt sein, Mister Calcraft?«, fragte Rose, als sie mit seinem Krug hinter der Theke verschwand. Bis auf uns war der Gastraum leer, an den Wänden hingen Porträts von ernst dreinblickenden Männern, die ich noch nie gesehen hatte. Auf der Fensterbank stand ein merkwürdiger Kerzenleuchter mit sieben Armen.

»Das kommt ganz darauf an. Niemand weiß, wann und wo in diesem Land ein Todesurteil gefällt wird.«

»Ist das nicht schrecklich?«, sagte sie zerknirscht. Sie stellte das Bier vor Calcraft ab. »Zu wissen, dass man stirbt. Ihnen macht das ja nichts mehr aus, Mister, aber wie steht es mit dir, Richard?«

»Ach.« Ich winkte ab, spürte aber die wachsamen Augen meines Meisters auf mir ruhen. Ich wusste nie, wann er mich auf die Probe stellte. »Ich denke, ich habe mich mittlerweile daran gewöhnt«, log ich und ignorierte die Albträume von baumelnden Leichen mit qualvoll aufgerissenen Augen, kurz bevor wir ihnen die weißen Kappen überzogen. »Am Ende des Tages ist es auch nur eine weitere Arbeit.«

»Nun«, übertönte mich mein Meister mit einem strengen Seitenblick und holte seine Pfeife aus seiner Manteltasche. »In der Tat erweist sich Richard als guter Lehrling. Wenn auch als Lehrling, der noch viel zu lernen hat.« Genussvoll stopfte er sie – eine Prozedur, die er bestimmt auch schlafend durchführen konnte. »In wenigen Tagen kann er beweisen, was er gelernt hat«, fuhr er fort, als wäre ich nicht anwesend.

Rose nickte. »Die Newgate-Hinrichtung«, meinte sie düster. »Ich finde es geschmacklos, dass sie so viele Menschen anzieht. Haben Sie nicht einmal erzählt, dass Ihnen dieser reiche Schriftsteller eine Menge Geld für Ihr Seil geboten hat?«

Calcraft lachte kurz auf. »Wenn es nur das gewesen wäre. Entweder sie behandeln mich wie einen Aussätzigen oder wie eine Berühmtheit. Einfach furchtbar, diese Menschen.«

»Was soll hier furchtbar sein?«, dröhnte plötzlich eine laute Stimme durch den Schankraum. »Mein koscheres Bier etwa, alter Mann?«

Ohne dass ich es bemerkt hatte, war ein fülliger Mann im Schankraum aufgetaucht. Er trug eine kleine Brille, hatte hochrote Wangen, dicke Lippen und einen ähnlich dichten Bart wie mein Meister. Bei ihm wirkte er allerdings irgendwie gepflegter und ordentlicher. Sein dunkles Haar fiel unter einer runden Kappe lang auf seine Schultern, an seinen Händen glänzten mehr Ringe, als ich jemals bei einem Gastwirt gesehen hatte. Freundlichkeit und Gastlichkeit schienen von ihm und seinem warmen Lächeln abzustrahlen wie Hitze von einem Kamin. Es war seltsam: Ich hatte mich in Gegenwart eines anderen Menschen noch nie so willkommen gefühlt.

Mein Meister ließ die Pfeife sinken. »Benjamin Goldberg!«

Ich hätte es nicht für möglich gehalten, dass er derart hocherfreut sein konnte, jemandem zu begegnen. Er stand auf und die beiden umarmten sich herzlich.

»Rose, sei so gut und hol mir auch einen Humpen. Dein Onkel hat Durst!« Er setzte sich schnaufend zu uns an den Tisch. »Und du bist …«

»Richard, Sir«, beeilte ich mich zu versichern. »Ich bin …«

»Der Lehrling, so so.« Er klopfte meinem Meister auf die Schultern. »Hast also endlich einen gefunden, was? Wurde auch Zeit.« Er grinste. »Der Jüngste bist du ja nun nicht mehr unbedingt.«

»Immer noch jünger und dünner als du, Ben! Deine Nichte kocht einfach zu gut.«

Benjamin lehnte sich zurück und rieb sich den beachtlichen Bauch. »Oh, das tut sie, das tut sie. Wir hatten dich früher erwartet.«

Calcraft wurde wieder ernst. »Es gab … Dinge zu erledigen. In Newbury.«

»Danke, mein Kind. Und nun geh Gläser abtrocknen, bist du so lieb?« Benjamin nahm Rose das Bier aus der Hand und genehmigte sich einen tiefen Schluck. Er blickte sich zu Rose um, als würde er sich vergewissern wollen, dass sie außer Hörweite war. »Weiß er …«

Der Alte nickte. »Das, was er wissen muss, wenn du verstehst.«

»Verstehe.« Benjamin blickte mich anerkennend an. »Und anscheinend bist du nicht weggelaufen, Richard. Du kannst stolz auf dich sein. Der alte Griesgram hier hat schon seit vielen Jahren nach so einem wie dir gesucht. Nach einem unerschrockenen Burschen eben. Aber kein Wort zu Rose!«

Ich wurde rot, dennoch gefiel mir, was dieser Mann da sagte. »Na ja, das ist doch alles nichts Besonderes.«

»Hast du das gehört?«, fragte Benjamin meinen Meister in gespielter Entrüstung. »Da hast du ja wohl den Hauptgewinn gelandet!«

Calcraft blies dichten Pfeifenrauch in den Raum. »Das wird sich zeigen, Benjamin. Das wird sich zeigen.«

Wieder einmal hatte ich keinen blassen Schimmer, was mein Meister mir damit sagen wollte.

Als Calcraft längst zu Bett gegangen war, saß ich immer noch im Schankraum. So ermattet ich auch war – an Schlaf war nicht zu denken. Es kam mir so vor, als ob bereits viele Tage vergangen waren, seit ich dem Wechselbalg in den Wald gefolgt war. Dabei war es erst letzte Nacht gewesen. London war doch wirklich der aufregendste Ort der Welt!

Außerdem war mir dieser Benjamin Goldberg längst ans Herz gewachsen – und das nicht nur, weil er mir verschwörerisch grinsend ein weiteres Bier vorgesetzt hatte, nachdem mein Meister den Raum verlassen hatte.

»Nimm dir nicht alles zu Herzen, was er sagt oder tut«, sagte er leise. »Vieles, was er von sich gibt, meint er nicht so. Und wenn doch, dann hat das seine Gründe. Er trägt ein schweres Los.«

»Das ist mir klar«, antwortete ich. »Aber warum tut er das? Warum nur tut er sich das an?«

Der alte Jude seufzte. »Er hat seine Gründe, das kannst du mir glauben. Alles Weitere muss er dir aber selbst erzählen, fürchte ich.« Er boxte mir in die Rippen. »Aber genug davon. Noch Lust auf etwas Süßes?« Er rief nach seiner Tochter. »Rose, Liebste, bring uns doch etwas von deinem köstlichen Rosinenkompott.«

Köstlich war es in der Tat – süß und wunderbar mit Zimt verfeinert. Rose schien es ungemein zu freuen, dass es mir so gut schmeckte, doch nach dem dritten Nachschlag musste auch ich passen. »Das war wirklich ausgezeichnet, vielen Dank.« Na also, ich erinnerte mich also doch noch an die eine oder andere Benimmregel.

»Sehr gern, Richard.« Sie lächelte und wurde ein wenig rot. Ob das an der Temperatur des Raumes lag? »Dein Zimmer habe ich auch vorbereitet. Und das Bett frisch bezogen.«

Dass ich ein Einzelzimmer haben sollte, hatte ich schon mit großer Freude gehört. Es war das erste Mal, seit ich mit dem Henker unterwegs war, dass ich zumindest nachts wieder ein wenig Ruhe hatte und von niemandem gestört wurde.

»Äh … danke«, sagte ich und versuchte mich an einem höflichen Lächeln. Gar nicht so leicht, wenn man die Tage an der Seite eines Menschen verbrachte, dessen Mundwinkel nach unten zeigten wie schlafende Fledermäuse.

Benjamin erhob sich ächzend. »Ich merke, wenn ich nicht mehr gebraucht werde. Richard, läute einfach, wenn es dir an etwas fehlt.« Ein kleines Lächeln tanzte auf seinen Lippen. »Rose wird sich sicherlich mit Freuden darum kümmern. Gute Nacht.«

»Onkel!«, zischte sie leise und verschwand eilig mit dem Geschirr in der Küche.

Ich konnte mir keinen Reim darauf machen. Aber wahrscheinlich war ich einfach nur abgelenkt. Ungewollt hatte sich Elizabeth wieder in meine Gedanken geschlichen. Wie sie das tat, war mir ein Rätsel.

Mir war mittlerweile bewusst, dass sie mich ausgenutzt hatte. Und das mehr als einmal. Wahrscheinlich hatte ich es die ganze Zeit gewusst, aber großzügig ignoriert. Das war leicht, dazu musste ich sie ja nur ansehen! Es sah jedoch ganz danach aus, als würde ich sie dennoch nicht so schnell vergessen können – Neuanfang in London hin oder her.

Warum hatte sie auf keinen meiner Briefe geantwortet? Sicher, es war möglich, dass sie keinen von ihnen erhalten hatte. Irgendjemand in Sheerness wird aber doch sicherlich gewusst haben, wohin man sie weiterleiten konnte. Die Post funktionierte mittlerweile eigentlich ganz gut, sagte man. Allein daran, wie sehr ich auf eine Antwort von ihr hoffte, merkte ich, wie wichtig sie mir noch war. Man konnte sich wahrscheinlich wirklich nicht aussuchen, in wen man sich verliebte. Herrje, sogar einer wie William Calcraft war irgendwann einmal verliebt gewesen.

Ich holte mein Schreibzeug und ein Blatt Papier hervor. Ein letztes Mal würde ich ihr noch schreiben. Würde ihr sagen, dass ich nicht länger ausgenutzt werden wollte, falls … ja, falls was eigentlich? Falls wir uns je wiedersahen, was ja alles andere als wahrscheinlich war? Falls wir uns näherkamen? Ich schätzte, dass das sogar noch unwahrscheinlicher war. Sei's drum. Dieser eine Brief noch. Er würde entscheiden. Wenn ich dann immer noch nichts von ihr hören würde, würde ich sie vergessen. Und wenn doch … nun, dann würde ich mal schauen, wie es weiterging.

»Was machst du denn da?«, unterbrach mich Rose, nachdem ich die ersten mühevollen Absätze zu Papier gebracht hatte. Sie blickte mir neugierig über die Schulter. »Oh wie spannend, du führst also auch Tagebuch?«

»Was?« Ich zog das Papier hastig aus ihrer Sichtweite. »He, das geht dich nichts an!«, sagte ich schärfer als beabsichtigt. Was ich Liz schrieb, hatte niemanden zu interessieren. Und erst recht nicht ein junges Mädchen, das ich gar nicht kannte.

Sie blickte mich verletzt an. »Schon gut, entschuldige. War nicht böse gemeint. Ich dachte nur, du schreibst auch Tagebuch. So wie ich.«

Bevor ich zu einer Antwort ansetzen konnte, war sie aus dem Raum geeilt und ließ mich allein mit dem heruntergebrannten Kaminfeuer zurück. Kopfschüttelnd wandte ich mich wieder meinem Brief zu und dachte an etwas, das mein Meister einmal gesagt hatte. *Manche Dinge muss man nicht verstehen, Junge. Es reicht, wenn man sie hinnimmt.*

Lächelnd schrieb ich weiter. Manchmal hatte mein Meister tatsächlich einen brauchbaren Ratschlag parat, der nichts mit Stricken und Galgen zu tun hatte.

VII
Rose Goldbergs Tagebuch

Liebes Tagebuch,

das hier ist der erste Eintrag seit langer Zeit. Der erste seit sieben Wochen, wie ich beim Zurückblättern gerade merke. Und vor sieben Wochen habe ich notiert, dass ich mir ein neues Buch gekauft habe.

Na ja, es passiert eben nicht gerade viel hier in Whitechapel. Ich stehe auf, füttere die Gänse und Hühner, kümmere mich um das Frühstück, wische, fege oder staube ab, mache Besorgungen für das Mittagessen, lese ein wenig (gerade verschlinge ich »Die weiße Frau« von diesem Wilkie Collins, ein Buch, das mir schlaflose Nächte beschert. Onkel Ben darf es niemals erfahren!) und koche das Abendessen. Kein allzu aufregender Alltag für ein Tagebuch, ich weiß.

Damals, als ich noch zur Schule gegangen bin, war das anders gewesen. Da gab es jeden Tag etwas zu berichten. Seit ich Onkel Ben so viel im Gasthaus helfe, war ich aber nicht mehr in einer Schule. Nur manchmal in der Synagoge oder bei ein paar von Bens Freunden zum Abendbrot. Aufregender ging es da aber auch nie zu. Aber natürlich beklage ich mich nicht! Ich liebe Onkel Ben und bin ihm ewig dankbar, dass er mich bei sich aufgenommen hat. Ich wäre nicht die erste Waise, die die Cholera in ein Kinderheim gebracht hätte. Und ich weiß genug über die Kinderheime in dieser Stadt, um Gott jeden Tag für Onkel Ben zu danken.

Ich hatte mir dennoch immer ein Tagebuch gewünscht, das voller Geheimnisse, Abenteuer, Romanzen und Enthüllungen steckt. Das man hüten muss wie seinen kostbarsten Schatz, damit es niemals in falsche Hände gerät. Eigentlich hatte ich schon längst aufgegeben, so ein Tagebuch jemals selbst zu führen. Bis heute. Heute ist der Henker William Calcraft wieder zu uns gekommen. Und er hat einen Lehrling dabei. Richard heißt er. Wie er mit Nachnamen heißt, habe ich vergessen. So etwas wie Snow? Ach, es ist mir völlig egal! Wie soll ich sagen? Er gefällt mir nämlich! Zwar war er nicht besonders nett zu mir, doch ich denke mal, das liegt an seiner Arbeit. Wem würde es nicht die Laune verderben, ständig nur den Tod um sich herum zu haben? Schon beim Gedanken daran wird mir ganz kalt!

Oh, ich hoffe, dass sie lange in der Stadt bleiben. Irgendetwas an ihm lässt mein Herz schneller schlagen. Sind es seine dunklen Augen? Seine zurückhaltende, vorsichtige Art? Oder seine dunklen Haare, die ihm ins Gesicht fallen? Außerdem ist er schön groß und schlank, wie die Hauptperson in meinem Roman! Es ist ein merkwürdiges Gefühl, das ich nicht beschreiben kann. Und vielleicht muss ich das ja auch gar nicht. Ich mag ihn, und ich weiß nicht, wann das bei einem Jungen schon mal der Fall gewesen ist. Diesen Zeitungsverkäufer zähle ich jetzt mal nicht dazu. Ach, wenn Richard mich nur ebenfalls mögen würde! Ich weiß natürlich, dass sich solche Gedanken für ein Mädchen nicht gehören, aber was soll ich tun? Ich finde es jedenfalls wahnsinnig aufregend, endlich mal nicht nur mit zwei alten Männern im Haus zu sein, die sich hinter verschlossenen Türen über irgendwelche Geheimnisse unterhalten oder stundenlang nur dasitzen, Pfeife rauchen und sich anschweigen. Und merkwürdigerweise stört es mich nicht einmal, dass er der Lehrling von Mister Calcraft ist. Natürlich ist es eine furchtbare Arbeit, diese ganze Sache mit den Galgen, aber ich kenne Mister Calcraft, seit ich denken kann, und er ist ein guter Mensch. Dann gilt das doch bestimmt auch für Richard, oder?

Ob ich ihm gefalle? Heute schien es mir so, als würde ich ihm gar nicht auffallen. Aber vielleicht war er nur müde und erschöpft von der Reise. Wo er wohl herkommt? Ob er da ein Mädchen hatte, das er gern mochte? Immerhin hat ihm mein Essen gut geschmeckt. Zumindest hoffe ich das. Wenn ich nur wüsste, wie ich ihm auffallen könnte. Ich glaube, ich werde morgen mal meine Spangen ins Haar machen.

VIII
Richard Winters

Wie sehr ich das Gefühl genoss, ein Einzelzimmer zu haben! Kein Schnarchen, niemand, der im Schlaf unverständliches Zeug brabbelte oder laut aufschrie, niemand, der gerne schon um vier Uhr morgens unruhig im Zimmer durch die klamme Dunkelheit auf und ab lief.

Meinen Meister bekam ich nicht oft zu Gesicht. Vor der Hinrichtung gab es wie gewohnt einiges zu erledigen, mit gewissen Menschen zu reden und Vorkehrungen zu treffen. Ich bekam meine übliche Liste mit kleinen Besorgungen und wurde ansonsten mehr oder weniger mir selbst überlassen.

Anstatt sofort wieder die besseren Bezirke aufzusuchen und vielleicht tatsächlich eine Überfahrt auf der Themse zu buchen, sah ich mich zunächst vor der eigenen Haustüre um, sozusagen.

Je besser ich Whitechapel kennenlernte, desto mehr gefiel mir dieser Teil der Stadt. Sicher, er roch alles andere als gut, war dreckig und überfüllt mit Bettlern, Witwen und Kriegsverletzten, die aus den Opiumkriegen zurückgekehrt waren. Dennoch war es ein spannender Ort – vor allem, wenn man ihn an der Seite von Benjamin kennenlernen konnte.

Auf meinem ersten Besorgungsgang begleitete er mich, half mir dabei, Calcrafts Liste abzuarbeiten. Es war herrlich! Zu allem und jedem wusste er etwas Interessantes oder Erstaunliches zu berichten, kannte beinahe jeden zweiten Menschen und ließ sich auch von den offensichtlichen Missständen in Whitechapel nicht die Laune verderben.

»Es könnte ja noch viel schlimmer sein«, sagte er oft.

»Es könnte ja noch viel schlimmer sein. Findest du zum Beispiel, dass es hier sehr übel riecht?«

Ich nickte. Diese Mischung aus verfaultem Kohl, Dung, Abwasser, Ruß und sonstigen strengen Gerüchen war alles andere als angenehm.

»Dann hättest du mal beim Großen Gestank dabei sein sollen!«

Ich war mir nicht sicher, ob mich Benjamin auf den Arm nehmen wollte. »Beim … Großen Gestank?«

»Ganz recht! Das ist jetzt, lass mich kurz überlegen, gut drei Jahre her. Ja, Sommer '58 muss es gewesen sein, ein sehr heißer Sommer, vielleicht erinnerst du dich.« Das tat ich sogar. Einmal war ich nachts mit Liz im Meer schwimmen gewesen! »Durch die Hitze wurde diese einzigartige Londoner Geruchswelt derart verstärkt, dass sie sogar das Parlament räumen mussten, weil niemand von den feinen Herren den Gestank ausgehalten hat!« Er lachte dröhnend. »Ich kann sie mir richtig vorstellen, diese Schmocks mit ihren fein gezwirbelten Schnurrbärten und den Zylindern. Köstlich!«

Es war wirklich komisch, dass sich er und mein Meister so gut verstanden. Für mich hatten sie wirklich so gar nichts gemeinsam. »So, da wären wir. Dein Meister braucht seinen Tabak, nicht wahr?«

Ich warf einen Blick auf die Liste und nickte.

Benjamin rümpfte die Nase. »Widerliches Zeug, das habe ich immer schon gesagt. Aber er weiß es ja selbst stets am besten, nicht wahr?«

Ich musste grinsen. »Da ist was dran.«

»Dann mal los«, sagte er und öffnete die Tür. »Sieh zu und lerne.«

»Goldberg«, erklang eine tiefe Stimme aus dem Halbdunkel hinter der Theke, als das Bimmeln des Glöckchens über der Tür verklungen war. »Dachte, du rauchst nicht mehr.«

»Stimmt auch«, meinte Benjamin abwiegelnd. »Bin für einen Freund hier.«

»Natürlich.« Es schnaubte hinter der Theke. Außer groben Umrissen konnte ich nichts erkennen. Es sah aber so aus, als säße ein sehr breiter Mann mit sehr vielen Locken irgendwo dort hinten und blies dichte Rauchschwaden aus. Hier roch es schlimmer als in Calcrafts Quartier! Etwas knarrte, als sich der Verkäufer vorbeugte. »Was darf's denn sein?«

»Zwei Päckchen Old Morris bitte, Freudenstein. Und nicht zu geizig sein mit dem Wachspapier. Ich möchte nicht riechen wie dein Laden, bis ich mein Gasthaus erreicht habe.«

Langsam hatten sich meine Augen an das Halbdunkel gewöhnt. Überall standen Fässer voller Tabak herum, vor uns auf der Theke wurde eine Auswahl von Pfeifen und Zigarren von diesem Freudenstein eingenebelt – ein kolossaler Mann, der mich selbst im Sitzen überragte. »Schon mal so einen großen Juden gesehen?«, fragte er mich plötzlich drohend, und ich merkte, dass ich zu lange hingeschaut hatte.

Beschämt wandte ich mich ab, begleitet vom dröhnenden Lachen dieses Riesen.

»Wie viel schulde ich dir?«, unterbrach ihn Benjamin.

»Einen ... einen Schilling und sechs Pennys.«

»Oh, das ist aber interessant.« Benjamin blickte an sich herab, betastete die kleine Mütze auf seinem Kopf, griff in seine Taschen. »Sieh an, sieh an, da hast du mich tatsächlich mit der Königin verwechselt.«

Der riesige Verkäufer stutzte. »Äh, wie bitte?«

»Der alten Victoria kannst du so was vielleicht erzählen.« Jetzt tat er entrüstet, beinahe beleidigt. »Aber mir doch nicht. Was denkst du, wen du vor dir hast, Freudenstein?«

»Ein Schilling und zwei, meinetwegen«, war jetzt vom Verkäufer zu hören.

Benjamin schüttelte den Kopf. Er sah mich an. »Wie viel verdienst du, Junge? Sind ein Schilling und zwei nicht dein Wochenlohn?«

»Ich ...«

»Ja, ich weiß, sag jetzt nichts, mir tut es auch in der Seele weh.«

Benjamin ergriff die beiden Tabakpackungen und schmiss sie dem Riesen achtlos entgegen. »Behalte deinen Tabak. Wenn er nicht aus Gold gewirkt ist, ist er nicht mal einen Bruchteil wert. Komm, Junge, wir gehen woanders hin. Ich kenne noch einen Laden, in dem man nicht derart beschämend behandelt wird.«

»Schon gut, Goldberg, schon gut«, rief der Verkäufer seufzend, bevor wir die Tür erreicht hatten. »Sag doch einfach, was du bezahlen willst.«

Als wir wieder auf der Straße standen, grinste Benjamin bis über beide Ohren. »Sechs Pennys für zwei Päckchen Old Morris. Donnerwetter, ich hätte selbst nicht gedacht, dass ich so gut bin.«

Ich konnte noch immer nicht glauben, was ich da gerade mit angesehen hatte. »Wie haben Sie das gemacht?«

»Oh, wir Juden haben viele Geheimnisse. Ein offenes Geheimnis ist allerdings, dass du nie mit einem feilschen solltest.«

»Aber der andere ... der war doch auch ein Jude.«

Benjamin blickte mich mit leuchtenden Augen an. »Sehr wohl. Aber niemand in ganz Whitechapel feilscht so gut wie Benjamin Goldberg! Wart's nur ab, bis wir mal mit jemandem feilschen, der kein Jude ist. Ich schwöre dir, wir bekommen die Ware umsonst und noch eine Pfeife obendrauf.«

»Haben Sie eigentlich viele Gäste?«, fragte ich ihn, nachdem wir eine Weile durch Whitechapels emsiges Treiben geschlendert waren.

»Derzeit nicht allzu viele, mein Lieber, nein. Doch Rose und ich brauchen nicht viel zum Leben, außerdem habe ich früher den einen oder anderen Notgroschen auf die Seite gelegt.« Er kam vor einer Kirche zum Stehen. Einige Obdachlose lagen davor und dösten in ihrem Windschatten. »Siehst du diese Kirche dort?«

Ich nickte.

»Weißt du, die meisten Menschen hier sind Christen. Wir sind Juden. Und obwohl man uns hier mehr oder weniger mag und toleriert, sind längst nicht alle Engländer begeistert darüber, uns hier zu haben. Das letzte Mal war unser Haus zur Weltausstellung voll. Das war 1851.«

»Ich halte das für ziemlich dumm«, bemerkte ich, woraufhin Benjamin in schallendes Gelächter ausbrach. »Richard, du trägst das Herz am rechten Fleck! Sieh zu, dass es dir nie verrutscht, dann wird dir nichts passieren. Ich würde mir wünschen, dass auch dieser Charles Dickens ein wenig mehr deiner Ansicht wäre.«

»Der Schriftsteller Charles Dickens?«, fragte ich. Gelesen hatte ich bislang nichts von ihm, mein Vater hielt seine Bücher für albernen Schund. Bei ihm hatte es nur die King-James-Bibel und, mit viel Wohlwollen, altenglische Werke wie »Beowulf« gegeben. Spaß am Lesen entwickelte man dabei nicht gerade.

»Eben der.« Benjamin nickte. »Vor etwa 20 Jahren veröffentlichte er *Oliver Twist*. Ein tolles Buch, keine Frage, und außerdem eine sehr genaue Beschreibung des Lebens in den armen Ecken dieser Stadt. Ich hätte schwören können, ihn einmal sogar in Whitechapel gesehen zu haben … aber wie er seinen Juden Fagin darstellt, nun, damit hat er uns keinen Gefallen getan.«

»Wieso? Was sagt er über euch?«

Benjamin zuckte mit den Schultern. »Dass wir ständig mit den Schultern zucken zum Beispiel.« Er musste lachen. »Na gut, das stimmt vielleicht. Ansonsten erzählt er das immer gleiche Gewäsch eben. Wir wären hässlich, bösartig, kriminell, würden kleine Jungs für unsere Zwecke missbrauchen und sie dann ihrem Schicksal überlassen. Oh, und zur gleichen Zeit geldgierig und geizig natürlich. Riesige Nasen, verschlagener Blick, müffelnd …«

»Sie und Rose sind nichts von alldem!«, versicherte ich ihm. Der alte Mann hatte sich richtig in Rage geredet. »Lassen Sie ihn doch schreiben, was er will.«

Benjamin nickte dankbar. »Hätte er nur nicht so viele Leser.«

Wir setzten uns wieder in Bewegung. »Aber weißt du«, fuhr er fort,

»ich bin seit über 30 Jahren in dieser Stadt. Und ich bin gern hier. Sie ist laut, böse und macht sehr viel falsch, doch sie ist meine Heimat. Und mein Gasthaus ist ein Zuhause, das ich nie kannte. Als ich Rose zu mir nahm, war sie noch ein kleines Baby. Doch jetzt schau dir an, was für eine hübsche junge Frau sie geworden ist. Diese Stadt, und besonders dieses Viertel sind ihr Leben. Und ich glaube, sie freut sich, endlich mal einen Gleichaltrigen um sich zu haben und nicht nur alte Zauselbärte wie mich oder deinen Meister, die bei Pfeifenrauch und Bier von alten Zeiten reden.« Er lächelte. »Nichts für ungut, Richard. Ich bin alt und schweife gerne ab. Dein werter Meister findet es übrigens ganz wunderbar, dass sich zu mir nicht allzu oft Gäste verirren.«

Das war mir klar. »Er hat eben gern seine Ruhe«, meinte ich nickend.

»Und die hat er bei mir.« Benjamin tippte sich verschwörerisch gegen die Nase. Überhaupt schien es ihm große Freude zu bereiten, verschwörerisch zu tun. »Die hat er bei mir mehr als irgendwo anders.«

An geheimnisvolle Aussagen war ich durch meinen Meister so gewöhnt, dass ich mir nicht einmal die Mühe machte, nachzufragen. Wenn es wichtig war, würde ich es irgendwann ja doch erfahren.

»Woher kennen Sie sich eigentlich?«, fragte ich stattdessen.

»Ah ja, das ist eine wirklich interessante Geschichte.« Er pausierte und machte ein beinahe enttäuschtes Gesicht. »Ich bin mir nur nicht sicher, ob ich sie dir erzählen darf.«

Das durfte doch nicht wahr sein! Hinter jedem Geheimnis, dem ich auf die Schliche kam, schien eine Handvoll weitere zu warten.

Einige Männer mit jeder Menge toter Ratten kamen an uns vorbei. »Viel Glück, Jungs«, rief Benjamin ihnen hinterher, »und immer schön nach dem Rattenkönig Ausschau halten, ja?«

»Dem Rattenkönig?«, fragte ich. Was war das denn nun wieder?

»Du musst noch viel lernen, was die Legenden dieser Stadt angeht, Richard. Man sagt, der Rattenkönig ist ein eigenständiges Wesen, das aus Hunderten an den Schwänzen zusammengebundener Ratten besteht. Er treibt unter den Straßen dieser Stadt sein Unwesen in den

Gängen, Abwasserkanälen und Katakomben. Nicht wenige glauben, er bewache einen gewaltigen Schatz.«

Noch vor einiger Zeit hätte ich über eine solche Legende gelacht. Mittlerweile wusste ich, dass es Dinge gab, die man nicht erklären konnte. »Glauben Sie daran?«

Benjamin schien zu wissen, worauf ich hinauswollte. »Nur weil eine Legende wahr ist, heißt das nicht, dass alle wahr sind, Richard. Das musst du bedenken.« Er schüttelte den Kopf. »Für mich ist das eine Geschichte, um die armen Teufel bei Laune zu halten, die London von der Rattenplage befreien. Und da kann ein prächtiger Schatz kaum schaden, was? Man sagt, hier ist man nie weiter als zehn Meter von einer Ratte entfernt.«

Instinktiv blickte ich mich auf dem Boden um. »Aber wem bringt dann die Legende über diese grausamen Wechselbälger etwas?«

»Das«, wurde er augenblicklich ernst, »wüsste ich auch gern.«

Als der Tag der Hinrichtung gekommen war, war ich deutlich nervöser als sonst. Ich hatte zwar mittlerweile eine gewisse Routine in dieser grimmigen Arbeit, doch die Menschenmassen, von denen Calcraft jetzt immer öfter sprach, beunruhigten mich mehr, als ich mir das bisher eingestanden hatte.

Von vielen Tausend Schaulustigen war da die Rede, von manchmal 30.000 Gaffern, die den Platz vor dem Gefängnis verstopften und schon Stunden vor der Hinrichtung kamen, um einen guten Blick auf die *Show* zu haben. Wahrscheinlich war auf dem Platz bereits jetzt die Hölle los.

Auch auf meinen Meister blieben diese Aussichten nicht ohne Wirkung. »Verdammte Sonne«, meinte er mit finsterer Miene, als wir am Morgen der Hinrichtung im Schankraum saßen. Er war vor einer Stunde zurückgekehrt, nachdem er ein letztes Mal »nach dem Rechten« gesehen hatte, wie er es ausdrückte. »Wo ist der Regen, wenn man ihn einmal braucht? Sie werden kommen wie die Fliegen.« Missmutig starrte er aus dem Fenster in den sonnigen Tag und stopfte sich mit wütenden Handgriffen seine Pfeife. »Ich hätte nicht so lange fortbleiben dürfen. Mein Handlanger hat allem Anschein nach äußerst miserable Arbeit geleistet.«

»Wieso?« Ich stocherte appetitlos in meinem Porridge herum. Bisher hatte ich keine Antwort von Liz erhalten und es überraschte mich, dass mich das noch immer so mitnahm. »Was ist denn passiert?«

»Schlampige Arbeit, das ist passiert. Falsche Messungen, das falsche Seil, eine Unachtsamkeit nach der anderen.«

Ich wusste mittlerweile genug über die Hinrichtung am Galgen, um mir auszumalen, wie leicht es war, die ganze Angelegenheit zu einer scheußlichen Katastrophe werden zu lassen. War das Seil zu dünn, konnte es reißen, war es zu dick, konnte die Wucht des Falls zu einer verflucht blutigen Angelegenheit werden. Und das war erst der Anfang.

»Aber mich für den halten, der die Verurteilten mit Vergnügen quält!«

Mein Meister ließ sich nicht oft anmerken, wie sehr er es hasste, von der Welt als grausamer Schlächter angesehen zu werden. Auch er schien nervöser zu sein, als er das je zugegeben hätte.

»Wir werden heute dem schlimmsten Gesicht des Todes begegnen«, begann er eine Art Ansprache. »Es ist die hässliche Fratze der Sensationsgier, die du in dieser Form noch nie gesehen haben dürftest. Der Tod ist es, der Tausende Menschen zur Hinrichtung taumeln lässt wie Motten zum Licht. Als wäre er ein Gentleman, der zu einem rauschenden Fest lädt. Als wäre er ein kunterbunter Jahrmarkt – und nicht der Schnitter, dessen Sense heute einen weiteren Lebensstrick durchtrennen wird. Vergiss nie, was der Tod ist, Junge. Vergiss nie seine Unerbittlichkeit. Der Tod ist der einzige Meister, den niemand als Herrn akzeptieren will, der aber doch über uns alle herrscht.«

»Nun mach den Jungen doch nicht noch nervöser«, rügte ihn Benjamin, der gerade ins Zimmer schlurfte und hingebungsvoll gähnte. »Man könnte ja fast meinen, du selbst wärst nervös, William. Hier, ich habe frischen Tee für euch. Heiß und stark.«

Ich konnte Benjamins Eindruck bestätigen. Und dabei ging es heute nicht einmal darum, ein Wechselbalg an den Galgen zu bringen. Dessen war sich Calcraft sicher. Wann und wo wir auf das nächste treffen würden, konnte oder wollte er mir allerdings nicht sagen. »Hinter Newgates dicken Mauern gibt es mehr Wechselbälger, als uns lieb sein könnte. Darüber nachzudenken hilft uns da auch nicht weiter«, hatte er zu diesem Thema gesagt und war dann in sein berühmtes Schweigen verfallen.

Trotzdem war seit der Nacht im Wald etwas anders zwischen uns. Wir standen uns näher, begegneten uns eher auf Augenhöhe als zuvor. Das spürte ich einmal mehr, als wir uns in einer Kutsche dem Newgate-Gefängnis näherten. Calcraft wollte nicht zu Fuß gehen, um zu vermeiden, gesehen zu werden. Also hatten wir uns an der Bishopsgate Station den Luxus gegönnt, allein eine kleine Kutsche für die Fahrt zu organisieren.

Die Straßen wurden voller und voller, je näher wir dem Gebäude kamen. Das wichtigste Gesprächsthema des Tages drang durch die Fenster zu uns herein wie ein unangenehmer Duft. Himmel, es schien tatsächlich, als sei ganz London auf den Beinen, um sich die Hinrichtung anzusehen. Eltern mit ihren Kindern, Gruppen von Jungs, die grölend und lachend durch die Straßen rannten, Liebespaare, Greise … alle hatten nur ein Ziel. Ich konnte es kaum glauben.

»All diese Menschen fürchten ihren eigenen Tod wie nichts anderes auf dieser Welt«, sagte Calcraft. »Und doch verhöhnen sie ihn, indem sie einen armen Teufel auf seiner letzten Reise begaffen. Manchmal kann ich den Hass der Wechselbälger auf die Menschen sogar verstehen.«

Ich wurde hellhörig – wie immer bei diesem Thema. Aber warum auch nicht? Meiner Meinung nach unterhielten wir uns entschieden zu wenig darüber. Wenn es Calcrafts geheime Mission war, war es doch automatisch auch die meine. »Wieso hassen sie uns denn nur so sehr? Ich dachte, wir Menschen haben sie nicht absichtlich vertrieben«, sagte ich. Die Kutsche kam bei all den Menschen nur langsam voran, und aus einem merkwürdigen Grund schien es mir, dass dieses Thema für uns beide eine gute Abwechslung zu dem wäre, was uns bevorstand.

Seine Miene verfinsterte sich. »Sie wurden aber nun mal vertrieben, Junge. Die Menschen haben sie vertrieben, da ist es doch egal, ob das bewusst oder unbewusst geschah.«

»Und wie wurden sie denn nun vertrieben?«

»Oh, das geschah nicht bewusst oder bösartig. Die Alben sind uralte Wesen, die schon weit vor den Menschen auf diesen Inseln gelebt haben. Die Ausbreitung der Menschen, vor allem aber die Auswüchse des Fortschritts mit seinem Dampf, seinen Schornsteinen und seinen Zahnrädern haben diese Wesen verbannt, sie vom Antlitz dieser Welt getilgt.« Herrlich, wenn mein Meister so erzählte, konnte einem doch wirklich nur angst und bange werden. Es hörte sich so an, als sei er dabei gewesen! »Ich vermute mal, dass sie darüber nicht allzu glücklich waren. Der Mensch jedoch bemerkte das gar nicht, und irgendwann vergaß er sie. Wie er alles vergisst, was ihm einmal lieb und teuer gewesen war.«

»Aber«, warf ich dazwischen, ehe er weiterreden konnte. »Wie rächen sie sich denn jetzt an uns?«

Er blickte mich missmutig an. »Alles zu seiner Zeit, Junge. Aber nun gut. Um sich zu rächen, stehlen sie regelmäßig Kinder und ersetzen sie durch ihre eigenen, die Wechselbälger. Der Mensch hat sich seine eigenen Dämonen erschaffen, ohne es überhaupt zu merken. Und jetzt muss er dafür bezahlen.«

»Newgate«, riss uns die Stimme des Kutschers in die Wirklichkeit zurück. »Aussteigen, bitte.«

Ich blickte meinen Meister an. »Also los.«

»Warte.« Calcraft hielt meine Hand zurück, die schon auf dem Türgriff ruhte. »Das wird nicht einfach heute. Ich möchte, dass du dir den morgigen Tag freinimmst. Unternimm etwas mit Rose, vielleicht macht ihr diese dämliche Themseüberfahrt.«

Wieso erwähnte jetzt auch noch mein Meister dieses Mädchen? Auf ihn war in Sachen Privatsphäre eigentlich immer Verlass gewesen. Außerdem wusste er doch, was ich für Liz empfand – mal ganz zu schweigen davon, dass ich Rose seit dem ersten Abend kaum gesehen hatte. »Ich denke nicht, dass …«, begann ich, doch der Alte ließ mich nicht ausreden. »Denkst du denn, ich sehe nicht, was in dir vorgeht? Du denkst unablässig an diese Elizabeth. Du denkst sogar so viel an sie, dass du blind bist für das, was dich umgibt.«

Was sollte das nun wieder heißen?

»Ich weiß, dass du ihr Briefe schreibst. Werden sie beantwortet?« Er wartete nicht auf meine Entgegnung. »Nein, werden sie nicht. Es tut dir nicht gut, Junge, und das weißt du. Du musst konzentriert sein, und damit meine ich nicht nur … du weißt schon was. Ich meine auch das hier. Die Hinrichtung.«

»Meister, das ist nicht meine erste Hinrichtung.«

»Das weiß ich, Junge. Und doch wird es anders sein als sonst. Schwerer. Abstoßender. Versprich mir einfach, dass du morgen auf andere Gedanken kommst. Und mal nicht an Elizabeth denkst.«

Ich wusste nicht, was das alles zu bedeuten hatte, nuschelte aber ein »in Ordnung« und öffnete die Kutsche. Mein Mund war trocken geworden, ich wollte nur noch ins Freie. Selbst wenn das bedeutete, dass ich erstmals mit meinen eigenen Augen erblicken musste, wovon mein Meister schon so oft gesprochen hatte.

Am liebsten wäre ich sofort wieder in die Kutsche gestiegen. Menschen … Menschen, so weit das Auge reichte. Schon das zweite Mal seit meiner Ankunft in London musste ich feststellen, niemals derart viele Leute auf einem Haufen gesehen zu haben. Genau konnte ich es nicht sagen, doch es mussten tatsächlich Tausende sein. Sie verstopften die Gassen, strömten auf den Platz vor einem langen schmucklosen Bau, der eigentlich längst hoffnungslos überfüllt war. Der Trubel im Bahnhof Paddington wirkte kümmerlich dagegen.

»Ist das das Gefängnis?«, fragte ich Calcraft, obwohl ich die Antwort eigentlich längst kannte. Keine Fenster außer ein paar vergitterten Schlitzen, hohe Backsteinmauern, ein bewachtes Tor – Newgate erinnerte eher an eine Festung. An eine belagerte Festung, um genau zu sein.

»Was?« Er verstand mich nicht. »Was hast du gesagt?«

Diese Lautstärke! Alle redeten aufgeregt durcheinander, schrilles Gelächter, weinende Kinder und wütende Schreie mischten sich mit den durchdringenden Stimmen der unpassend fröhlichen Straßenverkäufer zu einem gewaltigen Hintergrundrauschen, das in den Ohren klingelte wie eine Brandung bei Orkan. Sogar aus den Fenstern der umliegenden Gebäude streckten sie ihre Köpfe heraus, Gläser und Zigarren in der Hand, emsig in anregende Gespräche vertieft.

»Ob das das Gefängnis ist!«, wiederholte ich lauter.

Er nickte und zeigte nach vorn. »Da, siehst du das Schafott?«

Jetzt erst bemerkte ich die hölzerne Erhöhung mit dem Galgen. Mein Gott, er war umringt von Menschen!

»Das wird heute unser Arbeitsplatz sein«, raunte mir mein Meister ins Ohr, damit ihn niemand hörte. »Ich sagte doch, dass das hier anders wird.«

Mühsam kämpften wir uns durch die laute und unbeugsame Menge. Niemand wollte uns durchlassen, jeder bangte um seine Sicht auf das Ereignis. Wo kamen all diese Menschen her? Ich konnte es nicht fassen, dass sie nur kamen, um eine Hinrichtung zu sehen. Ich würde bei einer grausamen Veranstaltung wie dieser selbst dann nicht freiwillig zusehen, wenn mir sterbenslangweilig wäre. Hier in London schien es hingegen die beste Unterhaltung zu sein, die man sich wünschen konnte! Man prostete sich zu, hatte sich Hocker mitgebracht, einige spielten sogar Karten, um sich die Zeit zu vertreiben.

»Müssen wir wirklich hier durch, Meister?«, fragte ich zweifelnd. Es erschien mir nicht gerade clever, den Weg direkt durch die Massen zu nehmen.

»Ganz recht, Junge. Irgendwo da vorn stehen Wachen. Die werden es uns leichter machen.«

Doch bis dahin war es noch ein weiter Weg. Abwechselnd wurden mir Schläge angedroht, Nüsse oder Bier angeboten, meine sowieso leeren Taschen von einem glücklosen kleinen Dieb durchsucht und mein Haar von einer Dame aus einem ganz bestimmten Gewerbe gestreichelt – auf wenigen Metern! Mein Meister hatte mehr Glück, ihn ließen sie weitgehend in Ruhe: Ihm wollte nur ein schmutziger kleiner Junge die Schuhe putzen. Zum ersten Mal sah ich die Vorteile seiner düsteren Ausstrahlung.

Und dann geschah es. Ich hielt inne. Was war das gewesen? Irgendetwas hatte mich abgelenkt. Mir war … als ob ich etwas gehört hatte. Etwas, das mir vertraut vorkam. Und gleichzeitig eine Gänsehaut bescherte.

Unsicher blickte ich mich um. Fremde Gesichter überall, erwartungsvolle Mienen, gerötete Haut. Nein, da war nichts.

»Richard.«

Ich zuckte zusammen. Was war das gewesen? Es war, als hätte mir jemand meinen Namen ins Ohr geflüstert. Mein Meister befand sich ein paar Fuß vor mir, der konnte es unmöglich gewesen sein. Aber wer …

Dann sah ich es.

Obwohl ich am liebsten davongelaufen wäre, bewegte ich mich wie von selbst auf die kleine Holzbude zu. Sie stand etwas abseits der Menge, an der Mauer vor einer Kirche, bunt bemalt und unverkennbar: ein *Punch-and-Judy*-Puppenspiel.

»Reiß dich zusammen«, sprach ich mit mir selbst. In London allein gab es bestimmt Hunderte dieser Buden. Was sollte an der hier so besonders sein?

»Richard.«

Da war es wieder, verdammt! Die Stimme war ganz nah und doch kam sie von allen Seiten. Längst hatte ich die Menge ausgeblendet, die bevorstehende Hinrichtung und Calcraft. Für mich gab es nur noch die kleine Holzbude mit der leeren Bühne.

Meine Kehle schnürte sich zu.

Die Bühne war nicht mehr leer.

Zwei Figuren wackelten darauf auf und ab. Ich musste nicht näher herangehen, um mich und meinen Meister in ihnen zu erkennen. Dennoch war das hier anders als auf dem kleinen Jahrmarkt. Beunruhigender … ernster.

»Er wird dich opfern.« Wieder diese geisterhafte Stimme. »Er wird dich opfern, um sich zu retten.«

Auf einmal flackerte ein kleines Feuer auf der Bühne auf. Ich sah nur noch, wie die Figur des Henkers meine Figur ins Feuer stieß.

Als dann noch ein grässliches Lachen ertönte, presste ich mir die Hände auf die Ohren und rannte davon.

»Richard!«

IX

William Calcraft

»Richard!« Ich sah, wie er mit panischer Miene in der Menge verschwand und rief, so laut ich konnte. »Verdammt, Richard, bleib hier!« Ich eilte ihm hinterher. Dieser Junge!

Dieses eine Mal war ich dankbar für Londons sensationsgierige Gaffer. Sie machten es ihm unmöglich, schnell voranzukommen.

»Bleib doch stehen!«, verlangte ich, als ich ihn endlich am Kragen gepackt hatte. Er blickte mich aus weit aufgerissenen Augen an. »Grundgütiger, Junge, was ist denn passiert?«

Er warf panische Blicke um sich, drehte sich mal in diese, mal in jene Richtung. Er war schweißnass. »Ich habe sie gesehen!«

»Wen? Wen hast du gesehen?«

»Ich … da war wieder das Puppenspiel. Da war ich im Feuer. Ich … Sie, Sie haben mich …«

Er redete wirres Zeug. War es zu früh gewesen, ihn zu dieser Hinrichtung mitzunehmen? »Hör mir jetzt gut zu, Junge. Da war nichts!«

»Doch!«, schrie er. »Da!« Er zeigte hinter sich. »Da hinten. Sehen Sie es denn nicht?«

Ich blickte mich um. Nein, weit und breit nichts Ungewöhnliches zu sehen. Bis mein Blick an der Kirche hängen blieb. Ein unangenehmes Gefühl kroch in mir hoch wie eine Spinne, die ich versehentlich lebend verschluckt hatte. Irgendetwas schlug Alarm in mir, doch bevor ich das Gefühl greifen konnte, wurde es vom tumultartigen Rauschen der Menge weggespült.

»Komm schon, Junge, reiß dich zusammen. Wir haben Arbeit zu erledigen. Und sei bitte sorgsam und ruhig. In London stehen wir unter besonders strenger Beobachtung.«

Seit einiger Zeit wimmelte es vor dem Schafott von diesen schmierigen Leuten von der Presse. Meist von den Zeitungen, die sich schon lang gegen öffentliche Hinrichtungen aussprachen. Für sie konnten am Galgen gar nicht genug Fehler passieren, für sie konnten in der Menge gar nicht genug Schlägereien und Verwüstungen ausbrechen. Je blutiger, verkommener und abartiger, desto besser. Jeder noch so kleine Vorfall spielte ihnen vorzüglich in die Hände. Und so etwas nannte sich dann menschlich. Auch ich hätte die Hinrichtungen am liebsten hinter die Gefängnismauern verbannt, allein schon, um diese ganzen Gaffer loszuwerden. Doch zuvor musste ich meine Aufgabe erledigen. Und die Zeit wurde immer knapper. Wenn ich nicht mehr unter dem Deckmantel von Galgen und Strick durch die Lande ziehen konnte, würde es deutlich schwieriger werden.

Ich zog den verwirrten Jungen hinter mir her. Dass er bei dieser Hinrichtung die Nerven verlor, hatte mir gerade noch gefehlt. Immer wieder blickte er sich um, suchte etwas in der Menge. »Meister«, begann er wieder, »ich schwöre es!«

»Nicht jetzt, Junge!« Ich blickte ihn durchdringend an. »Konzentriere dich. Das wird auch unter normalen Umständen schwer genug. Verstanden?«

Er nickte zögerlich. Das musste genügen. Ich zog ihn weiter, vorbei am Schafott, wo uns jetzt ein paar Wachen den Weg versperrten. »Lasst uns durch, ihr Narren. Seht ihr denn nicht, wer wir sind?«

»Papiere!«, forderte der eine in bestem Befehlston. Anstatt seiner Aufforderung nachzukommen, zog ich meine Kapuze herunter. »Genügt das?«

»Mister Calcraft!« Der Wachmann erbleichte, was mir eine gewisse Genugtuung verschaffte. »Los, macht den Weg frei für den Henker!«

Endlich ließen wir die Massen hinter uns zurück. Natürlich war das nicht der übliche Weg zu meiner verhassten Arbeitsstätte. Ich hatte jedoch die brillante Idee gehabt, dem Jungen vor seiner ersten Hinrichtung in dieser Stadt das ganze Ausmaß ihrer Abartigkeit vorzuhalten. Verdammt, das war gründlich danebengegangen!

Mit schnellem Schritt überbrückte ich die letzten Meter. Die schmucklosen hohen Wände des Gefängnisses türmten sich vor uns auf, als wollten sie sagen, dass sie keinen freigaben, der sich einmal in ihr Inneres begab. Selbst nach so vielen Besuchen in diesem verabscheuungswürdigen Loch konnte ich mich eines Schauderns nicht erwehren. Ein Seitenblick auf den Jungen verriet mir, dass es ihm nicht anders erging. Wie sollte es auch, zum Teufel?

Ich warf ihm einen prüfenden Blick zu. Er versuchte sich tapfer an einem Lächeln und deutete ein Nicken an.

Gemeinsam schritten wir voran und ließen uns von Newgate verschlucken.

Schon von Weitem hörte ich die dröhnende Stimme des Gefängnisdirektors. »Wo zum Henker bleibt Calcraft?«, brüllte er durch die Dunkelheit der großen Halle und lachte gleich anschließend herzlich über seinen Witz. Bislang hatte er ihn an jedem Hinrichtungstag mindestens einmal zum Besten gegeben!

»Da sind Sie ja endlich!«, meinte er ungeduldig, als wir näher gekommen waren. Das Echo unserer Schritte und der Hall seines Geschreis wirkten nach den Tumulten vor den Toren regelrecht gespenstisch. Aber eigentlich wirkte alles innerhalb dieser Mauern gespenstisch. Es war ein böser Ort, und ich war jedes Mal froh, die kalte Dunkelheit mit ihren Schreien, ihrem Gezeter und ihrem Schluchzen zu verlassen. Gleichzeitig hatte ich jedoch das unerklärliche Gefühl, dass uns in diesen Mauern noch etwas bevorstand, gegen das eine Hinrichtung das reinste Kinderspiel war. »Wieso sind Sie denn durch das Haupttor gekommen, Sie Tölpel? Haben Sie während Ihrer langen Abwesenheit etwa vergessen, was hier bei einer Hinrichtung los ist?«

»Wie sollte ich solch ein Bild jemals vergessen?«, meinte ich knapp, ohne ihn anzusehen. »Das hier ist Richard Winters, mein Lehrling. Er wird mir heute zur Hand gehen.«

»Ja, ja, meinetwegen«, wischte er meinen Kommentar zur Seite wie eine lästige Fliege. »Aufseher, bringen Sie den Henker und sein Hündchen in die Kapelle. Der Priester gibt ihnen gerade seine frommen Worte mit auf ihren letzten Weg, albernes Gewäsch, aber offensichtlich unverzichtbar. Wir sehen uns dann draußen, ja? Eine Stunde noch, Calcraft, seien Sie ja pünktlich. Es sind verflucht viele Reporter anwesend und wir könnten nach diesem Stümper, den Sie uns als Ihre Vertretung überlassen haben, wirklich etwas gute Presse gebrauchen. Diese eine Enthauptung war wirklich alles andere als hübsch anzusehen! All das Blut …«

Er rauschte davon, zweifellos auf dem Weg zu einem Krug Bier und jeder Menge gebratenem Fleisch. Der Appetit des Direktors vor Hinrichtungen war weithin bekannt.

»Komm, Junge, dort entlang.« Richard hatte sich wieder beruhigt, sah sich sogar regelrecht interessiert in diesem trostlosen Bau um. Wenn er erst mal die Zellen sah, den Innenhof oder den Friedhof, war es mit diesem Interesse wahrscheinlich schnell vorbei.

Doppelhinrichtungen waren mittlerweile selten geworden. Sicher, sie bedeuteten den doppelten Lohn, zogen aber auch am meisten Gaffer an. »Wir werden heute zwei verurteilte Verbrecher an den Strick bringen«, meinte ich auf dem Weg. »Und ich möchte, dass du mir heute mehr zur Hand gehst als sonst. Zwei Henker – zwei Hinrichtungen, verstanden? Du wirst seine Arme und Beine binden, ihn zum Galgen führen, die Kappe über den Kopf ziehen und die Schlinge um den Hals legen. Den Rest werde ich übernehmen.«

»Meister, auch ich kann den Hebel betätigen.«

Ich musste mich zurückhalten, damit ich ihm nicht anerkennend auf die Schulter klopfte. Einmal mehr spürte ich, dass ich damals in Sheerness die richtige Wahl getroffen hatte. »Das weiß ich, Junge.

Aber heute nicht. Heute möchte ich, dass du alles ganz genau beobachtest. Mich. Die Verurteilten. Die Menge. London ist die Königsdisziplin. Und Newgate ist der Ort, an dem selbst der Mutigste seinen Mut verliert. Eine ganz eigene Hölle in der Unterwelt. Schäme dich nicht, wenn es dir auch so ergeht.«

In der Ferne erklang der Gesang des Geistlichen. Wie aus einer anderen Welt wehte er durch den dunklen Gang zu uns heran, trug das Schicksal zweier verfluchter Seelen mit sich. Ja, ich war zurückgekehrt. Und schon jetzt wünschte ich, länger fortgeblieben zu sein.

X

Richard Winters

Später fiel es mir schwer, die Ereignisse des Tages in eine geordnete Reihenfolge zu bringen.

Unser schier endloser Marsch durch dieses Labyrinth an niedrigen Gängen, dunklen Passagen und endlosen Reihen von kleinen Zellen. Mal ehrlich, man konnte meinen, in dieser Stadt gäbe es mehr Zellen als Wohnungen.

Und dann die ausdruckslosen Gesichter der Insassen. Manche in sich zusammengesunken und nicht mehr als von Haut und Knochen zusammengehalten, manche marschierten rastlos auf und ab wie eingesperrte Tiere in einem Käfig. Auch den Geruch hier würde ich auf ewig damit in Verbindung bringen – Angst, Schweiß und der ekelhafte Gestank nach Verwesung und Schimmel.

Ich stolperte meinem Meister hinterher. Bei allem Grausen konnte ich den Blick nicht von den schimmelüberwucherten Decken, den rostigen Eisenstäben, den Ratten und Spinnen nehmen, die vor uns flohen. All die Menschen, die die Armenviertel dieser Stadt als Hölle bezeichneten, waren noch nie an diesem Ort gewesen.

Der Geistliche, der uns mit ernstem Blick entgegenkam, schien geradewegs aus einem Abgrund gestiegen zu sein. Er sah ängstlich und traurig aus und schleppte eine schwarze Glocke mit sich herum.

»Die Hinrichtungsglocke«, raunte mir Calcraft zu, als wir um eine Ecke gebogen waren. Ich nahm alles wie durch dicke Watte gepackt wahr. Es schien, als würde die Zeit langsamer vergehen, die Bewegungen wie auf halber Geschwindigkeit ablaufen. War das die stickige Luft? Die bevorstehende Hinrichtung? Das fehlende Tageslicht? Oder einfach dieser Ort? »Sie läutet vor den Zellen der Verurteilten, bevor sie sich auf ihren schwersten Gang begeben.«

Ich glaubte, das sogar nachvollziehen zu können: Kaum ein paar Minuten hier, und schon kam auch ich mir vor wie auf meinem letzten Gang. Wir passierten mehrere Innenhöfe, in denen uns die Blicke der Gefangenen folgten wie unser eigener Schatten. Obwohl wir auch hier umgeben waren von hohen Mauern, umringt von Wärtern und unangenehm eingekesselt zwischen Gittern und schweren eisenbeschlagenen Holztüren, sog ich die frische Luft gierig ein wie ein Ertrinkender, der gerade noch mal gerettet worden war. Meine Güte, was das für ein Ort war! Aber ich musste mich zusammenreißen! Wie viele Hinrichtungen hatte ich schon an der Seite meines Meisters durchgeführt? Fünf? Sechs? Nein, es mussten doch eigentlich mehr sein. Das zählte nicht. Hier war alles anders. Und das machte mir Angst.

Vor der Kapelle bedeutete mein Meister mir zu warten. Er klopfte kurz, öffnete die hohe Tür und verschwand im Inneren. Als er wiederkam, war er nicht mehr allein. Flankiert von zwei bösartig aussehenden Wärtern mit schwarzen Kappen und Schlagstöcken in der Hand, traten zwei Männer zu mir in den Gang, wie sie elender nicht aussehen konnten. Ihre Kleidung schmutzig, voller Löcher und Flecken, in ihrem Blick die pure Hoffnungslosigkeit. Vor mir standen zwei in sich zusammengesunkene Menschen, die sich längst aufgegeben hatten.

»Ihr solltet euch freuen«, sagte einer der Wärter, ein schlecht rasierter Rüpel, der eher wie ein Schläger aussah und nicht wie ein Vertreter des Gesetzes, mit einem boshaften Grinsen. »Halb London ist euretwegen auf den Beinen, morgen werdet ihr Schlagzeilen machen. Sogar unser werter Calcraft ist wieder in die Stadt zurückgekehrt, um sich euch vorzuknöpfen.«

Der andere lachte kehlig. »Ihr wisst ja, dass er gern ein Spektakel aus der ganzen Sache macht.«

»Schweigt!«, fuhr mein Meister sie an. »Es passiert schneller, als Ihr denkt, dass ich Euch plötzlich die weiße Kappe überziehe.«

Recht so! Das brachte die beiden für den Moment zum Schweigen. Die Verurteilten schienen von all dem nichts mitzubekommen. Sie waren längst in ihrer eigenen Welt.

»Richard«, wandte er sich an mich, sein Tonfall ganz der offizielle Tonfall des Lehrmeisters, »binde sie.«

Ich tat, wie mir geheißen, fesselte ihre Hände, überprüfte den Knoten und blickte meinen Meister fragend an. Erstaunt stellte ich fest, dass ich all das ohne Nachdenken erledigte. Selbst an diesem Ort wusste ich also, was ich zu tun hatte.

Mein Meister nickte knapp. Er gab den Wärtern ein Zeichen, und unser trauriger Zug setzte sich in Bewegung. »Ihr wimmelt ja von Läusen«, ergriff einer der Wärter wieder das Wort und verzog angewidert das Gesicht. »Mal ehrlich, müsst ihr euch so gehen lassen in unseren edlen Hallen?«

Ich konnte die Kälte und Grausamkeit nicht fassen, mit der die Wärter diesen armen Teufeln begegneten. Dabei fand ich doch schon diesen Gefängnisdirektor mehr als unangenehm!

»Auf was dürfen wir uns denn heute freuen, Herr Henker?«, fragte der andere dann. »Irgendwas Besonderes an diesem besonderen Tag?«

Mein Meister erhob die Stimme. »So halten Sie endlich den Mund, sonst verlange ich zwei weitere Stricke und knüpfe Sie beide gleich daneben auf! Und jetzt kein Wort mehr!«

Wir bogen nach links ab, traten durch eine Tür – und befanden uns in einem schmalen Gang, dessen Decke zur Straße hin offen war. Sie war nur mit einer Art Netz verhängt.

»Das ist der Vogelkäfig«, meinte der Henker leise zu mir, als die Gefangenen stehen blieben und nach oben blickten. Auf die Straße. In den Himmel. Die Freiheit. »Das ist das letzte Mal, dass sie in diesem Leben Tageslicht sehen, bevor wir ihnen die Kappen überziehen. Bist du bereit?«

Ich schluckte und nickte. Ich wusste nicht weshalb, doch ich musste meinen Meister etwas fragen. »Was meinen Sie mit ›in diesem Leben‹? Glauben Sie, danach kommt noch etwas?«

»Das ist wohl kaum der richtige Ort für eine solche Diskussion, Pfarrersjunge. Aber meinetwegen: Nein, ich glaube nicht daran. Jedenfalls nicht in der Form, in der es dein Vater von der Kanzel herunterpredigt.«

Das genügte mir und ich setzte mich wieder in Bewegung. »Sehe ich genauso, Meister.«

An den Wänden befanden sich unzählige Buchstaben. »Zu unseren Füßen liegen die sterblichen Überreste der Gehängten«, eröffnete mir Calcraft eine weitere grausige Tatsache, die ich eigentlich gar nicht wissen wollte. »Alles, was von ihnen bleibt, ist der Anfangsbuchstabe ihres Namens hier in dieser Wand. Das ist alles. Kein Grab. Keine Möglichkeit zu trauern.«

Mir wurde klar, dass niemand, der dieses Gefängnis jemals von innen sehen musste, tatsächlich in Erwägung zog, ein schlimmes Verbrechen zu begehen. Aber wer sah diese Hölle schon mit eigenen Augen – außer denjenigen, die hier sowieso eingesperrt waren?

Wir hatten das Ende des Gangs erreicht. Sehnsüchtig blickten die beiden Verurteilten nach oben ins Freie, noch immer hatten sie kein Wort gesagt. Mein Meister trat vor sie, in den Händen zwei weiße Kappen. »Seid ihr euch bewusst, weshalb ihr hier vor mir steht?«

Einer der beiden brachte tapfer ein Nicken zustande, der andere zitterte bloß, den Blick steil nach oben gerichtet, die Lippen zusammengepresst.

»Die Kappen, Richard.« Er überreichte mir die gespenstischen weißen Dinger und bedeutete den bleichen Todgeweihten, sich vorzubeugen. Auch hier stellte ich fest, wie fachmännisch und handwerklich ich vorging. Es gab keinen Zweifel: Ich wurde zum Henker!

Was dann geschah, war schwer zu beschreiben. Am liebsten hätte ich all das sofort wieder aus meinem Gedächtnis gelöscht. Doch die

Erinnerung ist leider tückisch. Und so würde ich das, was folgte, niemals wieder vergessen.

Die Massen johlten. Nein, das war kein Ausdruck. Sie verfielen in ein derart ohrenbetäubendes Gebrüll, wie ich es noch nie zuvor in meinem Leben gehört hatte. Fauliges Obst flog uns von allen Seiten entgegen, begleitet von den wüstesten Beschimpfungen, die sich ein Mensch ausdenken konnte. Einige ließen mich erröten.

Ein letztes Mal nahm mich Calcraft auf die Seite. »Denk immer daran, es ist nur eine Arbeit, die wir ausführen. Ein Auftrag. Uns trifft keine Schuld. Es sind zwei Mörder, die wussten, welche Strafe auf dieses Verbrechen steht. Wir führen nur aus, was längst beschlossen ist.«

Das war natürlich leichter gesagt als getan, doch an diese Worte klammerte ich mich die gesamte Prozedur. Zeitweise verschwamm das unwirkliche Bild der Abertausenden Menschen und ich musste mich abstützen, um nicht in Ohnmacht zu fallen. Der Gesang des Pfarrers drang wie ein irres Schreien an mein Ohr, in der Menge verstand ihn bei dieser Lautstärke aber sowieso niemand. Irgendwann gab er es auf und verließ mit hängendem Kopf das Schafott.

Wir führten die beiden Mörder an den Galgen, banden ihre Füße, brachten den Strick an, warteten auf das Nicken des Gefängnisdirektors, fühlten die Augen der faszinierten Beobachter auf uns ruhen, blickten uns an, nickten … und Calcraft betätigte den Hebel.

Ein Poltern, ein Ruck, dann war das Urteil vollstreckt.

Als es endlich vorbei war, als der Lärm abgeschwollen war, die schwarze Flagge über dem Gefängnis gehisst wurde und die Glocken der nahen Kirche das Ende der Hinrichtung verkündet hatten, kam ich langsam wieder zu mir.

Irgendwie hatte ich mich wohl tatsächlich in einer Art Trance befunden, in einem Zustand, der mich meine Arbeit ausführen ließ, ohne über das nachzudenken, was gerade um mich herum passierte. Ja, ich hatte wohl recht: So langsam wurde ich zum Henker. Ob ich das wirklich wollte, stand natürlich auf einem ganz anderen Blatt.

Wir saßen in einer Kutsche, die uns zurück nach Whitechapel brachte. Noch vor einigen Tagen hätte ich mich für verrückt erklärt, wenn ich mir vorgestellt hätte, ich würde der Rückkehr in die elendsten Ecken dieser Stadt freudig entgegensehen. Jetzt sehnte ich mich nach der Stille, nach dem Gefühl der Behaglichkeit in Benjamins Wirtshaus, nach Kaminfeuer, Sicherheit und meiner Ruhe.

Vor dem angelaufenen Fenster zog die Kirche vorüber, deren Glocken die Vollstreckung des Urteils verkündet hatten. War nicht irgendetwas mit ihr gewesen? Die Ereignisse der letzten Stunden hatten es verdrängt. Völlig egal jetzt! Ich wollte nur weg von hier. Ein Bad nehmen. Ich hatte das Gefühl, Newgates Pesthauch hing noch immer in meinen Haaren, in meiner Kleidung, in meiner Nase. Erschöpft ließ ich mich in meinen Sitz fallen.

Meinem Meister ging es ähnlich. Er blickte ausgezehrt drein, angestrengt und nachdenklich. »Hast du gemerkt, wie enttäuscht sie waren?«, richtete er die ersten Worte an mich, seit wir das Gefängnis verlassen hatten. Überhaupt hatte er nichts gesprochen, hatte dem Kutscher lediglich eine Münze in die Hand gedrückt und ihn gebeten, keine Fragen zu stellen. »Regelrecht entrüstet. Als hätte ich eine Rolle zu spielen und sei dieser Aufgabe heute nicht nachgekommen.«

Auch mir war der Unmut der Masse nicht entgangen. Sie fühlten sich doch tatsächlich betrogen! »Stört es Sie nicht, dass Sie diesen Gaffern wieder geben, was sie verlangen, wenn Sie …« Ich ließ den Rest des Satzes bewusst ins Leere laufen. Der Alte wusste auch so, was gemeint war.

»Sobald ich die Gelegenheit habe, eines von ihnen aus der Welt zu schaffen, ist mir alles andere egal. Sogar die johlenden Massen, die allen Ernstes denken, ich mache das zum Vergnügen.«

Versunken in seine Gedanken starrte er aus dem Fenster. Diesen Tag würde ich nie vergessen. Ich würde ihn als den Tag in Erinnerung behalten, an dem ich erstmals am eigenen Leib gespürt hatte, was mein Meister für diese zehrende Mission alles auf sich nahm.

Der Grund, weshalb wir die Kutsche wieder an der Bishopsgate Station verließen, lag auf der Hand: Der Alte wollte vermeiden, dass sein Aufenthaltsort bekannt wurde. Und nach einem Tag wie diesem war das schwerer als gedacht. Sogar unser Kutscher hatte ihn sofort erkannt.

»Bereit, den Abgrund wieder zu betreten?«

»Ich habe heute einen ganz anderen Abgrund gesehen«, erwiderte ich bloß. Jetzt wusste ich, was mein Meister gemeint hatte, dass ihm die Armenviertel Londons in gewisser Weise lieber waren.

»Vor einigen Jahren war das sogar noch schlimmer. Damals wurde man für das Stehlen von 25 Pence hingerichtet – oder für das unerlaubte Fällen eines Baums!«, meinte der Alte naserümpfend.

Der Geruch von Kohl, Gas und Kohle begrüßte uns, als wir das große Bahnhofsgebäude hinter uns zurückließen und uns wieder dem East End anvertrauten. Und in der Tat war das Gefühl weit von dem Schrecken und der Fassungslosigkeit entfernt, die ich beim ersten Mal verspürt hatte. Schön war diese Gegend deswegen natürlich noch lange nicht, ebenso wenig ungefährlich oder besonders ermunternd.

Heute gab ich mich jedoch mit erschreckend wenig zufrieden. Ich störte mich nicht einmal an den bettelnden Kindern, dem Rauch, der hin und wieder durch Unterführungen zog, oder den reichlich mitgenommen aussehenden Damen und ihren beschämenden Angeboten.

»Du hast heute sehr gute Arbeit geleistet«, sagte Calcraft beinahe beiläufig. »Nicht viele hätten das so gut verkraftet.«

Das Lob ging natürlich runter wie Öl, keine Frage. Heute wollte ich es jedoch nicht unkommentiert stehen lassen. »Von gut verkraften kann keine Rede sein«, meinte ich leise. »Um ehrlich zu sein, war es furchtbar!«

»Ich weiß, mein Junge«, entgegnete der Alte mit einem traurigen Seitenblick. »Ich weiß.«

XI

Richard Winters

Es war schwer zu sagen, wie Benjamin das machte, doch bei seiner herzlichen Art war es selbst an einem Tag wie diesem beinahe unmöglich, seine schlechte Laune zu behalten.

»Kein Wort von den Ereignissen des Tages«, hatte er anstatt einer Begrüßung gesagt, uns die Mäntel abgenommen, Stühle vor den Kamin gerückt und uns zwei Krüge in die Hand gedrückt. »Für den Rest des Abends wird von schönen Dingen geredet – von Essen und Bier, meinetwegen auch von Frauen, Theater und Musik.«

Ich musste grinsen. Das erste Mal an diesem Tag!

»Riecht ihr das? Himmlisch, nicht? Rose bereitet gerade das Abendessen zu. Da soll noch mal einer sagen, wir Juden könnten nur alte Klamotten verkaufen. Obwohl«, fügte er hinzu und boxte mir verschwörerisch in die Rippen, »ich mich auch einige Zeit lang darin versucht habe und durchaus erfolgreich war.« Er stapfte im Gastraum auf und ab und schrie immerzu: »Kleidung! Alte Kleidung! Kleidung! Alte Kleidung!«, bevor er sich ebenfalls einen Krug schnappte und sich zu uns setzte. »Oh ja, jeder im East End kannte mich. Und nicht nur hier, selbst am Covent Garden, diesem Prinzen aller Märkte, bin ich meine Lumpen losgeworden. So gut wie immer ohne Löcher und fast nie mit Flöhen oder Läusen.«

»Was hast du eigentlich noch nicht gemacht, Ben?«, fragte mein Meister. Er hatte die Beine hochgelegt und genoss es scheinbar genauso sehr wie ich, diesen Tag endlich hinter sich gebracht zu haben.

»Oh, eine ganze Menge, denke ich. Premierminister war ich noch nicht. Wäre doch mal was, als erster Jude. Dieser Disraeli bringt es vielleicht mal dazu, ist ja aber auch schon lang getauft und eigentlich kein richtiger Jude mehr – was immer das auch sein soll. Oh, oder natürlich König. Wäre auch nicht verkehrt, was?«

Calcraft lachte. Auch das war selten, seit wir nach London gekommen waren. Es tat gut, einfach mal nichts zu tun. Das warme Bier vertrieb die Gedanken, das Feuer die Kälte dieses grässlichen Gefängnisses. Aus dem Nichts überkam mich eine große Müdigkeit.

Ich stand auf und musste sogleich ausgiebig gähnen. »Bitte entschuldigen Sie, aber ich denke, ich werde gleich schlafen gehen.«

»Mach nur, Richard, mach nur«, meinte Benjamin mit einem wissenden Seitenblick auf den Henker. »Ich kann mir gut vorstellen, was hinter dir liegt.«

Calcraft hatte schon wieder seine Pfeife herausgeholt und stopfte sie gewohnt hingebungsvoll. »Schlaf dich aus, Junge, und denk daran, was du mir versprochen hast.«

Kopfschüttelnd lief ich die Treppe zu den Gästezimmern hinauf. Mein Meister war doch wirklich zu komisch. Dachte er ernsthaft, ich würde meinen allerersten freien Tag vergessen?

Nachdem ich mein Zimmer in alter Gewohnheit nach Spinnen abgesucht hatte und mich einen kurzen Moment an der ungestörten Ruhe erfreut hatte, schlief ich augenblicklich ein.

Allzu erholsam war mein Schlaf nicht. Immer wieder schlichen sich die Bilder des Tages in meine Träume, die hoffnungslosen Augen der Verurteilten, das ruckartige Geräusch, als der Strick spannte, das grässliche Knacken, die johlende Menge … Aber da war noch etwas. Durchmengt war diese Tortur von rätselhaften Szenen, in denen ich mit Elizabeth im Schiff einer gewaltigen Kirche saß. Ihr wunderschönes schwarzes Haar fiel offen über ihre Schultern, sie redete pausenlos in einer Sprache auf mich ein, die ich nicht verstand. Dann merkte ich, dass es eigentlich Rose war, die mich davon abhielt, Elizabeth zuzuhören. Sie lief mit der Hinrichtungsglocke aus dem Newgate-Gefängnis durch die Gänge, begleitet vom wahnsinnigen Gesang eines unsichtbaren Priesters.

Als ich erwachte, fühlte ich mich wie gerädert. Nur mit Mühe vertrieb ich die dunklen Bilder und wollte mich schon im grauen Licht des kalten Morgens aus dem Bett quälen. Calcraft würde bestimmt jeden Moment an meine Tür klopfen, meine innere Uhr ging längst besser als jede Kirchturmuhr.

Aber nein! Heute war mein freier Tag! Kurzerhand drehte ich mich um und genoss das einmalige Gefühl, in einem vorgewärmten Bett erneut einschlafen zu können. So etwas machte man sowieso viel zu selten.

Diesmal waren meine Träume ruhiger. Aber keineswegs logischer. Es war, als würde Rose in meinem Zimmer eine prächtige Tafel decken und immerzu leise singen. Irgendwann ging ihr Gesang in das Zwitschern eines Vogels über, und ich fragte mich in meinem Traum vergeblich, ob ich jemals eine derart schöne Stimme gehört hatte.

Als ich erwachte, verblassten die Traumgespinste rasch. Doch das Gezwitscher blieb. Erstaunt betrachtete ich einen kleinen braunen Vogel, der am geöffneten Fenster saß und sein heiteres Liedchen trällerte. Nach den Ereignissen des vergangenen Tages, nach den beunruhigenden Träumen war dies das mit Abstand Schönste, das mir in letzter Zeit begegnet war. Ich nahm es als gutes Omen für meinen ersten freien Tag seit Beginn meiner Lehre, schwang die Füße aus dem Bett – und stellte fest, dass Teile meines Traumes eigentlich gar kein Traum gewesen waren: Auf dem Tisch neben dem Bett stand ein Teller mit Brot, Käse und trockenem Obst, auf einem Schemel daneben ein Krug mit einer dunklen Flüssigkeit. Er stand auf einem Zettel.

Lieber Richard,

ich wollte dich nicht wecken, also habe ich dir etwas vom Frühstück aufgehoben. Du weißt ja, dass Meister Calcraft nichts von Porridge hält, also habe ich heute Morgen wieder frisches Brot geholt. Etwas davon und den Käse hier habe ich beiseitegeschafft und einen Krug Ingwerbier abgefüllt. Das Trockenobst habe ich übrigens selbst gemacht.
Ich hoffe, es schmeckt dir.

Deine Rose

P.S.: Bitte wundere dich nicht. Ich habe mir die Freiheit genommen, deine Kleidung zu waschen. Sie liegt getrocknet und gebügelt in der Truhe.

Donnerwetter! Es war eine völlig neue Erfahrung für mich, derartig bedient zu werden. Und so begann ich meinen freien Tag auf eine Art und Weise, wie ich sie bisher nur aus Geschichten kannte: mit einem Frühstück im Bett.

Voller Tatendrang schlüpfte ich anschließend in die frisch gewaschenen Kleider, bestaunte einige Augenblicke lang das einzigartige Gefühl, etwas Sauberes und Wohlriechendes zu tragen, und stürmte in den Gastraum. Er war verlassen. Die Uhr an der Wand verriet mir, dass es beinahe elf war. So lange hatte ich noch nie in meinem Leben geschlafen! In dieser Hinsicht ähnelten sich mein Vater und mein Meister mehr, als mir lieb sein konnte: Beide hielten nichts von Langschläfern, waren am liebsten schon auf den Beinen, bevor es richtig hell geworden war.

Calcraft war wahrscheinlich schon seit Stunden auf irgendeinem

Erkundungsgang, Benjamin traf sich mit wem auch immer er sich in Whitechapel eben zu treffen hatte und Rose … nun, Rose war wahrscheinlich auf dem Markt, um Lebensmittel einzukaufen. Erstaunlich, wie schnell man sich an eine neue Routine gewöhnte, wenn man doch eigentlich nur das Leben auf der Straße kannte.

Ich schlüpfte zur Hintertür hinaus, wie mir ein weiterer Zettel, diesmal in Benjamins etwas ungelenker Handschrift, aufgetragen hatte, und spazierte drauflos. Ich hatte tausend Dinge im Kopf, die ich gerne unternehmen würde. Diese Bootsfahrt auf der Themse, ein Blick auf den Buckingham Palace, ein Theaterbesuch, die Musikhallen – endlos waren die Möglichkeiten. Dennoch beschloss ich spontan, mich zunächst treiben zu lassen. Mitreißen zu lassen vom Trubel dieser Stadt, von ihren Abenteuern. Das erste Mal seit Wochen gelang es mir, an nichts Bestimmtes zu denken. Nicht an Calcraft, nicht an meine Arbeit, nicht an diese Wechselbälger.

Ich wusste, dass dieser Zustand nicht lange anhalten würde. Doch heute verspürte ich endlich einmal ein Gefühl von Freiheit. Ein Gefühl, nach dem ich mich insgeheim immer schon gesehnt hatte, das an der Seite des Henkers bislang allerdings entschieden zu kurz gekommen war.

Die Gassen und engen Straßen waren voller Menschen. In Whitechapel war allem Anschein nach immer Markt. Es gab kaum eine Ecke, an der nicht irgendein Straßenhändler Position bezogen hatte und sein Glück versuchte. Aber wie ich bereits gelernt hatte, war das mehr oder weniger Dauerzustand in dieser Stadt. Es war immer noch erstaunlich, mit was die Menschen hier ihr Geld verdienten. Frischer Fisch war ja noch verständlich. Aber alte Knochen oder Pferdemist? Wer kaufte so etwas nur?

Ich ignorierte die vielen Verheißungen und angeblich unschlagbaren Angebote für Schuhsohlen, Gurken und verbogene Hufeisen und ging einfach weiter. So machte man das hier, und ich war beinahe ein wenig stolz, dass ich in dieser Stadt mittlerweile so gut wie gar nicht mehr auffiel. Selbst der Gedanke, dass das auch an meinen abgewetzten Klamotten liegen konnte, konnte mir die Laune nicht verderben.

Whitechapel, das hatte ich bereits festgestellt, verließ man nicht, ohne es zu merken. Vielleicht war es der Geruch – weniger Kohl, weniger Pferdemist, weniger Qualm aus dreckigen Kaminen, weniger Abwasser. Vielleicht waren es die Leute, die nicht so zerlumpt und ärmlich aussahen, vielleicht aber auch die frischere Luft oder die schöneren Gebäude. Ein wenig war es wie der Übergang in eine andere Welt, in eine Welt, die schöner, sicherer und sauberer war.

Als ich wieder an der Bishopsgate Station vorbeikam, überholte mich eine von diesen riesigen Kutschen, die von den Pferden auf Schienen gezogen wurden. Omnibusse nannte man diese Dinger, die wie eine kurze Eisenbahn ohne Lok aussahen und dafür wieherten und schnaubten. Dieses hier war sogar zweistöckig, und auf einer großen Tafel am hinteren Eingang standen jede Menge Haltestellen. Blackfriars, Temple, Covent Garden … hatte nicht Benjamin erst vorige Nacht von Covent Garden erzählt? Noch dazu mit leuchtenden Augen? Den »Prinzen aller Märkte« hatte er ihn genannt.

Das genügte mir, um kurzerhand zuzusteigen, dem Kontrolleur drei Pennys in die Hand zu drücken, meinen Fahrschein in die Hemdtasche zu stecken und mich einmal mehr dem zweifelhaften Vergnügen einer Omnibusfahrt hinzugeben.

Als ich an dem Platz ausgespuckt wurde, den die Leute hier Seven Dials nannten und der dem Fahrer zufolge gleich neben dem Markt lag, musste ich zunächst tief durchatmen. Im Vergleich zu meiner ersten Fahrt mit diesem Gefährt war es aber dennoch der reinste Spaziergang gewesen.

»Oh, Entschuldigung, Mister.« Ein kleiner Junge hatte mich angerempelt, ließ etwas Glänzendes in seiner Tasche verschwinden und eilte weiter. Ich dachte mir nichts dabei, dann stellte ich fest, dass dieser kleine Mistkerl mich um einen Schilling erleichtert hatte, den ich in der Tasche mit mir getragen hatte.

Ich verfluchte meine Gedankenlosigkeit und nahm die Verfolgung auf. So viel Lohn erhielt ich von dem Alten nicht, dass ich ihn mir von einem Straßenjungen klauen lassen wollte. Er war schnell und wendig, ich allerdings war mittlerweile ziemlich gut in Form. Er schlug Haken, durchquerte einen Kirchhof, verschwand in einem Durchgang, sprang über Sackkarren und duckte sich unter Kutschen hindurch. Erstaunlicherweise blieb ich dran, holte auf und bekam ihn vor einem kleinen Theater zu fassen. »Los, her damit!«, fuhr ich ihn laut an und drückte ihn gegen die Wand. Dann sah ich, wie jung er war.

»Bitte, Mister«, flehte er mit großen Augen. Herrje, er war kaum sieben Jahre alt. »Ich wollt nix stehlen, wirklich nicht. Es ist nur … ich bin hungrig. Immer bin ich hungrig.«

Mein Zorn verrauchte augenblicklich. Dafür verspürte ich Scham. Hatte ich gerade wirklich einen wehrlosen kleinen Jungen durch die Straßen gejagt? Also wirklich! Ich musste aufpassen, wenn ich nicht so griesgrämig enden wollte wie Calcraft.

Ich ließ den Jungen los und versuchte mich an einem freundlichen Gesicht. »Ist schon in Ordnung«, meinte ich. »Behalt das Geld.«

Ich ließ ihn mit ungläubigem Gesicht stehen und wandte mich in die Richtung, aus der ich gekommen war. Schilling hin oder her, ich hatte immer noch mehr als dieser arme Junge jemals haben würde. Natürlich war es nicht richtig zu stehlen, aber war es richtig, dass in dieser Stadt derart viele Kinder alleine im Dreck der Straße leben mussten? Ganz bestimmt nicht.

Als ich die Markthalle schließlich betrat, stellte ich fest, dass Benjamin unrecht gehabt hatte. Covent Garden war wohl kaum der Prinz der Märkte. Es musste schon der König sein. Blumen, Gemüse, Obst, so weit das Auge reichte, vertreten waren alle Formen, Farben, Gerüche und Geschmäcker. Noch nie hatte ich solch rot leuchtende Äpfel gesehen, ganz zu schweigen von vielen anderen Früchten, die ich nicht einmal benennen konnte.

Die Blumen trugen ihren Duft durch die bevölkerten Gänge, überall wurde gefeilscht, gehandelt, gekauft und geschimpft. Wie benommen von Aromen und Gerüchen wanderte ich ziellos umher. Dann kam mir eine Idee. Woher sie kam, konnte ich nicht sagen, doch urplötzlich hielt ich es für angemessen, Rose ein paar schöne Blumen mitzubringen. Als kleines Dankeschön für ihre Arbeit, aber auch, um mein schlechtes Gewissen zu beruhigen. Sie gab sich alle Mühe, meinen Aufenthalt im *Golden Rose* angenehm zu gestalten, wirklich gedankt hatte ich ihr das allerdings noch nicht.

Eine Entscheidung zu fällen, erwies sich als schwerer als gedacht. Die Roten dort, die so schön glänzten? Oder die violetten, die angenehm dufteten? Wie sollte man sich da nur festlegen?

»Na, Süßer, auf der Suche nach was Besonderem für eine besondere Lady?«

Ich stockte. Diese Stimme. Ich kannte sie! Langsam, ganz langsam hob ich den Kopf, während mein Verstand raste wie eine Lok unter Volldampf und verzweifelt versuchte, die Stimme zuzuordnen. Dann blickten wir uns direkt in die Augen.

Elizabeth verzog den Mund zu diesem spöttischen Lächeln, das sie so meisterlich beherrschte. »Richard Winters! Wer hätte das gedacht.«

Elizabeth war hier! In London! Direkt vor mir!

Wie war das möglich?

Einen Moment lang rührte ich mich nicht. Dann stellte ich fest, wie albern das wirken musste, und wollte mehrere Dinge gleichzeitig tun. Ihr um den Hals fallen, sie zur Rede stellen, sie kühl und herablassend grüßen, vorgeben, sie nicht zu erkennen … oder sie doch sofort küssen? Ich war heillos überfordert.

Ich konnte nicht begreifen, was da gerade geschah. Passierte das wirklich? Oder war das wieder irgendein merkwürdiger Traum?

Ich merkte, dass sie eine Reaktion von mir erwartete, doch am Ende begnügte ich mich damit, sie einfach nur sprachlos anzustarren. Später wusste ich nicht einmal mehr, ob mein Mund dabei geöffnet oder geschlossen gewesen war. Völlig egal, es musste so oder so dämlich ausgesehen haben.

Ich verfluchte mich. Wieso verwandelte ich mich in ihrer Gegenwart jedes Mal in ein unsicheres Etwas? Hatte ich nicht festgestellt, dass sie mich oft ausgenutzt hatte? Außerdem hatte sie auf keinen meiner Briefe geantwortet. Wieso war ich dann nicht wütend auf sie, sondern wahnsinnig aufgeregt? Hatte ich denn gar nichts gelernt?

»Liz«, brachte ich nach einiger Zeit hervor. »Was machst du hier?«

»Was man eben so macht, wenn man verstoßen wird.« Ihre Stimme klang hämisch, kalt. Sie hatte noch nie zu ihrem äußeren Erscheinungsbild gepasst. Elizabeth war älter geworden, natürlich war sie das. Auch ich war nicht mehr der Junge, der Sheerness angsterfüllt und unglücklich verliebt an der Seite des Henkers verlassen hatte. Doch sie war noch immer wunderschön, einzig ihre Augen schienen dunkler geworden zu sein. Ernster. Vielleicht war es aber auch Einbildung oder eine Illusion des hellen Lichts in der Markthalle. Und da war eine Narbe, an die ich mich nicht erinnern konnte. Eine unschön rot schimmernde Narbe an ihrer Wange. »Ich schlage mich eben so durch. Und du? Immer noch der Lehrling des Henkers?«

Ich nickte, und Liz lachte. »Bitte entschuldige, Richard, aber du als Henker … das kann ich mir nun wirklich nicht vorstellen.«

Jetzt wurde ich auch noch rot, ganz toll! Wie ich es hasste, mich in ihrer Gegenwart nicht im Griff zu haben. »Und wieso nicht?«, entgegnete ich erhitzt.

»Ruhig Blut, das war nicht böse gemeint.« Sie setzte ein liebreizendes Gesicht auf. »Es ist nur … ich kann mir eben nicht vorstellen, dass du Gefallen an dieser Arbeit findest. Mit all den Galgen und dem Tod und so, meine ich. Und dieser Calcraft erst«, fuhr sie im Plauderton fort, während sie einen Strauch Blumen stutzte. »Grässlicher Kerl.«

»Er hat dein Leben verschont!« Es erstaunte mich selbst, dass ich so entschlossen Partei für ihn ergriff.

Sie schaute mich durchdringend an. »Das macht ihn zum Helden? Weil er dieses eine Mal keine Unschuldige aufgeknüpft hat?« Plötzlich wurde sie ernst. »Du weißt doch, dass ich unschuldig bin, lieber Richard, nicht?«

Auf diese Thema hatte ich nun wirklich keine Lust. »Liz … wohnst du hier?«, fragte ich sie stattdessen. Ich hatte noch immer große Mühe, das alles zu verarbeiten. Dabei hatte ich mir doch so fest vorgenommen, beherrscht und gelassen zu sein, wenn ich jemals wieder auf sie treffen sollte.

Sie zuckte mit den Schultern, griff unter die Theke und holte eine Gießkanne hervor, mit der sie einige Sträucher wässerte. »Wo genau meinst du? Ich wohne mal hier, mal da. Gerade bin ich bei einigen Freunden auf der anderen Seite dieses stinkigen Flusses untergekommen.« Sie hielt abrupt inne, als hätte sie eine Idee. Mit ihrer Hand umfasste sich meinen Arm und blickte mich strahlend an. »Willst du mich nicht besuchen? Heute Abend? Wir haben uns doch sicher so viel zu erzählen. Außerdem wäre es schön, endlich mal wieder ein vertrautes Gesicht um mich herum zu haben.«

Mein Herzschlag beschleunigte sich rapide. Hatte ich wirklich gedacht, sie vergessen zu können? Verdammt, war ich töricht gewesen!

Sie blickte mich lang an. »Du hast mir gefehlt, Richard.«

»Du … du hast mir auch gefehlt«, bekam ich mit trockener Kehle heraus.

»Also heute Abend, ja?« Sie griff nach ein paar Blumensträußen und band sie zusammen. »Ich muss los, eine Lieferung wartet. So gegen acht?«

Wie sie es so schnell geschafft hatte, mir einen Kuss auf die Wange zu hauchen, war mir völlig unklar. Wie verzaubert berührte ich die Stelle mit meiner Hand.

Als sie schon fast außer Sicht war, fiel es mir ein. »Aber wo wohnst du denn überhaupt?«, rief ich ihr hinterher und kam mir grundlegend dämlich dabei vor. Ich hatte zwar keine Erfahrung in solchen Dingen, war mir aber ziemlich sicher, dass man so keine Verabredung ausmachte.

Liz wandte sich im Gehen um. »Im *Angel Inn* direkt an der Themse.« Sie lächelte. »Wo denn sonst?«

Wie in tiefem Schlummer verließ ich Covent Garden. Dass ich die Blumen für Rose vergessen hatte, bemerkte ich erst, als ich Whitechapel erreicht hatte.

XII

Richard Winters

Calcraft nichts von dieser Begegnung zu erzählen, war eine äußerst bewusste Entscheidung. Wenn auch eine, die ich zunächst vor mir selbst rechtfertigen musste. Am Ende überzeugte ich mich damit, dass dies heute mein freier Tag war und dieser freie Tag auch den Abend mit einbezog.

Dieses eine Mal konnte ich tun und lassen, was ich wollte. Und wenn der Abend ergeben würde, dass wir uns wiedersahen, konnte ich es meinem Meister immer noch erzählen. Weshalb ich mir dennoch wie ein Lügner vorkam, als ich am Nachmittag ins *Golden Rose* zurückkehrte, konnte ich mir nicht erklären. Ich war dem Alten doch keine Rechenschaft schuldig!

»Ich sehe, du bist meiner Anweisung nachgekommen«, meinte Calcraft zur Begrüßung. Wie immer saß er im Sessel am Feuer, den Krug in der einen, die Pfeife in der anderen Hand. »Und … immer noch begeistert von London?«

Bevor ich antworten konnte, ergriff Benjamin das Wort. Er stand hinter der Theke und polierte Gläser. Wieso gab es eigentlich immer etwas zu polieren, obwohl es hier außer uns keine Gäste gab? »Du und deine schlechte Meinung von dieser Stadt. Richard und ich hatten sogar in Whitechapel jede Menge Spaß, nicht wahr?«

Ich nickte dankbar und erzählte ihnen von meiner Fahrt mit dem Omnibus, von Seven Dials mit seinen sternförmig ausschwärmenden Straßen, von Covent Garden. Ein gewisses Detail umschiffte ich großzügig, berichtete dafür umso ausführlicher von der Blumenauswahl in der Markthalle.

Ein Gedanke pochte dabei unentwegt von innen gegen meinen Schädel. *Elizabeth ist hier. Und sie will dich heute Abend sehen.*

»Ein wahrhaft prächtiger Ort«, meinte Benjamin begeistert. Das Funkeln war in seine Augen zurückgekehrt. »Unvergleichlich in diesem Land, will ich meinen.«

»Blumen und buntes Obst, papperlapapp.« Calcraft genehmigte sich einen großzügigen Schluck und bedeutete mir, näher zu kommen. »Es gibt Arbeit, Junge. Komm her, ich will es dir erklären.«

Als ich mich zu Calcraft und seinen Rauchschwaden gesetzt hatte, betrat Rose den Raum. Sie sah mich, lächelte flüchtig, blickte dann schnell zur Seite und verschwand wieder in der Küche. Ich wurde nicht schlau aus ihr. Schon möglich, vielleicht jagte ich ihr Angst ein. Das war schließlich schon bei vielen Menschen so gewesen. Aber weshalb brachte sie mir dann Frühstück auf mein Zimmer, wusch sogar meine Wäsche? Jetzt ärgerte ich mich, dass ich die Blumen vergessen hatte. Sie hätte sich bestimmt darüber gefreut. Und irgendwie hätte ich ihr diese Freude gern gemacht.

»Es könnte gut sein, dass wir es bald wieder mit … ihnen zu tun bekommen«, riss mich mein Meister aus meinen Überlegungen. Er gab Benjamin ein Zeichen. Der alte Jude nickte und schloss die Küchentür. Aha, dieses Thema also. Ich hörte aufmerksam zu, froh, meinen Gedanken für den Moment entkommen zu können. »Wie ich dir bereits gesagt habe, werden die meisten von ihnen früher oder später gefasst und eingesperrt. Wenn sie nicht fliehen können oder sich selbst vernichten …«

»Können sie das denn?«, unterbrach ich meinen Meister erstaunt.

»Allerdings.« Er nickte, offensichtlich nicht erfreut über die Unterbrechung. »Sie beißen sich selbst die Adern auf. Das vernichtet den Körper, aber nicht ihren Geist. Der kehrt unversehrt in ihre Welt zurück, wo das Wechselbalg wieder seine wahre Gestalt annimmt.«

Allein bei dem Gedanken an diese Fratze wurde mir mulmig. Das mit den Adern wollte ich mir gar nicht erst vorstellen. »Also können sich die Alben frei zwischen den Welten bewegen?«

»Theoretisch ja. Dennoch sind es nur die Wechselbälger, die menschliche Gestalt annehmen können. Frag mich nicht, weshalb«, las er meine Miene, »es ist einfach so. Ich bin kein Professor für diese Bestien, ich bin nur ihr Jäger. Wie ich dir jedenfalls versucht habe zu erklären«, fuhr er dann mit irritiertem Blick fort und griff nach seinem Tabak, »kann ihnen das in Newgate aber nicht passieren. Dort sind die Todgeweihten rund um die Uhr von Wärtern bewacht. Von gewaltigen Mistkerlen zwar, aber immerhin gibt uns das die Möglichkeit, sie ein für alle Mal aus dieser Welt zu schaffen. Deshalb ist es besonders wichtig, dass wir regelmäßig die Verurteilten prüfen. Und wie ich mir schon fast dachte, habe ich heute eines entdeckt.« Er pausierte kurz. »Ich möchte, dass du morgen früh mit mir mitkommst und auf eigene Faust versuchst, das Wechselbalg zu erkennen. Natürlich weiß niemand davon und wir müssen unauffällig vorgehen. Als Henker dürfen wir uns jedoch mehr oder weniger frei im Gefängnis bewegen, also sollte uns das keinerlei Schwierigkeiten bereiten.«

»Aber natürlich, Meister.« Es ging also wieder los. »Wann brechen wir auf?«

»Wir müssen um sieben Uhr dort sein, damit wir unsere Ruhe haben. Ich schlage also vor, du gehst früh zu Bett.«

»Ja ... was das angeht«, begann ich zögerlich. »Ich gehe heute Abend noch mal fort.«

Die Pfeife verharrte kurz vor Calcrafts Mund. »Wie bitte? Und wohin, wenn ich fragen darf?«

»Och, ich wollte eben noch mal raus. Zur Themse vielleicht, da war ich heute noch nicht.«

Seine buschigen Brauen verengten sich. »Ganz allein? Bist du sicher?«

Benjamin kam mir zu Hilfe. »So lass den Knaben doch. Hast du nicht selbst gesagt, es ist sein freier Tag?«

»Von Tag kann keine Rede mehr sein«, meinte mein Meister dazu. »Es wird doch schon dunkel.« Schwang da Argwohn in seiner Stimme mit? Oder doch eher Besorgnis? Es war schwer zu sagen.

»Vielleicht hat er ja noch etwas … Aufregendes vor?« Benjamin zwinkerte mir verschwörerisch zu.

»Und was, bitte schön, kann man an der dunklen Themse vorhaben?«, fragte Calcraft ehrlich erstaunt, als Rose den Raum gerade mit einem dampfenden Topf betrat.

»Manchmal bist du ein echter Holzkopf, William! Der Junge hat eine Verabredung!«

Mit einem lauten Scheppern ließ Rose den Topf fallen.

XIII
Rose Goldbergs Tagebuch

Liebes Tagebuch,

das darf doch nicht wahr sein! Da verirrt sich einmal ein netter Junge in unser einsames Gasthaus und dann? Dann hat er natürlich sofort eine Verabredung. Das ist doch nicht gerecht! Aber was habe ich auch erwartet? Dass ich ihm Frühstück mache und seine Wäsche wasche und er sofort fragt, ob ich mit ihm ausgehen will?

Rose, du bist eine Närrin! Wo doch in jedem Buch steht, dass der Schlüssel ist, geheimnisvoll zu wirken. Und das ist mir bislang wohl nicht allzu gut gelungen. Spangen im Haar hin oder her.

Ihm ist das allerdings umso besser geglückt, muss ich sagen. Ich bin richtig fasziniert von ihm. Ein wenig habe ich das Gefühl, dass er von einem dunklen Geheimnis umgeben ist. Und das sorgt für ein Kribbeln in meinem Bauch, das ich so noch nie verspürt habe. Ich sah ihm sofort an, dass er eine sanfte Seele hat. Er ist niemand, der Menschen gern quält. Er hat ein gutes Herz. Genau wie Onkel Ben.

Doch jetzt, wo ich darüber nachdenke: Woher soll denn Onkel Ben überhaupt so genau wissen, was Richard vorhat? Natürlich würde ich nie eines seiner Urteile anzweifeln, doch wer so lange allein gelebt hat wie er, rostet in gewissen Dingen doch bestimmt ein wenig ein, oder nicht? In gewissen … Liebesdingen, um genau zu sein. Seit ich mich erinnern kann, hatte er zumindest

noch kein Techtelmechtel. Und wie ich bisher aus seinen Erzählungen herausgehört habe, war er auch früher allein unterwegs gewesen.
Auf mich wirkte es nämlich eher so, als würde Richard etwas vor Mister Calcraft verheimlichen wollen. Und das kann doch alles sein, oder?
Mache ich mir hier nur etwas vor? Ach, bestimmt nicht! Ja, sicherlich verheimlicht er einfach etwas vor seinem Meister. Es ist bestimmt nicht leicht für Richard, immer nur Mister Calcraft als Gesellschaft zu haben. Vielleicht will er einfach mal seine Ruhe haben oder ein paar Bier trinken.
Natürlich könnte er auch bei mir seine Ruhe haben. Oje, ist es unzüchtig, sich vorzustellen, wie er mich auf meinem Zimmer besucht? Trotzdem ist es eine schöne Vorstellung, die mein Herz schneller schlagen lässt.
Herrje, was sind das denn für Gedanken? So kenne ich mich gar nicht, und das macht mich unsicher und angespannt. Noch nie hat mich ein Junge so verwirrt. Wie es sich wohl anfühlt, ihn zu küssen?
Jetzt komme ich mir richtig dämlich vor, dass ich vorhin den Topf fallen ließ. Nur weil Onkel Ben das so sagte, musste es noch längst nicht wahr sein. Gut, ein Problem bleibt damit dennoch: Wie um Himmels willen soll ich es schaffen, seine Aufmerksamkeit zu erregen? Eine Antwort habe ich noch nicht darauf. Aber ich habe das Gefühl, dass es für den Anfang nicht schaden könnte, diese kindischen Spängchen wegzulassen und vielleicht mal was anderes anzuziehen als diesen Rock mit der dämlichen Schürze. Wer fragt denn schon eine Magd, ob sie mit ihm ausgeht?

XIV
Richard Winters

Bei Nacht zeigte London ein anderes Gesicht. Nebel kroch durch die Straßen, schummrig floss das Licht der Gaslaternen über das nasse Kopfsteinpflaster. Es regnete.

Selbstbewusst und fest sollte mein Gang sein, das hatte mir Benjamin schon bei unserem ersten gemeinsamen Spaziergang durch dieses Viertel eingebläut. Es rettete dich nicht vor den wirklich fiesen Kerlen, ersparte dir aber wenigstens diejenigen, die es mal darauf ankommen lassen wollten.

Immer wieder musste ich mir klarmachen, dass ich auf dem Weg zu Liz war. Zu dem Mädchen, das ich eigentlich bereits abgeschrieben hatte und das mir jetzt, nach einer flüchtigen Begegnung auf diesem verdammten Markt, schon wieder gründlich den Kopf verdreht hatte. Aber es war, wie es war: Ich konnte nicht anders.

Als ich vorsichtige Schritte hinter mir hörte, kam mir das erste Mal der Gedanke, dass dieser nächtliche Ausflug vielleicht nicht die beste Idee gewesen war. Anstatt mich umzudrehen, ging ich einfach weiter. Nur nicht beirren lassen. Dort vorne rechts und ich wäre schon wieder auf der nächsten großen Straße. Die Schritte verhallten, und ich erreichte die breite Straße unversehrt.

Einige Zeit später ragte der Tower vor mir in den Himmel, ein gewaltiger dunkler Schemen mit vier hohen Türmen. Ich atmete auf. In London konnte dir zwar überall etwas passieren, vor allem nachts, in den Armenvierteln verbargen sich jedoch weit größere Gefahren als innerhalb der alten Stadtmauern.

Es war bereits kurz vor acht, doch am Tower herrschte noch immer jede Menge Trubel. Schlief diese Stadt denn nie?

Ich stieg die Stufen zur Themse hinab und fragte einen Kastanienverkäufer nach dem *Angel Inn*.

»*Angel Inn?*« Er kratzte sich am Kopf und gab vor, angestrengt nachzudenken. »Nie gehört, Sir.«

Ich rollte die Augen. In dieser Stadt wurden selbst Auskünfte zu Geld gemacht. Zwei Münzen wechselten den Besitzer und die Miene des Verkäufers hellte sich urplötzlich auf. »Das *Angel*, sagen Sie's doch gleich, Mister!« Er deutete mit dem Finger hinter sich. »Gleich da drüben ist es.«

»Wo?« Ich starrte auf das Ufer. Außer ein paar Bootsfahrern, einem kleinen Würstchen-Stand und dem breiten dunklen Band der Themse konnte ich nichts entdecken. Hatte ich mich jetzt auch noch von einem Straßenverkäufer übers Ohr hauen lassen?

»Na da, auf der anderen Seite. Ich hoffe, Sie haben noch ein paar weitere Münzen in Ihren Taschen. Sonst müssen Sie schwimmen.« Er lachte und bewegte sich auf eine Gruppe offensichtlich angetrunkener alter Herren zu, um ein paar weitere Kastanien an den Gentleman zu bringen. »Ich weiß genau, was Sie jetzt brauchen, werte Herren«, hörte ich ihn noch sagen.

Kopfschüttelnd lief ich zum Ufer. Also doch die Themse-Überfahrt! Natürlich, hatte Elizabeth nicht erwähnt, dass sie auf der anderen Seite des Flusses wohnte? Irgendwie gefiel mir die Vorstellung, mit einem Schiff zu Elizabeth auf die andere Seite überzusetzen. Es hatte etwas Verwegenes und Romantisches.

Das konnte man von der kleinen Nussschale nicht sagen, die mich kurz darauf wild schaukelnd über das Wasser trug. Alles war nass, das brackige Wasser spritzte mir ins Gesicht und mir war schon nach wenigen Metern speiübel.

»Keine Sorge, die geht nicht unter!«, meinte der gelangweilte Ruderer. »Ist schon zwei Wochen her, dass das passiert ist. Kannst du schwimmen?«

»Äh, ja.« Ich stutzte. »Wieso? Sagten Sie nicht gerade, dass …«

»Nur für den Fall. Will keinen Ärger, weißt du? Die Polizei hat etwas gegen Ertrunkene, und irgendjemand ist in dieser Stadt ja immer Zeuge.«

Himmel, wo war ich hier wieder gelandet? Das nächste Mal würde ich eines der großen Schiffe nehmen. Sie servierten sogar Tee und Sandwiches! Ich versuchte, mich auf die langsam näher kommenden Lichter auf der anderen Seite zu konzentrieren. Wer hätte gedacht, dass ich, ein Junge von der Küste, so schnell seekrank wurde?

Noch eine Minute länger auf diesem Boot und es wäre ein Unglück passiert.

»Können Sie mir sagen, wie ich zum *Angel Inn* komme?«, fragte ich stockend, als ich endlich wieder festen Boden unter den Füßen hatte. Diese Überfahrt hatte mir die Freude am Bootfahren gründlich verdorben. Das Schaukeln, der üble Geruch der Themse und noch dazu meine Nervosität waren keine allzu gute Kombination.

»Hoch zur Straße und dann links halten. Kann man kaum verfehlen, bei dem Lärm.« Der Fährmann blickte mich zweifelnd an. »Sicher, dass du da hin willst, Bursche?«

»Ich denke schon, ja«, meinte ich und stutzte. »Weshalb sollte ich nicht?«

»Ach.« Er winkte auf nicht gerade glaubwürdige Weise ab. »Man sagt, dass sich dort merkwürdige Gestalten rumtreiben.«

Immer diese vagen Andeutungen! Konnte denn niemand etwas Genaues sagen? »Was für … Gestalten meinen Sie denn?«

»Keine Ahnung, ich lass mich da nicht blicken. Hab Frau und vier Kinder zu Hause, da bleibt für so was keine Zeit. Und Geld sowieso keins, du weißt schon.« Er schob sein mickriges Boot wieder ins Wasser und ergriff die Paddel. »Guten Abend! Und viel Vergnügen.«

Zu spät fiel mir ein, dass ich eine wichtige Frage vergessen hatte.

»Wie komme ich denn nachher wieder zurück?«, rief ich auf den Fluss hinaus. Ich erhielt keine Antwort.

Darüber würde ich mir später den Kopf zerbrechen müssen. Zunächst mal machte ich mich auf die Suche nach dem Pub. Die erwies sich als leichter als gedacht: Schon von Weitem hörte ich laute Musik und Gelächter, das *Angel Inn* war weit und breit das einzige noch beleuchtete Haus. Und das lauteste. Der Pub schien seinem wohl ziemlich verwegenen Ruf gerecht zu werden. Hier wohnte Elizabeth also? Schwer vorstellbar.

Noch unwahrscheinlicher wurde es, als ich das niedrige Haus direkt am Ufer der Themse betrat. Sofort hüllten mich dichter Qualm und der alles übertünchende Geruch von Tabak und schalem Bier ein, die Lautstärke der Gespräche, Streitereien und Albereien brandete über mich hinweg wie eine Welle. An einem kleinen runden Tisch gleich am Eingang erprobten sich zwei Seemänner im Armdrücken, am Piano saß ein hagerer junger Mann mit krausem Haar und glasigem Blick. Er hämmerte auf die Tasten ein, als hätten sie ihm etwas getan.

Niemand beachtete mich, als ich mich durch den Raum drückte, vorbei an turtelnden Pärchen, Karten spielenden Herren und Betrunkenen, die wild über das Ende der Welt debattierten.

Im Hinterzimmer wurde ich Zeuge einer denkwürdigen Szene. Um einen großen Tisch saß ein ganzer Haufen junger Kerle, einer verwegener und verschlagener als der andere. Jeder Einzelne von ihnen hätte in Whitechapels engen Gassen für Angst und Schrecken gesorgt, hier jedoch saßen sie in andächtiger Stille und hörten atemlos einer Geschichte zu, die gerade erzählt wurde.

Sie wurde von einem Mädchen vorgetragen, das mit dem Rücken zu mir am Kopfende des Tisches saß. Es musste sich nicht umdrehen, damit ich wusste, zu wem die Stimme gehörte.

Ich räusperte mich. Sofort hielt Elizabeth inne. Mindestens sechs Mienen blickten erst sie verdutzt an, dann nahmen sie mich gesammelt ins Visier. Und sahen gar nicht mehr so andächtig aus. Stühle wurden gerückt, Hände wurden auffällig unauffällig in Taschen geschoben.

Elizabeth drehte sich um. »Richard!«, rief sie. »Wie schön, dass du da bist.« Sie wandte sich wieder um. »Darf ich vorstellen: Das ist Richard Winters. Wir sind zusammen aufgewachsen. Diese Geschichte mit dem Henker, ihr erinnert euch? Er hat mich gerettet. Na ja … nicht, dass ich das nicht selbst geschafft hätte, nicht wahr?«

Was hatte sie da gesagt? Ich musste mich wohl verhört haben. Zustimmendes Gelächter erklang von allen Seiten. Ich hatte scheinbar doch richtig gehört.

»Das«, zeigte sie in die Runde, ehe ich etwas sagen konnte, »sind meine Freunde. Komm, setz dich zu uns. Dick!« Sie schrie den Namen in den Schankraum hinaus. »Ein Bier für meinen Freund Richard! Er ist der Lehrling des Henkers.«

Ich zuckte zusammen. Ich war mir zwar nicht sicher, weshalb, doch ich wusste ziemlich genau, dass es alles andere als gut war, meine Identität in einem solchen Laden preiszugeben. Wieso war ich nur hergekommen?

»Das musste nicht sein!«, zischte ich Liz zu, erleichtert darüber, dass die Stille jetzt auch in diesem Raum von Gesprächen, bellendem Gelächtern und dem Klirren von Gläsern vertrieben worden war.

Sie schaute mich aus großen unschuldigen Augen an. »Aber das bist du doch, oder etwa nicht?«

»Sicher, aber …«

»Kein Aber«, fiel sie mir ins Wort. »Hier draußen nennen wir die Dinge beim Namen. Der da«, sie zeigte auf einen glatzköpfigen Kerl mit Ziegenbart, »saß schon mal wegen dem Überfall auf eine Kutsche. Und Oscar dort drüben«, gemeint war jetzt ein düster dreinblickender Mann mit ungekämmten Haaren und fleckigem Hemd, »hat schon mal eine Leiche gestohlen.«

»Eine Leiche?«, wiederholte ich lauter als geplant, und der gruselige Typ entblößte seine schwarzen Zähne zu einem bösen Grinsen. »Aber was macht er denn mit einer …«, begann ich, brach dann aber ab. Ich schluckte und senkte meine Stimme noch weiter herab. »Und du? Was machst du hier inmitten dieser Tunichtgute?«

Sie kicherte. »Tunichtgute! Wie du dich ausdrückst, Richard. Ganz ehrlich, es bekommt dir nicht, den ganzen Tag nur diesen alten Mann um dich zu haben.« Sie strich sich das schwarze Haar aus dem Gesicht und blickte mich herausfordernd an. »Verbrecher sind mir immer noch lieber als Menschen, die mich an den Galgen bringen wollten. Außerdem«, fuhr sie mit einer ausschweifenden Handbewegung fort, »sind die meisten hier rechtschaffene Leute. Habe ich recht, Jungs?«

Grölen und Gläserklirren folgten und ließen mich doch sehr am Wahrheitsgehalt dieser Aussage zweifeln. »Wie Musterbürger sehen die aber nicht gerade aus«, raunte ich ihr zu.

Sie winkte ab. »Das täuscht. Oliver hier ist Matrose und will eigentlich so schnell wie möglich weg aus der Stadt.«

»Seit zwei Jahren schon!«, gab er zu lautem Gelächter von sich. »Doch die meisten Schiffe fahren in die falsche Richtung oder bezahlen zu schlecht. Also bleib ich hier. Amerika kann warten.«

»Amerika kann mich mal, wenn du es genau wissen willst.« Das kam von einem untersetzten Mann mit Brille und Kinnbart. Unter seinem Stuhl lagen mindestens drei Hunde. Das passte erstaunlich gut. Auf eine seltsame Art und Weise erinnerten mich all diese Kerle hier an Hunde. An bissige Straßenköter, bedrohliche Dobermänner, mit zerdrückten Gesichtern wie von Bulldoggen, mit Schrammen von Revierkämpfen und zerfetzten Ohren. Eine gefährliche Meute, die doch brav und ergeben vor ihrer Anführerin saß. »Aufgeblasenes Pack da drüben. Soll es doch zugrunde gehen an seinem Freiheitsdrang.«

»Und das ist Pete«, fuhr Liz beinahe entschuldigend fort. »Pete ist meistens schlecht gelaunt. Er hütet die Hunde von reicheren Menschen.«

»Also von so ziemlich jedem in dieser Stadt«, platzte es aus Oliver heraus und sorgte für den nächsten Lacher.

»Die Bezahlung ist in Ordnung, außerdem hat niemand gesagt, dass ich mit den Tölen nicht in den Pub soll. Jetzt verdiene ich Geld, während ich Bier trinke!«

Wieder brandete das Gelächter auf wie eine Sturmflut. Ja, es erinnerte tatsächlich an Gebell. An Heiterkeit schien es hier nicht zu mangeln, dennoch wirkte sie ein wenig verzweifelt, aufgesetzt. Wie das letzte Lachen vor dem Untergang.

Liz nahm mich am Arm und führte mich zu einer Tür. »Komm, wir gehen ein wenig an die frische Luft.«

»Die da drinnen«, erklärte sie, als wir auf der Wiese hinter dem *Angel Inn* standen und auf die Themse blickten, »sind meine neue Familie.« Ihr Spott, ihre Überheblichkeit waren wie weggepustet. »Nicht besonders ansehnlich, ich weiß, aber sie passen auf mich auf. Beschützen mich, wenn du so willst. Das ist unbezahlbar in dieser Hölle von Stadt. Dafür habe ich ihnen einiges erzählt, das vielleicht nicht unbedingt den Tatsachen entspricht. Aber es sorgt für meine Sicherheit, also werde ich den Teufel tun und meine Maskerade auffliegen lassen. Diese Typen denken, dass ich eine gewiefte Diebin bin, die von der Polizei gesucht wird. Dick, der Gastwirt, hat kein Problem damit, dass ich bei ihm wohne. Wichtig ist, dass du weißt, dass ich nur spiele. Sie bewundern mich, sind vielleicht auch ein wenig verliebt in mich. Aber …«, meinte sie neckisch und spielte mit ihrem Finger in meinen Haaren herum, »… damit sind sie ja nicht allein, oder, Richard Winters?«

Immerhin war es dunkel, also konnte sie unmöglich sehen, dass ich schon wieder rot wurde. Ich räusperte mich verlegen und nahm einen Schluck Bier. Es schmeckte bitter und abgestanden.

»Oh, ganz vergessen«, sagte sie dann. »Die Blumen. Du hast also eine … Herzdame?«

»Unfug!«, entfuhr es mir schneller, als ich es kontrollieren konnte. »Ich meine, nein, eigentlich nicht.«

Sie nickte und lächelte zufrieden. »Da habe ich ja noch mal Glück gehabt. Ich dachte schon, du hast mich vergessen, Richard.«

Schon wieder spielten wir dieses elende Spiel, das mir in Sheerness so sehr an die Nieren gegangen war. Nie konnte ich sicher sein, wie sie etwas meinte. Neckte sie mich? Oder war es ehrlich? »Liz«, begann ich, merkte dann aber, dass ich keinerlei Ahnung hatte, wie ich diesen Satz fortsetzen sollte. »Ich ...«

»Pssst!« Sie legte mir den Finger auf die Lippen. »Man muss nicht immer alles erklären«, sagte sie sanft. »Wichtig ist, dass du hier bist. Es ist schön, dich zu sehen.«

Ich atmete schwer. Und wie schön es war, sie zu sehen! Beinahe zu schön. »Wie bist du nach London gekommen?«, fragte ich, als die Stille langsam unangenehm wurde.

»Dein Meister war ja so überaus gnädig, mir Geld für eine Kutsche zu geben. Als es aufgebraucht war, bin ich zu Fuß weiter, wurde immer mal wieder von Kutschern mitgenommen.« Sie schüttelte sich. »Keine angenehmen Burschen, kann ich dir sagen. Einmal durfte ich sogar umsonst mit der Eisenbahn fahren, weil ich wohl einen recht verlorenen Eindruck gemacht habe. Und irgendwann war ich eben hier. In diesem Drecksloch.«

»Und hier«, ich deutete auf das Gebäude hinter uns, »wohnst du also?«

Sie lächelte gequält und nickte. »Prächtig, nicht wahr?« Sie seufzte. »Etwas anderes kann ich mir nicht leisten. Und das auch nur, weil der Wirt mir einen Gefallen schuldet.« Sie las meinen Blick. »Frag bitte nicht danach«, schickte sie schnell hinterher. »Es stimmt zwar, dass man in dieser Stadt überall Arbeit finden kann. Das bedeutet aber nicht, dass es bezahlte, schöne oder leichte Arbeit ist. Es hat Monate gedauert, bis ich aus diesem Armenhaus bei King's Cross herausgekommen bin, und noch mal ein gutes halbes Jahr, bis ich diese Arbeit in Covent Garden ergattern konnte. Immerhin riecht mein Arbeitsplatz gut.«

Eine Welle von Mitleid und Schuldgefühlen überspülte mich. »Das ... das tut mir leid«, sagte ich leise.

»Red keinen Unfug, Richard! Ich verdanke dir mein Leben. Dieser Henker ist blind vor Eifer. Du willst es nicht hören und musst es mir auch nicht glauben, aber William Calcraft ist eine aufgeknüpfte Seele wichtiger als die Rettung eines Unschuldigen.«

»Das ist nicht wahr, Liz. Er ...«

»Nicht!«, fuhr sie in scharfem Ton dazwischen. Augenblicklich beruhigte sie sich. »Lass es, Richard«, fuhr sie sanfter fort. »Es spielt keine Rolle. Du bist sein Lehrling und du tust gut daran, auf seiner Seite zu sein. Außerdem ist es doch völlig egal, was war. Was zählt, ist das Hier und Jetzt. Und du hast mich gefunden.« Sie lächelte mich an. »In der größten Stadt der Welt hast du mich gefunden.«

Mein Herz begann schneller zu schlagen. Wie sie es sagte, hörte es sich ja fast nach Schicksal an. »Und diese Kerle da drinnen«, meinte ich zögerlich, »ist einer davon dein ...«

»Mein was?« Ein neckisches Grinsen breitete sich auf ihren Lippen aus. Ich hatte vergessen, wie schön sie war. »Mein Romeo?«

»Wenn du es so sagen willst.«

»Wäre das denn schlimm?«, fragte sie unschuldig, schüttelte aber den Kopf, nachdem sie meinen Blick sah. »Nein, natürlich nicht. Diese Typen? Ich bitte dich, Richard, da ist doch einer schlimmer als der andere.«

»Und doch umgibst du dich mit ihnen.«

»Sie sind meine persönliche Leibgarde, wenn du so willst. Glaube mir, Richard, als Mädchen hat man es allein in dieser Stadt nicht gerade leicht.« Sie lachte kurz auf. »Was rede ich da. Um genau zu sein, hat man es verflucht schwer. Hätte ich die Wahl, würde ich mich wohl kaum in solchen Kreisen bewegen. Außerdem wissen sie, dass ich eine Frau bin, mit der man sich allem Anschein zum Trotz nicht anlegen sollte.«

Ich wusste, was Elizabeth damit meinte. Als wir uns kennenlernten, fand sie es lustig, gegen mich zu kämpfen. Und zu allem Überfluss auch noch zu gewinnen. Sie war viel stärker, als sie aussah, das hatte mich bei ihrer zierlichen Gestalt immer schon gewundert.

»Aber mindestens die Hälfte von ihnen sind Verbrecher, Liz!«, flüsterte ich. »Schläger, Diebe, vielleicht sogar Schlimmeres.«

Sie zuckte mit den Schultern. »Umso besser, sie auf meiner Seite zu haben.«

»Ja, aber war es dann so klug, ihnen zu sagen, dass ich Calcrafts Lehrling bin?«

»Ach das.« Sie winkte ab. »Keine Sorge. Die eine Hälfte von denen ist so abergläubisch, dass sie sowieso Angst vor dir hat, die andere Hälfte weiß genau, was passiert, wenn man bei einem Henker in Ungnade fällt. Außerdem bist du mein Freund«, sagte sie und ging wieder hinein. »Und der wird sowieso von allen akzeptiert.«

Als ich ihr folgte, zermarterte ich mir das Gehirn darüber, wie sie das gemeint haben konnte. War ich ein Freund? Oder doch *ihr* Freund? Diese verdammte Ungewissheit machte mir derart zu schaffen, dass ich gar nicht merkte, wie der Raum verstummt war. Urplötzlich blickte ich in eine ganze Menge fragende, unsichere, zweifelnde und nicht gerade glückliche Gesichter. Die Heiterkeit hatte sich verflüchtigt wie Nebel an einem Sommermorgen.

»Ich habe euch doch schon gesagt, dass er nichts machen kann«, erklärte Liz gerade. Sie saß neben einem der Kerle und streichelte ihm den Arm. »Er muss seine Arbeit ausführen wie jeder andere auch. Der Fährmann kann auch nicht einfach sein Boot am Ufer vertäuen und in den Pub gehen. Der Gastwirt im Pub kann auch nicht einfach zu Bett gehen und seine Gäste hungrig zurücklassen. Das verstehst du doch, Kip, oder?«

Der junge Mann namens Kip nickte unglücklich. Er war klein und dünn, hatte kaum noch Haare und eine ziemlich schiefe Nase. »Irgendwie schon«, begann er. »Aber irgendwie auch wieder nicht. Ich meine, wir wissen doch alle, dass der arme Jacob unschuldig ist. Und trotzdem hockt er da, in dieser grausamen kalten Zelle, und wartet darauf, dass man ihm die Kappe überzieht.«

Was hatte das alles zu bedeuten? Und vor allem: Warum waren alle Blicke auf mich gerichtet, obwohl ich offensichtlich nichts damit zu tun hatte?

»Siehst du«, wandte sich Elizabeth von Kip ab und stand auf. »Das versuche ich dir die ganze Zeit zu sagen. In Newgate gibt es mehr Unschuldige, als wir alle wissen. Selbst in den Todeszellen sitzen Menschen, die zu Unrecht verurteilt und eingesperrt wurden. Und Jacob ist einer davon.«

Kip schluchzte kurz auf und blies lautstark in ein dreckiges Taschentuch. »Er … er ist mein Bruder«, brachte er stockend hervor.

»Und er ist unser Kamerad!« Der Glatzkopf, der schon mal eine Kutsche überfallen hatte, meldete sich zu Wort. Er hielt sich an seinem Krug fest und blickte mich nicht direkt an. Wem die Worte galten, war aber auch so deutlich genug. »Ich weiß, dass mancher von uns hier mehr Dreck am Stecken hat, als die Themse wegwaschen kann, aber ich weiß ebenso gut, wenn einer unschuldig ist. Und Jacob ist einem Komplott zum Opfer gefallen. Stört die feinen Herren von der Polizei und vom Gericht natürlich nicht. Wieder ein Lump, der von der Straße verschwunden ist. Euch Henkern ist das Leben eines Einzelnen doch auch egal. Lieber auf die Prämie verzichten und einem Unschuldigen das Leben retten? Wir wissen alle, dass das seltener ist als eine warme Mahlzeit und ein kühles Bier zugleich.«

Er hob die Hand, als ich etwas erwidern wollte, und zündete sich eine krumme Zigarette an. »Ich weiß, was du getan hast. Vielleicht warst du einfach nur ein verdammter Glückspilz, wer weiß das schon? Es tut nichts zur Sache. Einer unserer Freunde sitzt in diesem fauligen Loch. Und wenn nicht bald etwas passiert, wirst du ihn an den Galgen führen, Junge.«

Mir gefiel seine Art nicht. Und sein Tonfall noch viel weniger. Doch er war groß und breit, deutlich größer und breiter als ich, außerdem unter Garantie bewaffnet und umringt von seinen Freunden. Würde ihre Loyalität zu Elizabeth so weit gehen, dass sie mich in Ruhe ließen, ganz gleich, was passierte? Ich wollte es nicht darauf ankommen lassen.

»Was erwartet ihr von mir?«, fragte ich stattdessen reichlich überfordert.

Der Glatzkopf rückte seinen Stuhl beiseite und erhob sich. Er überragte mich um mehr als einen Kopf. Finster blickte er auf mich herab. »Was wir erwarten?«, meinte er gefährlich leise.

»Jack«, begann Liz, doch plötzlich wirkte der bullige Kerl gar nicht mehr so ergeben.

»Nix da«, zischte er nur und kam langsam auf mich zu. »Wenn du wüsstest, was wir hier draußen am liebsten mit Leuten wie dir machen würden, würdest du umfallen vor Angst.«

Es kostete mich allen Mut, nicht wegzulaufen. Ich sah mich schon tot in der Themse treiben, bis mich einer der übellaunigen Fährmänner herausfischte. »Ich habe nichts getan«, entgegnete ich, so ruhig ich konnte.

Er kam drohend näher, den Blick fest auf mich gerichtet, die Hand wie beiläufig in die Hosentasche gesteckt. Was auch darin war – ein Messer, eine Rasierklinge, ein Stift – ich hatte nichts dergleichen bei mir. Ich schluckte.

Als er sich vor mir aufgebaut hatte, ging Liz dazwischen. »Genug jetzt, ihr Streithähne.«

»Auf deine Hilfe kann ich verzichten«, gab ich erhitzt zurück, ohne den Blick von dem Glatzkopf abzuwenden. Dann machte ich kehrt und eilte aus dem Raum. Ich hatte die Straße bereits erreicht, als Liz mich einholte.

»Warte doch, Richard!«

»Um mir noch mehr Geschichten von deinen Freunden anzuhören?«, entgegnete ich knapp, ohne anzuhalten. »Nein danke.«

Sie eilte mir hinterher. »Es tut mir leid, das wollte ich nicht. So warte doch!«

Erhitzt drehte ich mich zu ihr um. »Es tut mir leid, dass dieser Jacob im Gefängnis sitzt. Es tut mir leid, dass er vielleicht zu Unrecht eingesperrt wurde. Aber ich bin weder der Richter noch die verdammte Königin. Ich kann nichts daran ändern!«

»Das verlangt auch niemand von dir! Aber versteh doch, wie sie sich fühlen. Ich weiß, dass du nichts ausrichten kannst.«

»Und doch hast du mich ihnen ausgesetzt.«

Sie blickte mich verletzt an. »Ausgesetzt? Das ist nicht wahr!«

Ich hob beschwichtigend die Hände. »War nicht so gemeint«, sagte ich entschuldigend. »Es ist wohl besser, wenn ich jetzt gehe. Es ist spät und ...« Siedend heiß fiel mir ein, was uns morgen bevorstand. »... ich muss früh aufstehen«, beendete ich den Satz hastig.

Liz blickte mich einen Moment fragend an, dann nickte sie. »Und wann sehen wir uns wieder? Das tun wir doch, oder, Richard?«

»Bald, hoffe ich.« Wäre es nach mir gegangen, hätte ich sie am liebsten gleich morgen früh wiedergesehen. Ach was, ich hätte sie gar nicht erst verlassen. Doch ich wusste, wie launisch Liz schon immer gewesen war. Wie abweisend sie wurde, wenn man ihr zu nahe kam. Außerdem wusste ich immer noch nicht, wie ich es Calcraft beibringen sollte. Ich tat nichts Verwerfliches, und doch konnte ich meine Hand dafür ins Feuer legen, dass mein Meister einiges dazu zu sagen hätte. Laut und alles andere als verständnisvoll.

»Das hoffe ich auch. Komm mich doch auf dem Markt besuchen. Eigentlich bin ich jeden Tag da. Ich würde dir gern ein paar schöne Orte zeigen.« Sie küsste mich leicht auf die Lippen und verschwand im Inneren des *Angel Inn,* ohne sich umzudrehen.

Und wieder einmal warf ich alle Bedenken über Bord. Es war doch wirklich erstaunlich, was ein Kuss alles anrichten konnte.

Was bei Tage nicht sonderlich auffiel, wurde erst jetzt in der Dunkelheit offenbar: London war eine Stadt der Obdachlosen. Wie ein Heer von Geistern zogen sie durch die Straßen, leere Taschen und leere Gesichter, wohin ich auch blickte. Bei Tageslicht schliefen sie in Hauseingängen, Höfen oder an Kirchenmauern. Abends jedoch wurden sie von den vielen eifrigen Polizisten auf ihre einsame Wanderung durch die Nacht geschickt. Wer sich ausruhte, wer einschlief, wurde sofort geweckt. Der große Zug der Hoffnungslosen bewegte sich durch die endlose Stadt, die Augen immer auf den Horizont gerichtet. Auf den Tagesanbruch.

Selbst dieser trostlose Anblick vermochte meine Hochstimmung nicht zu unterdrücken. Wie beseelt von einer fremden Macht lief ich durch das nächtliche London. Und war in Gedanken schon jetzt bei unserem nächsten Kuss.

XV

Richard Winters

Leise, ganz leise und langsam öffnete ich die Hintertür des *Golden Rose*. Sie knarrte verhalten, und ich schob sie nur so weit auf, bis ich hindurchschlüpfen konnte. Angestrengt horchte ich in die Dunkelheit hinein. Alles schien ruhig, nur das alte Holz knackte und knarzte vor sich hin. Ich konnte nicht einmal genau sagen, weshalb, doch ich wollte meinen Meister um keinen Preis aufwecken.

Wahrscheinlich war es mein schlechtes Gewissen. Es war sehr spät geworden, und ich wusste, wie viel Wert der Alte darauf legte, dass wir unsere Arbeit ernst nahmen. Und dazu zählte wohl nicht, erst in den frühen Morgenstunden nach Hause zu kommen. Schon gar nicht, wenn uns ein neuerlicher Besuch in diesem grässlichen Gefängnis bevorstand. Wieso hatte mir dieser gefährlich aussehende Glatzkopf ausgerechnet erzählen müssen, dass dort ein anscheinend zu Unrecht verurteilter Mensch auf seinen Tod wartete?

Auf Zehenspitzen schlich ich durch den Vorratsraum. Meine Gedanken rasten noch immer, eilten wieder und wieder zu Liz zurück. Der Geruch von Lauch und Zwiebeln stieg mir in die Nase, als ich mich vorsichtig vortastete, darauf bedacht, nicht gegen die zahlreichen Kisten oder Eimer zu treten, die Benjamin und Rose überall verteilt hatten. Hier sah es aus, als würden jeden Abend unzählige hungrige Mäuler zu stopfen sein. Dabei hatte ich seit unserer Ankunft nur gelegentlich andere Menschen hier gesehen, und das waren meist der Rabbi und andere Juden aus der nahen Synagoge gewesen.

Kurz vor der Tür schlug mir etwas Weiches ins Gesicht. Vor Schreck hätte ich fast laut aufgeschrien, stets hatte ich Panik davor, mitten in ein riesiges Spinnennetz zu laufen. Dann schlug mir der muffig-fischige Geruch entgegen: Benjamins Kabeljau.

Schritt für Schritt, so leise wie möglich, durchquerte ich den Flur. Alles war still und dunkel, wahrscheinlich waren alle schon vor Stunden ins Bett gegangen. Jetzt musste ich nur noch die Tür öffnen und lautlos diese verräterisch knarrende Treppe hinter mich bringen. Welche Stufen quietschten besonders laut? Drei, fünf und zehn?

Ich roch den Rauch, bevor ich die Pfeifenglut in der Dunkelheit glimmen sah. »Du kommst spät.«

Da saß er, William Calcraft, wie mit seinem Sessel verwachsen, die Pfeife wie immer schief im Mundwinkel. Für einen Moment wusste ich nicht, was ich sagen sollte. »Es ist spät geworden, ich weiß. Es dauert ganz schön lang, diese Stadt zu Fuß zu durchqueren«, gab ich möglichst beiläufig zurück.

»Morgen erwartet uns ein schwerer Tag, Junge.« Sein Tonfall verriet mir, dass er mich wieder belehren wollte. Und auch wenn er im Recht war, so hatte ich gerade nicht das geringste Interesse daran. »Findest du nicht, dass du …«

»Es war doch nur dieses eine Mal!«, fuhr ich dazwischen. »Ich war noch nie zu spät.«

»Du warst noch nie in London«, entgegnete mein Meister bloß. Meine Augen hatten sich ein wenig an das Dunkel gewöhnt, und ich sah, dass er mich eindringlich musterte. »Willst du mir nicht erzählen, was du gemacht hast?«

Ich zögerte. Ihm jetzt von Liz zu erzählen, war wahrscheinlich eine noch schlechtere Idee, als es schon heute Mittag gewesen war. Er würde sofort denken, sie übe einen schlechten Einfluss auf mich aus. »Nichts Besonderes«, begann ich und suchte verzweifelt nach einer glaubhaften Geschichte. »Ich habe auf dem Markt ein paar Leute kennengelernt, und die haben mich in den Pub eingeladen.«

»Soso, in den Pub.« Calcraft räusperte sich. »Willst du mir nicht sagen, wie sie heißt, Richard?« Das konnte doch gar nicht sein! Er konnte es doch gar nicht wissen, oder? Doch bei ihm hatte ich immer das Gefühl, dass er mehr wusste, als ich dachte. Dass er regelrecht in mich hineinschauen konnte – oder zumindest ein viel zu gutes Näschen hatte. Brachte das der Beruf mit sich? Na hoffentlich. Gegen diese Tugend hätte ich nämlich gewiss nichts einzuwenden.

Ich setzte ein möglichst ratloses Gesicht auf. »Wie meinen Sie das, Meister?«

»Komm schon, Junge. Es ist das eine, unvernünftig spät nach Hause zu kommen, aber das andere, seinen Meister anzulügen.«

Ich schluckte. Ich hasste es, zu lügen. Und dennoch tat ich es gerade. »Ich weiß wirklich nicht, was Sie meinen.«

Calcraft nickte nur. »Es ist besser, du gehst jetzt zu Bett. Ich brauche dich morgen ausgeruht und im Vollbesitz deiner Kräfte. Das wird kein Spaziergang.«

Als ich auf der Treppe war, rief er noch einmal meinen Namen. Ich wandte mich um. »Ja?«, fragte ich und hielt insgeheim den Atem an.

»Du hast doch niemandem erzählt, wo du wohnst?«

Endlich konnte ich bei der Wahrheit bleiben. »Natürlich nicht!«

Der Alte schien einigermaßen besänftigt. »Gut … das ist gut. Du musst wissen, Junge, dieser Ort hier ist einer der wenigen sicheren in ganz London.«

Ich stutzte. Das hatte mein Meister neulich bereits erwähnt. »Aber warum?«, fragte ich und wollte schon wieder kehrtmachen. Es interessierte mich.

»Das hat gute Gründe. Doch ich denke, es ist das Beste, wenn du dir das eines Tages von Benjamin erklären lässt. Für den Moment ist nur wichtig, dass niemand, und damit meine ich wirklich niemand, erfahren darf, wo wir untergekommen sind. Nur so sind wir sicher.«

Als ich im Bett lag, gingen mir seine Worte durch den Kopf. War es nicht so, dass sich jeder von uns nach Sicherheit sehnte? Wir hatten diese Sicherheit anscheinend unter Benjamins Dach, ein Baby hatte sie in den Armen seiner Mutter. Und Liz … Liz hatte sie ausgerechnet inmitten dieser üblen Bande.

XVI
William Calcraft

Ich gab es nur äußerst ungern zu, doch ich hatte mir Sorgen um den Jungen gemacht. Sein spätes Auftauchen und die Art seiner Rückkehr schafften diese Sorgen zwar nicht unbedingt aus der Welt. Dennoch war ich erleichtert darüber, dass ihm nichts zugestoßen war. Die Erkenntnis erstaunte mich maßlos, doch ich konnte mir ein Leben ohne diesen geschwätzigen Burschen nicht mehr vorstellen.

Ich wusste, dass er kein Kind mehr war. Ein richtiger Mann aber auch noch nicht, verdammt. Und schon gar nicht einer, der allein durch das nächtliche Whitechapel spazieren sollte. Teufel, selbst ich mied gewisse Gassen. Das hatte andere Gründe, gewiss, dennoch erachtete ich es nicht als klug. Nach allem, was ich in den letzten Tagen erlebt hatte, waren die Wechselbälger in London deutlich zahlreicher als jemals zuvor. Das hatten mir meine Informanten bestätigt, die ich unter höchster Geheimhaltung aufgesucht hatte. Vor allem aber hatte ich es selbst gespürt. Eine Kälte war in diese Stadt gekrochen, die sich nicht anders erklären ließ. Sie rotteten sich zusammen, bereiteten sich vor. Und das konnte nur eines bedeuten: Sie war wieder da. Wenn sie überhaupt jemals weggewesen war.

Im Grunde genommen war es mir völlig egal, wie Richard seinen freien Tag zugebracht hatte. Vielleicht hatte er sich tatsächlich mit einem Mädchen getroffen. Irgendetwas daran gefiel mir aber nicht. Schon am Nachmittag hatte ich den Eindruck gehabt, dass er mir etwas verschwieg. Etwas vorenthielt, das er mir eigentlich sagen sollte. Dieses Gefühl war gerade eben deutlich stärker gewesen. Er hatte sich regelrecht ertappt gefühlt.

»So lass ihn doch mal in Ruhe«, hatte mir Ben mit strengem Blick eingeschärft. So oft ich geneigt bin, seinem Urteil nachzugeben – diesmal ließ sich mein Instinkt nicht so leicht beruhigen.

»Er verheimlicht mir etwas, Ben. Und ich wüsste zu gern, was«, hatte ich entgegnet. Beinahe kam ich mir selbst dämlich dabei vor. Hörte ich mich nicht an wie ein überbesorgter Vater?

Der alte Jude warf mir einen wissenden Blick zu. »Und du?«, meinte er vielsagend. »Du sagst ihm die Wahrheit? Du weihst ihn ein in deine Vermutung, dass die Wechselbälger aus allen Löchern auf diese Stadt zugekrochen kommen?«

»Ich sage ihm die Teile der Wahrheit, die ihn zu interessieren haben«, hatte ich erhitzt erwidert.

»Findest du nicht, dass der Junge die ganze Wahrheit verdient?«

»Und ich nicht?«

»Nun aber«, hatte Ben dann gesagt. »Jetzt verhältst du dich wie ein kleines Kind.«

Ich hasste es, wenn er recht hatte. Benjamin kannte mich einfach zu gut. »Ich brauche Richard noch. Was habe ich davon, wenn ich es ihm erzähle und er mir davonläuft?«, hatte ich gesagt – und meinem alten Freund einmal mehr zu verstehen gegeben, dass das Gespräch beendet war.

Die Gedanken an Richards Verhalten verfolgten mich. Vielleicht nur, weil er so spät nach Hause gekommen war – wo er doch genau wusste, was ich davon hielt. Vielleicht aber auch, weil irgendetwas vorgefallen war. Und das machte mich stutzig. Bislang hatte er stets offen über alles mit mir geredet.

Nachdenklich blies ich dichten Pfeifenrauch aus.

Bislang waren wir ja auch noch nicht in London gewesen. Das war einer der Gründe gewesen, weshalb ich mich derart lange gegen eine

Rückkehr in diese verteufelte Stadt gesträubt hatte. Sicher, sie war schmutzig, verdorben, voller Tod und Elend, mit einem möglichen Mörder hinter jeder Straßenecke. Aber sie war eben auch verflucht verführerisch und bot einem Jungen wie Richard ungeahnte Möglichkeiten.

Seufzend erhob ich mich, um zu Bett zu gehen. Eine dieser Möglichkeiten, dachte ich, hatte Richard heute Nacht dazu gebracht, mich anzulügen.

XVII
Richard Winters

Pochender Kopfschmerz weckte mich, noch bevor ich von Calcrafts unerbittlichem Klopfen aus dem Schlaf gerissen wurde. Ich war hundemüde. Ich quälte mich aus dem Bett und öffnete das Fenster, um frische Luft hineinzulassen.

Draußen war es dunkel und kalt, dumpf prasselte der Regen auf das Pflaster. Sah ganz nach einem Tag aus, den man am besten im Bett verbrachte. Aber mit Freizeit war es nach diesem freien Tag erst einmal vorbei.

Woher kamen nur diese Kopfschmerzen? Ich hatte davon gehört, dass man sie nach übermäßigem Alkoholkonsum bekam, doch soweit ich mich erinnerte, hatte ich nur dieses eine Bier getrunken. Es war sowieso zu schlecht gewesen, um mehr davon zu bestellen.

Erst jetzt trieb ein Bruchstück des vergangenen Abends an die Oberfläche meines Verstandes. Auf dem Nachhauseweg war es mir mehr als einmal so vorgekommen, verfolgt zu werden. Immer wenn ich mich umgeblickt hatte, war allerdings niemand hinter mir gewesen. Kurz vor dem *Golden Rose* hatte ich dann aber ganz sicher Schritte gehört. Ich war ein kurzes Stück gerannt und hatte mich im Schatten unter der Eingangstür der Kirche neben dem Gasthaus versteckt und gewartet. Erst als es eine Weile ruhig gewesen war, hatte ich es gewagt, es zu betreten.

Das musste natürlich nichts zu bedeuten haben. Aber besser ging es mir auch nicht unbedingt, als ich Calcraft im Gastraum unter die Augen trat.

»Du siehst furchtbar aus«, war seine kühle Begrüßung. Vor ihm auf dem Tisch stand ein Teller mit etwas Brot und Käse, daneben lag seine Pfeife. »Immerhin hast du nicht verschlafen.«

»Davon würde mich spätestens Ihr Klopfen abhalten«, entgegnete ich müde, schlang appetitlos einige Happen Porridge herunter und spülte einen Krug Kaffee hinterher.

Als Rose abräumte, warf sie mir einen besorgten Blick zu. »Geht es dir gut?«, fragte sie leise. »Du siehst blass aus.«

»Es ist nichts. Ich bin nur unglaublich müde.« Ich griff mir an die Stirn. Diese Schmerzen wollten einfach nicht verschwinden. »Außerdem habe ich fürchterliche Kopfschmerzen.«

»Das sieht man«, sagte Rose sofort, während mich mein Meister nur vielsagend anblickte. Was dachte er nur? Dass ich am Abend zuvor ordentlich gezecht hatte?

Rose schaute besorgt drein. Sie berührte mich kurz am Arm, zuckte dann zurück, als hätte sie in eine Flamme gefasst und nestelte sich verlegen in den Haaren herum. »Ich könnte dir einen starken Tee aufbrühen. Bei mir wirkt der immer Wunder.«

»Daraus wird nichts, Rose«, meinte Calcraft mit vollem Mund. Er stand auf, leerte seinen Krug in einem Zug und bedeutete mir, das Gleiche zu tun. »Wir müssen los. Newgates Schatten erwarten uns.«

Obwohl wir an der frischen Luft waren, blieben mir meine Kopfschmerzen hartnäckig erhalten. Ich fühlte mich elend und entkräftet, ganz so, als wäre ich krank. Fieber hatte ich nicht, soweit ich das beurteilen konnte, also schob ich es auf die kurze Nacht und die furchtbare Luft im *Angel Inn*.

»Was genau liegt heute vor uns?«, fragte ich, als wir uns auf die Suche nach einem dieser Omnibusse machten. Eine kleine Kutsche nur für uns wäre mir zwar entschieden lieber gewesen, aber bei dem Regen war ich schon dankbar, dass Calcraft nicht nach Newgate laufen wollte. In letzter Zeit war er viel zu Fuß unterwegs gewesen – »um nicht außer Form zu geraten«, hatte er dazu gemeint. »Gut möglich, dass wir schon sehr bald sehr schnell laufen müssen.« Er hatte es wie immer ohne weitere Erklärungen dabei belassen.

»Nun, ich für meinen Teil habe einiges mit dem Gefängnisdirektor zu besprechen. Es geht mir erheblich gegen den Strich, dass so viele Reporter bei den Hinrichtungen anwesend sind. Wenn mich nicht alles täuscht, ist die nächste Hinrichtung für Montag anberaumt. Und für gewöhnlich treffe ich einige Tage davor bereits die ersten Vorkehrungen. Vor allem«, meinte er mit gedämpfter Stimme und blieb stehen, »wenn es sich um eine solche Hinrichtung handelt.«

»Also werden wir als Nächstes einen von ihnen an den Strick bringen?«

»Sag du es mir, Junge. Das ist deine heutige Aufgabe.«

Als wir in einen der großen doppelstöckigen Waggons stiegen, wurde mir einmal mehr bewusst, wie vertraut wir miteinander waren. Und doch brachte ich es nicht fertig, ihm die Wahrheit zu sagen. Ich ignorierte das schlechte Gewissen. Ein pochender Schmerz an diesem Tag war genug. Ich konnte es ihm ja immer noch sagen, wenn ich Liz das nächste Mal getroffen hatte.

Das Schicksal meinte es an diesem Tag nicht allzu gut mit mir. Dachte ich gestern Abend noch, es sei mir wohlgesonnen, weil es mich in dieser gewaltigen Stadt ausgerechnet wieder mit Elizabeth vereint hatte, bekam ich jetzt das Gefühl, dass es mir eins auswischen wollte: Zu den Kopfschmerzen gesellte sich auf der holprigen Fahrt eine gewisse Übelkeit, die mich mit großer Sorge auf diesen Tag blicken ließ.

Diesmal führte uns ein Wärter durch einen Hintereingang nach Newgate hinein. Erfreulicher war dieser Weg nicht. Immerhin fehlten heute die johlenden Massen, doch wenn ich an unsere nächste Hinrichtung dachte, wurde mir gleich noch übler.

»Hier entlang«, gab der überraschend junge Wärter kurz angebunden von sich. Er konnte kaum älter sein als ich. »Ist ein wenig verwirrend mit all den Gängen.«

Calcraft brummte nur irgendetwas von »Banause« vor sich hin, überholte den verdutzten Wärter einfach und schritt eilig voran. »Je schneller wir dieses Loch verlassen können, desto besser.«

Die Momente in Newgate waren die wenigen, in denen mein Meister Nerven zeigte. Ich konnte mir noch nicht genau erklären, weshalb, doch irgendwas an diesem Ort schien ihn zu beunruhigen. Es musste etwas mit den Wechselbälgern zu tun haben, so viel stand fest. Ich konnte mir noch immer keinen Reim darauf machen, wie Calcraft diese Wesen erkannte. Woher er seine Informationen hatte, wo sie sich aufhielten. Ein Berufsgeheimnis, sicher, doch keines, das er mit mir teilte.

Nachdem wir eine Weile durch dunkle Gänge und leere Flure geeilt waren, kamen wir in das Büro des Direktors. Der Geruch von Braten lag in der Luft. Was musste das für ein Mensch sein, der in einer derartigen Umgebung nicht den Appetit verlor?

»Calcraft«, sagte er tonlos, ohne von seinen Unterlagen aufzublicken. »Sie kommen früh. Wir waren erst in einer Stunde verabredet. Können einfach nicht oft genug hier sein, was?«

»Selbst ich kann mir schönere Orte vorstellen, Direktor«, entgegnete Calcraft düster. »Geben Sie uns zwei Männer und führen Sie uns in den Todestrakt. Wir haben etwas zu überprüfen.«

»Schon wieder?« Der Gefängnisdirektor blickte auf, seine Miene so ausdruckslos, als wäre sie in Stein gemeißelt. »Mein Gott, Calcraft, Sie können diese Lumpen wohl nicht früh genug an Ihren geliebten Galgen bringen, was?«

Mein Meister schwieg. Leicht fiel ihm das bestimmt nicht. Und etwas zu sagen, hätte er ohne jeden Zweifel gehabt.

»Ach, meinetwegen, tun Sie, was Sie nicht lassen können. Charlie, nimm den Neuen mit und führe unseren Wolf zu seinen Schäfchen.«

Da waren wir wieder – inmitten der elendsten, verlorensten und hoffnungslosesten Seelen von ganz London. Gestank, Angst, nahes Schluchzen und ferne Schreie schlugen uns gleichzeitig entgegen. Ich versuchte, nur geradeaus zu blicken, warf unfreiwillig aber immer wieder einen Blick in die Zellen links und rechts. Zusammengesunkene Gestalten säumten unseren Weg. Gestalten, die alle Hoffnung verloren hatten. Es ging über einen Hof, in dem einige Häftlinge wie im Schlaf ihre Runden drehten, dann wieder hinein in einen weiteren, diesmal stärker bewachten Zellenblock.

Mit Schrecken stellte ich fest, dass ich ihre Größe und Statur beinahe mathematisch abschätzte und mich in Gedanken für eine passende Länge und Dicke des Stricks entschied. Du lieber Himmel, was passierte mit mir?

»Nächster Halt Todestrakt«, scherzte der krummbeinige Wärter namens Charlie.

Der junge Mann, der uns empfangen hatte, lachte schrill. »Der war gut, Charlie. Den merke ich mir. Nächster Halt Todestrakt. Echt spitze!«

Calcraft blickte mich kopfschüttelnd an, dann waren wir auch schon im hoffnungslosesten Teil des Gefängnisses. Hier saßen die Häftlinge einzeln in ihren Zellen, bewacht von jeweils zwei Wärtern. Damit sie sich nichts antun konnten, bevor sie am Strick baumelten, raunte mir der Alte zu. Es schien mir, als wäre halb London in diesem Gefängnis angestellt!

Calcraft wartete am Eingang und bedeutete mir voranzugehen. Ich verstand. Jetzt begann meine Aufgabe. Ich sollte herausfinden, wer von den Todeskandidaten hier das Wechselbalg war.

Auch die Wärter blieben bei meinem Meister zurück. Unsicher setzte ich einen Fuß vor den anderen, mit gewaltigen Kopfschmerzen und einem mehr als flauen Magen. Ich hatte Prüfungen schon immer gehasst – in der Schule, in der Bibelstunde meines Vaters oder wo auch immer ich unter allzu strenger Beobachtung gestanden hatte.

Das hier war noch unangenehmer. Ich fühlte die Blicke von Calcraft und den Wärtern auf mir, wurde gleichzeitig aber von den Gefangenen in den ersten Zellen gemustert. Ein Schauer nach dem anderen jagte mir den Rücken hinunter. Sie musterten mich wie ein Raubtier seine Beute!

Ich warf einen prüfenden Blick auf die schweren Türen. Die würden doch sicherlich halten, oder? Unheilvolle Stimmung breitete sich in mir aus, als ich langsam voranschritt. Ich hatte keinen blassen Schimmer, worauf ich zu achten hatte. Links starrte mich ein Häftling aus weit aufgerissenen Augen wortlos an, in der Zelle zu meiner Rechten drang ein leises Kichern durch die Gitterstäbe zu mir heraus.

»Ruhig!«, erklang gleich darauf der schroffe Ton des Wärters, der sich in der Zelle befinden musste. Meine Güte. Die Vorstellung, mit diesen verurteilten Verbrechern allein in einer Zelle sitzen zu müssen!

Wieder passierte ich eine Zellentür. Wieder sah ich Augen durch die Gitterstäbe, die in die Tür eingelassen waren.

»Na so was, was bist du denn für ein adretter Jüngling?«, säuselte mir eine Stimme entgegen. »Komm näher, damit ich dich richtig sehen kann!«

Instinktiv machte ich einen Satz zurück an die Tür auf der anderen Seite – ein fataler Fehler, wie sich herausstellte. Hände an meinem Hals. Raue Finger um meine Kehle. Sie drückten zu! Panisch schlug ich um mich, doch der Wärter in der Zelle war schneller. Noch ehe Calcraft und der andere Wärter zu mir geeilt waren, hörte ich dumpfe Schläge. »Kannst es wohl nicht erwarten, dein erbärmliches Leben am Galgen auszuhauchen!«, drang die gepresste Stimme des Wärters zwischen den Schlägen zu uns heraus. »Elender Mistsack!«

»Aufhören!«, schrie ich. »Aufhören, es geht mir gut.«

Der Wärter namens Charlie lachte auf. »Du bist gut, Kleiner! Aufhören!« Er äffte meine Stimme nach. »Als würdet ihr Henker euch nicht gern ein kleines Taschengeld an der Peitsche dazuverdienen.« Wieder schickte er ein hässliches Lachen in die Welt. »Ist doch so, Calcraft, oder? Ein Schilling für zehn Hiebe, da kann man sich doch nicht beschweren.«

Mein Meister schwieg mit eiserner Miene, und für einige Augenblicke war nur das Stöhnen aus der Zelle neben mir zu hören. Ich zog es vor, nicht durch die Stäbe hineinzusehen. Nach allem, was ich bisher hier gesehen hatte, ging es den Gefangenen aus Newgate meist besser, nachdem wir unsere Arbeit am Galgen verrichtet hatten.

Ich rappelte mich unter dem versteinerten Blick meines Meisters auf und klopfte mir die Kleidung ab. Das irre Kichern aus einer der Zellen ignorierte ich. »Fast hätte er dich gehabt, mein Kind. Seine Finger sind stark, weißt du? Da bricht ein zarter Hals wie deiner sofort entzwei. Oh ja, sofort entzwei. Wie ein Stöckchen.«

Ich versuchte, mir die nackte Angst nicht anmerken zu lassen, und stolperte unsicher weiter. *Es kann nichts passieren!*, redete ich mir ein. Hier waren doch überall Wärter. Und die ließen sich nicht lange bitten, bis sie von ihren Knüppeln Gebrauch machten.

Mittlerweile war mir schwindelig und speiübel. Obwohl ich vor Kälte zitterte, fühlte ich, wie mein Gesicht brannte. Und dann noch dieser muffige Geruch! Dieser Ort machte mich ganz krank.

Vor mir lag noch eine letzte Zelle, außerdem war da noch eine mit Eisenriegeln verstärkte Tür.

»Ooooooh ja, die Tür«, meldete sich der Kerl mit dem wahnsinnigen Kichern wieder zu Wort. »Frag doch mal unseren lieben Charlie hier, was es mit dieser Tür auf sich hat. Ist eine tolle Geschichte zum Einschlafen, das kannst du mir glauben, Kindchen.« Wieder kicherte er. »Es ist nämlich so …«

Weiter kam er nicht. Dem Geräusch nach zu urteilen, hatte auch der Wärter in dieser Zelle den Stock sprechen lassen. Gab es einen schlimmeren Ort auf dieser Welt? Ich versuchte, mich ganz auf meine Aufgabe zu konzentrieren. Wenn es nach mir ging, hätte jeder einzelne von diesen Häftlingen hier ein Wechselbalg sein können. Wie sollte ich das nur herausfinden?

Keine Augen blickten mir aus der letzten Zelle entgegen. Kein Geräusch drang daraus hervor. Erst jetzt stieg mir der Geruch in die Nase.

Hatte es hier schon zuvor so gerochen? Ich bezweifelte es. Nicht, dass es an irgendeiner Stelle in diesem Höllenloch gut roch. Hier lag jedoch etwas in der Luft, das ich nur schwer zuordnen konnte. Einen Moment lang schloss ich die Augen und konzentrierte mich ganz und gar darauf. Es war ungesund, roch nach Krankheit. Falls es einen derartigen Geruch überhaupt geben konnte. Außerdem roch es verdorben. Wie ein totes Tier, das zu lange in der Sonne gelegen hatte.

Ich öffnete die Augen wieder. Der Geruch musste aus dieser Zelle kommen. Ich machte einen vorsichtigen Schritt auf sie zu. So ein Missgeschick wie gerade eben würde mir nicht noch einmal passieren. Angestrengt blickte ich in das schattige Halbdunkel hinter den Gitterstäben. War die Zelle etwa leer? Nein. Als sich meine Augen nach einer Weile an das wenige Licht gewöhnt hatten, konnte ich eine Gestalt ausmachen. Reglos stand sie in der kleinen Zelle, erinnerte auf gespenstische Weise eher an eine Statue als an einen Menschen. Kein Wärter war bei ihr.

Ich wusste nicht weshalb, aber irgendetwas beunruhigte mich an ihm. »Wieso ist der hier allein?« Ich wandte mich zu Calcraft und dem Wärter um. »Wieso ist kein …«

»Weil sich niemand traut.« Ich gefror. Die Stimme war ganz nah gewesen. Als würde jemand direkt hinter mir stehen. Mit einem unguten Gefühl im Bauch wandte ich mich wieder um. Jetzt stand der Insasse der Zelle direkt vor mir, nur die schwere Tür trennte uns.

Er sah mich direkt an. »Niemand will mich in meiner Zelle bewachen«, fuhr er leise fort. Er war es, dem dieser Geruch in dichten Wogen entströmte. Ich hatte ihn schon einmal gerochen, wurde mir plötzlich bewusst: Vor einiger Zeit, als die beiden Wechselbälger in unsere Unterkunft eingedrungen waren. »Ich mache ihnen Angst, weißt du?« Eine kurze Pause folgte, in der ich nur sein Atmen hörte. »Mache ich dir Angst, Richard?«

Kein Zweifel, hier hatte ich mein Wechselbalg. Es gab nur ein Problem: Woher kannte es meinen Namen? Mein Magen begann zu rebellieren, Punkte tanzten vor meinen Augen. Ich hatte das Gefühl, einer Ohnmacht nahe zu sein. Ich musste hier raus!

»Wieso haben sie Angst vor dir?«, brachte ich mit einiger Mühe hervor. Ihn würden wir also an den Strick bringen? Das konnte ja wirklich heiter werden, wenn ich jetzt schon weiche Knie bekam – obwohl ich von einer massiven Gefängnistür geschützt wurde.

»Das weißt du doch, Henkersjunge!« Das Wechselbalg kam ganz nah an die Gitterstäbe heran. Es vergewisserte sich, dass kein Wärter hinsah, dann ließ es für einen Augenblick seine Maske fallen. Im einen Moment wirkte er noch wie ein ganz normaler Gefangener, im nächsten blickte ich in die hässliche Fratze des Teufels. Reißzähne, pechschwarze Augen in tiefen Höhlen, fettige Haarsträhnen und zwei Löcher, wo eigentlich eine Nase sein sollte ... Mit Grauen wandte ich mich ab. »Sie wissen nicht, was ich bin, doch sie wissen, dass etwas mit mir nicht stimmt. Dass ich anders bin als die Anfänger hier.«

Ich zwang mich zur Ruhe. »Wie ist dein Name?«, fragte ich. Liz hatte gestern erwähnt, dass einer ihrer Bekannten hier auf seinen letzten Tag wartete. Nach allem, was ich wusste, konnte es jeder dieser abstoßenden Menschen hier sein. Doch was, wenn es der hier war?

»Man nennt mich Jacob«, sagte er leise, und ich erstarrte. Jacob! Wenn es stimmte, hatte Elizabeth ein Wechselbalg in ihrer Gesellschaft gehabt. Meine Beine zitterten. In welcher Gefahr sie gewesen war!

»Wir werden uns schon bald wiedersehen«, sagte die Kreatur. »Genieße deine Zeit, Henkersjunge. Mich magst du schon bald am Galgen baumeln lassen. Aber was wirst du tun, wenn du es mit *ihr* zu tun bekommst?« Das schabende Geräusch, das mir folgte, als ich auf schwachen Beinen zurück zu meinem Meister stolperte, konnte ich nicht einordnen. Mit einem Schaudern stellte ich fest, dass es wohl ein Lachen gewesen sein sollte.

Noch bevor ich Calcraft erreichte, wurde alles um mich herum schwarz.

XVIII

William Calcraft

Was war nur mit dem Jungen los? Nachdem er im Todestrakt zusammengebrochen war, musste ich ihn förmlich aus dem Newgate-Gefängnis hinaustragen. Zwar war er im Büro des Direktors unter Mithilfe von ein wenig Branntwein rasch wieder zur Besinnung gekommen, hatte seither aber nur wirres Zeug geredet und mit wildem Blick um sich geschaut.

Er glühte wie verrückt. Die Fahrt mit dem Omnibus oder gar ein Fußmarsch wären nicht infrage gekommen, also hatte ich eine Mietkutsche angehalten. Es sah ganz danach aus, als läge er im Fieber! Wieso es ausgerechnet jetzt ausgebrochen war, konnte ich nicht sagen. Ob ich ihm zu viel zugemutet hatte? Unfug! Immerhin hatte er bereits ein Wechselbalg in den Wald verfolgt. Allein. Da konnte dieses Erlebnis wohl kaum schlimmer gewesen sein.

Andererseits kannte ich diese Kreaturen. Wer, wenn nicht ich, kannte sie? Ich wusste, wozu sie in der Lage waren. Und nach den Schrecken Newgates hatte unser verdammter Todeskandidat meinem Lehrling wahrscheinlich den Rest gegeben. Verübeln konnte ich es nicht. Dennoch wollte der schale Geschmack der Enttäuschung nicht weichen.

»Ich habe es gesehen, Meister«, wisperte der Junge in der Kutsche wieder und wieder. »Ich habe es gesehen.«

»Ich weiß, Junge, ich weiß«, meinte ich bloß und klopfte ihm beruhigend auf die Schulter. Wir mussten sofort zu Benjamin! »Ich weiß.«

Erfreulicherweise fuhr der Kutscher schnell, stellte keine Fragen und schien kein Interesse zu haben, unserem bruchstückhaften Gespräch zu folgen.

Einerseits freute ich mich darüber, dass Richard das Wechselbalg erkannt hatte. Andererseits hatte mir seine Reaktion gezeigt, dass er noch nicht bereit für das war, das vor uns lag. Dass er noch nicht bereit war für *sie*.

Aber war ich das?

Ich durfte mich nicht zu sehr auf den Jungen verlassen. Noch nicht. Das wusste ich. Zur Hölle, ich durfte mich auf niemanden verlassen außer auf mich! Doch wem die Zeit ausging, der konnte nicht auf die Vernunft hören. Ich hatte keine Ahnung, wie viel Zeit mir noch blieb. Es gab immer stärkere Proteste gegen öffentliche Hinrichtungen. Was, wenn sie abgeschafft wurden? Wenn ich nicht mehr als Henker frei durch die Lande ziehen konnte, wenn sich nicht mehr jedes Dorf mit einem Galgen schmückte? Wie sollte ich sie dann jemals finden? Und was geschah erst, wenn ich eines Tages zu alt war? Zu gebrechlich? Diese Aufgabe würde mein Leben kosten, das war mir seit vielen Jahren klar. Mir war es gleich, ich hatte längst damit abgeschlossen. Wichtig war nur, dass diese Aufgabe auch das ihre kosten würde und so viele von diesen Abscheulichkeiten wie möglich mit in den Abgrund riss. Sonst wäre alles umsonst gewesen.

Wir hatten keine Wahl. Der Junge musste bereit sein. Schon sehr bald. Ich konnte keine Rücksicht auf seine Befindlichkeiten nehmen. Das fiel mir längst schwerer, als mir lieb war. Natürlich wusste ich nicht, ob er meine Arbeit eines Tages überhaupt fortführen würde, falls es mir nicht vergönnt sein sollte, meine Aufgabe zu Ende zu führen. Meine Suche. Doch er war meine einzige Hoffnung. Und deshalb musste ich ihn belügen. Was mich anging. Was meine Befürchtung anging. Was sein Schicksal anging.

»Whitechapel«, drang die Stimme des Kutschers zu uns herein. »Wir sind da, Mister.«

Ich bezahlte ihn und schleppte den Jungen durch die Straßen. Das war einer der Vorteile am East End: Ganz gleich, wie man aussah – hier fiel man nicht auf. Mehr noch: Eigentlich gab es in jeder Straße jemanden, der schlimmer aussah. Oder schlimmer roch. Oder beides. Fürwahr, dies war das Ende der Welt!

Wie Benjamin es schon so lang inmitten dieser irdischen Hölle aushielt und es sogar bewerkstelligte, das Gemüt seiner Nichte nicht zu verfinstern, war mir auch nach all den Jahren ein Rätsel. Er war eben ein Optimist. Und das war eine der Tugenden, die mir stets fremd gewesen waren. Nicht weil ich ein Schwarzseher war. Sondern weil ich es besser wusste.

»Was ist passiert?« Rose stürmte uns entgegen, als wir um die Ecke kamen. Wahrscheinlich hatte sie bereits auf uns gewartet. Es schien offensichtlich, dass sie Gefallen an dem Jungen gefunden hatte. Nun, offensichtlich für jeden außer ihm selbst. »Was ist mit ihm?«

»Das Fieber hat ihn erwischt!« Völlig sicher war ich mir nicht, doch die Anzeichen deuteten eindeutig darauf hin. Die letzten Meter hatte er gar nicht mehr geredet, davor nur wirres Zeug von sich gegeben. Mehr als einmal war der Name Elizabeth dabei gefallen. »Schnell, er muss ins Bett. Was er jetzt braucht, sind Ruhe, Schlaf und dicke Decken.«

Gemeinsam bugsierten wir ihn durch den Schankraum und die schmale Treppe hinauf. »Wird er wieder gesund?« Rose war aschfahl geworden, ihre Augen groß vor Sorge.

Ich nickte aufmunternd. »Aber sicher doch.« Von wegen! Mit einem Fieber war nicht zu spaßen, schon gar nicht in einer verpesteten Umgebung wie Whitechapel. Nein, so durfte ich nicht denken! »Rose, ihr habt doch sicher etwas Brandy, oder?«

Das Mädchen nickte eifrig. Ich war immer wieder erstaunt darüber, wie unschuldig sie wirkte. Wie rein. Auch in Richard hatte ich das gesehen. Bevor ich ihm den Tod gezeigt hatte.

»Los, bring mir ein Glas. Und sei nicht zu zimperlich, was die Menge angeht. Er kann es vertragen!«

Rose polterte die Treppe herunter, während ich Richard ins Bett verfrachtete. »Meister«, brachte er mit trockenen Lippen hervor.

»Nicht sprechen, Junge. Ruh dich aus. Das Fieber hat dich in seinem Griff.«

Doch er ließ nicht locker und packte mich am Arm. Irgendetwas wollte er mir mitteilen. »Ich hätte es Ihnen längst sagen sollen.«

Ich wurde hellhörig. »Was sagen, Junge?«

Er atmete schwer und hatte große Mühe zu sprechen.. »Bei Covent Garden … ich … da war … und Ben …«

»Ben wird bestimmt gleich hier sein«, sagte ich beruhigend. Ich hoffte selbst, dass er bald zurückkehrte. Er wusste bestimmt, was zu tun war. Mit dem Tod kannte ich mich aus, doch Krankheit überforderte mich.

»Hier, der Brandy, Mister Calcraft!« Rose kam ins Zimmer gestürmt, alles an ihr geeicht auf die Hilfsbereitschaft einer Krankenschwester.

»Danke, Rose.« Ich nahm ihr das Glas aus der Hand. »Ich komme gleich hinunter.«

Als ich dem Jungen drei kräftige Schluck eingeflößt hatte, wurde er ruhiger. Was er mir auch sagen wollte, war längst im Delirium verblasst. Kurz darauf schlief er ein. Ich hoffte inständig, dass er wieder gesund wurde. Ich machte mir nichts vor: Das lag nicht daran, weil ich ihn lieb gewonnen hatte. Oder nicht nur. Vor allem lag es daran, dass ich ihn brauchte.

Mir war bewusst, welch großer Gefahr ich ihn aussetzte. Wie sollte ich das auch vergessen? Mehr und mehr wurde mir jedoch klar, dass es eine Gefahr war, die er vielleicht nicht überleben würde.

XIX
Rose Goldbergs Tagebuch

Liebes Tagebuch,

etwas Furchtbares ist passiert. Richard wurde vom Fieber niedergestreckt! Wo doch jeder weiß, wie gefährlich so ein Fieber ist. Sofort musste ich an all die Geschichten denken, in denen die Menschen von dieser Krankheit befallen wurden und starben. Lieber Gott, bitte verschone Richard!

Ganz elend und bleich sah er gestern aus, als Mister Calcraft mit ihm aus diesem grässlichen Gefängnis zurückkam. Seine Augen waren so glasig wie die von Onkel Ben, wenn er zu viel von seinem Selbstgebrannten getrunken hatte. Sein Atem klang nach einem scheußlichen Röcheln und ich konnte kein Wort von dem verstehen, was er sagte.

Oh, und wie er selbst heute noch zittert! Ganz heiß ist er, er glüht fast, und dennoch zittert er.

Ich habe Mister Calcraft dabei geholfen, ihn in sein Bett zu legen. Erst zögerte ich, ihn anzufassen. Doch ich musste ja schließlich helfen. Seltsam aufregend fühlte es sich an. Ich habe noch nie einen Jungen in meinem Alter berührt. Richard war schweißnass, ganz warm. Was sollen wir nur tun? Sterben kann man am Fieber, einfach so! Und Richards Zustand machte mir immer noch große Angst. Andererseits: »Aber sicher doch«, hatte Mister Calcraft auf meine Frage geantwortet, ob er wieder gesund wird. Die Sorge hatte er dabei dennoch nicht aus seinen Augen scheuchen können. Auch er hat ihn gern,

das merkt man. Es fällt ihm nur schwer, es zuzugeben. Mir würde das nicht so schwerfallen. Andererseits … ich wusste ja immer noch nicht, was Richard über mich dachte. Ich scheine ihm nicht zu gefallen, nicht einmal aufzufallen. Ach, solange er das Fieber übersteht, wäre es mir sogar egal, wenn er nie wieder ein Wort mit mir wechseln würde. Die Hauptsache ist doch, dass er wieder gesund wird, oder?
Gerade habe ich noch mal nach ihm gesehen. Er schläft. Eigentlich hat er seit seiner Rückkehr nichts anderes gemacht, aber immerhin ist sein Atem jetzt ruhiger. Ich wage es kaum, es zuzugeben, aber ich habe ihm vorher sogar vorgesungen. Ob er danach ruhiger geschlafen hat? Das war schwer zu sagen, doch der Gedanke ist schön.
Und wenn mich nicht alles täuscht, ist er mittlerweile Gott sei Dank auch etwas kühler. Ach, es war schrecklich aufregend, ihn anzufassen. Aufregend… und wunderschön. Ich spüre die Berührung noch jetzt in meinen Fingern. Da habe ich lieber gleich mehrfach überprüft, ob er wirklich kühler wird, auch an seiner Wange. Und vielleicht war es ja Einbildung, aber ich könnte schwören, er hat »Rose« gesagt und kurz gelächelt. Vielleicht mache ich mir aber nur etwas vor. So, einmal sehe ich noch nach unserem Patienten, dann lege ich mich schlafen. Diese Sache hält mich ganz schön auf Trab.

XX
Richard Winters

Nur sehr widerwillig wurden meine Träume klarer. Ich hatte keine Ahnung, wie lange ich in diesem Delirium gelegen hatte. Die Zeit hatte keine Bedeutung mehr.

Ich konnte gar nicht sagen, wie sehr ich mich freute, mein Zimmer wiederzuerkennen. Nachdem ich weiß Gott wie lange durch feuerrote Albträume voller Galgen, Schatten, weit aufgerissener Mäuler und lautem Geheul gejagt worden war, nachdem ich in meinen Träumen mit ansehen musste, wie Elizabeth selbst aufs Schafott geführt wurde und ich mehr als einmal schweißgebadet und laut schreiend aufgewacht war, spürte ich grenzenlose Erleichterung. Zwar wusste ich nicht so recht, was geschehen war, doch gab ich mich für den Moment damit zufrieden, in meinem Bett zu liegen und die Normalität um mich herum zu genießen.

Rose tauchte in der Tür auf.

»Wer schleicht sich denn da an wie ein Dieb?«, wollte ich betont heiter fragen und erschreckte selbst über den kratzigen Klang meiner Stimme.

Rose schien das nicht aufzufallen – oder sie war einfach zu höflich, um es zuzugeben. Sie lachte ein helles Lachen, und mit ihm kehrte die Sonne in mein Zimmer zurück. Mir war, als hätte ich lange hinter dunklen Wolken gelebt. Wie gut es tat, wieder Wärme und Freude zu spüren! »Dir geht es besser!«, entfuhr es ihr scheinbar mit Erleichterung. »Ich wollte gerade den Kamin reinigen.«

Ich rappelte mich auf und musste grinsen. »Ich kann es mir zwar nicht vorstellen, aber irgendwie habe ich den Eindruck, dir macht diese ganze Arbeit sogar Spaß.«

Rose winkte ab. »Arbeit muss nicht immer Spaß machen. Getan werden muss sie dennoch.« Sie blickte mich scheu an. »Das ist bei dir auch nicht anders, oder?«

Ich schüttelte den Kopf. »Dann lieber Schornsteine putzen, nehme ich an«, sagte ich leise.

»Hauptsache, dir geht es wieder besser. Ich habe mir …« Sie hielt inne und errötete. »Ich meine, wir haben uns alle große Sorgen um dich gemacht.«

Nur schemenhaft konnte ich mich an das erinnern, was geschehen war. »Ich … wie lange habe ich geschlafen?«

»Fast zwei Tage. Du hast so tief geschlafen, dass du uns mehr als einmal große Angst eingejagt hast. Und du hast geredet. Besonders nachts hast du viel geredet.«

»Daran kann ich mich nicht erinnern.« Die vergangenen Tage waren verschwommen, nur hin und wieder trieb ein Gesicht oder eine Erinnerung an die Oberfläche. Meist war das nichts Gutes. Meist. »Habe ich das geträumt, oder hast du mir ein Schlaflied vorgesungen?«

»Wer? Ich?«, fragte sie mit großen Augen. »Das … das hast du wohl geträumt«, fügte sie schnell an. »Eigentlich habe ich immer nur geschaut, ob du gut schläfst. Vielleicht habe ich ein wenig dabei gesummt, das tue ich ganz gern.«

Ich blickte Rose aufmerksam an. »Bist du etwa die ganze Zeit hier gesessen?«, fragte ich etwas entgeistert.

»Nein!« Sie machte instinktiv einen Schritt zurück und rückte die Bilder an der Wand mit großer Aufmerksamkeit gerade. »Also … nicht nur«, fügte sie nach einer Weile an. »Mister Calcraft saß auch lange hier. Hat seine Pfeife geraucht und leise vor sich hingemurmelt.«

»Der Alte saß hier?«, fragte ich zweifelnd. Es passte nicht zu meinem Meister, mit sorgenvoller Miene an einem Krankenbett zu sitzen.

»Und ob!« Rose schien regelrecht froh, dass das Gespräch auf ihn kam. »Du weißt ja besser als ich, wie er ist. Harte Schale, aber irgendwie doch ein weicher Kern.«

»Allerdings unter einer sehr dicken harten Schale«, stimmte ich zu, und Rose musste lachen. »Und wo ist er jetzt?«

»Irgendwo. Er sagt es uns ja nicht immer.«

»Ich könnte ein wenig frische Luft vertragen.« Ich versuchte aufzustehen. Schwindel übermannte mich und Schwärze kroch an den Rändern meiner Wahrnehmung entlang.

»Nichts da.« Mit strenger Miene hielt Rose meinen Arm. »Du musst dich noch schonen, hat mein Onkel gesagt. Hier, trink das.«

Sie reichte mir eine Tasse Tee. Artig trank ich sie leer, sank in das Kissen zurück – und war augenblicklich eingeschlafen.

»Und, wie fühlen wir uns heute?«

Als ich die Augen öffnete, blickte ich direkt in Benjamins Gesicht. Er saß auf meiner Bettkante und knabberte an einem Keks. »Bitte entschuldige, die hat Rose für dich vorgesehen, aber sie sahen einfach so lecker aus. Hier«, er reichte mir den Teller, »einen gibt es noch.«

»Nein, danke.« Ich winkte ab. »Mir ist jetzt eher nach einem gewaltigen Eintopf!«

Benjamin lachte, und kleine Krümel fielen aus seinem Bart. »Wenn das mal kein gutes Zeichen ist. Willkommen zurück, Richard.«

Langsam richtete ich mich auf, verließ erstmals wieder mein Bett. Es kam mir vor, als hätte ich Wochen in dieser Liegehaft verbracht. »Was habe ich verpasst?«, fragte ich, als ich mich bei Benjamin unterhakte und mich auf wackligen Beinen die Treppe hinuntermühte.

»Ach, wie das in London eben so ist. Alles und nichts. Es fließt immer noch Wasser die Themse herunter, manchmal mit einer Leiche darin, meistens ohne, Königin Victoria trägt immer noch Schwarz, die Kolonien in Amerika denken noch immer, ihr auf der Nase herumtanzen zu müssen.«

Ich musste grinsen. »Nein, ich meine eher hier bei uns. Was war denn so los in den letzten …«

»… drei Tagen? Nun, vor allem haben wir uns Sorgen um dich gemacht. Ansonsten ist nicht viel passiert. William raucht noch immer seine Pfeife, Rose macht noch immer unschlagbares Essigfleisch. Oh, und ich habe tollen Fisch in Covent Garden erstanden.« Er machte ein betrübtes Gesicht. »Der ist allerdings schon verputzt, fürchte ich.«

»Oh.«

»Aber keine Sorge.« Benjamin klopfte sich verschwörerisch an die Nase – eine Geste, die ich anfangs merkwürdig gefunden und jetzt längst lieb gewonnen hatte. »Ich bin mir sicher, Rose hat noch etwas Eintopf für dich aufgehoben.«

Als ich selig vor meinem dritten dampfenden Teller saß und das Gefühl genoss, das der wärmende Eintopf in mir auslöste, stürmte Calcraft in den Gastraum.

»Was für eine verdammte Stadt!«, zischte er ungehalten, warf Hut und Mantel achtlos in die Ecke und hatte schon seine Pfeife in der Hand, bevor er sich überhaupt hingesetzt hatte. Erst jetzt bemerkte er mich. »Dir geht's also wieder besser, Junge?«, fragte er anstelle einer Begrüßung. »Wir dachten, du kommst gar nicht mehr auf die Beine.«

»Was … was ist denn genau passiert?« Ich konnte mich nur noch dunkel an den Todestrakt im Newgate-Gefängnis erinnern, an die schlimmen Wärter … und an den Geruch. Ja, zum Teufel, dieser Geruch! »Ah«, meinte ich, bevor Calcraft sich zu Wort gemeldet hatte. »Das Wechselbalg.«

Mein Meister nickte düster. »Hat dich regelrecht aus den Schuhen gehauen.«

»Ich weiß auch nicht«, begann ich. »Das Kopfweh, die Übelkeit, dann noch dieser Geruch.«

In dichten Wolken blies Calcraft Pfeifenrauch aus. »Du hast es also gerochen, ja?«

Nach und nach kamen die Ereignisse wieder. »Na und ob! Riechen die alle so?«

»Im Grunde ja. Wie immer ist es aber nicht so einfach, wie es jetzt klingt. Es kommt darauf an, wie lange sie schon auf dieser Welt wandeln. Wie böse sie sind. Was sie angerichtet haben. Wie gut sie sich verstellen können und«, fügte er nach einer kurzen Pause an, »wie gut sie sich angepasst haben.«

»Spüren Sie sie so auf, Meister?«

Er schwieg und schaute durch mich hindurch. »Tu mir den Gefallen und schlag dir die Nacht vor einem solchen Auftrag nicht noch mal derart leichtfertig um die Ohren, hörst du? Wenn du nicht das Gespött des ganzen Gefängnisses werden willst, meine ich.«

»Tut mir leid, Meister«, gab ich ehrlich geknickt zu. Dann versuchte ich das Thema zu wechseln. »Wo waren Sie gerade?«

»Ach, soll sie doch alle der Teufel holen!« Calcrafts Faust fuhr krachend auf den Tisch. »Dieser verdammte Direktor, diese verdammten Wärter, diese verdammten Gefangenen, diese verdammte Stadt! Manchmal wünschte ich, sie würden sich gegenseitig an die Kehle gehen und mich in Ruhe lassen.«

»Was ist denn passiert?«

»Immer dasselbe, Junge. Wir sollen immer schön die Drecksarbeit machen, müssen uns aber alles gefallen lassen. Aber mit uns Henkern kann man es ja machen!«

Mich erstaunte, dass er das erste Mal von uns beiden sprach. Und unerklärlicherweise machte es mich sogar ein wenig stolz. »Was hat der eine Wärter eigentlich mit diesem Taschengeld und dem Auspeitschen gemeint?«, fragte ich. Es war mir gerade wieder eingefallen.

»Nichts, was ich gern erzähle, Junge. In diesem Land hält mich jeder für den Teufel persönlich, also wundert es sie auch nicht, wenn ich die Gefangenen angeblich mit Vergnügen auspeitsche.«

»Was Sie natürlich nicht tun«, erwiderte ich.

»Natürlich nicht! Wieso sollte es mir Spaß machen, irgendwelchen armen Schluckern den Rücken blutig zu peitschen? Nein, verflucht, wer im Newgate-Gefängnis zu Peitschenhieben verdonnert wird, hat meist auffällig viel Dreck am Stecken, wenn du verstehst.«

Ich nickte. »Sie denken, es könnten einige von … ihnen sein.«

Der Alte deutete ebenfalls ein Nicken an. »So habe ich schon manchen gefunden.«

»Auch diesen … Jacob?«

»Den habe ich eher durch Zufall entdeckt.« Ein Schatten huschte über sein Gesicht. »Er ist ein starkes Wechselbalg, völlig furchtlos.«

»Was hat er denn getan? Ich meine«, korrigierte ich mich hastig, »weshalb wurde er geschnappt?«

Der Alte blies Rauch aus. »Hat zwei Polizisten in der Themse ersäuft. Und das ist natürlich nur die Spitze des Eisbergs, wie man ja neuerdings so gern sagt. Als ich ihn auspeitschte, zeigte er für einen kurzen Moment sein wahres Gesicht. Er schien es zu genießen, Richard! In drei Tagen bringen wir ihn an den Galgen. Das dürfte ein weiterer langer und schwerer Tag für uns werden.«

Seit ich zu mir gekommen war, dachte ich praktisch an nichts anderes als an die bevorstehende Hinrichtung. Einer von Elizabeths Bekannten war ein Wechselbalg. Und ich war drauf und dran, ihn aufzuknüpfen! Wie sollte ich ihr nur beibringen, dass es schon in wenigen Tagen so weit war? Mal ganz abgesehen davon, dass ich ihr natürlich nicht die Wahrheit sagen durfte. Und ganz abgesehen davon, dass sie mir sowieso nicht glauben würde.

»Lass dich nicht ablenken und erhole dich von allem«, fuhr der Alte fort. »Ich brauche dich im Vollbesitz deiner Kräfte. Gegen das, was vor dir liegt, waren die bisherigen Hinrichtungen ein Kinderspiel.«

Ich schluckte.

»Mit Wechselbälgern ist nicht zu spaßen. Sie sind tückisch, unberechenbar. Wir müssen auf alles gefasst sein.«

»Schäm dich, William!« Ich hatte meinem Meister so an den Lippen gehangen, dass ich Benjamins Auftauchen einmal mehr nicht bemerkt hatte. »Der Junge kann kaum wieder sitzen und du verfinsterst sein Gemüt schon wieder mit Galgen und Albträumen. Wie wäre es zur Abwechslung mal mit einem heiteren Thema? Draußen scheint die Sonne!«

»Du mit deiner anstrengenden guten Laune«, meinte Calcraft abfällig, doch er lächelte. Es war doch erstaunlich, wie schwer es selbst einem Griesgram wie William Calcraft fiel, bei Benjamin und Rose seine schlechte Laune zu verteidigen. »Macht doch, was ihr wollt. Ich habe noch zu tun.«

»Was meinst du, Richard?« Benjamin boxte mir in die Rippen. »Ein kleiner Spaziergang, um wieder zu Kräften zu kommen?«

Das ließ ich mir nicht zweimal sagen! Nachdem ich die letzten drei Tage auf meinem Zimmer verbracht und beinahe durchgehend geschlafen hatte, waren die ersten Schritte durch Whitechapel turbulent und abwechslungsreich wie an meinem ersten Tag in dieser Stadt. Mit einem Unterschied: Ich empfand das Viertel nicht mehr als bedrohlich, die Armut nicht mehr als allzu schockierend. Außerdem war durch die Augen von Benjamin überall eine gute Geschichte verborgen.

»Einst waren wir Juden die besten Straßenverkäufer weit und breit«, kommentierte er einen alles andere als eifrigen Kartoffelverkäufer, der faul in der Sonne lag. »Wir verkauften alles, wurden ausnahmslos alles los. Selbst meine tote Großmutter hätte ich verkauft. Dann kamen die Iren.«

»Was passierte dann?«

»Och, wir halten nichts von Streitereien, also zogen wir uns zurück. Ein guter Händler findet in dieser Stadt immer etwas, das er verkaufen kann. Es klingt verrückt, ist aber so: Irgendjemand braucht in London immer genau das, was du verkaufst.«

Wir hielten vor dem Fenster eines kleinen Schmuckladens. »Und Ringe … Ringe sind sowieso immer sehr gefragt«, meinte Benjamin mit einem Augenzwinkern. »Es gibt keine Dame in ganz London, die nicht verrückt nach einem ist.«

»Ist das so?«, fragte ich mit ehrlichem Interesse. Seit ich wieder bei klarem Verstand war, hatte ich darüber nachgegrübelt, was ich Elizabeth mitbringen könnte. Als Geschenk. Dann fiel mir mit einem Schlag ein, dass unser letztes Treffen bereits drei Tage zurücklag. Sie musste denken, ich hätte das Interesse an ihr verloren!

»Mir kannst du glauben. Ich war selbst einige Jahre als Schmuckhändler in dieser Stadt unterwegs.«

Also wirklich: Welches Gewerbe hatte Benjamin eigentlich noch nicht ausgeübt?

»Was mir da wieder einfällt«, fuhr er kurz darauf fort. »Hatte ich eigentlich recht mit meiner Vermutung?«

Ich blickte ihn fragend an. »Was meinen Sie?«

»Na, deine abendliche Aktivität.« Er legte mir vertraulich den Arm um die Schulter. »Dem alten Ben kannst du es doch verraten, hm? War da eine junge Dame im Spiel?«

Es hätte gutgetan, jemandem die Wahrheit zu sagen. Doch obwohl ich Benjamin längst ins Herz geschlossen hatte, wusste ich, wie eng das Verhältnis zwischen ihm und meinem Meister war. »Ach«, meinte ich deswegen beiläufig und winkte ab, »ich war in irgendeinem Pub am Südufer der Themse. Einer der Gefängniswärter hatte mir gesagt, ich solle doch mal vorbeischauen«, log ich.

»Tatsächlich? Und ich dachte, diese Wärter sind allesamt Scheusale. Wie auch immer«, fuhr er mit einem breiten Lächeln fort, »ich könnte mir vorstellen, dass sich jemand sehr über meinen Irrtum freut.«

Ich lächelte und nickte. Wen Benjamin damit meinte, konnte ich mir nicht zusammenreimen. Meinen Meister vielleicht?

»Äh, Benjamin«, begann ich, um das Thema zu wechseln. »Ich denke, ich werde mich in diesem Schmuckladen umsehen. Nur für den Fall.«

»Sicher, mein Junge, sicher.« Der alte Jude räusperte sich. »Wenn ich dir einen Hinweis geben dürfte: Ein roter Stein ist wohl eine ausgezeichnete Idee. Sagt mir mein Instinkt.« Leise pfeifend schritt er davon.

XXI
Richard Winters

Ich verließ den Schmuckladen mit zwei Errungenschaften. Einem hübschen Ring in der Tasche und der Erkenntnis, der wohl miserabelste Feilscher in ganz London zu sein. Sicher, ich hatte einen Ring bekommen, noch dazu einen mit einem schönen roten Stein. Doch ich bezweifelte auch ohne allzu viel Fachwissen, dass es sich dabei um einen echten Goldring mit Rubin handelte.

Verflixt teuer war er dennoch gewesen. Ich hoffte, dass Benjamin recht behielt, was seinen Instinkt und den roten Stein anging – auch wenn ich mir wahrhaft nicht erklären konnte, woher er wissen wollte, was Elizabeth gefiel und was nicht. Andererseits wusste er tatsächlich jede Menge, also musste ich mich wohl einfach darauf verlassen.

Zurück im *Golden Rose*, deponierte ich den Ring in meiner Nachttischschublade. Dann legte ich mich wieder brav ins Bett. Gleich morgen würde ich Liz in Covent Garden besuchen. Bis dahin brauchte ich eine gute Idee, wie ich ihr die Sache mit dem eingesperrten Jacob näherbringen sollte.

Elizabeth war immer schon sehr launisch gewesen, einmal mehr hatte ich das bei unserem letzten Treffen gemerkt. Ich konnte mir nur zu gut ausmalen, was sie gegen meinen Meister und unseren Berufsstand zu sagen hatte. Und darauf hatte ich keine Lust! So schwer die Arbeit auch sein mochte – wer sie in den Dreck zog, beleidigte auch mich damit.

Wie konnte ich ihr begreiflich machen, dass Jacob nicht zu Unrecht saß? Von seinem wahren Wesen ganz zu schweigen. Die Vorstellung, einen ihrer Freunde an den Galgen zu bringen, behagte mir nämlich ganz und gar nicht. Ob ich es Calcraft erzählen sollte? Ausgeschlossen! Er würde es nicht verstehen. Ich war allem Anschein nach auf mich allein gestellt.

Lautes Pochen weckte mich am nächsten Morgen. Es wurde erst zögerlich hell, und für einen Augenblick dachte ich, Calcraft und ich wären noch immer unterwegs, immer auf dem Weg von Gasthaus zu Gasthaus.

»Aufstehen, Junge«, hörte ich Calcrafts Stimme dumpf durch die Tür. »Die Schonfrist ist vorbei.«

Ich quälte mich aus dem Bett. Gegen einen weiteren Tag im Krankenstand hätte ich nichts einzuwenden gehabt! Und ihn eigentlich auch verdient: Die erste Tageshälfte brachte ich tatsächlich mit zähem Unterricht zu. Denn auch wenn mein Meister in gewissen Dingen ohne Frage ein Spezialist war – als Lehrer versagte er auf ganzer Linie. Sehr oft schon hatten wir die genauen Fallhöhen am Galgen durchgesprochen, hatten Tabellen angefertigt, wie dick oder wie lang das Seil für dicke und dünne, für große und kleine Menschen sein musste. Aus irgendeinem Grund kauten wir dennoch alles erneut durch.

Als er mich dann auch noch am Mittag losschickte, um neue Seile zu besorgen (»nur für den Fall«, wie er abwinkend kommentierte), bekam ich langsam das Gefühl, dass es sich hierbei nur um Maßnahmen handelte, mich zu beschäftigen. Abzulenken. Er hätte nie neue Seile gekauft, solange die alten noch in tadellosem Zustand waren.

Ich sprach es nicht aus, natürlich tat ich das nicht, doch noch vor dem Nachmittag war ich mir ziemlich sicher. Und wusste nicht so recht, was ich davon halten sollte. Nun gut, ich war einmal zu spät nach Hause gekommen. Doch mit meinem Fieber konnte das kaum etwas zu tun gehabt haben, oder? Hegte er etwa einen Verdacht?

Ich verließ mich dennoch ein weiteres Mal auf eine Ausrede, als ich mich in der Dämmerung endlich losreißen konnte. Lange würde ich diese Maskerade nicht aufrechterhalten können. Doch ich war einfach noch nicht bereit, ihm von Elizabeth zu erzählen. Ich wusste, was er dazu sagen würde, und wollte es so lange wie möglich hinauszögern. Also hatte ich ihm einmal mehr eine Lüge aufgetischt und erzählt, dass ich eine Music Hall bei Covent Garden aufsuchen wollte, um mir das Unterhaltungsprogramm mal näher anzusehen. Das war nur eine Halblüge: Diese Music Halls reizten mich, seit ich das erste Mal ein Plakat für sie gesehen hatte. Tanz, Musik, Theater und jede Menge mehr schienen da geboten zu werden – zu geringem Eintritt und voller spektakulärer Auftritte, wie es hieß. Und wenn es auf einem Plakat stand, dann stimmte es doch auch sicher.

In Wirklichkeit wollte ich natürlich aus einem anderen Grund nach Covent Garden. Und geriet regelrecht in Sorge, als ich nach dem Verlassen des Omnibusses feststellten musste, dass die meisten Händler bereits zusammengepackt und den Markt verlassen hatten oder gerade ihre Waren wegräumten. Dann sah ich sie. Als hätte sie die Zeit vergessen, stand Elizabeth an ihrem Stand, wunderschön wie immer, umringt von einem farbenfrohen Blütenmeer. Es störte sie nicht im Geringsten, dass der Markttag eigentlich vorbei war. Sie schien in Gedanken mal wieder ganz woanders zu sein.

»He, Blumenmädchen«, raunte ich ihr zu, nachdem ich mich leise an sie herangeschlichen hatte.

Sie reagierte erst gar nicht, wandte dann den Kopf langsam zu mir um und schien wie aus tiefer Hypnose zu sich zu kommen. »Richard«, meinte sie mit einem verträumten Lächeln, »ich dachte schon, du kommst nie.«

XXII

Rose Goldbergs Tagebuch

Liebes Tagebuch,

ich habe ein furchtbar schlechtes Gewissen. Ich weiß, ich hätte es nicht tun sollen, aber ich habe in Richards Nachttischschublade geschaut. Ich bin nun wirklich nicht stolz darauf, doch ich war einfach so schrecklich neugierig. Als er gestern zurückkam, hatte er irgendwas in der Hand, womit er gleich auf sein Zimmer verschwunden ist.

Dann hat mir auch noch Onkel Ben verschwörerisch zugezwinkert und ich habe es nicht ausgehalten und heimlich nachgesehen, als er mit William Calcraft im Gastraum saß. Und was soll ich sagen – dieser Ring ist einfach wunderschön! Vielleicht ist es kindisch zu glauben, dass er für mich ist, aber ich mag rote Steine nun mal so sehr. Und vielleicht hat ihm Onkel Ben das ja verraten. Ansonsten wäre das ein ziemlich merkwürdiger Zufall. Ob dieser Ring wirklich für mich ist? Dann würde das ja auf jeden Fall bedeuten, dass er mich mehr mag, als ich bisher angenommen hatte, oder? Oh, wie wunderbar das wäre! Ich denke nämlich immer öfter an ihn, traue mich aber nicht, ihn darauf anzusprechen. Außerdem gehört sich das natürlich nicht, das weiß ich sehr genau. Hat er mir vielleicht sogar schon durch ein Zeichen zu verstehen gegeben, dass er mich mag? Habe ich es einfach übersehen? Ich wünschte, ich wüsste mehr über diese Dinge. Ach, würde er doch nicht immer so verschlossen wirken.

Andererseits … macht ihn das nicht gerade so besonders und geheimnisvoll? Gott, diese Ungewissheit! So schrecklich sie auch ist, ist sie doch auch köstlich süß. Ob ich noch mal einen Blick auf den Ring werfen soll? Eines ist sicher: Sollte er für mich sein, werde ich ihn selbst dann nicht ablegen, wenn ich eine Gans zu rupfen habe.

XXIII

Richard Winters

Irgendwann ließ es sich nicht mehr aufschieben. Irgendwann hielt ich es nicht mehr aus. Nachdem wir eine Weile überaus angenehm über nichts Bestimmtes geplaudert hatten und ich abermals schmerzhaft festgestellt hatte, wie sehr ich sie seit meinem Fortgehen aus Sheerness vermisst hatte, musste ich die Sprache auf meine Entdeckungen im Gefängnis bringen. Am liebsten hätte ich es noch weiter hinausgezögert, doch manche Sachen musste man einfach hinter sich bringen. Wie schlechte Noten, die man aus der Schule mit nach Hause brachte. Beichtete man es nicht augenblicklich, brannten sie in der Schultasche fleißig vor sich hin. Und drum herum kam man sowieso nicht.

Ich erzählte ihr, was ich im Newgate-Gefängnis herausgefunden hatte, dass ich Jacob in seiner Zelle gesehen hatte – und bereute es natürlich sofort.

»Pech und Schwefel auf sie!«, wurde sie laut. Ihr wunderschönes Gesicht verzog sich zu einer Maske des Zorns. »Habe ich es dir nicht gesagt, Richard? In diesem Land landet man schneller am Galgen als in einem warmen Bett!«

Was sollte ich tun? Die Wahrheit sagen kam wohl kaum infrage. Ich versuchte, sie zu beschwichtigen. »Aber wieso kannst du dir denn so sicher sein, dass er unschuldig ist?«, fragte ich vorsichtig. Das war der nächste Fehler, wie sich schnell herausstellte.

Die schöne Stimmung von vorhin war verfolgen. Liz raufte ihre

Sachen zusammen, belud sich mit einem Strauß Blumen und stolzierte davon.

»Und was ist mit deinem Stand?«, rief ich ihr hinterher, dann lief ich ihr auch schon nach. Hatte ich mir nicht fest vorgenommen, mir das abzugewöhnen?

»Der Stand ist mir egal. Jacob aber nicht. Wieso ich weiß, dass er unschuldig ist? Ich weiß es eben! Deinem Meister ist das natürlich egal. Und dir wahrscheinlich auch, oder?«

»Jetzt warte mal.« Ich hatte sie eingeholt und hielt sie am Arm. »Wir können nichts tun, das weißt du doch hoffentlich.«

»Lass mich los!« Sie schnaubte verächtlich und ich kam der Aufforderung augenblicklich nach. Darin war sie immer schon gut gewesen. »Ja, klar. Und deshalb versucht man es auch gar nicht. Dreht Däumchen, bis man die Schlinge dreht.«

»Liz … das ist nicht fair.«

»Fair«, spuckte sie das Wort aus. »Was ist schon fair? Geh zu deinem Meister und frag ihn, ob er nicht noch mal beim Richter vorsprechen kann. So wie er es bei mir getan hat.«

»Und dann?«

»Dann wirst du schon sehen, was für ein … ein Mensch dieser Henker ist.« Sie sah mich ernst über die Köpfe der Blumen hinweg an. »Nicht aus Überzeugung hat er mich vor dem Strick bewahrt.«

»Wie meinst du das, Liz?«

»Er erzählt dir nicht die ganze Wahrheit. Und doch folgst du ihm blind. Er wollte doch einfach nur jemanden haben, der für ihn die Drecksarbeit erledigt.«

»Das ist nicht wahr«, erwiderte ich reflexartig. Dann erst merkte ich, dass auch mir dieser Gedanke bereits gekommen war. Mehr als einmal. »Also …«, begann ich, doch Liz legte mir den Finger auf die Lippen. Sie dufteten himmlisch.

»Es bringt ja nichts«, flüsterte sie. »Schauen wir lieber, dass wir den Abend genießen.«

Und das taten wir! Wir spazierten durch einen gewaltigen Park, schlenderten bis ans Ufer der Themse, teilten uns eine Tüte mit gebrannten und herrlich süßen Nüssen, tranken Tee und brachten viel Zeit damit zu, uns anzusehen. Am Embankment bestaunten wir die riesige Baustelle, trafen einen von Elizabeths Straßenhändlerfreunden mit einem Bauchladen voller Streichholzschachteln, schlenderten über den Trafalgar Square und erreichten schließlich wieder das Flussufer.

»Wieso seid ihr eigentlich ausgerechnet in Whitechapel abgestiegen?«, fragte sie, als wir an einer Brüstung lehnten und auf den breiten Strom hinausblickten. Wie immer herrschte reger Verkehr auf der Themse, große und kleine Boote transportierten Passagiere, Waren und Hoffnungen. »Es gibt kaum einen schlimmeren Ort in ganz London!«

Ich zuckte zusammen. Wann hatte ich ihr das erzählt? Ich war mir sicher gewesen, es nicht verraten zu haben. Aber woher wusste sie es dann? »Da ist es billig«, gab ich schulterzuckend zurück und warf beiläufig ein paar Kieselsteine in den Fluss. Jetzt war es eh zu spät, sich Gedanken darüber zu machen. »Mein Meister gibt ungern Geld aus.«

Liz rümpfte die Nase. »Das weiß jeder, der mal einen Blick auf seinen Mantel geworfen hat. Dennoch ... ausgerechnet Whitechapel! Ich habe einige Tage in Whitechapel verbracht, als ich neu in der Stadt war und Arbeit suchte. Ich ging in eines der Workhouses.« Sie schüttelte sich und kleine Blütenblätter stoben davon. Wie sie so dastand mit ihren Blumen und den vom Wind zerzausten Haaren, wirkte sie wie eine schwarzhaarige Fee. »Fürchterlich.«

Das glaubte ich sofort. Ich hatte gehört, wie schlimm die Zustände in ihnen waren. Dennoch waren die Workhouses für viele die einzige Gelegenheit, wenigstens für zwei Nächte ein Dach über dem Kopf, eine Pritsche und etwas in den Magen zu bekommen. Auch wenn sie im Ausgleich knüppelharte Arbeit unter gefährlichen Bedingungen leisten mussten, das Essen praktisch nur aus verschimmeltem Brot bestand und das Bett so hart wie Stein war. Elizabeth in solch einer Umgebung – eine schreckliche Vorstellung!

»Mittlerweile wohne ich ja in einem Pub«, schien sie meinen Gesichtsausdruck gedeutet zu haben. »Das ist ja schon mal ein Schritt in die richtige Richtung. Außerdem«, meinte sie lächelnd, »ist es in dieser Stadt immer noch sicherer, Bier zu trinken als Wasser.«

»Das sagt Benjamin auch«, sagte ich und biss mir gleich danach auf die Zunge.

»Wer ist Benjamin?«, fragte Liz neugierig. »Ein Freund von dir?«

»Nicht direkt«, begann ich zögernd. Beinahe hätte ich mich verplappert und noch mehr über unseren Aufenthaltsort verraten. Selbst wenn es nur Liz war – ich war mir sicher, dass mir Calcraft die Ohren langziehen würde, wenn sie erfuhr, wo wir wohnten. »Eher eine zufällige Bekanntschaft.«

Liz zog sich hoch und setzte sich auf die Brüstung. »Und du, Richard Winters?«, fragte sie beiläufig. »Willst du mir nicht mal erzählen, wo genau du wohnst? Whitechapel ist groß.«

Ich schüttelte den Kopf. »Tut mir leid, Liz. Mein Meister will nicht, dass jemand erfährt, wo er wohnt. Sicherheitsmaßnahmen, meint er.«

Liz verzog das Gesicht zu einem spöttischen Lächeln. »Hätte ich mir ja denken können. Dieser Angsthase. Schnell einen Unschuldigen hinrichten und sich dann schön wieder in seinem Loch verstecken.«

Ich verstand ihren Zorn. Das war ja das Schlimme. Ich würde nicht anders reagieren, wenn ich von der Unschuld eines Freundes überzeugt war. Wenn ich ihr doch nur erzählen könnte, weshalb ich wusste, dass er schuldig war. Dass er … ein Wechselbalg war.

»Also … dieser Jacob?« Ich begab mich auf dünnes Eis. »Was ist er für einer?«

»Kann ich nicht genau sagen. Ich weiß kaum etwas über seine Vergangenheit. Aber du hast ihn doch gesehen im Gefängnis, oder?«

»Ja. Unschuldig sieht er nicht unbedingt aus.«

»Natürlich nicht, aber darum geht es ja gerade. Ob ich mein Leben toll finde? Ich denke, das liegt auf der Hand. Ich verkaufe Blumen und wohne in einem Pub, Richard! Ob sich das für eine Dame gehört?«

»Das muss ja vielleicht nicht für immer so sein«, sagte ich leise. Den Blick hatte ich fest auf den Boden gerichtet, die eine Hand umschloss den Ring in meiner Hosentasche. Ich spürte, wie sich mein Herzschlag beschleunigte. »Ich meine …«

»Aber Richard!« Liz hatte sich bei mir untergehakt. Die Sonne war fast untergegangen und warf goldenes Licht auf die Themse. Es war erstaunlich, wie rein und festlich die Stadt wirkte, sobald sich die Sonne ihren Weg durch die Wolken bahnte. Nur mein Meister hielt nichts von Sonnenschein. Er war der Ansicht, dass Regen, Nebel und graue Wolkenberge am besten zu dieser Stadt passten. »Ich könnte niemals einen Henker lieben!«

Ich musste ein ziemlich entsetztes Gesicht gemacht haben, denn Liz lachte schon wieder lauthals auf. »Ach du, damit meine ich doch nicht dich!«, sagte sie beschwichtigend. »Du bist doch nur sein Lehrling geworden, um mich zu retten. Du hast doch nicht vor, die Arbeit nach deiner Lehre fortzuführen.«

Darüber hatte ich bislang noch nie nachgedacht. Himmel, ich wusste ja nicht einmal genau, wie lang diese Lehre eigentlich dauerte. Zwei Jahre? Fünf? Wohl war es irgendwas dazwischen. Und wie lange hatte ich noch vor mir, bis meine Ausbildung zum Schergen der Krone, zum Vollstrecker unzähliger Todesurteile abgeschlossen sein würde? Ich musste beschämt zugeben, dass ich mir bislang keinen einzigen Gedanken über die Zeit danach gemacht hatte.

»Richard? Hallo?«

»Oh, entschuldige, ich war mit den Gedanken woanders. Erst mal möchte ich diese Ausbildung hinter mich bringen, Liz.«

Sie zog die Brauen in die Höhe. Wieso fühlte ich mich in ihrer Gegenwart eigentlich immer so hilflos, so angespannt? War es das, was man Liebe nannte? »Und Stück für Stück so werden wie er?«

»Unfug«, entfuhr es mir beherzt. »Ich bin ich, daran ändert meine Arbeit doch nichts!«

»So war es nicht gemeint, entschuldige.«

»Schon in Ordnung.« Ich tastete nach dem Ring in meiner Tasche. Ob ich ihn ihr einfach überreichen sollte? Keine schlechte Idee! Allerdings auch keine gute, wie sich herausstellte, als wir zufällig an einem kleinen Schmuckladen vorüberkamen. Wie überall in der Gegend, war auch dieser Verkäufer gerade dabei, sein Geschäft zu schließen.

»Schmuck!« Sie spuckte das Wort regelrecht aus.

»Äh, wie bitte?«, fragte ich verwirrt. Ich ließ den Ring los, als wäre er urplötzlich heiß geworden.

»Es gibt doch kaum etwas Sinnloseres«, meinte sie. »Was denkst du, wie oft mir schon jemand einen Ring oder eine Kette schenken wollte. Natürlich nie ohne Hintergedanken.«

Ich verfluchte meine Dummheit. Hatte ich wirklich geglaubt, ein Mädchen wie Elizabeth würde sich von einem billigen Ring mit einem falschen Stein beeindrucken lassen?

»Hier«, sagte sie vor einem anderen Schaufenster. »Das ist schon eher nach meinem Geschmack.«

Mit Entsetzen erblickte ich ein Sammelsurium beängstigender Kuriositäten. Ich kannte diese Läden voller merkwürdiger Gegenstände, die von Schiffen aus allen Teilen der Welt nach London gebracht wurden. Bislang hatte ich immer einen großen Bogen um sie gemacht, jetzt hatte mich Liz schon in einen hineingezogen. Es roch muffig und modrig, da halfen selbst ihre Blumen nichts.

Mit ungutem Gefühl schlich ich langsam durch die engen und vollgestopften Reihen des Ladens, zuckte vor Schrumpfköpfen zurück, wandte angewidert den Blick von riesigen Insekten hinter Glas ab, versuchte vergeblich, mich bei all den ausgestopften Tieren nicht beobachtet zu fühlen.

Das war ganz und gar nicht nach meinem Geschmack! Liz hatte ein beunruhigend großes Interesse an den makabersten Gegenständen, betrachtete fasziniert die Schädel irgendeines Eingeborenenstamms, untersuchte Phiolen, in denen sich laut Aufdruck das Blut von gewaltigen Panzerechsen befand.

Mir wurde ein wenig übel, doch ich ließ es mir nicht anmerken.

»Komm«, raunte sie mir plötzlich zu und ein merkwürdiges Feuer glimmte in ihren Augen. »Schnell, komm mit.«

Ehe ich protestieren konnte, hatte mich Liz durch einige dämmrige Gänge direkt in das Herz des furchtbaren Ladens geführt. Hoch türmten sich die Regale links und rechts, ein ausgestopfter Ziegenkopf blickte mahnend auf uns herab.

»Was … was machen wir hier?« Ich konnte die Verunsicherung nicht aus meiner Stimme fernhalten.

Sie sagte nichts und näherte sich mit einem merkwürdigen Lächeln auf den Lippen. »Was wir schon vor sehr langer Zeit hätten tun sollen«, meinte sie. Dann küsste sie mich.

Tausend Dinge schossen mir durch den Kopf, Bilder, Gedanken, Ängste, sodass ich anfangs gar nichts von meinem ersten richtigen Kuss mitbekam. Ihre Lippen fühlten sich gut an, allerdings war ich mit der gesamten Situation reichlich überfordert.

Dann biss sie zu.

»Au!« Ich zuckte zurück und sah sie mit großen Augen an. »Du … du hast mich gebissen!«

Sie leckte sich kurz über die Lippen und sah mich seltsam an. »Hab ich das?« Sie wischte sich gedankenverloren eine Strähne aus dem Gesicht. »Das wollte ich nicht.«

Mein erster richtiger Kuss, noch dazu mit dem Mädchen, das ich schon länger küssen wollte, als ich mich erinnern kann – ein komplettes Desaster.

Als wir wieder auf der Straße standen, sog ich die frische Luft gierig ein. »Das nenne ich mal einen ungewöhnlichen Geschmack«, kommentierte ich, um das Thema zu wechseln.

»Wie es sich für eine ungewöhnliche Dame gehört, habe ich nicht recht?«, fragte sie keck.

Ich errötete und eine peinliche Stille entstand. Ich hatte mich immer schon gefragt, wann man wusste, welcher Moment der richtige Zeitpunkt für den ersten Kuss war. Konnte man das überhaupt wissen? In diesem Laden gerade war es jedenfalls nicht der richtige Moment gewesen. Hier draußen, mit der untergehenden Sonne über dem Fluss, konnte ich mir das schon viel eher vorstellen. Ob wir es noch mal versuchen wollten? Ich war mir nicht sicher, was in diesem gruseligen Laden gerade passiert war, aber einen Kuss hatte ich mir immer ganz anders vorgestellt. Ich nahm also all meinen Mut zusammen, bewegte meinen Kopf langsam in ihre Richtung …

»Für dich«, sagte sie hastig, drückte mir eine Rose in die Hand und wandte sich ab. »Ich … ich muss gehen, Richard.« Und schon war sie weg.

Jetzt war nicht nur mein erster Kuss in die Hose gegangen. Weiterhin ungeklärt blieb die Situation mit ihrem Freund Jacob, auch wusste ich noch immer nicht, ob meine Briefe sie erreicht hatten und weshalb sie sie nicht beantwortet hatte. Fluchend wandte ich mich in Richtung Themse.

Mit einem leisen Platschen landete der Ring im Fluss. Was für ein Narr ich gewesen war!

Missmutig starrte ich ins dreckige Wasser. Ich wurde einfach nicht schlau aus Elizabeth. Spielte sie nur mit mir, wie sie mit all ihren anderen Bekanntschaften spielte? Oder hatte sie mich tatsächlich gern? Und was sollte dieser Biss?

Aber selbst wenn sie mich mochte: Wie sollte das nur weitergehen? Sie hatte allem Anschein nach direkten Kontakt zu mindestens einem Wechselbalg. Bedeutete das nicht, dass sie in riesiger Gefahr schwebte? Und dann die Sache mit ihr und Calcraft. Solange ich sein Lehrling war, musste ich mir gar keine Hoffnungen machen. Am einfachsten wäre es natürlich, mit offenen Karten zu spielen und allen die Wahrheit zu sagen. Am vernünftigsten eh. Doch ich wusste, dass ich das nicht fertigbringen würde.

Eine Dame in einem weiten Reifrock lief an mir vorbei. Der Wind hatte merklich zugenommen und sie musste ihren auffälligen Hut mit beiden Händen festhalten, um ihn von einem unfreiwilligen Bad im schmutzigen Fluss abzuhalten.

Dann passierte es. Ein besonders starker Windstoß verfing sich offensichtlich genau unter ihrem Reifrock – und schleuderte die Dame gegen die Brüstung!

So etwas hatte ich noch nie gesehen. Es wirkte vollkommen albern, und für einen Moment konnte ich mich nicht rühren und dem unwirklichen Spektakel nur fassungslos zuschauen. Ihr spitzer Schrei brachte mich sofort zurück in die Wirklichkeit. Sie war drauf und dran, von der Promenade in die Themse geweht zu werden!

Ich ließ die Rose fallen und rannte los. Kurz bevor sie über die Promenade kippte, bekam ich ihren Arm zu fassen. Sie baumelte über der Themse, stumm vor Schreck, die Augen weit aufgerissen auf mich gerichtet. Was sollte ich jetzt nur tun?

»Halten Sie sich gut fest!«, rief ich ihr zu – wie dämlich! Als hätte sie diesen Hinweis benötigt.

Mit viel Mühe zog ich sie wieder hoch. Das erwies sich wegen des aufgeblähten Kleides als äußerst schwierig, zweimal ließ ich sie um Haaresbreite los. Als sie irgendwann japsend neben mir an der Brüstung lehnte, stellte ich fest, dass ich vielleicht gerade ein Leben gerettet hatte. Ein gutes Gefühl – nach all den Leben, die ich beendet hatte.

»Vielen Dank!«, brachte sie nach einigen mühevollen Atemzügen hervor. »Das … war knapp.«

Und ob es das gewesen war. Eine Sekunde später und sie wäre in die Themse gestürzt.

»Geht es Ihnen gut?«, fragte ich.

Sie nickte und versuchte sich an einem schwachen Lächeln. »Ich dachte schon den ganzen Abend, dieses Kleid bringt mich um. Aber eher, weil es zu eng war. Und nicht, weil es mich ersäufen würde.« Sie klopfte gegen ihren ausladenden Reifrock und ein blechernes Geräusch ertönte. »Metallgestänge«, meinte sie erklärend.

Was war nur los in dieser Welt? Frauen liefen Gefahr, in den Fluss geweht zu werden und zu ertrinken, nur weil sie gut aussehen wollten oder mussten? Tausende Menschen kamen zusammen, um dabei zuzusehen, wie einer ihrer Mitmenschen an den Galgen gebracht wurde? Die Obdachlosen mussten die ganze Nacht auf den Beinen bleiben und wie ein Geisterheer durch London wandern, weil sie sich nirgendwo niederlassen durften?

»Ist Ihnen so etwas schon mal passiert?«, fragte ich – ungläubig, dass jemand in vollem Bewusstsein dieses Wagnis einging.

»Nicht mir, nein«, antwortete sie und rappelte sich langsam wieder auf. »Aber meiner Freundin Myrtle. Wurde im Hyde Park glatt in den Serpentine-See geweht. Glücklicherweise waren einige Ruderer in der Nähe, die sie sofort rausfischen konnten.«

Ich schüttelte den Kopf. Für heute hatte ich eindeutig genug von dieser seltsamen Stadt. »Ich schlage vor, Sie gehen ab sofort nur noch bei Windstille aus dem Haus. Oder Sie binden sich an jemandem fest.«

Sie kicherte nervös, offensichtlich peinlich berührt von der merkwürdigen Situation, in die sie ihr Kleid gebracht hatte. »Wird wohl das Beste sein«, sagte sie und nickte beschämt. Sie nestelte an ihrem Hals herum. »Hier, bitte«, meinte sie und überreichte mir ihre Kette. »Als Zeichen meiner Dankbarkeit.«

»Ach, lassen Sie doch«, sagte ich gerade, da sah ich, was im schwindenden Tageslicht von ihren Fingern baumelte. Obwohl ich an diesem Tag eindeutig nicht allzu gut auf Schmuck zu sprechen war, beschlich mich das Gefühl, dass das ein Zeichen war: An einer filigranen goldenen Kette baumelte eine goldene Rose.

XXIV

Rose Goldbergs Tagebuch

Liebes Tagebuch,

das war's. Ich gebe es auf. Ich kann kaum etwas sehen beim Schreiben, meine Augen sind voller Tränen. Aber was hatte ich auch erwartet, ich dummes Ding! Dass er sich auf die Tochter eines Gastwirts einlässt? Nie und nimmer. Wo sie wohl herkommt? Aus Kensington. Ziemlich sicher aus Kensington. Wunderschön, gebildet, dünn, sauber, mit schönen Kleidern und einem dieser tollen Hüte, von denen ich immer träume. Zumindest hat sie jetzt auch seinen Ring. Die Schublade war leer, als ich noch mal reingeschaut habe. Und er ist schon verdächtig lang weg. Was das heißt, habe mittlerweile sogar ich begriffen. Es bricht mir das Herz, doch ich werde Richard vergessen müssen.

Ich hätte es besser wissen müssen. Heute Abend werde ich mich nicht im Gastraum blicken lassen! Ach was, am besten werde ich mich da einfach nie wieder blicken lassen. Zumindest nicht, bevor sie abgereist sind. Und das erste Mal seit ihrer Ankunft wünschte ich, es wäre bald so weit.

Eine Stunde ist vergangen, seit ich diese Zeilen schrieb. Ich habe nachgedacht und festgestellt, dass es nichts bringt, traurig und beleidigt zu sein. Erstens kenne ich Richard noch gar nicht lange genug, um ein Recht auf seine volle Aufmerksamkeit zu haben, und zweitens habe ich mich selbst wahrscheinlich angestellt wie ein kleines Kind. Genug von Liebeskummer und eitlen Träumereien! Ab sofort werde ich Richard Winters so behandeln wie jeden anderen auch, werde mich nicht mehr verstellen für ihn. Wenn er mich dann immer noch nicht mag, kann ich mir wenigstens sicher sein, dass es eh keinen Zweck hat. Wie hat Onkel Ben mal so schön gesagt? Wer mich nicht mag, muss blind, taub und appetitlos sein. Hoffen wir mal, dass er recht hat!

XXV
Richard Winters

Der Tag der Hinrichtung war gekommen. Und somit der Tag, an dem ich einen von Elizabeths Freunden an den Galgen bringen musste. Ich dachte an Calcrafts Worte, als er mir anvertraut hatte, dass er einst seine große Liebe an den Galgen führen musste.

Meine Güte. Wenn ich mir nur vorstelle, man würde von mir verlangen, Liz die Kappe überzuziehen und ihr den Strick um den Hals zu legen!

Unter anderen Umständen wäre ich derzeit regelrecht froh gewesen, mich vom Schrecken meiner Arbeit schlucken zu lassen und die Sache mit Elizabeth zunächst mal auszublenden. Jetzt verfolgte sie mich sogar an meinen Arbeitsplatz.

»Was hast du da?«, fragte mich mein Meister, als wir in einer Kutsche saßen und Whitechapel hinter uns zurückließen.

»Was meinen Sie, Meister?« Ich wusste natürlich längst, worauf er anspielte. Ich spürte noch immer die Stelle, wo Liz mich gebissen hatte. In einem ruhigen Moment hatte mich auch Ben darauf angesprochen. Ausweichend hatte ich erwidert, ich hätte mir auf die Lippe gebissen.

Calcraft beugte sich vor. »Deine Lippe … sie hat geblutet.«

Ich winkte ab. »Schlecht geträumt«, log ich. Seit wann interessiert ihn so etwas?

Der Alte nickte. »Wie fühlst du dich, Junge?«, fragte er dann. Seit meinem Fieber hatten wir recht wenig miteinander zu tun gehabt –

ein wenig Abstand hatten wir wohl beide nötig gehabt. »Wieder ganz auf den Beinen?«

»Es geht schon«, entgegnete ich, ohne aufzublicken. »Wie man sich an einem Tag wie diesem eben fühlt.«

Calcraft nickte wissend. »Ich weiß, ich sage dir das nicht zum ersten Mal, doch heute ist kein Tag wie jeder andere. Wir müssen besonders auf der Hut sein, weil davon auszugehen ist, dass andere Wechselbälger im Publikum sind. Und das«, meinte er mit dunkler Miene nach einem Blick aus dem kleinen Fenster der Kutsche, »einmal mehr bei Sonnenschein. Es wird also schwieriger, sie in der gewiss kolossalen Menge auszumachen.«

Ich wusste, was ihm auf der Seele lastete. Wir mussten heute ein Wechselbalg vernichten. Und das bedeutete, dass Calcraft vor den Augen aller wieder ein brutales Spektakel auf Kosten der Verurteilten entfesseln würde.

Kurz darauf pochte der Alte schon gegen das Verbindungsfenster zum Kutscher. »Hier steigen wir aus.«

Verwundert sah ich aus dem Fenster. Wir hatten noch nicht einmal St. Pauls erreicht.

»Niemand darf uns heute kommen oder gehen sehen«, raunte er mir erklärend zu, nachdem der Kutscher davongefahren war. »Es ist schwer genug, unsere Unterkunft geheimzuhalten, und an einem Tag wie diesem wird jedes Wechselbalg versuchen, uns in seine Finger zu bekommen oder uns zumindest zurück zu Ben zu folgen.« Unter seinen buschigen Brauen schoss er einen durchdringenden Blick auf mich ab. »Und das darf niemand erfahren, Junge. Hast du mich verstanden? Niemand. Unter gar keinen Umständen.«

Ich nickte stumm, in Gedanken bei meinem Gespräch mit Liz, bei dem ich fast etwas über unseren Aufenthaltsort verraten hatte. Nicht, dass sie es gegen uns verwenden würde, doch wer unwissend mit Wechselbälgern befreundet war, konnte viel Unheil anrichten, ohne es zu merken.

Tief in unsere Kapuzen gehüllt näherten wir uns dem Gefängnis. Niemand schien uns auf unserem Weg Beachtung zu schenken, der Alte beharrte dennoch darauf, dass wir uns langsam und betont entspannt fortbewegten. Wenn ich das alles auch für ein wenig übertrieben hielt, so ließ ich es mir nicht anmerken. An Tagen wie diesen hingen auch Calcrafts Nerven an einem äußerst seidenen Faden.

Besonders deutlich merkte ich das eine Stunde später, als wir den Wärter vor den Türen des Todestrakts erwarteten. Ein Schweißfilm glänzte auf seiner Stirn, er strich sich fahrig über seinen Bart, biss sich nervös auf die Lippen.

Es klopfte von innen gegen die Tür.

»Eins noch«, erhob der sichtlich mitgenommene Wärter das erste Mal seit unserem Betreten des Gefängnisses die Stimme. »Dieser Jacob Howard … also, er hat heute Morgen einige wirklich seltsame Dinge gesagt.«

»Seltsam?« Calcraft blickte ihn fragend an.

»Er faselte viel von einer Invasion. Zunächst habe ich das als Unfug abgetan, ich meine, die Leute hier erzählen viel Unsinn, wenn ihr letztes Stündlein geschlagen hat. Aber dann hat er etwas gesagt, das mir irgendwie unheimlich war.«

»Was denn nun?«, fuhr mein Meister barsch dazwischen, doch ich sah, dass er beunruhigt war.

»Er sagte, dass sie bereits unterwegs ist. Unterwegs zu uns.« Ein Schauer lief bei diesen Worten meinen Rücken herab wie Eiswasser. »Und, dass ich mir schon sehr bald wünschen würde, selbst an seiner Stelle an den Galgen gewandert zu sein.« Der Wärter sah sehr unglücklich aus. »Wäre ja alles gar nicht schlimm, aber die Art und Weise, wie er es gesagt hat, ließ mir das Blut in den Adern gefrieren.«

Calcraft nickte knapp. »Sonst noch was, Sie Hasenfuß? Gut, dann öffnen Sie die Tür. Ich möchte nicht den ganzen Tag in diesem Loch verbringen.«

Als sich die schwere Tür öffnete, atmete er noch einmal tief ein, dann erschien unser Verurteilter auch schon. Ein böses Lächeln lag auf seinen Lippen, als er uns erblickte. Wie jemand, der sich vor dem fürchtete, was vor ihm lag, wirkte er nicht gerade.

»Hallo, Bruder«, raunte er meinem Meister zu und stolzierte an uns vorüber wie ein Fürst auf einem Bankett. »Ein schöner Tag, nicht?«

Mein Meister ignorierte ihn und wandte sich an die Wärter. »Bringt ihn in den Vogelkäfig«, sagte er mit belegter Stimme. »Wir kommen sofort nach.«

»Hör zu«, flüsterte er kaum hörbar, nachdem die Wärter mit Jacob verschwunden waren. »Er wird versuchen, dich abzulenken, indem er dir irgendwelche Dinge erzählt. Grausige Dinge oder Lügen. Lass nicht zu, dass du abgelenkt wirst. Ein schwacher Moment und er wird dich packen. Dann bist du erledigt.«

»Denken Sie, er wird uns angreifen?«, fragte ich ungläubig.

»Ihm ist auch jetzt noch alles zuzutrauen. Bleib ruhig, führe deine Arbeit konzentriert aus und höre nicht auf das, was er sagt. Zeige keine Schwäche, dann wird dir nichts passieren. Hast du das verstanden?«

Ich nickte, ohne zu wissen, ob ich zu all dem in der Lage war.

»Gut.« Er schien erleichtert und legte mir vertrauensvoll eine Hand auf die Schulter. »Heute kannst du zeigen, aus welchem Holz du geschnitzt bist.«

Das war ja mal wieder großartig. Woher wusste er denn, dass ich ihm das überhaupt zeigen wollte?

Das Johlen der Masse war ohrenbetäubend. Ich hatte fest damit gerechnet, dass ich mich nach meiner ersten Londoner Hinrichtung zumindest ein wenig daran gewöhnt hatte. Ich hatte mich gründlich getäuscht.

All diese verzerrten und geröteten Gesichter, all die Sensationsgier, der Zorn und die Schadenfreude, die ich hundertfach in der Menge aufblitzen sah, ließen mich beinahe zurücktaumeln, als wäre mir ein Schlag versetzt worden. Ich rief mir Calcrafts Worte in Erinnerung.

Zeige keine Schwäche, dann wird dir nichts passieren.

Ich atmete tief durch und betrat das Schafott dicht hinter meinem Meister. Die Ruhe, mit der uns Jacob begegnete, erschütterte mich zutiefst. Er grinste sogar! Wechselbalg hin oder her, wie konnte ein Todgeweihter so kurz vor seinem Abtritt so ruhig bleiben? Die beiden Wärter hinter ihm schienen etwas Ähnliches zu denken. Unsicher blickten sie in die Menge.

Mir fiel etwas ein. »Meister«, flüsterte ich Calcraft zu, als wir uns dem Verurteilten näherten. »Wieso hat er sie vorhin ›Bruder‹ genannt?«

»Still jetzt«, gab der Alte knapp zurück. »Kein Wort mehr darüber. Denk daran, was ich dir gesagt habe: Er wird um jeden Preis versuchen, uns zu überlisten.«

Damit war das Thema erledigt. Langsam näherte ich mich dem Wechselbalg.

»Morituro te salutat«, raunte es mir mit einem bösen Grinsen zu, das schrecklich verfaulte Zähne entblößte. Ich wusste von meinem Vater, was das bedeutete. *Der Todgeweihte grüßt dich.*

Ich musste ein Zittern unterdrücken. Dieses Wechselbalg war etwas völlig anderes. Es wirkte schlauer, gemeiner, durchtriebener. Und stärker.

»Weißt du überhaupt, was du da tust, Kleiner?« Er bemaß mich mit einem spöttischen Blick. »Mit wem du dich angelegt hast?«

»Ich weiß nur, dass du dich mit den Falschen angelegt hast«, gab ich mutiger zurück, als ich mich fühlte, und griff nach der weißen Kappe.

»Oh, das sehen meine Freunde im Publikum sicher anders. Aber das soll nicht mehr meine Sorge sein. Mich mögt ihr aus der Welt schaffen, doch unzählige andere werden meinen Platz einnehmen. Sie sind längst unterwegs zu ihr. Jeder hat ihren Ruf gehört, Bursche. Es gibt kein Zurück mehr.«

Das genügte! Wortlos zog ich ihm die weiße Kappe über den Kopf. Ich wollte nur das Gespräch beenden, die Arbeit hinter mich bringen und diesen schrecklichen Ort verlassen. Wer hätte gedacht, dass ich mich so nach der Ruhe des *Golden Rose* und einem von Roses Eintöpfen sehnen würde? Auch ihr herzliches Lächeln würde mir jetzt guttun.

Der Lärm der Menschenmasse ebbte abrupt ab. Er wich einem erwartungsvollen Raunen, als Calcraft die Schlinge prüfte und den Verurteilten in Position drehte. Er nickte und wandte ihm den Rücken zu. Jetzt würde es passieren!

So schnell wie das Wechselbalg herumschnellte und meinen Meister am Hals packte, konnte ich gar nicht aufschreien. Sofort waren zwei Wärter bei ihm, doch es bereitete ihnen ganz offensichtlich große Mühe, ihn vom Henker zu lösen. Ich stand wie angewurzelt da und konnte nur ungläubig zusehen, wie Calcraft von diesem Ding zu Boden gerungen wurde. Die Menge johlte. Wie zum Teufel hatte dieser Jacob das angestellt? Seine Hände waren doch gebunden gewesen!

Als sie Calcraft endlich befreit hatten, taumelte der Alte zur Seite, griff sich an die Kehle und stürzte eine Stufe herunter. Er rappelte sich auf, versuchte, eine unbeteiligte Miene aufzusetzen. Doch ich sah, dass er sich verletzt haben musste. Er verzog das Gesicht und humpelte zum Hebel, der dieses Wechselbalg aus der Welt schaffen sollte. Unter der Maske drang höhnisches Gelächter hervor.

»Richard, komm her«, hörte ich seine gepresste Stimme. Calcraft drückte sich die Hand an die Hüfte. Der Blick, den er mir dann zuwarf, ließ mir das Herz sinken. »Du weißt, was du zu tun hast. Ich …« Er stockte. Ich merkte deutlich, dass er das hasste, was er als Nächstes sagen würde. »Ich schaffe das nicht.«

»Ich?« Ich wollte es nicht glauben. »Aber Meister!«

»Einer muss es tun, Richard!«, zischte er. »Einer von uns. Los jetzt oder wir sind das Gespött der Leute.«

Das durfte doch nicht wahr sein! Oft hatte ich mir in den letzten Tagen ausgemalt, wie es sein würde, wenn mein Meister einmal ein Wechselbalg hinrichten und seine ebenso gefürchtete wie gefeierte Schau abliefern würde. Jetzt sollte ausgerechnet ich diese Rolle übernehmen!

»Meister«, meinte ich beinahe flehentlich. Ich hasste meinen Tonfall, doch ich konnte nicht anders. »Bitte … ich …«

Der Alte atmete schwer. »Denk an meine Worte«, sagte er.

Zeige keine Schwäche, dann wird dir nichts passieren.

Verdammt! Ohne einen weiteren Gedanken daran zu verschwenden, trat ich vor, betätigte den Hebel und versuchte, das knackende Geräusch zu ignorieren, als Jacob durch die Falltür verschwand und sich das Seil mit einem Ruck spannte. Schon jetzt wusste ich, dass es mir tief hinein in meine dunkelsten Träume folgen würde.

Alles war ganz ruhig geworden. London harrte atemlos aus.

Dann ertönte ein kratzendes, röchelndes Geräusch. Mir wurde schlecht. Es lebte!

Und nicht nur das: Es lachte!

XXVI
William Calcraft

Mir war klar, dass ich dem Jungen zu viel zumutete. Vielleicht gab ihm das endgültig den Rest und ich verlor ihn. Ich wusste jedoch auch, dass ich es heute nicht ohne ihn schaffen würde. Dieses elende Wechselbalg … Ich hätte es wissen müssen! Hatte ich Richard nicht erst vor wenigen Minuten eingebläut, auf was er zu achten hatte? Und ausgerechnet ich beherzigte es nicht. Das verhieß nichts Gutes für das, was uns bevorstand. Ich wurde alt.

Der Junge wusste, was er zu tun hatte. Er wusste, dass das Wechselbalg noch lebte. Und er wusste, wie er es endgültig vernichten konnte. Nun … zumindest wusste er es theoretisch.

Wenn er es nicht schaffte, würde ihn nie wieder jemand ernst nehmen. Und für das, was vor ihm lag, wäre das eine Katastrophe. Er musste es einfach tun. Ich hoffte, dass er es genauso sah.

Schwer atmend lehnte ich mich an den Balken des Galgens. Dieses verdammte Scheusal hatte mich lang genug in seinen Fängen gehabt, um mir das Atmen zu schmerzhafter Qual werden zu lassen. Und dann dieser unnötige Sturz. Verflucht, so etwas war mir noch nie passiert! Und ich hatte Dutzende von ihnen an den Strick gebracht, Unzählige mehr auf ganz andere Weise gerichtet. Wenn ich nur wüsste, wie viele von ihnen es noch gab. Ich wurde das Gefühl nicht los, dass sie uns längst beobachteten, den Kreis genüsslich enger zogen und im Verborgenen abwarteten. Was, wenn sie angriffen? Was würden wir dann tun?

Genug davon!

Ich schaute Richard beschwörend an und nickte ihm unauffällig zu. Ich sah die Angst in seinen Augen, die Unsicherheit, den Ekel. Vor allem aber die Angst. Dann veränderte sich sein Ausdruck. Seine Augen nahmen eine wilde Entschlossenheit an, er holte tief Luft, trat an die Falltür – und sprang dem Erhängten auf den Rücken.

XXVII
Richard Winters

Ich ging fest davon aus, jede Minute die Besinnung zu verlieren. Der Schwindel zerrte an mir, ich verspürte Übelkeit, die schrillen Schreie der Gaffer raubten mir beinahe den Verstand.

Nur nicht darüber nachdenken. Nur nicht hinsehen. Nur nicht darüber nachdenken. Nur nicht hinsehen.

Irgendwann fühlte ich etwas. Einen Ruck, als würde sich etwas lösen. Dann hing der Körper still und schlaff am Strick. Ruckartig ließ ich los, taumelte zu Boden. Ich versuchte, gegen die Schwärze anzukämpfen, die von allen Seiten in mein Sichtfeld floss wie ausgelaufene Tinte.

Ich behielt mit einiger Anstrengung die Oberhand, kämpfte mich wieder hoch und kletterte mühsam aus der Vertiefung des Schafotts. Das Wechselbalg hing schlaff und leblos unter mir. Es rührte sich nicht.

Was für ein Wahnsinn! Aber ich hatte es vollbracht. Ich hatte es umgebracht.

Nur langsam kam ich zu mir. Als ich wieder neben Calcraft stand, brandete der Lärm der Menschen über mich hinweg wie eine Flutwelle.

Mein Meister klopfte mir auf die Schulter. »Gut gemacht«, meinte er erschöpft.

Ich wandte mich um. Und sah gerade noch, wie ein Mädchen mit langen schwarzen Haaren in der Menge verschwand. War es möglich, dass es …? Völlig ausgeschlossen! Liz würde sich so etwas nie ansehen. Außerdem gab es hier bestimmt Hunderte Mädchen mit langen schwarzen Haaren.

Erst jetzt bemerkte ich die beiden Gestalten, die bei ihr gestanden waren. Während alle anderen um sie herum johlten, tranken, andere beklauten oder irgendetwas verkauften, standen diese beiden nur da und blickten mich mit versteinerten Mienen an. Einer der beiden deutete ein Nicken an und erhob die Hand spöttisch zum Gruß.

Ein ungutes Gefühl beschlich mich, ein Seitenblick auf meinen Meister bestätigte es. Wechselbälger! Sie hatten uns beobachtet. Eine schreckliche Vorahnung machte sich in mir breit. Hatten sie uns kommen sehen? Unmöglich. Wir hatten uns so viel Mühe gegeben, unbemerkt zu bleiben. Und dennoch wurde ich das Gefühl nicht los, dass sie etwas planten.

Während ich mit Calcraft im Gefängnis verschwand und auf geheimen Wegen ins Freie geführt wurde, fragte ich mich wieder und wieder, wer das Mädchen mit den schwarzen Haaren gewesen war.

Irgendjemand klopfte an meine Tür. Ich musste mich kurz orientieren, bis ich erleichtert feststellte, dass ich wieder im *Golden Rose* war.

Die Träume der Nacht jagten mir hinterher wie Phantome, und ich ging fest davon aus, dass Calcraft in mein Zimmer trat. »Sind wir in Gefahr?«, fragte ich schlaftrunken, die Bilder der Hinrichtung noch überdeutlich vor Augen. »Haben sie uns entdeckt?«

»Äh … ich bringe nur das Frühstück.« Erst jetzt nahm ich Rose wahr, die mit einem gutmütigen Lächeln in der Tür stand. Sie war mit einem Tablett bewaffnet. »Störe ich?«

»Nein, ganz und gar nicht«, meinte ich schnell und bemühte mich redlich, die viel zu realen Schrecken der Traumwelt rasch hinter mir zu lassen. »Wie spät ist es?«

»Elf Uhr. Mister Calcraft wies mich an, dich heute ausschlafen zu lassen, doch ich dachte mir, dass du vielleicht hungrig bist.«

Trotz allem, was geschehen war – das war ich. Am Vorabend war ich ohne Abendessen direkt ins Bett marschiert, hatte eine weitere höllische und von allzu glaubwürdigen Albträumen besessene Nacht hinter mir und war mehr als nur ein wenig froh, Tageslicht zu erblicken. Selbst wenn es regnete.

Gierig machte ich mich über das Porridge her und rief Rose mit vollem Mund ein Danke hinterher, als sie das Zimmer wieder verließ.

Wieder hatte ich das Gefühl gehabt, dass sie irgendetwas von mir erwartete. Ich kam einfach nicht darauf. Meine Gedanken waren zu sehr bei Liz, der Hinrichtung und diesen beiden Wechselbälgern, die uns so unangenehm genau unter die Lupe genommen hatten.

Ich war noch immer in diese Gedanken vertieft, als Calcraft wenig später in mein Zimmer gehumpelt kam. »Was machen die Träume, Junge?«, fragte er, nachdem er mit schmerzverzerrtem Gesicht auf einem Schemel Platz genommen hatte.

Ich zuckte mit den Schultern. »Könnten besser sein. Was macht Ihre Hüfte?«

»Könnte besser sein. Dieses elende Ding hat mich überrumpelt. Sieht wohl so aus, als hätte auch ich noch nicht ausgelernt.«

Das waren ja ganz neue Töne! Ich schwieg erwartungsvoll und wartete ab, was mein Meister zu sagen hatte.

»Du hast dich da draußen gestern sehr gut geschlagen«, bekam ich tatsächlich zu hören. »Es ist gut zu wissen, dass ich mich auf dich verlassen kann.«

»Vor der Hinrichtung hat dieses Wechselbalg schon wieder etwas über ›sie‹ gesagt«, wechselte ich schnell das Thema. Solange ich ihm die Sache mit Liz verschwieg, fiel es mir schwer, solch ein Kompliment wirklich anzunehmen. »Was hat es damit auf sich?«

Er seufzte. Für einen kurzen Moment sah es so aus, dass er sich erheben und gehen würde. Dann begann er zu erzählen. »Die Legende sagt, dass es ein ganz besonders mächtiges Wechselbalg gibt. Eines, das die anderen führen wird.«

»Führen? Wohin führen?«

»In den Krieg gegen die Menschen.«

Die Ernsthaftigkeit, mit der Calcraft diesen Satz aussprach, verdarb mir sofort die Laune. »Sie wollen uns angreifen?«, fragte ich entgeistert.

Calcraft nickte. »Lieber gestern als morgen. Doch sie sind verstreut und uneins. Sie wird die Wechselbälger vereinen. Und gemeinsam in die Schlacht führen.«

Mir wurde ganz kalt. »Also gibt es doch so viele von ihnen?«

Mühsam deutete der Alte ein Nicken an. Ich merkte sofort, dass es ihm nicht leichtfiel, das zuzugeben. »Mehr als ich bisher angenommen hatte. Weitaus mehr.«

Ich schluckte, doch mein Mund war so trocken, dass es mir nicht gelingen wollte. »Wo ist sie?«

»Das weiß ich nicht. Ich kann es dir nicht sagen. Vielleicht würde ich sie spüren, wenn sie in der Nähe wäre, vielleicht nicht. Vielleicht habe ich sie auch schon gespürt.« Er schien noch etwas sagen zu wollen, atmete dann aber nur langsam aus. »Sie ist anders, gerissener. Es wäre nicht so wie bei den anderen Wechselbälgern. Nicht so … eindeutig.«

Ich musste an den Geruch im Newgate-Gefängnis denken. Ja, wenn man einmal wusste, worauf man zu achten hatte, war es einfach. Mir fiel etwas ein. »Hat sie etwas mit diesen Wechselbälgern zu tun, die in der Menge waren?«

»Das ist schwer zu sagen. Was sie vorhatten, ist aber auch so kein Geheimnis. Sie wollten uns auf die Schliche kommen. Und nach heute bin es nicht mehr nur ich, den sie um alles in der Welt loswerden wollen. Nach heute bist auch du in ihr Blickfeld gerückt.«

»Das bedeutet also, wir sind in Gefahr?«

Mein Meister schüttelte den Kopf. »Ich denke nicht. Zumindest nicht allzu sehr. Niemand weiß, dass wir hier sind. Vertrau mir, wir hätten es gemerkt, wenn es nicht so wäre. Deshalb ist es umso wichtiger, dass das auch so bleibt.« Er richtete sich mühsam auf. »Und das bedeutet, dass wir uns in den nächsten Tagen, so gut es geht, aus der

Öffentlichkeit zurückziehen. Ich muss sowieso erst einmal wieder auf die Beine kommen und auch dir würde ich raten, lieber eine Weile hierzubleiben. Wir dürfen es nicht riskieren, entdeckt zu werden. Jetzt erst recht nicht.«

Ich nickte, obwohl ich meinen Entschluss längst gefasst hatte. Ich würde noch heute zu Elizabeth gehen. Und wenn ich dafür unbemerkt aus dem Fenster klettern musste!

Ich schämte mich, doch am Ende musste ich tatsächlich aus dem Fenster klettern wie ein Dieb. Es war seltsam. Ich konnte mir nicht erklären, weshalb ich Calcraft die Sache mit Liz so krampfhaft verschwieg. Ich tat doch nichts Unrechtes. Doch mit jeder weiteren Lüge, die ich meinem Meister auftischte, verstrickte ich mich tiefer in diese Sache.

Mein schlechtes Gewissen eilte mir durch den Regen hinterher. Hier in Whitechapel ließ er sich als öliger Film auf den Straßen nieder, spülte Ruß und Dreck von den Häusern auf den Boden. Und auf die Bewohner dieses Viertels. Es war hoffnungslos, sauber durch diese Straßen zu kommen, wenn es regnete. Wie alle anderen hier, hatte auch ich längst aufgegeben. Und wenn man erst mal schmutzig war, wurde es zumindest nicht deutlich schlimmer.

Hinter einer Straßenecke blieb ich stehen. Mir war, als hätte ich schon seit einiger Zeit Schritte hinter mir gehört. Das war nichts allzu Außergewöhnliches hier, wie ich längst wusste. Dennoch war ich auf der Hut. Und diesmal nicht zu Unrecht: Mit meinen Schritten waren auch die hinter mir verstummt.

Ich wurde verfolgt.

Ich biss mir auf die Lippen. War ich zu unvorsichtig gewesen? Jetzt durfte mir kein Fehler unterlaufen. Meine Gedanken überschlugen sich. Zurückzukehren stand außer Frage. Wenn ich tatsächlich verfolgt wurde, wie ich dachte, wäre das der Anfang vom Ende. Einfach zu Liz weitergehen, war allerdings ebenso unmöglich. Ich durfte sie nicht in Gefahr bringen.

Also blieb mir nur die Flucht nach vorn. Merkwürdig, wie ruhig ich bei diesem Gedanken blieb. Ich atmete tief durch, vergewisserte mich, dass ich meinen Strick auch heute bei mir trug. Dann schnellte ich um die Ecke – und sah gerade noch, wie jemand in einem dunklen Durchgang verschwand, gefolgt von einem spitzen Aufschrei.

Das klang aber nicht gerade nach einem Wechselbalg! Ich warf alle Vorsicht über Bord und eilte durch den Durchgang. Beinahe wäre ich über sie gestolpert.

»Rose?« Mehr als nur ein wenig verwundert blickte ich auf sie herab. Sie lehnte an einem Torbogen, hielt sich das Bein und schluchzte leise. »Was ist denn nur passiert, Rose?«

»Ich bin dumm, das ist passiert«, gab sie leise zurück.

»Hast du dir wehgetan?«

»Es ist nichts. Aber da … da war ein Schatten.«

Alarmiert blickte ich mich um. »Ein Schatten? Wo?«

»Direkt hinter dir. Er … er schien von allen Seiten zu kommen. Als er mich bemerkt hat, ist er plötzlich auf mich losgegangen. Da habe ich es mit der Angst zu tun bekommen und bin beim Rennen gestolpert.«

Was machte sie nur hier draußen? Sie schien zu wissen, dass ich mich das fragte, denn sie richtete sich auf und versuchte gar nicht erst, sich herauszureden. »Ich bin dir gefolgt. Ich habe mir Sorgen gemacht und wollte wissen, wo du hingehst. Damit jemand weiß, wo du bist, falls etwas passiert.«

»Du bist mir gefolgt? Sag mal, spionierst du mir etwa nach?«

»Und wenn schon!«, gab sie patzig zurück, wurde gleich darauf aber wieder ruhig. »Entschuldige. Das war dumm von mir, ich weiß. Sag Onkel Ben nichts davon, ja?«

»Dann sind wir uns ja einig. Komm.« Ich hielt ihr den Arm hin. »Ich denke, für heute reicht es.«

Wer oder was auch immer hinter diesem Schatten steckte, ein Treffen mit Liz stand heute außer Frage.

XXVII
Richard Winters

Man sollte es nicht für möglich halten, doch am Morgen nach diesem seltsamen Zwischenfall mit Rose war mir das Glück tatsächlich hold. Mühsam hatte ich mir eine Ausrede zurechtgezimmert, weshalb ich schon wieder in die Stadt musste, obwohl wir doch vereinbart hatten, uns einige Tage zurückzuziehen. Da trat mein Meister in Reisemontur in mein Zimmer. In der einen Hand hielt er seine abgewetzte Tasche, in der anderen seinen Stock.

»Wohin gehen wir?«, fragte ich ehrlich überrascht, während ich fieberhaft überlegte, wie ich ihn dazu bringen konnte, ohne mich zu fahren. Kopfweh? Übelkeit? Schwindel? Was würde am wenigsten auffallen? Immerhin hatte mich das Fieber erst kürzlich wirklich ans Bett gefesselt!

»Kommst du einige Tage ohne mich zurecht?«, fragte er dann unvermittelt.

Ich traute meinen Ohren kaum. »Wie bitte?«

»Ich habe etwas zu erledigen. Muss für einige Zeit aus der Stadt.«

»Ist … ist etwas passiert?«, fragte ich alarmiert.

Calcraft schüttelte den Kopf. »Nein, es ist nichts. Ich muss etwas überprüfen. Etwas, das mir schon lange keine Ruhe lässt.«

»Und ich soll bestimmt nicht mit?« Ich bereute die Frage sofort und biss mir auf die Lippen. Was, wenn er sich umentschied? Einige Tage ohne seine Beobachtung waren genau das, was ich jetzt brauchte!

»Ich halte es für besser, das allein zu tun«, meinte er nach einigem Zögern. »Nicht, weil ich dir nicht traue«, fügte er rasch hinzu. »Ich möchte dich eher so lang wie möglich aus dieser Sache heraushalten.«

Sosehr ich mich auch freute: Das kam sogar mir komisch vor. »Ist es dafür nicht etwas zu spät, Meister?«

»Wenn du wüsstest«, entgegnete der Alte mit dunkler Miene. »Wenn du wüsstest.«

»Hat es … hat es mir *ihr* zu tun?«, tastete ich mich vor. Ich hatte immer noch kein wirkliches Bild von diesem Wechselbalg, das anscheinend über allen anderen stand und irgendwann irgendwo auftauchen würde. Wie sollte ich auch – bei den spärlichen Informationen, die mir mein Meister hinwarf wie Brotkrumen.

Der Alte schwieg und blickte mich lange an. »Vielleicht. Ich weiß es nicht. Die Zeichen sind … nicht eindeutig. Deshalb benötige ich Gewissheit. Ich kehre in drei Tagen zurück. Warte am Bahnhof Paddington auf mich, ich komme mit dem Abendzug aus dem Westen.« Er wandte sich zum Gehen, hielt dann noch mal inne. Er sprach, ohne mich anzublicken. »Sollte ich nicht in diesem Zug sitzen, gehst du ohne Umwege zu Benjamin. Er weiß, was in diesem Fall zu tun sein wird.«

»Aber Meister …«, protestierte ich, doch er brachte mich mit einer Bewegung seines Stocks zum Schweigen. »Kein Wort zu niemandem. Wenn jemand fragt, so bin ich immer noch hier im *Golden Rose*.«

»Und ich? Was soll ich tun?«

»Nichts«, sagte er mit einer Ernsthaftigkeit, die beinahe komisch wirkte. Beinahe. »Entspanne dich und schone deine Kräfte, so gut es geht. Ich weiß nicht, wann du sie brauchen wirst. Oh, und geh Rose zur Hand, ja? Sie könnte ein wenig Unterstützung und Gesellschaft gut gebrauchen.«

Das war es gewesen. Kein weiteres Wort, keine Verabschiedung, kein Rat. Ich freute mich über ein wenig Ruhe, über eine Pause von unserer Arbeit, das stand außer Frage. Gleichzeitig fand ich es seltsam, dass er ohne mich aufbrach. Als wären wir wieder am Anfang meiner Ausbildung, als er mir kaum etwas verriet und auf mich gewirkt hatte wie ein düsterer alter Mann, randvoll mit Geheimnissen und schlechter Laune.

Die Freude über eine kleine Auszeit vom dunklen Tagwerk des Henkers überwog meine Zweifel und Fragen schneller, als ich dachte. Der Tag verging in einem regelrechten Taumel.

Wir küssten uns im strömenden Regen. Erst zaghaft, dann immer stürmischer. Das war anders als das letzte Mal, das spürte ich sofort. Mir wurde abwechselnd heiß und kalt und meine Knie zitterten. Als ich ihre Zunge an meiner spürte, zuckte ich zunächst zurück, als hätte ich in eine Kerze gefasst. Dann genoss ich das Gefühl umso mehr. Es gab nur noch Liz und mich, mich und Liz.

Für mich hätte das Wetter nicht besser sein können. All die Scheu, die Nervosität und die Befürchtungen waren plötzlich wie weggespült. Das mit dem Biss konnte nur ein Versehen gewesen sein. Jetzt zumindest machte Liz keine Anstalten, so etwas erneut zu tun. Und das fühlte sich entschieden besser an. Zwar war sie noch immer ziemlich forsch und bestimmend, doch damit hatte ich kein Problem, solange sie nicht damit aufhörte.

Seit ich ein Junge gewesen war, hatte ich davon geträumt. Hatte mir viele schlaflose Nächte lang vorgestellt, wie es sich wohl anfühlte, ihre Lippen zu berühren. Und auch wenn sich inzwischen vieles, in das ich früher große Hoffnungen gesetzt hatte, seit meinem Aufbruch aus Sheerness als bittere Enttäuschung entpuppt hatte, auch wenn ich nach dem ersten Kuss eher verunsichert als glücklich gewesen war, so war ich immerhin von diesem zweiten Kuss nicht enttäuscht worden. Im Gegenteil.

In der Dämmerung kehrte ich ins *Golden Rose* zurück. Beschwingt ging ich Rose in der Küche zur Hand, musste aber schnell feststellen, dass ich mit Stricken längst viel besser umgehen konnte als mit Messern und Töpfen. Nach wenigen Minuten, in denen ich Wasser verschüttet, Milch verbrannt, mir in den Finger geschnitten und einen Krug zerschmettert hatte, bugsierte mich Rose lachend aber bestimmt aus der Küche. Sie schien entspannter als zuletzt, lächelte sogar und schien sich in meiner Gegenwart nicht mehr unwohl zu fühlen.

»Du hast mindestens zwei linke Hände, Richard Winters«, meinte sie und hielt mir einen Lappen hin. »Hier, vielleicht bist du ja im Putzen besser. Sei so gut und wisch die Tische im Gastraum ab, ja?« Sie grinste neckisch. »Vielleicht beweist du da ja mehr Geschick.«

»Aber wieso eigentlich?«, meinte ich. »Es kommt ja eh niemand.«

»Darum geht es doch gar nicht. Sauberkeit ist wichtig. Du musst nur mal auf die Straßen vor der Tür schauen, um zu merken, was passiert, wenn es nicht sauber ist.«

Auch im Putzen hatte ich erschreckend wenig Talent. Ein wenig bestürzend war das schon. Da war ich bald zwei Jahre lang aus meiner Heimat weg und hatte mehr Talent darin, einen Mann an den Galgen zu bringen, als Geschirr abzuspülen oder einen Tisch zu wischen.

Roses Kichern wehte aus der Küche zu mir herüber. »Du hast eindeutig zu viel Zeit mit Mister Calcraft verbracht«, sagte sie. »Der stellt sich ähnlich dämlich im Haushalt an. Aber vielleicht täuscht ihr es ja auch nur vor, um der Arbeit zu entgehen.« Sie schrie auf, als mein Lappen knapp an ihrem Gesicht vorbeizischte.

»Werfen kann ich immerhin besser als du«, meinte ich triumphierend. Der Triumph währte allerdings nur kurz. Mit einem satten Klatschen hatte ich ihr Spültuch im Gesicht.

»Ach, findest du?«, rief sie kichernd.

Als sie in der Küche fertig war und ich den Schmutz mehr oder weniger gleichmäßig auf Tischen und Bänken verteilt hatte, unterhielten wir uns bei Tee und Salzgebäck über meinen Meister. Es tat gut, mit jemandem darüber zu reden, stellte ich fest, als die Worte nur so aus mir heraussprudelten. Mit Liz konnte ich gar nicht über ihn sprechen, bei Ben wusste ich einfach nie, woran ich war. Immerhin waren die beiden schon ewig befreundet. Mit Rose war das anders. Sie wusste noch weniger als ich, hatte aber genug gehört, um sich selbst zusammenzureimen, dass es Calcraft und mir längst nicht nur um Hinrichtungen ging. Auch wenn sie das schon als schlimm genug empfand.

»Ich finde es sehr bewundernswert, dass du noch lachen kannst«, meinte sie ernst, als sie Tee nachgoss. »Das würde nicht vielen gelingen, denke ich.«

Wieder einmal merkte ich, dass ich nicht allzu gut mit Lob umgehen konnte. »Für mich ist das logisch«, gab ich zurück. »Je mehr man mit dem Tod zu schaffen hat, desto mehr weiß man das Leben zu schätzen.« Diese Erkenntnis hatte sich langsam durchgesetzt und einige Zeit gebraucht. Doch jetzt erschien es mir wichtiger denn je. »Und wenn man tagtäglich an seiner Seite marschiert, stellt man schnell fest, worum es geht im Leben.«

Rose blickte mich aus ihren großen runden Augen an. »Und was ist das?«

Ich stockte. »Nun ... es geht darum, alles nicht so ernst zu nehmen. Sich nicht zu sehr über Nichtigkeiten aufzuregen. Und so oft es geht das zu tun, was einem Spaß macht.«

Sie nickte leicht und schien das Gesagte wirken zu lassen. Dann griff sie blitzschnell hinter sich und schleuderte mir schon wieder einen nassen Lappen ins Gesicht. »So etwas also?«, schrie sie heiter und ging sofort in Deckung. Triefnass nahm ich die Verfolgung auf.

Für eine Stunde fühlte ich mich wieder wie ein unbeschwertes Kind.

XXIX

Rose Goldbergs Tagebuch

Liebes Tagebuch,

ich hätte es nicht tun sollen, doch ich bin ihm gefolgt. Schon wieder. Obwohl er mich das letzte Mal dabei erwischt hat, konnte ich nicht anders. Wenn das die Liebe ist, dann lässt sie mich Dinge tun, von denen man schon davor weiß, dass sie dumm sind. Natürlich wusste ich längst, dass Richard sein Herz an ein anderes Mädchen verloren hatte – an das, dem er auch diesen wunderschönen Ring geschenkt hatte. Den Ring mit dem roten Stein. Ich wollte aber einfach wissen, wer es war. Außerdem war da im Schankraum etwas zwischen uns gewesen, das mich das erste Mal seit seiner Ankunft im Gasthaus hoffen ließ – ohne genau zu wissen, worauf. Also folgte ich ihm, bis er das Flussufer erreicht und einen Fährmann gebeten hatte, ihn auf der anderen Seite in der Nähe des Angel Inn *abzusetzen. Mir wurde angst und bange. Noch nie hatte ich einen Fuß auf das andere Flussufer gesetzt, aber schon genug von diesem Pub gehört, um krank vor Sorge nach Hause zurückgekehrt zu sein. Natürlich war es nicht meine Sache. Es stand mir nicht zu, mich in seine Angelegenheiten einzumischen. Dieser Laden hatte aber einen so schlechten Ruf, dass man davon ausgehen musste, dass Richard in Gefahr schwebte. Ich überlegte kurz, es Mister Calcraft zu sagen, entschied mich aber schnell dagegen. Das würde mir Richard nie verzeihen. Und ich mir auch nicht. Also schrieb ich ihm einen Brief, ohne wirklich zu wissen, was ich damit bezwecken wollte. Als ich merkte, wie Tränen auf das Papier tropften, wusste ich es. Ich wollte, dass er merkte, was ich für ihn empfand. Nein … Das war noch nicht mal alles. Ich bin diese Gefühle nicht gewohnt und verspüre etwas in mir, das ich nicht einordnen kann. Ein Gefühl, das sich nach all den Stichen, all den Rückschlägen anfühlt wie eine frische Brise auf der Haut. Ich weiß nicht, weshalb, aber sie trägt Hoffnung mit sich. Ob es die letzte Hoffnung vor der endgültigen Aufgabe ist, weiß ich nicht. Es ist mir auch egal. Ich weiß jetzt, was ich zu tun habe. Und unsere Begegnung neulich bestärkt mich nur darin. Soll dieses Mädchen in dem grässlichen Pub da draußen bloß mal aufpassen: Ich werde um Richard Winters kämpfen!*

XXX

William Calcraft

Als ich die Stadt im Dunst hinter mir zurückließ, stellte ich in einem seltsam stechenden Moment fest, wie sehr ich mich an die Gesellschaft des Jungen gewöhnt hatte. Ich verzog das Gesicht. Es war doch einfach zu merkwürdig. Da war ich anfangs fest davon überzeugt, mich niemals an die ständige Anwesenheit eines unerfahrenen Bengels gewöhnen zu können, und jetzt fühlte es sich schon ungewohnt an, wieder allein auf der Suche zu sein. Auf der Jagd.

Richard Winters fehlte mir. Auch das noch. Ich schüttelte diese Gedanken ab. So etwas konnte ich jetzt nicht gebrauchen. Nicht bei dem, was vor mir lag. Der Junge hatte nicht verstanden, weshalb ich ihn nicht mitgenommen habe. Noch immer gab es viel, was er zu lernen hatte, was er nicht wusste, was ich ihm vorenthielt. Zu seinem eigenen Schutz, wie ich mir stets einredete – mal mit mäßigem, mal mit größerem Erfolg.

Der Moment würde kommen, an dem ich ihn in alles einweihen würde. An dem ich ihn einweihen musste. Ich fürchtete diesen Tag, so fern er auch sein mochte. Bis dahin musste noch viel passieren. Und ich wurde das elende Gefühl nicht los, dass mir die Zeit davonlief. Ich wusste, wie ich die Zeichen zu deuten hatte. Das war nicht allzu schwer für mich. Das wäre es für niemanden, wenn er nur begriff, wo er danach zu suchen hatte. Und da lag ja das Problem. Außer mir gab es kaum niemanden, der es wusste. Oder besser gesagt: niemanden auf meiner Seite.

Die Wechselbälger wurden mutiger, aufsässiger. Das hatte ich bei der letzten Hinrichtung am eigenen Leib zu spüren bekommen. Meine Hüfte schmerzte noch immer. Das geschah nicht ohne Grund. Sie witterten sie. Witterten ihre Macht.

Auch ich witterte sie. Ein ums andere Mal hatte ich das Gefühl gehabt, etwas zu spüren, aus der Luft herauszuschmecken. Doch wie damals an jenem schicksalhaften Tag im Nebel war ich mir erneut nicht vollkommen sicher gewesen. Und Gewissheit war in diesem Fall essenziell. Davon hing alles ab. Waren wir nicht zur rechten Zeit vorbereitet, würde sie uns vernichten.

Ich war zu Fuß unterwegs. Das wurde schon in meiner normalen Verfassung mehr und mehr zu einer Belastung. Doch jetzt, mit der Verletzung, die mir das Wechselbalg zugefügt hatte und die stechend in meiner Hüfte pochte, musste ich mir mehr und mehr eingestehen, tatsächlich alt zu werden. Verdammt, wenn ich derzeit etwas weniger gebrauchen konnte, dann das!

Ein Zug oder gar eine Kutsche waren zwar sehr verlockend, standen aber außer Frage. Schon zu Fuß war die Fährte, die ich zu wittern glaubte, alles andere als ausgeprägt. Ich würde sie sofort verlieren, wenn ich mich in eines dieser Gefährte setzte.

Das änderte sich rasch. Nach einigen mühevollen Stunden hatte ich mich die Anhöhe zur Hampstead Heath emporgequält. Die Stadt war unter tief hängenden Wolken verborgen, doch ich schenkte ihr keine Beachtung. Ich war nicht wegen der schönen Aussicht hier. Lustlos stopfte ich meine Pfeife und paffte einige hektische Züge. Selbst das Rauchen wusste mich nicht zu entspannen! Ich fand die Quelle des Fleet sofort. Längst floss er größtenteils unterirdisch durch London, hier jedoch wurde er noch nicht unter Stein begraben. Hier war die Spur deutlich stärker. So stark, dass ich zurückzuckte. Das verhieß nichts Gutes.

Mein Gott, wie viele waren hier in den letzten Tagen vorbeigekommen? Ich blickte hastig um mich. Wie viele lauerten noch jetzt hier draußen in dieser nebligen Einöde? Die Zeiten, in denen ich es mit drei Wechselbälgern gleichzeitig aufgenommen hatte, waren vorbei. Wer hätte das gedacht: Ich musste mich vorsehen. Ich, William Calcraft!

Ich hatte es dem Jungen nicht gesagt, doch er war nicht der Einzige gewesen, der vor seiner ersten Hinrichtung am Newgate-Gefängnis etwas gespürt hatte. Die Flüsse dieser Stadt waren mir schon seit einiger Zeit ein Dorn im Auge. Ich wusste, dass sie Übergänge waren, Portale in ihre Welt. Und ein unterirdischer Fluss wie der Fleet war dieser verkommenen Brut natürlich äußerst willkommen, um sich unbemerkt Zutritt in die Stadt zu verschaffen.

Meine Gedanken eilten zu Richard zurück. Er hatte sich sehr verändert. Das hatte ich vorhergesehen. Er hatte jedoch auch Geheimnisse vor mir, verbarg etwas, was ihm wichtig war. Vielleicht war es töricht von mir gewesen, doch darauf war ich nicht gefasst gewesen. Benjamin hatte darüber nur gelacht, schließlich enthielt ich dem Jungen Dinge vor, die sein ganzes Leben auf den Kopf stellen würden, würde er sie erfahren. Dennoch wurde ich das Gefühl nicht los, dass er mir etwas Wichtiges verschwieg. Etwas, das uns gefährlich werden konnte.

Ich hoffte, dass es tatsächlich nur ein Mädchen war, schloss die Augen und konzentrierte mich auf meine Umgebung. Ja, sie war hier gewesen. Ich war mir fast sicher. Wieder lag da etwas in der Luft. Etwas, das ich schon zuvor gewittert hatte. Und das mir ein ganz bestimmtes Ereignis vor Augen erscheinen ließ.

Ich war mir fast sicher, viel fehlte nicht, verdammt. Aber das reichte mir nicht. Nicht dieses Mal. Ich musste es wissen. Ein für alle Mal. Selbst wenn es eine weitere mühsame Reise nach sich ziehen würde.

Was dann geschehen würde, konnte ich beim besten Willen nicht sagen. Ich hoffte nur, dass ich die richtigen Entscheidungen traf. Wenn diese Angelegenheit überhaupt noch in meiner Hand lag.

So schnell es meine Hüfte zuließ, lief ich durch den Nebel auf die gewaltige Stadt zu.

XXXI
Richard Winters

In den folgenden Tagen erfuhr ich das erste Mal, was Freiheit und Glück bedeuteten. Ich hatte nichts zu erledigen, mich vor niemandem zu rechtfertigen und viel Zeit für meine geheimen Treffen mit Elizabeth. Nicht, dass wir allzu geheimniskrämerisch taten. Je öfter wir uns trafen, desto alberner kam es mir vor, die Orte für die Treffen mit Bedacht zu wählen und stets meine Umgebung im Blick zu haben.

Mal abgesehen von diesen merkwürdigen Schatten, von denen Rose gesprochen hatte, hatte ich nichts Außergewöhnliches oder Verdächtiges bemerkt, seit ich die beiden Wechselbälger bei der Hinrichtung entdeckt hatte. Und wer wusste schon, was es mit diesen Schatten auf sich hatte? Nicht, dass ich an Roses Worten zweifelte. Vielleicht war sie aber einfach aufgeregt gewesen. Weshalb sie mir gefolgt war, war mir bis heute nicht ganz klar. Ein wenig schmeichelte es mir aber sogar.

Wie dem auch sei: Konnte es sein, dass es mein Meister ein wenig übertrieb? Wer wusste in dieser Stadt denn schon, was all die anderen Menschen taten?

Liz sah das ähnlich. »Ich kenne keine Stadt, in der man so allein ist, obwohl man rund um die Uhr von unendlich vielen Menschen umgeben ist.«

Dennoch hatte ich ihr noch immer nicht gesagt, wo unsere Unterkunft war, auch Calcrafts Reise erwähnte ich mit keinem Wort.

Darüber hinaus gab es ebenfalls nicht allzu viel, worüber wir uns unterhielten. Wir nutzten unsere wenigen gemeinsamen Stunden … auf andere Art und Weise. Meist trafen wir uns irgendwo unter freiem Himmel, auch auf mehrmaliges Nachfragen wollte sie mich nicht mit auf ihr Zimmer nehmen. Dass wir zu mir gingen, stand außer Frage, also suchten wir uns mit Vorliebe ruhige, verborgene Ecken, die es in dieser verschlungenen Stadt natürlich überaus zahlreich gab.

Langsam kamen wir uns näher, aus intensiven Küssen wurde etwas anderes. Ich berührte sie, zuckte anfangs zurück, weil ich auf ihrer Haut mehr Narben spürte, als man ihr ansah. Doch ich gewöhnte mich nur zu gern daran und genoss das aufregende Gefühl, ihren Körper zu erforschen, ihr ganz nah zu sein. Es waren aufregende, rauschhafte Stunden.

Nur einmal, es war am dritten Tag und wenige Stunden vor Calcrafts angekündigter Rückkehr, brachte sie die Sprache wieder auf meine Arbeit. »Du willst aber doch nicht allen Ernstes Henker werden, wenn du deine Ausbildung abgeschlossen hast, oder?«

»Ich habe keine Ahnung, was ich will, Liz«, sagte ich träumerisch. Wir saßen auf einer Bank in den Docks, sie hatte ihren Kopf an meine Schulter gelehnt. Ihre Haare kitzelten mich in der Nase, doch ich würde den Teufel tun und mich bewegen. Selbst der strenge Fischgeruch und das ständige Gezanke der Möwen änderte nichts daran. »Eigentlich möchte ich nur hier sitzen bleiben. Mit dir. Für immer.«

»Du Träumer. Kannst du nicht ein Mal ernst bleiben?«

»Das bin ich doch«, bekräftigte ich. »Ich habe keinen blassen Schimmer, was danach passieren soll. Und im Moment interessiert es mich auch nicht.«

»Ich wünschte nur, du würdest dich nicht zu sehr von diesem Calcraft beeinflussen lassen.«

Ich schwieg. Nach wie vor weigerte ich mich, auf ihre Sticheleien einzugehen. Außerdem wollte ich die wenige Zeit, die uns heute noch blieb, nicht mit Streitereien vergeuden.

Der Abschied kam auch so viel schneller, als mir lieb sein konnte. »Ich weiß es nicht«, antwortete ich auf ihre Frage, wann wir uns wiedersehen würden, dann eilte ich auch schon den Steg zwischen den kleinen Booten entlang. Ich war spät dran. Wenn ich vor Calcrafts Zug am Bahnhof sein wollte, musste ich mich sputen.

Es zischte und dampfte wütend, dann kam die große Lok mit einem heftigen Ruck zum Stehen. Der Bahnsteig war voller geschäftiger Menschen, die aus- und einstiegen, es wurden große Gepäckstücke verladen, wurden Ankommende in Empfang genommen und Verreisende mit mancher Träne verabschiedet.

Von Calcraft fehlte jede Spur. Auch als sich das Gewimmel gelichtet hatte und der Bahnsteig bis auf den Schaffner, einzelne Gepäckträger und wartende Reisende praktisch menschenleer war, war er weit und breit nicht zu sehen. Unruhig lief ich auf und ab. Wo blieb er nur? Er hatte ohne jeden Zweifel diesen Zug gemeint. Mein Meister war niemand, der sich in solchen Dingen irrte. Wenn er nicht in diesem Zug saß, konnte das eigentlich nur bedeuten, dass ihm etwas zugestoßen war.

Ich merkte, wie ich leicht panisch wurde. Da schälte sich eine Silhouette aus dem Dampf der langsam wieder Fahrt aufnehmenden Lokomotive. Calcraft! Ich eilte ihm entgegen, erleichtert und besorgt zugleich.

Er humpelte mühsam am Bahnsteig entlang, wankte, musste sich an einer Laterne abstützen. Er war aschfahl!

»Meister, was ist mit Ihnen?«, fragte ich besorgt und stützte ihn.

Sein Atem ging rasselnd, stoßweise, sein Blick wirkte gehetzt. Immer wieder sah er sich ruckartig um. »Sie ist längst unterwegs«, sagte er mit gepresster, zischelnder Stimme. »Sie ist längst unterwegs.«

»Wer, Meister?«, fragte ich. Auf meinen Arm gestützt führte ich ihn aus dem Bahnhof heraus, winkte einem Kutscher und bugsierte ihn mit einiger Mühe in den Innenraum. »Bishopsgate, so schnell wie möglich!«, rief ich dem Kutscher zu, dann setzte ich mich zu Calcraft in die Kutsche.

»Wir müssen uns bereit machen, Junge!«, mahnte er eindringlich, während die Kutsche über die Straßen polterte. Er sah noch immer schwach und ausgezehrt aus, doch zumindest sein Atem ging wieder ruhiger. Diese Reise hatte ihn bis ans Äußerste beansprucht. »Es kann jeden Moment so weit sein.«

»Was kann so weit sein?« Ich konnte mir zwar halbwegs zusammenreimen, was er da andeutete, verstand jedoch den großen Zusammenhang nicht.

»Der Tag des Zorns«, flüsterte er mit großen Augen.

»Meinen Sie … *sie*?«, fragte ich leise, doch Calcraft sagte nichts. Er starrte nur aus dem Fenster in den trüben Abend. Es hatte wieder zu regnen begonnen, und das Gaslicht der Laternen drang verschwommen durch das angelaufene Glas.

»Ist irgendetwas vorgefallen?«, erschreckte er mich nach minutenlanger Stille mit dieser plötzlich abgeschossenen Frage. »Ist irgendetwas passiert?«

Ich schüttelte den Kopf. »Alles ruhig.«

Der Alte atmete hörbar auf. Was war auf dieser Reise nur passiert?

»Hör mir zu, Junge«, begann er. »Wir müssen ab sofort noch mehr Vorsicht walten lassen als bisher. Dass wir bis jetzt nicht entdeckt worden sind, war vielleicht dem Glück zuzuschreiben. London wird überrannt! Und da ist noch etwas.« Er senkte die Stimme herab und blickte gehetzt nach links und rechts. »Ich könnte etwas aufgeschreckt haben.«

Jegliche Nachfragerei war zwecklos, also begnügte ich mich damit, aus dem Fenster zu sehen. Wie trostlos doch alles wirkte. Selbstvergessen eilten die Menschen durch die nassen Straßen, Hüte oder Kapuzen tief ins Gesicht gezogen, die Schultern gebeugt, der Gang hektisch. Elizabeths Worte kamen mir wieder in den Sinn.

Ich kenne keine Stadt, in der man so allein ist, obwohl man rund um die Uhr von unendlich vielen Menschen umgeben ist.

Wie recht sie hatte! In diesem Augenblick konnte ich den Worten allerdings nichts Positives abgewinnen. Sie stimmten mich traurig. Was wussten wir schon von den Schicksalen der Menschen, die mit uns in der Kutsche saßen, im Pub neben uns tranken oder auf der Straße vor uns vor dem Regen flohen? Gar nichts. Wenn man es genau nahm, wusste ich nicht einmal von den Menschen besonders viel, mit denen ich mein Leben teilte. Geheimnisse, Halbwahrheiten, Vermutungen – ein alles andere als solides Fundament für Beziehungen.

Calcraft erhob sich mit einem Ächzen. »Lass uns aussteigen, Junge«, sagte er und klopfte mit seinem Stock gegen die Wand. »Anhalten, bitte!«

»Aber Bishopsgate ist noch gut eine halbe Meile entfernt!«

»Besser wir laufen von hier«, entgegnete er. »Mir passt die Miene des Kutschers nicht.«

Schweigend liefen wir durch den Regen. Wir merkten, dass wir Whitechapel erreicht hatten, als der Regen auf unseren Mänteln in einen öligen Film überging. Der würde mir noch jedes Kleidungsstück ruinieren! In den Hauseingängen kauerten Obdachlose, ein längst vertrauter, aber deswegen nicht weniger ernüchternder Anblick. Aus einem Kaffeehaus drang das Gelächter der Verzweiflung in die klamme Nacht. Von Wärme und Heimeligkeit war hier weit und breit nichts zu spüren.

Sehr bald wurde es ganz still, einsam und verlassen. Instinktiv liefen wir schneller durch die Gassen. Nur noch nach Hause! Calcraft schien dasselbe zu denken. Mit grimmiger Miene humpelte er so schnell, wie es seine Hüfte zuließ. Dennoch näherten wir uns dem *Golden Rose* nicht auf dem direkten Weg. Mein Meister schlug Haken, umrundete das Gasthaus. Als ich ihn darauf ansprach, winkte er nur hastig ab. »Ruhig, Junge. Reine Vorsichtsmaßnahme.«

Wir eilten weiter. Calcrafts schlurfende Schritte waren so laut, dass es einige Zeit dauerte, bis ich das Geräusch hinter uns als das identifizieren konnte, was es war. Als ich es tat, rutschte mir fast das Herz in die Hose.

Gelächter.

Auch Calcraft blieb wie angewurzelt stehen. Hinter uns konnten wir undeutlich eine schwarze Figur ausmachen. In einem Moment stand sie noch in der Gasse, im anderen war sie verschwunden.

»Los, schneller«, raunte mir mein Meister zu. »Und kein Blick zurück.«

Das war auch gar nicht nötig. Hinter einer Straßenecke kamen wir abermals abrupt zum Stehen. Diesmal hatte sich eine Figur einige Meter entfernt vor uns auf der Straße aufgebaut. Gesicht und Gestalt waren geschickt von Schatten verborgen, alles, was wir sehen konnten, war ein sehr kräftiger, gedrungener Körper. Auch aus ihm drang das grässliche Lachen hervor.

Meine Gedanken überschlugen sich! War das ein Wechselbalg? Und wenn ja: Wie hatte es uns nur gefunden? Himmel, hatte ich sie auf unsere Fährte gelockt? Oder war es Calcraft gewesen?

Im Moment war das völlig egal – jemand oder etwas hinderte uns daran, die letzten Meter zu unserer Unterkunft hinter uns zu bringen. Und es sah nicht danach aus, als würden sie uns nur nach dem Weg fragen wollen.

Als sich eine zweite Gestalt dazugesellte, hörte ich, wie Calcraft scharf die Luft einsog. Jetzt erkannte auch ich sie. Es waren die beiden Wechselbälger, die ich bei der Hinrichtung gesehen hatte.

Ein kurzer Seitenblick auf meinen Meister verriet mir, was ihm durch den Kopf ging: zwei gegen zwei. Oder eben zwei gegen einen geschwächten Meister und seinen Lehrling. Es stand nicht allzu gut um uns.

»Was wollt ihr?«, rief mein Meister, so autoritär er konnte, stieß mich im selben Moment an und zischte mir zu: »Greif in meine Tasche! Schnell!«

Reflexartig kam ich seiner Aufforderung nach. Meine Hände schlossen sich um etwas Raues, Geflochtenes. Ein Strick. Möglichst unauffällig zog ich ihn heraus und verbarg ihn schnell in den Weiten meines

Mantels. Was auch immer er bezweckte – er wollte, dass ich ihn an mich nahm.

»Kommt keinen Schritt näher!«, ergriff Calcraft wieder das Wort, nachdem uns die beiden Gestalten eine Antwort schuldig geblieben waren. Ich war unfähig, meine Gedanken in eine klare Richtung zu lenken. Ich wusste nur, dass uns die beiden nicht freundlich gesinnt waren – und in Whitechapel musste man dafür noch nicht einmal ein Wechselbalg sein.

»Sonst was, Henker?«, kroch eine metallische Stimme aus einem der beiden hervor. Sie klang seltsam ölig und belegt.

Wechselbälger. Das stand spätestens jetzt fest. Und sie näherten sich. Langsam bewegten sie sich auf uns zu – wie Raubkatzen, die ihre Beute in aller Ruhe musterten und ihren Angriff in siegessicherer Seelenruhe planten. Dass das ein Angriff war, ein Hinterhalt, daran hatte ich keinen Zweifel mehr.

Mein Meister auch nicht. »Hör mir genau zu«, sagte er durch geschlossene Lippen. »Sobald ich losrenne, tust du es mir gleich, und zwar in die entgegengesetzte Richtung.« Er sprach schnell, aber ruhig, die Augen stetig auf die nahenden Wechselbälger gerichtet. »Benutze, was du bei dir trägst, und vergiss eines niemals: Diese Kreaturen sind dumm. Die meisten jedenfalls.«

Bevor ich zu einer Erwiderung ansetzen konnte, rannte mein Meister los, eine enge Seitengasse hinab. Die Verwirrung, die sich auf den mittlerweile klar erkennbaren Gesichtern abzeichnete, bestätigte Calcrafts Aussage. Erleichtert fühlte ich mich davon nicht. Nur allzu deutlich standen mir die Geschehnisse in diesem Wald vor Augen.

»Hol ihn dir!«, drang das Bellen des bulligeren Wechselbalgs durch die schwach beleuchtete Straße, dann hatte die zweite Gestalt schon die Verfolgung aufgenommen. Keine Zeit für Zweifel! Einen Moment lang sah ich dem Wesen fest in die Augen, dann machte ich auf dem Absatz kehrt und rannte über das nasse Kopfsteinpflaster.

Ich hörte die klatschenden Schritte hinter mir, während ich fieberhaft einen Plan ausarbeitete. Ich musste allein mit diesem Wechselbalg fertigwerden. Dafür hatte ich den Strick und meine Erfahrung. Sonst nichts. Ermutigend war das nicht, aber da war noch etwas: Ich kannte mich aus in Whitechapel, war mittlerweile zu Hause in diesen Gassen und Straßen. Mein Verfolger hoffentlich nicht. Wenn er überdies so dumm war, wie Calcraft es vermutete, hatte ich vielleicht eine Chance.

Dafür musste ich aber zunächst einmal schlauer sein. Und schneller – dieses Monster holte auf! Ich tauchte in einem Durchgang unter, lief im Zickzack um leere Kisten herum, durchquerte einen nach Verwesung stinkenden Innenhof, bog um eine Ecke und kauerte mich keuchend an eine Hauswand. Ich tastete über den feuchten Boden und bekam eine abgebrochene Zaunlatte zu fassen. Die musste genügen.

Ich wartete. Bange Sekunden verstrichen, dann hörte ich die hastigen Schritte des Wechselbalgs. Mit rasselndem, schnaufendem Atem bog es in voller Geschwindigkeit um die Ecke, übersah mich – und stolperte über die ausgestreckte Latte. Als es kreischend zu Boden ging, zögerte ich keine Sekunde, war sofort über ihm, hob das lange Holz und ließ es mit voller Wucht auf seinen Hinterkopf niedergehen. Ein knackendes Geräusch ertönte.

Das Wechselbalg schien es gar nicht zu merken. Es schnellte herum, packte mich und stieß mich so fest gegen die Wand, dass mir die Luft wegblieb. Diesmal verfiel ich nicht in Panik. Ich zwang mich zur Ruhe und merkte, dass der Regen die Wand hinter mir völlig durchweicht hatte. Obwohl mich seine Hand wie ein Schraubstock packte, konnte ich einfach an der Wand hinuntergleiten, mich seinem Blick entziehen, zur Seite wegrollen und es mit einem gut gezielten Schlag von den Beinen holen.

Diesmal hatte ich schon den Strick in der Hand, als ich mich auf es stürzte. Was mir an Stärke fehlte, musste ich mit Schnelligkeit wettmachen, also legte ich ihm die bereits vorgeknotete Schlinge blitzschnell um den Hals und zog so fest daran, wie ich konnte.

Ha, damit hatte selbst das Wechselbalg nicht gerechnet! Einen Moment lang lag es röchelnd da, dann schlug es wie wild im Matsch um sich. Als stünde es auf Eis, kam es nicht auf die Beine, fiel immer wieder der Länge nach hin.

Wir waren beide über und über mit stinkendem Schlamm besudelt, doch ich ließ nicht los. Wieder und wieder riss ich mit aller Gewalt am Strick. Da spürte ich es. Wie am Galgen ging ein Ruck durch das Seil. Ein Zittern durchzuckte mich, dann sank die Kreatur leblos in den Morast von Whitechapel.

Ich hatte es geschafft! Ich wandte mich ab, lief ein paar Schritte weg von diesem grausigen Bild und ließ mich an einer eingestürzten Mauer hinabgleiten. Ich würgte. Das hier war etwas völlig anderes als das Wechselbalg, das ich an den Galgen gebracht hatte. An diesem Tag hatte ich nur meine Arbeit gemacht.

Heute war ich zum Mörder geworden.

Zusammengekauert vor der Mauer fand mich mein Meister. Sein Haar war zerzaust, sein Mantel zerrissen. »Es ist mir entwischt«, gab er zerknirscht zu. Dann erst bemerkte er das tote Wechselbalg im Schlamm. »Ich bin stolz auf dich, Richard.«

Wie immer horchte ich auf, wenn er meinen Namen aussprach. »Was machen wir mit ihm?«

Calcraft spuckte aus. »Wir lassen es liegen. In Whitechapel wundert sich niemand darüber. Komm.« Er wandte sich zum Gehen. »Sehen wir zu, dass wir dich aus diesen Kleidern bekommen.«

Wir wandten uns um – und standen dem anderen Wechselbalg gegenüber. Knurrend blickte es von uns zu seinem leblosen Gefährten. Einen endlosen Moment wirkte es so, als würde es sich auf uns stürzen. Dann verschwand es zischend in der Nacht.

XXXII
William Calcraft

Wie war das möglich? Wie hatten sie uns nur gefunden? Für den Moment waren wir mit ihnen fertiggeworden, doch es konnten jeden Augenblick neue Wechselbälger auftauchen. Wussten sie, wo wir untergetaucht waren? Beobachteten sie uns vielleicht schon längst?

Verflucht, es waren zu viele Fragen. Der Junge war ähnlich in Gedanken versunken, als wir uns dem *Golden Rose* näherten. Wir sprachen kein Wort. Meine Hüfte pochte glühend, jeder Schritt ein Aufschrei des Schmerzes. Mein Arm blutete. Kaum ein Kratzer, aber er gab mir dennoch zu denken. Früher wäre mir das nicht passiert.

Der Junge hatte seine Sache gut gemacht. Immerhin verschaffte mir das ein wenig Erleichterung. Ausruhen konnte ich mich noch nicht darauf. Aber es war ein Anfang. Ein überfälliger Anfang.

»Was passiert mit der Leiche?«, fragte er zögerlich, als wir den Innenhof vor dem Gasthaus erreicht hatten. »Was passiert mit ihnen allen?«

Ich spürte, dass ihm diese Frage schon länger auf der Seele brannte. »Sie verfallen«, gab ich zurück. »Deutlich schneller als ein Mensch. Sobald ihre Seele den Körper verlässt, fallen sie in sich zusammen wie ein Kartenhaus, dem man eine tragende Karte entzieht.«

Benjamin war noch auf, als ich dreimal kurz und zweimal lang gegen die Tür pochte. Nicht dass dieses Klopfzeichen viel nützte, wenn wir tatsächlich unter Beobachtung standen. Wir durften aber nichts unversucht lassen, uns ein wenig mehr zu schützen.

»Rein mit euch, schnell«, sagte er leise, ohne auch nur eine einzige Frage zu stellen. Ich wusste, weshalb ich mich schon all die Jahre blind auf ihn verließ. Er begriff schnell und handelte entsprechend. Eine seltene und deswegen umso wertvollere Gabe.

Keine zehn Minuten später saßen wir in frischen Kleidern vor dem Kamin, in der Hand Gin mit warmem Wasser, in Gedanken bei dem Überfall. Der Junge war ganz bleich, schlug sich aber wacker. Der Gin würde ihm guttun. Er vertrieb die trüben Gedanken. Nicht jedoch bei mir.

Wer das gesehen hatte, was ich gesehen hatte, wer das getan hatte, was ich getan hatte, der konnte nicht vergessen. Der durfte nicht vergessen.

Gedankenverloren stopfte ich meine Pfeife. Das Prasseln des Feuers war das einzige Geräusch, gelegentlich unterbrochen von Benjamin, der rund um die Uhr nichts anderes zu tun schien, als Gläser zu polieren. Es beruhigte ihn. Jeder Mensch sollte froh um etwas sein, das ihn beruhigte. Ben hatte seine Gläser, ich meine Pfeife.

Und der Junge … was hatte der Junge? Seine Gedanken? Ich blies dichten Rauch aus. Die Gedanken waren ein gefährliches Dickicht, in das man sich nur hineinwagen sollte, wenn man auch wusste, wie man wieder herausfand. Ich wusste das besser als viele andere. Wie viele Wechselbälger hatte ich aus dieser Welt geschafft? Vielleicht hundert? Ich hatte längst aufgehört zu zählen. Die Anzahl derer, die ich zur Strecke gebracht hatte, war nichts als eine bloße Ziffer, eine nichtssagende Statistik.

Wie sollte eine Zahl auch ausdrücken, welche Bilder dahintersteckten? Was ich erduldet hatte auf meinem Weg? Dass ich bei jedem dahingerafften Wechselbalg allem Hass zum Trotz einen schmerzhaften Stich verspürt hatte?

Der Tod war ein verlässlicher, aber schrecklich humorloser Gefährte. Wer so lange Seite an Seite mit ihm durch die Welt gegangen war wie ich, kam nicht ungeschoren davon. Wurde ein wenig so wie er. Ernst, streng, still. Der Tod war ein langweiliger Begleiter. Ganz anders als Richard. Ich blickte ihn an, und wie so oft in letzter Zeit wich er meinem Blick aus. Ja, er verbarg etwas. Das wusste ich.

»Alles in Ordnung, Junge?«, fragte ich ihn, um ihn aus seinen Gedanken zu reißen. Ich wusste, was in ihm vorging. Er hatte ganz bewusst ein Wechselbalg getötet. Das war etwas anderes als eine Hinrichtung am Galgen.

Er nickte schwach, wandte den Blick aber rasch ab.

»Ist in den letzten Tagen irgendetwas … Auffälliges passiert?«

»Nein!«, entgegnete er sofort. »Nein, eigentlich nicht.«

Ich hob die Brauen, sparte mir aber eine Bemerkung. »Benjamin? Ist dir etwas aufgefallen?«

Der Wirt überlegte kurz und schüttelte dann den Kopf. »Nicht, dass ich wüsste. Wir waren meistens zu Hause.«

»Wieso haben sie uns nicht hier aufgelauert?«, fragte der Junge. Ihm war sehr daran gelegen, das Thema zu wechseln, das merkte ich. Ich ließ ihn gewähren. Nach dieser Nacht hatte er sich ein wenig Ruhe verdient – ganz gleich, was er auch vor mir verbarg. »Ich meine«, fuhr er fort, »wenn sie uns schon beschattet haben und wissen, wo unsere Unterkunft ist … wieso überfallen sie uns dann nicht im Schlaf?«

Ich zog an meiner Pfeife und überlegte kurz. Sollte ich es ihm erzählen? Ein kurzer Seitenblick auf Benjamin verriet mir, dass er es sowieso für überfällig hielt. »Also gut«, begann ich bedächtig und blies blauen Dunst aus. »Ich denke, es ist an der Zeit, dass du es erfährst.«

»Dass ich was erfahre?«

»Dass dein übellauniger Meister seit Jahren bei mir Unterschlupf findet, hat nicht nur freundschaftliche Gründe«, begann Benjamin. Er kam langsam hinter der Theke hervorgeschlurft und setzte sich zu uns. Ich nickte kaum merklich, gab ihm sozusagen die Erlaubnis, fortzufahren. Nicht, dass ich zu befürchten hatte, er würde zu viel erzählen. Es war eher eine Respektbekundung seinerseits. »Was sind wir, Richard?«

Der Junge blickte Benjamin erstaunt an. »Wir? Nun, Menschen.«

Ich ignorierte den kurzen Seitenblick meines alten Freundes. »Nicht doch, Junge«, meinte ich. »Benjamin und Rose. Was sind sie?«

Er überlegte kurz. Mitgenommen sah er aus, erschöpft und niedergeschlagen. Auf sein sonst so helles Gemüt hatte sich ein Schatten gelegt, von dem ich nicht wusste, ob er sich schnell verflüchtigen würde. Es macht etwas mit dir, wenn du ein Wesen umbringst, das aussieht wie ein Mensch. Verändert dich. »Ihr seid Juden«, sagte er nach einer Weile. Ihm stand offensichtlich nicht der Sinn nach Ratespielen.

»Ganz recht. Darin liegt auch die Ursache. Denn siehst du«, erklärte er, nachdem er sich vergewissert hatte, dass die Tür zu den Schlafzimmern geschlossen war, »diese Wesen, diese abscheulichen Wechselbälger haben immer schon auf dieser Insel gelebt – und zwar nur auf dieser Insel, soweit ich das sagen kann. Sie haben die Schatten Großbritanniens bewohnt, die Risse zwischen dieser Welt und einer anderen, sie herrschten in der Leere und Einsamkeit. Sie sind ein Teil dieses Landes wie die Wälder, die Steine und die Flüsse. Etwas anderes kennen sie nicht, in andere Länder haben sie nie einen Fuß gesetzt. Mehr noch: Sie meiden sie sogar ganz bewusst.«

»Deshalb halten sie sich eigentlich von Küsten fern«, warf ich vielsagend ein. »Eigentlich …«

Richard überhörte es. »Und deshalb meiden sie dieses Haus«, stellte er fest.

Benjamin nickte. »Es sieht zumindest ganz danach aus. In all den Jahren, in denen ich diesen alten Miesepeter hier kenne, kam es außerdem noch nie zu einem Angriff, dem ein Jude zum Opfer fiel, nicht wahr, William?«

Ich nickte. »Kein Jude bisher. Und auch kein Inder, Afrikaner oder Amerikaner, wohlgemerkt. Nach allem, was ich weiß, sind die Alben nur auf diesen verfluchten Inseln zu Hause. Britanniens eigener Albtraum. Aus irgendeinem Grund stürzen sich diese Kreaturen nur auf Engländer, erklären kann ich das allerdings nicht.«

»Und wie unterscheiden sie das?«, fragte der Junge. »Ich meine, die werden ja wohl kaum erst nach ihren Ausweispapieren fragen, bevor sie über ihre Opfer herfallen, oder?«

»Sie spüren es. Wittern es. Diese Wesen sind mit Sinnen ausgestattet, von denen die Menschen nur träumen können.«

»Also«, meinte Richard und wirkte mit einem Mal ruhiger, entspannter, »sind wir hier auch weiterhin in Sicherheit?«

»Fürs Erste ja. Wir müssen allerdings verflucht noch mal besser aufpassen. Ich habe keine Ahnung, wie das heute passieren konnte. Hast du mich verstanden?«

Der Junge stand auf, und für einen kurzen Moment blitzte Zorn in seinen Zügen auf. »Ist doch gut gegangen!«, meinte er barsch, dann polterte er die Treppe hinauf.

Benjamin sah mich lange an und seufzte. »Wie hat er sich geschlagen?«, fragte er schließlich.

»Gut.« Ach, was redete ich da. »Er war wirklich gut. Besser, als ich es vermutet hätte. Aber ich bin mir immer noch sicher, dass er etwas vor mir verbirgt.«

»Natürlich tut er das, er ist ein junger Mann! Ist doch ganz normal, dass Leute in dem Alter etwas zu verbergen haben. Himmel, wenn ich alles wüsste, was in Rose so vorgeht, könnte ich wahrscheinlich nicht mehr schlafen.«

»Sie mag den Jungen, nicht wahr?«

»Sehr.« Benjamin nickte. »Jeder weiß das. Außer Richard, wie mir scheint.«

Und genau da lag das Problem. Etwas anderes beschäftigte ihn, beanspruchte seine Aufmerksamkeit. Heute war es noch einmal gut gegangen, beim nächsten Mal konnte das aber schon dazu führen, dass er überrumpelt wurde. Ich würde Rose bitten, ihm das nächste Mal zu folgen. Stolz war ich nicht unbedingt darauf, doch in dieser Sache stand zu viel auf dem Spiel. Ich würde es ja selbst tun, doch meine Hüfte brachte mich um.

XXXIII
Rose Goldbergs Tagebuch

Liebes Tagebuch,

wie Mister Calcraft mir aufgetragen hat, bin ich Richard heute Morgen wieder gefolgt. Dass ich ihm bereits zweimal hinterherspioniert habe, habe ich natürlich für mich behalten. Ich schäme mich auch so schon genug dafür. Mister Calcraft hatte mir aufgetragen, ihm bis zu seinem Ziel zu folgen – koste es, was es wolle. Ich weiß zwar nicht genau, warum er Richard nicht einfach fragt, wohin er geht, doch er wird bestimmt seine Gründe haben.

Außerdem war ich fast froh, ihm diesmal praktisch in offizieller Mission folgen zu können. Seit wir das letzte Mal im Gastraum so viel Spaß zusammen gehabt hatten, hatte ich darüber nachgegrübelt, ob er vielleicht doch etwas für mich empfand.

Ich hatte mich also wieder an seine Fersen geheftet und dabei den einen oder anderen Trick anwenden können, den ich aus den Büchern von Wilkie Collins gelernt hatte. Unauffällige Kleidung, Mütze, stets die nächsten zwei möglichen Verstecke im Blick. Nötig wären sie allerdings nicht gewesen, glaube ich, denn Richard marschierte unbekümmert durch die Gassen, als würde er zum Bäcker gehen. Aber das tat er nicht!

Diesmal bestieg ich am Fluss auch sofort ein Boot und bat den Fährmann, dem Boot vor uns unauffällig zu folgen. Ich kam mir vor wie eine Detektivin! Kurz darauf kam ich mir dann allerdings auch schon vor wie eine dum-

me Gans. Ich folgte ihm ein Stück am Ufer entlang. Dann sah ich sie. Groß, schlank, schwarzhaarig. Und zweifellos wunderschön. Ihr Gesicht konnte ich zwar nicht erkennen, doch ich wollte um keinen Preis näher heran. Ich sah, wie er ihr entgegeneilte. Dann schossen mir auch schon Tränen in die Augen. Ich wandte mich ab und eilte zurück. Ich hatte genug gesehen!

Mit schwerem Herzen erstattete ich Mister Calcraft Bericht. Er schien aufzuhorchen, als ich das andere Mädchen erwähnte, doch ich war zu sehr damit beschäftigt, meine Tränen zurückzuhalten, dass ich mich nicht darum kümmerte.

Jetzt sitze ich hier und weine ohne Unterlass in mein Kissen. Wie albern von mir! Was hast du dir auch schon erhofft, Rose? Ein wenig Herumalbern beim Spülen und Putzen und dein Herz gehört ihm? Toller Plan, ehrlich. Es wäre besser gewesen, die Hoffnungen gleich zu begraben, anstatt jetzt schon wieder enttäuscht zu werden. Ich gebe mich geschlagen, soll er doch glücklich werden mit dieser Bohnenstange! Eines ist jedenfalls sicher: Richards Kleider werde ich in Zukunft nicht mehr bügeln! Soll er sie doch zu diesem Klappergestell bringen!

XXXIV
Richard Winters

Immer wieder starrte ich ungläubig auf meine Hände herab. Die Ereignisse der letzten Nacht lagen in einem Nebel, der ähnlich dicht war wie über der Themse.

Ein Fährmann trug mich einmal mehr auf die andere Seite, zu Liz, doch meine Gedanken wollten sich nicht von dem Überfall losreißen. Sie hingen an dem toten Wechselbalg im Schlamm, als hätten sie sich wie Algen in meinen Haaren verfangen. Ich hatte es umgebracht. Natürlich war es kein Mensch, aber es hatte für meinen Geschmack verdammt noch mal viel zu sehr wie einer ausgesehen. Das ließ mich immer wieder aufs Neue erschaudern.

Ich hatte keine Wahl gehabt. Hätte ich es nicht getötet, hätte es mich getötet. Ohne einen Moment darüber nachzudenken. Doch selbst dieser Gedanke half nur bedingt.

Bei Elizabeth hoffte ich, auf andere Gedanken zu kommen. Jetzt, da Calcraft wieder da war, musste ich mehr auf der Hut sein, heute war das Glück allerdings auf meiner Seite gewesen: Er hatte mich losgeschickt, um einige Besorgungen zu machen und kehrte wohl selbst erst gegen Abend ins *Golden Rose* zurück. Weil Liz heute nicht arbeiten musste, bedeutete das, dass ich einen ganzen Nachmittag mit ihr vor mir hatte! Dieser Gedanke konnte meine trübe Stimmung tatsächlich etwas heben.

Es lief gut zwischen uns. Wenn man mal davon absah, dass wir uns über gewisse Dinge gar nicht unterhielten und ich immer noch eine Menge offene Fragen hatte. Wieso sie meine Briefe nie beantwortet hatte. Wieso sie mich nie gesucht hatte. Wahrscheinlich brauchte sie mehr Zeit. Sie hatte viel durchgemacht, ich durfte sie nicht hetzen.

Konnte dieser morsche Kahn nicht schneller fahren? Mir schien, als glitten wir im Schneckentempo über den dreckigen Fluss.

Wie immer herrschte reger Verkehr auf der Themse. Ich konnte über die Menge an großen und kleinen Booten, Schiffen, Flößen und Kähnen nur staunen. Auf dem Wasser existierte eine Stadt für sich, mit ihren eigenen Regeln, Gesetzen und ihrer eigenen Sprache. Für sie saßen wir gerade nicht in einem Boot, sondern in einer Jolle. Und das war erst der Anfang. Insbesondere was das Fluchen anging, bewiesen die Fährmänner eine Menge Einfallsreichtum.

Mir fiel auf, dass ich mir in London eine kräftige Ausdrucksweise angeeignet hatte. Kein Wunder: Die Straßen Whitechapels, Elizabeths Freunde und diese Fährmänner lieferten wenige andere Impulse. Viel hatten diese Menschen nicht, doch ihr Wortschatz war ganz erstaunlich … kreativ.

Ich blickte in Richtung des Nordufers. Der Nebel hatte es verschlungen, nur einige Türme und Lastkräne stachen daraus hervor. Erst jetzt kam mir der Einfall, mich nach eventuellen Verfolgern umzusehen. Das war doch wirklich sonderbar: Ich war in Gedanken so bei der letzten Nacht gewesen, dass ich glatt vergessen hatte, mich entsprechend vorsichtig zu verhalten, um einen weiteren Zwischenfall dieser Art zu vermeiden.

Nein … da war niemand. Nur ein Lastkahn, beladen mit Holzkisten, und ein Floß, auf dem einige Hühner in Käfigen vor sich hin gackerten. Vielleicht mieden diese Wechselbälger ja auch den Fluss, wenn sie sich von den Küsten fernhielten? Immerhin mündete die Themse ein paar Meilen flussabwärts ins Meer.

Als ich Liz mit wehenden Haaren am Ufer stehen sah, hatte ich sowieso wieder alles andere vergessen. Jedes Mal nahm ich mir aufs Neue vor, gewisse Dinge sofort anzusprechen. Und konnte mich schon nach dem ersten Kuss doch nicht mehr dazu durchringen, die nötige Initiative zu ergreifen.

»Was hast du?«, fragte Liz, als ich nach einer leichten Berührung zurückgezuckt war. Das Wechselbalg hatte mich an der Wange erwischt. Kaum ein Kratzer, den ich letzte Nacht gar nicht bemerkt hatte. Seit dem Morgen brannte er unangenehm. Sie riss die Augen auf. »Wie ist das denn nur passiert?«

»Nur ein Kratzer.« Ich winkte ab. »Manche Gefangene sind nicht allzu gut auf uns zu sprechen.«

»Wärst du das denn, wenn du zu Unrecht eingesperrt bist?«

»Nicht«, meinte ich eindringlich und wandte mich in Richtung Pub. »Lass uns die wenigen Stunden genießen, bitte. Wollen wir etwas trinken? Es ist kühl und windig.«

»Findest du?« Sie zögerte.

»Aber natürlich.« Ich sah sie an. »Ist etwas mit dir?«

»Nein, ich bin nur … müde.«

»Umso besser, wenn wir uns ein wenig setzen.«

Es war tatsächlich nicht besonders angenehm hier im Nebel, vor allem aber wollte ich es vermeiden, länger als nötig im Freien zu verweilen. Vielleicht hatte ich das Gerede meines Meisters ja wirklich so langsam satt. Seine gestrigen Worte klangen jedoch noch immer in meinen Ohren nach.

Wir müssen verflucht noch mal besser aufpassen.

Das verrauchte Innere des schäbigen Pubs fühlte sich mittlerweile regelrecht vertraut an. Nicht, dass ich die Anwesenheit all dieser Zecher mit ihren düsteren Mienen, der groben Art und den gewiss zweifelhaften Absichten schätze oder als angenehm empfand. Wenn wir uns nicht im Freien trafen, weil es zu kühl war, war das jedoch unser ganz persönlicher Rückzugsort, an dem wir ungestört waren. Da störte mich weder der beißende Pfeifenrauch noch der säuerliche Geruch von altem Bier und Cider. Außerdem verband ich dieses Aroma längst mit

Liz. Nicht unbedingt die schmeichelhafteste Assoziation. Ich behielt sie wohl lieber für mich.

»Wie läuft es im Hinrichtungsgeschäft?«, fragte Liz stichelnd, als ich mit zwei Krügen an unseren niedrigen Tisch in einer Ecke zurückkehrte. Hierhin, etwas verborgen hinter den alten Holzbalken, zogen wir uns am liebsten zurück. Auch bei Tag brannte hier eine rußende alte Öllampe hinter dreckigem Glas. Die Zeit lief hier langsamer ab, schien beinahe ganz stillzustehen.

»Was soll schon …«, setzte ich an. Und erstarrte mit dem Krug auf halbem Weg zu meinem Mund.

Das konnte nicht sein!

Unfähig, den Satz zu vollenden, unfähig, mich zu bewegen, unfähig, den Blick von der Tür abzuwenden saß ich da, wie festgefroren an Ort und Stelle.

Das konnte nicht sein!

Und doch war es wahr. In der Tür, nur ein paar Schritte vor mir, war das Wechselbalg aufgetaucht, das letzte Nacht die Flucht ergriffen hatte. Es war auch das Wechselbalg, das uns bei der Hinrichtung beobachtet hatte. Es konnte keinen Zweifel geben. Die strähnigen Haare, die Narbe auf der Stirn und vor allem dieses boshaft-schiefe Lächeln erkannte ich sofort wieder.

Es blickte zu uns herüber. Spöttisch hob es die Hand zum Gruß. Endlich löste sich meine Starre und ich blickte Liz fassungslos an. Sie ließ ein Lächeln erahnen und deutete ein Kopfnicken an. Sie kannte dieses Monster!

Ein Gedanke traf mich wie eine Flutwelle.

Was, wenn das schwarzhaarige Mädchen bei der Hinrichtung tatsächlich Elizabeth gewesen war?

Ich hatte diesen Gedanken absichtlich weit von mir entfernt gehalten, doch so langsam kamen mir meine Zweifel. »Was wird hier gespielt?«, fragte ich erhitzt. Das Wechselbalg war wieder verschwunden, und Liz tat, als wäre nichts geschehen.

»Was hast du denn nur?«, fragte sie unschuldig.

Ich hatte genug davon, dass mir alle ständig etwas vormachten! Irgendetwas war hier gewaltig faul, und ich würde mich nicht länger mit halbgaren Ausflüchten zufriedengeben. »Du weißt genau, was ich meine! Wer war das gerade? Woher kennst du ihn?«

»Der? Keine Ahnung, aus dem Pub wahrscheinlich.« Sie ergriff meinen Arm, doch ich zog ihn weg. »Was ist denn los mit dir, Richard?«

»Was los ist? Du lügst mich an, das ist los! Weißt du, wer das war? Das war der Kerl, der uns gestern in Whitechapel aufgelauert hat!« Ich biss mir auf die Zunge. Ich hatte schon wieder Whitechapel erwähnt!

»Überfallen?« Liz blickte mich entgeistert an. »Ihr wurdet überfallen?«

»Ja, und zwar von deinen angeblich so tollen Freunden! Sie waren zu zweit und wollten uns umbringen! Bei der letzten Hinrichtung habe ich sie auch in der Menge entdeckt. Ganz vorn standen sie und haben uns angelächelt. Angelächelt! Bei einer Hinrichtung!«

»Ich verstehe ja, dass du aufgebracht bist, aber was hat das alles mit mir zu tun?«

Ich nahm all meinen Mut zusammen. »Du warst auch bei dieser Hinrichtung, ist es nicht so?«

Sie blickte an mir vorbei und schwieg. Galt das als Ja? Oder hatte ich etwas gesagt, das sie verletzt hatte? Verdammt, bei ihr konnte man nie sicher sein.

»Elizabeth, ich muss es wissen. Warst du bei der Hinrichtung?«

»Wieso auch nicht?«, brach es aus ihr heraus. »Ihr habt einen Unschuldigen an den Galgen gebracht! Einen Freund!«

»Tolle Freunde hast du, die uns nachts heimlich ermorden wollen.«

Einen kurzen Moment lang dachte ich, sie ohrfeigt mich. »Was weißt du schon!«, zischte sie stattdessen und funkelte mich feindselig an. Ich hatte vergessen, wie schnell sich ihre Züge von liebreizender Schönheit in blanken Zorn wandeln konnten.

Zu gern hätte ich ihr die Wahrheit gesagt. Über mich. Über die Wechselbälger. Über die drohende Gefahr.

Moment … aber nein, das war doch sicherlich unmöglich. Sie wusste bestimmt nicht, mit wem sie sich abgab. In welch gefährlicher Gesellschaft sie sich befand. Sie konnte es nicht wissen, oder? Sie würde ihr Leben doch niemals freiwillig diesen Kreaturen anvertrauen, wenn sie wusste, wozu sie imstande waren.

Oder?

»Ich weiß eine ganze Menge, Liz!« Ich atmete tief durch, versuchte, mich zu beruhigen. Jetzt setzte ich alles auf eine Karte. »Aber über dich so gut wie nichts. Was soll ich mir also denken? Deine Freunde sind gefährlich, und doch nimmst du sie in Schutz. Du lügst mich an. Monatelang habe ich dir Briefe geschrieben und doch nie Antwort erhalten. Ich …«

»Was?«, unterbrach mich Liz. »Was sagst du da? Richard, ich habe dir geantwortet. Auf jeden einzelnen Brief habe ich dir geantwortet!« Sie sah mich eindringlich an. »Das musst du mir glauben.«

Wie bitte? »Aber wie ist das möglich?«

»Ich weiß es nicht.« Wieder ergriff sie meinen Arm. Diesmal ließ ich sie gewähren. »Ich weiß nur, dass ich jeden einzelnen Brief von dir herbeigesehnt habe. Und noch am selben Tag beantwortet habe.«

Wenn das stimmte, wohin waren dann all die Briefe verschwunden? Die Post galt als zuverlässig, innerhalb dieser Stadt wurden Briefe oftmals am Tag ihrer Aufgabe zugestellt.

Liz schien eine Idee zu kommen. »Wohin lasst ihr eure Post senden?«, fragte sie, die Stirn in tiefe Falten gelegt.

»Meist an ein Postamt in der Nähe. Calcraft geht einmal am Tag nachsehen, ob etwas für uns dabei ist.«

Der Satz hing eine Weile in der Luft. Liz blickte mich fordernd an, als erwarte sie, dass ich selbst darauf kam. Wollte sie andeuten, dass mein Meister etwas damit zu tun hatte?

»Liz, ich weiß, du magst ihn nicht. Aber was du sagen willst, geht zu weit. Er hat immer gut für mich gesorgt.«

»So, hat er das«, entgegnete sie kühl. »Ein toller Meister, der seinem

Lehrling nur das sagt, was er wissen muss, um hörig und brav zu bleiben.«

»Was soll das, Liz?«, fragte ich irritiert. »Du kennst ihn doch gar nicht.«

»Besser als du denkst. Nicht persönlich, das vielleicht nicht. Ich habe Nachforschungen angestellt, Richard. Ich weiß, wozu er in der Lage ist, um das zu bekommen, was er will. Hast du ihn mal gefragt, wie er überhaupt Henker geworden ist?«

Was sollte diese Frage! Ich kannte seine Geschichte besser als sie. Was auch immer sie also herausgefunden haben wollte – es war eine Lüge. Er war Henker geworden, um Wechselbälger jagen zu können. All die Legenden, Gerüchte und angeblichen Wahrheiten rund um sein Leben hatte er größtenteils selbst in die Welt gesetzt.

»Habe ich, ja«, sagte ich knapp.

»Dann weißt du ja, dass vor ihm John Foxton der Henker Londons war. Schon merkwürdig, dass er zwei Monate nach seiner letzten Hinrichtung stirbt und angeblich auf seinem Sterbebett einen Nachfolger ernannt hat, der bislang nur Gefangene ausgepeitscht hat.«

»Und?«

»Foxtons Tod ist bis heute nicht aufgeklärt. Aber das hat er dir bestimmt nicht erzählt, oder?« Ich entgegnete nichts, also fuhr sie fort. »So läuft es doch immer bei ihm. Er erzählt dir genug, um dich ruhigzustellen, aber nie die ganze Wahrheit. Ist es nicht so?«

Das stimmte zwar, aber wieso sollte er ausgerechnet mich in dieser Angelegenheit belügen? Ich war einer der wenigen, die sein Geheimnis kannten. »Ja, aber …«

»Kein Aber. Er macht dir etwas vor, Richard. Er nutzt dich aus, verdirbt dich. Der Tod ist nichts für dich, Richard Winters.«

»Wieso sollte er mir deine Briefe vorenthalten? Das ergibt keinen Sinn.«

»Er hasst mich. Du hast an diesem Tag an der Küste nicht gesehen, wie er mich angeblickt hat. Er hätte keine Sekunde gezögert, mich an den Strick zu bringen. Doch er brauchte einen Helfer, jemanden, der die Drecksarbeit für ihn erledigt. Da kamst du ihm gerade recht.«

Ich schüttelte den Kopf. Sosehr ich mich auch äußerlich gegen diese Worte wehrte: Sie erweckten innerlich etwas, das stets da gewesen, aber bislang mühsam unterdrückt worden war.

Zweifel.

Der Weg zurück nach Whitechapel war der reinste Spießrutenlauf. Diesmal wurde ich nicht von Wechselbälgern durch die Straßen gejagt, sondern von Zweifeln, Argwohn und Unsicherheit.

Ich hatte mich so sehr an Calcrafts abweisende Art gewöhnt, dass ich sie schon längst nicht mehr hinterfragte. War ich dumm gewesen, mich stets nur mit ein paar Krümeln Information abspeisen zu lassen? Hätte ich mehr darauf pochen müssen, meine Fragen beantwortet zu bekommen?

Jetzt war es zu spät. Was sollte ich nur tun? Nach meinem hastigen Abschied von Liz hatte ich eigentlich vorgehabt, auf direktem Weg zu Calcraft zu gehen und ihn endlich zur Rede zu stellen. Aufgegeben hatte ich diesen kühnen Plan schneller als ein Verurteilter die Aussicht auf Gnade am Hinrichtungsmorgen. Mit so etwas kam man bei meinem Meister nicht weit, man biss sich regelrecht die Zähne an ihm aus.

Was sollte ich tun? Wenn Elizabeth mir wirklich Briefe geschrieben und er sie mir vorenthalten hatte, musste ich es wissen. Mir war nur nicht ganz klar, was ich mehr fürchtete – herauszufinden, dass Liz mich belogen hatte oder dass Calcraft mich betrogen hatte.

Die Sache mit meinem Meister ließ mir keine Ruhe. Ich lief Umwege, streifte durch die geschäftigen Docks, zögerte meine Ankunft im *Golden Rose* immer weiter hinaus. Eigentlich hatte Liz recht. Woher wusste ich schon, ob Calcraft mir die Wahrheit sagte? Der Einzige, der noch in seine, in unsere Mission eingeweiht war, war Benjamin. Und der kannte Calcraft seit so vielen Jahrzehnten, dass er ebenso gut mit ihm unter einer Decke stecken konnte.

Ich erschrak bei diesem Gedanken. Verdächtigte ich jetzt auch schon Benjamin? Elizabeth hatte mich gehörig durcheinandergebracht. Und das hatte diesmal gar nichts mit ihren Küssen zu tun.

Wechselbälger gab es natürlich. Das hatte ich am eigenen Leib erfahren. Aber was, wenn Liz recht damit hatte, dass Calcraft um jeden Preis seine Ziele erreichen wollte? Was, wenn es die Wechselbälger nur auf ihn abgesehen hatten, weil er sich auf einem idiotischen Rachefeldzug befand?

Ich musste einen Moment stehen bleiben. Mir wurde flau im Magen.

Wenn das stimmte …

Nach einiger Zeit hatte ich einen Plan gefasst. Wie auch immer ich es anstellte: Ich musste herausfinden, ob Calcraft Elizabeths Briefe vor mir versteckte. Und wenn ich dafür heimlich sein Zimmer durchsuchen musste.

XXXV
William Calcraft

Zum Teufel mit diesem Jungen, ich hatte es geahnt! Natürlich hatte er mir verheimlicht, dass er sich mit diesem Mädchen traf. Das konnte ich ihm nicht einmal verübeln. Er wusste sehr genau, was ich dazu gesagt hätte.

Doch es war nicht die Tatsache, dass er sich hinter meinem Rücken mit ihr traf, die mir aufs Gemüt schlug. Er war jung, da erwartete man so etwas ja förmlich. Es war eher sein unbedarftes Wesen, das mir Sorgen bereitete. Dieses Mädchen wusste zu viel. Und ich noch zu wenig über es, um es einschätzen zu können. Wer konnte schon sagen, welche Dinge es ihm zuflüsterte. Er war doch schon damals völlig verrückt nach dieser Elizabeth gewesen!

Außerdem verhieß es nun wirklich nichts Gutes, dass sie sich im *Angel* herumtrieb. Die Bezeichnung »Loch« war für diesen Höllenpfuhl noch zu milde gewählt. Dort gab es bei Weitem zu viele aufmerksame Augen und Ohren, für die das Wissen eines Henkersjungen sicherlich hochinteressant war. Wer weiß, was er bei Bier und anderen Verlockungen unabsichtlich verraten hatte?

Meine Nachforschungen über sie waren ergebnislos verlaufen. Den ganzen Tag hatte ich damit zugebracht, um am Ende entmutigt festzustellen, dass sie offensichtlich so gut wie keine Spuren in der Stadt hinterließ. Oder ihre Vertrauten besser im Griff hatte, als ich das für möglich gehalten hatte.

Sie war anders. Das hatte ich schon damals überdeutlich zu spüren bekommen. Ich wusste nur bis heute nicht, was genau das zu bedeuten hatte.

Ich musste Richard zur Rede stellen. Das würde nicht einfach werden. Ich verlangte von ihm, mir die Wahrheit zu sagen, und hüllte mich doch selbst in Geheimnisse. Einen anderen Weg gab es jedoch nicht. Nicht, wenn ich meine Mission zu Ende bringen wollte. Sie war längst das Einzige, das mich am Leben hielt. Mich vor Wahnsinn und Hoffnungslosigkeit bewahrte. Das rechtfertigte jedwede Maßnahme, um sie zu erfüllen.

Dazu zählte auch, Richard Winters zu täuschen. So lange wie möglich.

XXXVI
Richard Winters

»Wo ist Calcraft?«, fragte ich Ben möglichst nebensächlich, als ich das *Golden Rose* nach unzähligen Umwegen schließlich betrat.

Ich hatte mich noch nicht völlig beruhigt, war aber immerhin beherrscht genug, um nicht gleich in das Zimmer meines Meisters zu stürmen. Dass ich nur darüber nachdachte, machte mir schmerzlich bewusst, wie weit es bereits gekommen war. Noch vor wenigen Tagen wäre es völlig undenkbar gewesen, die Absichten meines Meisters derart in Zweifel zu ziehen. Nicht einmal der Tod persönlich hätte mich mit drohend erhobener Sense dazu gebracht, Calcrafts Sachen zu durchwühlen.

Jetzt spürte ich, dass es keinen anderen Weg für mich gab. Kein Gedanke, der mir sonderlich gefiel – schon gar nicht, weil ich das Gefühl hatte, dass mich der Alte mittlerweile ernst nahm.

Aber wieso tat er das, wenn er mich wirklich nur benutzen sollte? Noch mehr quälte mich allerdings eine andere Frage: Was wollte ich dort nur finden? Wenn ich gar nichts fand, war ich so schlau wie zuvor, hatte keinerlei Beweise gegen Calcraft oder für Elizabeths Anschuldigungen in der Hand.

Und wenn ich Elizabeths Briefe tatsächlich finden sollte? Was dann? Ihn zur Rede stellen und zugeben, dass ich ihn nicht nur hintergangen, sondern auch in seinen Sachen herumgeschnüffelt hatte? Ein schrecklicher Gedanke. Egal jetzt, darum würde ich mich kümmern, wenn es so weit war.

Benjamin machte eine Handbewegung, die wohl andeuten wollte, dass mein Meister dort war, wo er eben gerade war. »Er erwähnte, sich mit einigen Leuten treffen zu wollen. Du weißt, wie er ist«, meinte er und zwinkerte mir zu. »Bei ihm kann das so ziemlich alles bedeuten.«

Das stimmte. Ich hatte bis heute nicht verstanden, wen er wo kannte und was er mit diesen Personen zu schaffen hatte. Ein wenig beruhigte es mich, dass es allem Anschein nach auch Benjamin nicht besser erging. »Wann ist er fortgegangen?«

»Zur Mittagszeit. Er wollte zum Abendessen zurück sein. Und du? Bleibst du zum Essen oder hast du … andere Pläne?«

Ich horchte auf. Nach dem Gespräch mit Liz kam mir schon diese Frage so vor, als wollte er mich aushorchen. »Welche Pläne denn?«, gab ich patziger zurück, als ich wollte. »Ich bleibe natürlich.«

»Soso«, meinte Benjamin und nickte langsam. »Schön. Rose«, rief er dann über seine Schulter. »Wir essen zu viert.«

Einen Moment später streckte Rose ihren rötlichen Haarschopf durch die Küchentür herein. »In Ordnung, Onkel. Ich …« Sie stockte, als sie mich sah.

»Hallo, Rose«, begrüßte ich sie.

»Hallo.« Sie sah traurig aus, hatte gerötete Augen. Ob sie geweint hatte? Sie wischte sich die Hände an der Schürze ab und trat zögerlich in den Gastraum. »Ich fange gleich mit dem Abendessen an. Davor will ich nur noch schnell oben aufräumen und lüften.«

Das war meine Gelegenheit! Das Zimmer meines Meisters war immer abgeschlossen. »Ich helfe dir«, brachte ich hastig hervor und eilte ihr hinterher. Ihrem Gesichtsausdruck war unmöglich abzulesen, ob sie sich darüber freute oder nicht.

»Das ist nicht nötig«, begann sie, doch ich unterbrach sie.

»Sollen wir uns aufteilen?« Wenn ich Calcrafts Zimmer durchsuchen wollte, blieb mir nicht mehr viel Zeit. Ich musste handeln. Sobald ich anfing, darüber nachzudenken, so fürchtete ich, würde ich mich sowieso nicht mehr trauen. »Dann geht es schneller.«

Rose blickte mich zögerlich an. »Mein Onkel hat es eigentlich lieber, wenn niemand allein in den Zimmern hier oben herumschnüffelt. Also, mit Ausnahme eurer Schlafzimmer natürlich.«

»Ach komm schon, Rose«, meinte ich leise, »ich fange in meinem Zimmer an, danach nehme ich mir Calcrafts Zimmer vor. Den Rest kannst du ja machen.«

Sie blickte mich einige Augenblicke lang an. Mir war noch nie aufgefallen, dass ihre Augen von einem tiefen Grün waren. Irgendwie passte es ziemlich gut zu ihren Haaren. »Einverstanden«, sagte sie nickend und warf mir einen schweren Schlüssel zu. »Das hier ist der Schlüssel deines Meisters.«

Ich lächelte. »Ist unser Geheimnis, in Ordnung?«

»Meinetwegen, Richard.« Sie winkte ab, lächelte aber irgendwie traurig. Sie war ein liebes Mädchen, das es nicht verdient hatte, ausgenutzt zu werden. Ich würde es wiedergutmachen! Rasch stürmte ich in mein Zimmer. Dort klapperte ich ein wenig mit den Schränken, horchte aber sehr genau in den Flur hinaus. Als ich hörte, wie Rose die schmale Leiter auf den Dachboden hochstieg, schlich ich ohne zu zögern, aus meinem Zimmer. Entschlossen verbannte ich jeden Gedanken aus meinem Kopf, der mir einreden wollte, dass das sichere Gefühl meines Schlafzimmers vielleicht nie wieder dasselbe sein würde, wenn ich diese Briefe tatsächlich finden sollte.

Genug jetzt! Zunächst würde ich diese elende Mission hinter mich bringen. Ich betrat das Zimmer meines Meisters wie ein Dieb. Wie jemand, der kein Recht hatte, hier zu sein. Mir fiel auf, dass das stimmte. Wenn ich dieses Zimmer sonst betreten hatte, hatte ich mich mit Calcraft beratschlagt oder Pläne mit ihm geschmiedet. Jetzt suchte ich etwas, dessen Auftauchen alles verändern würde.

Ich öffnete seinen Kleiderschrank und durchsuchte ihn. Nichts. Ich sah in der Truhe vor seinem Bett nach. Nichts. Ich blickte unter das Bett. Nichts. Ich öffnete den Nachttisch. Nichts.

Blieb nur noch das kleine Schreibpult vor dem Fenster. Ich warf einen kurzen Blick in den Gang hinaus und lauschte angestrengt. Rose werkelte auf dem Dachboden, von unten drang Gläserklirren nach oben. Verdammt. Wieso überschwemmte mich ausgerechnet in diesem Moment eine Welle der Geborgenheit?

Ich riss mich zusammen. Ich musste Gewissheit haben. Natürlich war mir klar, dass er die Briefe auch sofort vernichtet haben könnte, aber irgendetwas sagte mir, dass das nicht seiner Vorgehensweise entsprach. Ich trat an die Kommode und öffnete die lang gezogene Schublade mit angehaltenem Atem.

Ein Stadtplan. Siegelwachs. Leere Umschläge. Listen mit Zahlen, vermutlich Einkünfte und Ausgaben. Ein Stück Papier mit Namen. Ich atmete auf. Da war nichts.

Dann sah ich sie. Ein Bündel Briefe, zusammengehalten von einer dünnen Kordel, verborgen unter seinen mathematischen Berechnungen für Länge und Dicke eines Stricks. Mit zitternden Fingern holte ich sie aus der Schublade hervor. Es waren mindestens 20, manche noch in ihren ungeöffneten Kuverts, ausnahmslos adressiert an mich, Richard Winters. Der Absender war immer dieselbe Person. Elizabeth White.

Meine Augen huschten über eng beschriebene Zeilen, über Worte voller Sehnsucht, Hoffnung und Erwartung.

Wann werden wir uns wiedersehen?

Ich denke oft an dich.

Ich werde nie vergessen, was du für mich getan hast.

Wieso konnten wir nicht gemeinsam fliehen?

Einen Brief nach dem anderen zog ich aus dem Bündel, überflog ihn mit zusammengepressten Lippen. Die, die ich bereits gelesen hatte, lagen verstreut um mich herum wie Wellen auf stürmischer See. Auch in mir tobte ein Sturm. Zorn, Fassungslosigkeit und Schmerz kamen und gingen wie Ebbe und Flut, ich wusste nicht mehr, was ich glauben sollte.

Es stimmte also. Calcraft hatte Elizabeths Briefe abgefangen. Damit ich sie nicht zu lesen bekam. Ich wusste nicht, weshalb, doch er hatte mich hintergangen. Sie hatte recht gehabt. Liz hatte tatsächlich recht gehabt. Die ganze Zeit. Er verfolgte nur seine eigenen Ziele. Ich war ihm völlig egal.

Ich hoffe, diese Briefe erreichen dich.

Geht es dir auch gut bei dieser grausigen Arbeit, Richard?

Ich bin immer noch in London, mein Liebster. Bitte komm, so schnell du kannst.

Kraftlos ließ ich den letzten Brief sinken. Er war erst vor wenigen Wochen verfasst worden.

Was sollte ich nur tun?

»Hast du gefunden, wonach du gesucht hast?«

Mein Meister verhüllte das Licht im Flur wie eine Wolke die Sonne. Mit eiskalter Miene blickte er auf mich herab. Auf die Briefe.

Ich rappelte mich auf, den Brief noch immer in der Hand. Alles fühlte sich seltsam an, unwirklich. »Das sehen Sie doch, oder?«

»Ich sehe, dass du dich ohne Befugnis in mein Zimmer geschlichen und meine Sachen durchwühlt hast.«

»Ihre Sachen«, entgegnete ich abfällig. »Wie konnten Sie nur.«

Der Henker machte einen Schritt auf mich zu. Seine Augen waren verengte Schlitze. »Was erlaubst du dir, Junge?«, fragte er gefährlich leise. Immer wenn er das tat, war äußerste Vorsicht geboten. Heute ließen mich seine Drohgebärden jedoch gänzlich unbeeindruckt. »Was ist nur in dich gefahren?« Er machte einen weiteren Schritt auf mich zu, augenscheinlich erstaunt darüber, dass ich nicht vor ihm zurückschreckte, wie ich das sonst immer getan hatte. »Und jetzt mach, dass du hier rauskommst, sonst …«

Das war es gewesen! Ich hatte genug. »Sonst was?«, schrie ich ihn an und ließ alle Hemmungen fallen. Ich dachte nicht mehr darüber nach, was ich tat. Ich tat es einfach. Später würde es mir schwerfallen, mich an das Gesagte zu erinnern, doch für den Moment ließ ich alles heraus, was sich angestaut hatte. Und das war eine ganze Menge.

Ich verfluchte ihn und seine Starrköpfigkeit, sprach ihm jedwede Menschlichkeit ab, bezichtigte ihn des Neids und der Eifersucht und warf ihm vor, meinem Glück im Weg stehen zu wollen. Es ging gar nicht so sehr um die Briefe, das merkte ich auch. Es ging um alles, was ich verdrängt hatte. Und wie ein Fluss, der nicht länger von einem Damm in Schach gehalten wird, brach dies alles aus mir heraus.

»Sag mir nur eines: Vertraust du diesem Weib mehr als mir?« Das war das Einzige, was mein Meister mit tonloser Stimme fragte, als ich fertig war und wieder zu mir gekommen war. Er blickte mich streng und unnachgiebig an, als wären all die Vorwürfe, die ich ihm gerade an den Kopf geworfen hatte, einfach an ihm abgeprallt. Gar nicht bis zu ihm durchgedrungen. Hinter ihm, so sah ich jetzt, hatten sich Benjamin und Rose im Flur aufgebaut. Sie waren durch mein Geschrei angelockt worden.

»Sie haben kein Recht, sie so zu nennen«, schnappte ich. »Sie haben überhaupt kein Recht!«

»Raus«, sagte Calcraft leise, ohne mich anzusehen. Dann wurde er deutlich lauter. »Raus!«

Ohne ein weiteres Wort stürmte ich an ihm vorbei. Was hätte ich auch noch sagen sollen? Er sah es ja nicht einmal ein, dass er im Unrecht war. Sturer alter Mann!

»Richard …« Rose hielt mich am Arm, doch ich schüttelte sie ab.

»Ich habe hier nichts mehr verloren«, sagte ich kalt, schnappte mir in meinem Zimmer das Nötigste und stürmte ohne eine Verabschiedung die Treppe hinunter. Ein wenig hatte ich erwartet, dass auch Benjamin versuchen würde, mich aufzuhalten. Dass er es nicht tat, konnte ja nur bedeuten, dass er von all dem gewusst hatte.

Mit brennenden Augen stürmte ich in den Abend hinaus.

Aufgebracht lief ich durch Whitechapels Elend. Ich hatte keine Ahnung, was ich tun, wohin ich gehen sollte. Ich musste zugeben, nicht so weit in die Zukunft gedacht zu haben. Wahrscheinlich, weil ich gehofft hatte, keine Briefe zu finden. Weil es mir am liebsten gewesen wäre, das Leben einfach genau so weiterzuleben.

Das war jetzt nicht mehr möglich.

Ich konnte mich schon jetzt nicht mehr an alles erinnern, was ich gesagt hatte, doch es war zweifellos genug gewesen, um Calcraft für den Rest seines Lebens verärgert zu haben. Er hatte es dennoch nicht einmal für nötig befunden, sich zu erklären!

Pochende Kopfschmerzen und wirre Gedanken umwehten mich, als ich unbewusst den Weg zum Fluss einschlug. Zu Elizabeth.

Es fiel mir schwer, klar zu denken. Ich fühlte Wut, aber auch Erleichterung. Bedauern, aber auch Zuversicht. Das erste Mal hatte ich meinem Meister meine Meinung gesagt. Und so schlimm die Konsequenzen nun auch sein mochten – es fühlte sich befreiend an.

Als ich die andere Flussseite erreicht hatte, war ich mir unsicher, was ich jetzt eigentlich genau vorhatte. Ich brauchte ein Dach über dem Kopf, aber wieso kam ich überhaupt darauf, es bei Liz zu erhalten? Ich näherte mich dem *Angel* zögerlich, zurückhaltend, plötzlich gar nicht mehr so sicher. Ich war noch nie auf ihrem Zimmer gewesen. Ich wusste nicht einmal, wo genau sie wohnte.

Egal. Es war zu spät, sich darüber Gedanken zu machen. Entschlossen betrat ich diese verrauchte Zwischenwelt, die ich erst am Mittag verlassen hatte. Waren seither wirklich erst einige Stunden vergangen?

Der Gastraum war nicht wiederzuerkennen. Wo am Mittag nur vereinzelt einsame Trinker gesessen und in matter Stille ihre Pfeifen geraucht hatten, herrschten jetzt Zustände wie in der Hölle. Alles schrie, johlte, lachte und hustete, es war heiß, der Rauch beißend, der Geruch übel. Ich spähte durch den Dunst und hielt nach Elizabeth Ausschau. Es war zwar schwer zu sagen, doch es sah nicht danach aus, als wäre sie hier.

Wieder so etwas, über das ich mir keine Gedanken gemacht hatte. Was, wenn sie gar nicht hier war?

Weiter kam ich nicht.

»Richard!« Gerade hatte ich mir einen freien Platz an der Theke erkämpft, da stand Liz plötzlich vor mir, ein Bündel frischer Blumen auf dem Arm. »Was machst du hier, ist etwas passiert?«, fragte sie besorgt.

Dafür hätte ich sie am liebsten umarmt. Sofort waren alle Zweifel verflogen. Und ob es die richtige Entscheidung gewesen war, hierherzukommen!

»Du hattest recht, Liz«, sprudelte es auch mir heraus. »Du hattest recht.«

»Mit was denn?«

»Mit … mit allem.« Ich versuchte, meine Gedanken zu sortieren. »Na ja, Calcraft … er hatte die Briefe.«

Liz blickte düster. »Ich wusste es. Hat er gesagt, weshalb er sie versteckt hat?«

»Nein. Nein, er hat gar nichts gesagt. Ich habe ihm eine Menge an den Kopf geworfen, weißt du? Nicht unbedingt nette Dinge …«

Sie warf einen Blick auf die Tasche, die neben mir auf der Theke stand. »Und was hat das denn zu bedeuten?«

»Calcraft wollte, dass ich gehe, also bin ich gegangen«, meinte ich beinahe trotzig und hasste mich im selben Moment dafür. Ich war doch kein kleines Kind, das bockig etwas gegen seinen Willen tut. Ich hatte allen Grund dazu, meine Sachen gepackt zu haben und gegangen zu sein.

»Du bist gegangen?« Liz blickte mich aus großen Augen an und schüttelte ungläubig denn Kopf. »Versteh mich nicht falsch, Richard, aber das hätte ich nun wirklich nicht erwartet.«

»He …«, erwiderte ich hitzig, wurde aber von einem mindestens ebenso hitzigen Kuss zum Schweigen gebracht.

»Gut gemacht«, flüsterte sie mir ins Ohr und grinste breit. »Du da, bring uns zwei Bier, aber schnell. Wir haben was zu feiern!«

»Haben wir?«, fragte ich verwundert. Ich war mir alles andere als sicher, ob das alles so gut verlaufen war. Immerhin war ich noch Calcrafts Lehrling. Und damit eigentlich verpflichtet, bei ihm zu bleiben.

Von unserer Mission ganz zu schweigen. Was würde jetzt nur passieren?

»Und ob wir das haben!« Elizabeth drückte mir ein Glas in die Hand. »Auf die Freiheit!«

Ich prostete ihr halbherzig zu. Nein, überzeugt war ich nicht. Es konnte aber nicht schaden, alles für einen Abend zu vergessen. Bis auf eines. Wo sollte ich nur hin?

»Heute Nacht schläfst du erst mal hier«, schien Liz meine Gedanken zu erraten. Vielleicht war es angesichts meiner Situation aber auch einfach naheliegend. »Und morgen sehen wir weiter.«

»Was meinst du mit ›hier‹?«, fragte ich vorsichtig. Ich hatte schon viel über diesen Pub gehört. Dass unverheiratete Männer und Frauen das gleiche Zimmer bewohnten, würde mich jedoch selbst hier schockieren.

»Nicht das, was du denkst. Das Zimmer neben mir ist gerade frei, glaube ich. He, Dick«, rief sie, »ist das Zimmer noch zu haben?«

Der alles andere als redselige Wirt nickte und brummte etwas Unverständliches in seinen Bart. Das sollte wohl Ja bedeuten.

»Das wäre geklärt«, meinte Liz zufrieden. »Du bist einfach abgehauen, ich kann es immer noch nicht fassen.«

»Können wir bitte das Thema wechseln?«, bat ich sie. Ich hatte für den Moment mehr als genug davon. Es würde mich früh genug wieder einholen, das wusste ich. Es musste aber nicht sofort geschehen.

»Aber natürlich können wir das«, sagte sie. Und küsste mich.

Ich musste zugeben: Da war etwas an meinem gerade begonnenen neuen Kapitel, an das ich mich sehr gern gewöhnte.

XXXVII
Rose Goldbergs Tagebuch

Liebes Tagebuch,

etwas Furchtbares ist geschehen. Ich verstehe es nicht und darf auch nicht danach fragen, aber das macht es nur noch schlimmer für mich. Richard ist verschwunden! Einfach so hat er seine Sachen gepackt und das Haus verlassen. Warum, weiß ich nicht. Er hat sich ganz fürchterlich mit Mister Calcraft gestritten. Es ging um irgendwelche Briefe, die Mister Calcraft anscheinend vor ihm geheim gehalten hat.

Jedenfalls ist Richard abgehauen. Mister Calcraft und mein Onkel schlossen sich gleich danach ein, um irgendwas zu besprechen. Weil ich nicht nur herumsitzen und an der schrecklichen Unwissenheit verzweifeln wollte, beschloss ich, Richard ein letztes Mal zu folgen. Ich redete mir ein, dass es nur seiner Sicherheit diente. Es konnte schließlich nicht schaden, wenn ich wusste, wo er sich aufhielt.

Ich hoffte natürlich, dass Mister Calcraft schon sehr bald nach ihm suchen und ihn wieder zurückholen würde. Auch wenn Richard mich kaum beachtete, gab er mir ein Gefühl von Sicherheit und Zuversicht.

Ich ahnte schon, wohin er gehen würde, diesmal folgte ich ihm aber bis zu seinem Ziel. Das war zu dieser Uhrzeit weder angenehm noch ungefährlich, doch ich tat es für ihn. Als ich sah, dass er in diesem Pub namens Angel verschwand, spielte ich kurz mit dem Gedanken, wieder umzudrehen. Dann überlegte ich es mir anders. Ich umrundete das Gebäude auf der Suche nach einem Fenster, durch das ich einen Blick ins Innere erhaschen konnte.

Das kleine grinsende Gesicht erschreckte mich zu Tode. Ich brauchte einige schnelle Herzschläge, bis ich begriff, dass ich in das Gesicht einer Puppe blickte. Mein Gott, mein Herz wäre mir fast aus der Brust gesprungen. Wegen einer Puppe.

Jetzt erkannte ich auch andere Figuren im Gras. Jemand hatte wohl seine *Punch-and-Judy*-Bühne hier draußen stehen lassen. Ich entdeckte ein paar dreckige Fenster, die den Blick auf den Gastraum ermöglichten. Was ich sah, verdrängte diesen merkwürdigen Fund sofort. Mir war bewusst, dass er sich mit einem anderen Mädchen traf. Auf den Anblick eines langen Kusses war ich deswegen noch lange nicht vorbereitet.

Mit schwerem Herzen machte ich mich auf den Heimweg. Ich wusste nicht weshalb, doch irgendwie machte sich das unangenehme Gefühl in mir breit, dass wir Richard für immer verloren hatten.

XXXVIII
Richard Winters

Die nächsten Tage erlebte ich wie unter Hypnose. Nicht, dass ich schon mal hypnotisiert worden war. Die Magier und Scharlatane im West End versprachen jedoch die haarsträubendsten und unglaublichsten Dinge. Alle waren sich einig darin, dass man Dinge erlebte, an die man sich im Anschluss gar nicht oder nur sehr verwaschen erinnern konnte.

Das entsprach den Tatsachen.

Ich lag unter einem mächtigen Zauber. Alles, woran ich mich erinnern konnte, waren Elizabeths Lippen, Elizabeths Augen, Elizabeths Stimme, Elizabeths Haut. Wir verbrachten jede freie Minute zusammen, doch wenn ich abends auf mein kleines fensterloses Zimmer mit der harten Pritsche verschwand, kam es mir so vor, als hätten wir uns kaum gesehen.

War das normal?

Verliebt zu sein war eine Macht, die ich bislang völlig unterschätzt hatte. Sie hebelte alles andere aus, blockierte jeden anderen Gedanken, schaffte jedwede Vernunft ab. Sie war allumfassend, ließ nichts anderes zu. Und sie war verzehrend. Nur mit Mühe gelang es mir in den einsamen Nachtstunden, mich nicht von ihr verschlingen zu lassen.

Diese Momente waren es, in denen sich Calcraft in meine Gedanken schleichen konnte. Diese Momente waren es, in denen mich Zweifel überkamen, ob ich das Richtige tat.

Ob er von ähnlichen Gedanken verfolgt wurde? Eine Erklärung war von ihm nicht zu erwarten, von einer Entschuldigung ganz zu schweigen. Dennoch fragte ich mich im Stillen, ob er mich irgendwann suchen würde. Ob er sich Sorgen machte. Nutzlose Gedanken, die mich vom Schlafen abhielten. Abstellen ließen sie sich dennoch nicht. Dafür hatte ich in den letzten zwei Jahren zu viel mit ihm erlebt.

Ich hatte mich an den Tod als ständigen Begleiter gewöhnt, hatte gesehen, wozu Menschen fähig sind, wie sie im Angesicht des Todes alle Hoffnung aufgeben. Ich hatte Verurteilte an den Galgen gebracht und hinter die Tapete dieser Welt geblickt.

Mein Gott, ich hatte für ihn ein Wechselbalg getötet, obwohl ich bis heute nicht wusste, ob es nur an Calcraft interessiert gewesen war.

Fragen … so viele Fragen, die noch auf eine Antwort warteten. Entsprechend froh war ich Nacht um Nacht, wenn mir der Schlaf einige traumlose Stunden schenkte. Das heißt, wenn ich irgendwann tatsächlich eingeschlafen war. Nach der gewohnten Geräuschkulisse im *Golden Rose* mit den knarzenden Holzdielen, wenn Benjamin sich noch ein Glas Milch holte, und dem Geruch nach getrocknetem Fisch, Seife und etwas Blumigem, das ich nicht zuordnen konnte, ging es im *Angel* eine ganze Spur deftiger zu. Die Matratze stach unangenehm und raschelte, wenn ich mich hin- und herbewegte. Es roch nach dem feuchten Stroh, mit dem sie gestopft war, kaltem Pfeifenrauch und abgestandenem Bier. Hier gab es außerdem keine Rose, die das Frühstück mit einem leisen Summen zubereitete. Hier fehlte einfach alles, was einen Ort heimelig machte.

Und die Geräusche … an die Geräusche würde ich mich so schnell nicht gewöhnen. Kehliges Lachen, schrilles Geschrei, klirrende Gläser und anstrengende Lieder gehörten nicht gerade zu den angenehmen Geräuschen, um einzuschlafen. Ich nahm es hin, ohne darüber nachzudenken. Besser gesagt ließ ich es gar nicht zu, mich von diesen Gedanken beherrschen zu lassen.

An jedem neuen Morgen zuckte ich instinktiv zusammen, wenn mir wieder einfiel, wo ich war. Was ich getan hatte. Auch wenn nicht jeder Tag als William Calcrafts Lehrling gleich ausgesehen hatte, so war er doch stets einer Sache gewidmet gewesen: dem Tod.

»Kannst du schon wieder frei atmen?«, fragte mich Liz, als wir gemeinsam zu Covent Garden liefen. Das taten wir praktisch jeden Tag, ich hatte mein Leben an ihres angepasst. Dass das nicht immer so weitergehen konnte, wusste ich. Aber ich verdrängte es. Darin war ich mittlerweile ziemlich gut.

»Wie meinst du das?«

»Du bist doch bestimmt froh, den Schatten des Todes hinter dir zurückgelassen zu haben, oder? Es muss doch furchtbar aufs Gemüt schlagen, jeden Tag über Galgen und Verbrecher nachzudenken.«

Ich überlegte. »Nein, eigentlich nicht.« Es stimmte zwar, dass ich viel an den Tod dachte, an sein bisweilen absurdes Verhalten und seine Konsequenzen. Doch wenn überhaupt, machten mich diese Gedanken glücklicher, am Leben zu sein. »Der Tod birgt keine Schrecken für mich«, meinte ich und merkte instinktiv, dass es stimmte. Da schlugen mir der Gestank nach billigem Bier und Pfeifenrauch, der sich in meinen Haaren und Kleidern verfangen hatte, deutlich mehr aufs Gemüt. Aber das behielt ich besser für mich.

»Du bist merkwürdig, Richard Winters«, sagte Elizabeth. Das sagte sie oft in letzter Zeit. Meist, wenn ich etwas ihrer Meinung nach Unverständliches von mir gab. »Ewigkeiten in der Gesellschaft dieses alten Griesgrams, der Krähen und der Todgeweihten und immer noch die pure Lebensfreude.«

»Du weißt nicht, wie er sein kann«, begann ich zaghaft. »Vielleicht wäre es ja besser, ihr beide würdet euch tatsächlich …«

»… kein Wort davon!«, unterbrach mich Elizabeth eisig, und jede weitere Diskussion war beendet.

Eine Weile verkauften wir schweigend Blumen. Es war keine herausfordernde Arbeit und auch nicht schwer zu erlernen, allerdings roch sie gut und sah reizend aus – zwei Dinge, die man von meiner Arbeit als Henker zugegebenermaßen nicht behaupten konnte. Die Arbeit ging mir leicht von der Hand, füllte mich aber keineswegs aus. Das war als Henkerslehrling anders gewesen. Obwohl Calcraft nicht allzu geschickt in solchen Dingen war, hatte ich viel von ihm gelernt. Von seiner Herangehensweise an den Tod, von seiner Sicht auf unseren Beruf als eine ganz normale Arbeit. Dazu brauchte es keine Lehrstunden. Der Alltag genügte völlig. Ich war Teil von etwas gewesen, hatte eine wichtige Aufgabe und war in eines der größten Geheimnisse dieses Landes eingeweiht. Vor allem aber hatte ich viel über das Leben gelernt.

Jetzt verkaufte ich Veilchen, Gänseblümchen oder Narzissen, steckte sie zu Sträußen zusammen und nahm Großbestellungen entgegen. Ich hatte mich nie besonders für Pflanzen interessiert. Doch ganz London schien ganz verrückt nach bunten Blumen, als wollte man der grauen Welt der Fabriken und des Nebels den Krieg erklären.

»Du machst dich gut«, lobte mich Liz bei einer kleinen Pause an der Themse.

Ich zuckte mit den Schultern. »Weil ich ein paar Blumen zu einem Strauß binden kann?«

»Weil du weißt, welche Farben zusammenpassen. Und weil du geschickte Finger hast. Ich könnte mit Ned reden, dem der Stand gehört. Vielleicht stellt er dich auch ein. Die Geschäfte laufen gut. Die Besessenheit dieser Stadt von bunten Blumen ist nur von ihrer Besessenheit vom Tod übertroffen.«

Das hatte ich auch gemerkt, seit ich Whitechapels Ruß und Dreck verlassen hatte. Die Friedhöfe waren prächtiger als die meisten Wohnhäuser, Begräbnisse kamen gesellschaftlichen Großereignissen nach, auf denen restlos alles schwarz war – von Zylinder und Handschuh über Frack, Gehstock und Manschettenknöpfe bis hin zu einer ganzen Kutsche. Wer es sich leisten konnte, ließ ganz London an seiner Trauer teilhaben. Das war etwas völlig anderes im Vergleich zu den würdelosen Begräbnissen der Gehängten im Gefängnishof. Keine Trauer, keine schwarze Würde, kein Leichenschmaus. Ziemlich erstaunlich.

»Ich weiß nicht«, sagte ich nach einiger Zeit. »Ich bin mir gerade überhaupt nicht sicher, was ich machen soll.«

»Du willst ja aber nicht zurück zu ihm, oder?« Sie blickte mich mit leicht schief gelegtem Kopf an. »Du bist kein Henker, Richard, und das weißt du.«

»Ich bin aber auch kein Blumenverkäufer.«

»Das war nur ein Vorschlag«, meinte Liz und hob beschwichtigend die Hände. »Ich wollte lediglich behilflich sein.«

Ich seufzte. Sie hatte ja recht. »Bitte entschuldige, so war es nicht gemeint«, sagte ich und schloss sie in die Arme. »Ich kenne ja bislang nur die Arbeit des Henkers. Es fällt mir schwer, mich irgendwo anders vorzustellen.«

Ich merkte, dass es die ganze Zeit zumindest unterbewusst mein Plan gewesen war, auch nach meiner Ausbildung an Calcrafts Seite durch die Lande zu ziehen. Nicht, weil es mir so viel Spaß machte. Doch vor allem, weil ich nicht wusste, was ich sonst tun sollte. Und eine Rückkehr nach Sheerness ausgeschlossen war. Und ich merkte noch etwas, als mein Blick über die Themse schweifte. Mir fehlte die mürrische Art meines Meisters, sein gelegentliches Lob, die Herausforderungen und natürlich die Heimeligkeit des *Golden Rose*.

Beinahe ärgerlich stieß ich die Gedanken beiseite und wandte mich zum Gehen. »Na los, lass uns noch ein paar Blumen verkaufen.« Abschütteln ließen sich diese Gedanken davon nicht.

Je weiter der Nachmittag voranschritt, desto angespannter wurde ich. Die Vorstellung, wieder zurück ins *Angel* zu müssen, wurde von Tag zu Tag unangenehmer. Die Gesellschaft dort hatte mich schon bei meinem allerersten Besuch angewidert. Doch ich hatte sie ertragen. Damals war es Elizabeths Anwesenheit gewesen, die sie erträglich gemacht hatte. Das war bis heute so, jedoch ging ich zunehmend widerwillig in dieses ordinäre Loch zurück, wenn ich Liz auch so den ganzen Tag um mich hatte.

Zur Sprache bringen konnte ich es nicht. »Man hat mich im *Angel* aufgenommen, als es niemand anderes getan hat«, hatte sie vor einigen Tagen dazu gesagt. »Es ist mein Zuhause.« Damit war das Thema erledigt, das wusste ich. Eine weitere Angelegenheit, die es irgendwann zu klären galt, doch fürs Erste mit aller Entschlossenheit aus meinem Kopf verbannt wurde. Zu all den anderen Dingen. Aber egal. Eines nach dem anderen.

»Heute Abend kommen Aaron und Charlie im Angel vorbei«, ließ Liz beiläufig fallen, als wir uns auf den Heimweg machten. Ihr Gesicht verschwand wie jeden Abend unter einer Menge Blumen, die sie aus unerfindlichen Gründen ins *Angel* schleppte. Gesehen hatte ich sie dort noch nie.

»Oh … in Ordnung.« Aaron und Charlie gehörten zweifellos zu den Netteren unter Elizabeths zwielichtigen Bekanntschaften. Zu angenehmen Menschen, mit denen man gerne den Abend verbrachte, machte sie das noch lange nicht. Aaron hatte keine Arbeit, soweit ich das bisher beurteilen konnte, und Charlie war in einer stinkenden Metzgerei angestellt. Sein fleischiger Körpergeruch durchdrang sogar die Schwaden aus Pfeifenrauch und Fusel, die das *Angel* erfüllten. »Wenn es denn sein muss.«

Immerhin war ich mir relativ sicher, dass die beiden keine Wechselbälger waren. Bei Elizabeths Bekanntenkreis konnte ich mir allerdings nie ganz sicher sein – ein weiterer Umstand, der meine derzeitige Situation recht merkwürdig gestaltete. Noch immer kannte man mich als Henkerslehrling, als Calcrafts Vertrauten. Das würde mich auch weiterhin zur Zielscheibe für Wechselbälger machen. Und dann war da noch die Sache mit den beiden, die uns aufgelauert hatten. Liz hatte sie gekannt. Brachte ich sie nicht in große Gefahr, wenn ich bei ihr blieb?

»Ist dir an deinen Freunden irgendwann einmal etwas aufgefallen?«, fragte ich vorsichtig, als wir am Abend die Themse überquert hatten. Es war heikel, dieses Thema bei Liz anzusprechen. Tunichtgute oder Rumtreiber, die sie zweifellos waren – sie ließ nichts auf diese Leute kommen.

»Was soll mir an ihnen aufgefallen sein?«

»Irgendwas … Seltsames eben. Du weißt, dass uns einer von ihnen an den Kragen wollte.«

Liz schwieg eine ganze Weile, bevor sie antwortete. »Ich weiß nicht, was sie treiben, wenn wir nicht zusammen sind, und ehrlich gesagt will ich das auch gar nicht wissen. Es tut mir leid, dass es dich erwischt hat. Doch der Angriff galt Calcraft, da bin ich mir sicher.«

»Nicht gerade beruhigend«, meinte ich leise.

»Dennoch: Solange du bei mir bleibst, wird dir nichts passieren.«

Große Klasse, ich musste von einem Mädchen beschützt werden!

XXXIX

Rose Goldbergs Tagebuch

Liebes Tagebuch,

eine Woche ist Richard nun schon verschwunden. Eine Woche! Ich werde hier noch ganz krank vor Sorge, habe mich seither aber nicht getraut, nochmals diese grausige Gaststätte aufzusuchen. Der Schreck über dieses gespenstische Puppenspiel draußen in der Dunkelheit sitzt mir tief in den Gliedern. Und von dem Bild, das sich mir im Gastraum bot, werde ich mich sowieso nicht erholen.

Ich muss akzeptieren, dass Richard kein Interesse an mir hat. Aber muss ich ihn deswegen gleich vergessen? Darf ich mir keine Sorgen um ihn machen? Mein Gott, mein Herz beginnt noch immer schneller zu schlagen, wenn ich an diesen einen Moment im Gastraum zurückdenke. Er schien mich das erste Mal richtig zu sehen. Da war irgendetwas zwischen uns gewesen, da bin ich mir ganz sicher! Danach war es noch ein-, zweimal zu einer kurzen Begegnung in der Küche gekommen, bei denen wir plötzlich ganz anders miteinander umgegangen waren. Aber es hatte nicht gereicht, das wusste ich jetzt. Doch mochte ihm auch noch so wenig an mir liegen: Ich würde nicht aufhören, an ihn zu denken, ihn in Sicherheit zu hoffen. Sosehr es auch schmerzte.

Im Haus ist das Thema tabu. Mister Calcraft ist noch schlechter gelaunt als sonst, auch Onkel Benjamin wirkt bekümmert. Sie denken, ich merke es nicht, dass sie sich jede Nacht in Mister Calcrafts Zimmer einschließen und über Richard sprechen.

Ich habe gehört, wie Onkel Ben Mister Calcraft gefragt hat, weshalb er es Richard nicht endlich gesagt hat. »Weil ich selbst nicht sicher bin. Und weil ich will, dass der Bursche es selbst herausfindet!«, hatte er hitzig geantwortet.

»Selbst, wenn er sich in große Gefahr begibt?«, hatte Onkel Ben gefragt, aber keine Antwort erhalten.

Was hatte das alles nur zu bedeuten? Ich verstehe nicht, warum sie sich nicht auf die Suche nach ihm machen. Und wenn er nun wirklich in Gefahr schwebt? Auch ohne solch düstere Gedanken ist das Haus leer ohne Richard. Sicher, es ist schön mit Onkel Ben, doch Richards Anwesenheit hat Leben und Wärme gebracht, die es hier sonst nicht gibt. Außerdem hat er mir gezeigt, dass es keinen Grund gibt, sich vor dem Tod zu fürchten. Jetzt ist er fort. Und ich habe keine Ahnung, ob ich ihn jemals wiedersehen werde.

Ein paar Tage werde ich noch abwarten. Wenn ich bis dahin nichts von Richard gehört habe oder noch immer nichts aus Mister Calcraft herausbekommen habe, werde ich mich auf die Suche nach ihm machen. Selbst wenn das bedeutet, dass ich noch mal zu diesem fürchterlichen Pub muss. Ob meine Gefühle von ihm erwidert werden oder nicht, spielt keine Rolle. Ich muss einfach wissen, ob es ihm gut geht. Und wenn das niemand sonst in diesem Haus wirklich zu interessieren scheint, werde ich es selbst in die Hand nehmen müssen.

XL
Richard Winters

»Wenn das nicht unser Henkersbübchen ist!«

Am liebsten hätte ich umgehend kehrtgemacht. Da saßen die beiden schon, vor ihnen mehr als ein geleertes Glas, ihre Züge verzerrt von höhnischem Grinsen.

»Sieh mal einer an, Liz. Hat er wieder damit geprahlt, wie viele Unschuldige er an den Galgen gebracht hat?«

Aaron und Charlie lachten schallend, während ich hochrot anlief. Na wunderbar. Ich hatte noch nicht einmal Platz genommen und doch wusste schon der ganze Pub über mich Bescheid. Mehr Aufmerksamkeit hätte ich selbst mit einem Galgen über meiner Schulter und ein paar Krähen im Schlepptau nicht auf mich gezogen.

Solange du bei mir bleibst, wird dir nichts passieren.

Elizabeths Worte klangen wie blanker Hohn. Ich spürte nicht zum ersten Mal Blicke auf mir ruhen. Die waren im besten Fall argwöhnisch, nicht selten offen feindselig und sogar hasserfüllt. Sicher, bisher hatte man mich mit Ausnahme einiger Kommentare in Ruhe gelassen. Aber würde Liz wirklich etwas ausrichten können, wenn die Stimmung umschlug?

Ich hatte mir eingebildet, den Tod hinter mir zurückzulassen, als ich Calcraft verließ. Ich hatte mich geirrt. Es wurde lediglich eine dunkle Wolke durch eine andere ersetzt. Wo zuvor Furcht und Respekt geherrscht hatten, gaben jetzt Zorn und Hass den Ton an. Kein allzu guter Tausch, wie mir schien. Und außerdem: Wollte ich das? Wollte ich den Tod hinter mir zurücklassen? Oder war die Frage nicht besser: Konnte ich den Tod nach all der Zeit überhaupt noch zurücklassen?

»Was ist? Bist du festgewachsen, Henkerslümmel?«

Liz warf mir einen vielsagenden Blick zu und schob mich voran, hinein in die verrauchte Höllenluft des *Angel*. Ich wusste, dass das für sie alles nur Spaß war, eine kleine Albernheit in geselliger Runde. Für mich war es ein Spießrutenlauf, den ich liebend gern gegen einen nächtlichen Spaziergang durch das schlimmste Armenviertel der Stadt eingetauscht hätte. Einen Spaziergang mit Augenbinde und einem Sack voller klimpernder Goldmünzen, meinetwegen.

»Willst du dich nicht nützlich machen und uns was zu trinken holen, während wir Liz unterhalten?«, rief mir ausgerechnet Aaron entgegen. Er saß doch sowieso den ganzen Tag nur herum!

Bevor ich zu einer bissigen Bemerkung ansetzen konnte, hatte Liz zwischen den beiden Platz genommen. »Für mich auch etwas, Richard.«

Ich schluckte eine Antwort herunter und marschierte zur Theke, wie mir aufgetragen wurde. Der Henker als Knecht? Dazu hätte Calcraft bestimmt einiges zu sagen gehabt. Nur widerwillig setzte ich mich zu ihnen an den Tisch. In diesen Momenten fehlte mir das *Golden Rose* am meisten. Ich musste Liz mit diesen Kerlen teilen und war ihren Sprüchen hilflos ausgeliefert. Und was noch schlimmer war: Ich musste mitspielen, wenn ich nicht wollte, dass Elizabeth sauer wurde.

»Was hältst du eigentlich von meinem Hals?«, fragte mich Charlie und reckte sich, nachdem er einen tiefen Schluck von seinem neuen Bier heruntergestürzt hatte. Bedankt hatte sich natürlich niemand dafür. Mit mir konnte man es ja machen.

»Was meinst du?«, fragte ich gespielt unwissend und betrachtete seinen fleischigen, geröteten Hals. Als wüsste ich nicht, worauf er hinauswollte!

»Wie würde ein Strick zu ihm passen, hm? Meinst du, das würde mir stehen?«

»Ich denke schon, ja«, sagte ich, ohne den Blick abzuwenden. »Aber ich habe leider gerade keinen bei mir, um es auszuprobieren.«

»Richard, wie unhöflich!«, ging Elizabeth dazwischen, und ich wusste, dass der Abend gelaufen war. Für gewöhnlich verhielt sie sich neutral, ergriff manchmal sogar für mich Partei. Hin und wieder schien sie es aber besonders amüsant zu finden, ihren Teil dazu beizutragen und sich ebenfalls über mich lustig zu machen. Irgendetwas in ihren blitzenden Augen sagte mir, dass heute ein solcher Abend war.

»Hör auf deine Miss, Junge!«, schaltete sich Aaron wieder ein. »Sei froh, dass sie dich beschützt. Ich denke, du weißt, was in Gegenden wie diesen mit Bürschchen wie dir passiert.«

Bürschchen! Nur mühsam unterdrückte ich den Impuls, ihm mein Glas ins Gesicht zu schütten.

»Ach, als Blumenverkäufer macht er sich ganz gut«, ließ Liz geringschätzig fallen.

Die beiden grobschlächtigen Burschen quittierten es mit kehligem Lachen. »Die Gänseblümchen magst du besonders, was, Richard?«

»Das kann ich mir vorstellen!« Charlie röhrte vor Lachen. Ich roch seinen Mundgeruch selbst quer über den Tisch hinweg. »Die süßen kleinen Gänseblümchen!«

Jetzt war Aaron wieder dran. Er hatte ein boshaftes Lächeln aufgesetzt. »Warum bist du denn eigentlich vor deinem netten Onkel Calcraft davongelaufen? Hat er dir keine Gänseblümchen von der Arbeit mit nach Hause gebracht?«

Diesmal brachen alle in Gelächter aus. Was sie daran witzig fanden, erschloss sich mir nicht. »Nein, wir hatten Wichtigeres zu tun, als uns über Blümchen lustig zu machen, wie ihr es tut«, gab ich betont ruhig zurück.

»Was soll das heißen, Wichtigeres zu tun?« Ein drohender Hauch war in Aarons Stimme eingekehrt, und auch Charlie sah mich aus zusammengekniffenen Augen an. Liz' Blick war starr.

»Nun, zum Beispiel den Unrat aus der Welt zu schaffen, den ihr teilweise als eure Freunde bezeichnet!«

Aaron und Charlie sprangen auf, bevor ich den Satz vollendet hatte.

»Nicht!« Elizabeths Stimme schnitt eisig dazwischen wie ein scharfes Messer durch einen Strick. »Hinsetzen! Sofort!«

Erstaunlicherweise gehorchten die beiden auf der Stelle. Himmel, wahrscheinlich hätte sogar eine ganze Armee auf diese durchdringende Stimme gehört.

»Was zum Teufel soll das, Richard?«, fuhr Liz mich an. »Noch nie was von Respekt gehört?«

Ich lachte auf. »Das solltet ihr euch mal fragen.«

»Wir?« Liz blickte mich verwundert an. Sie hätte nicht verwundeter dreinblicken können, wenn ich ihr erzählt hätte, dass die Decke des Raumes in Wirklichkeit der Boden war. »Verträgst du nicht mal ein paar harmlose Späße?«

»Harmlos für euch vielleicht.«

»Jetzt hab dich doch nicht so.« Charlie war plötzlich wieder die Ruhe selbst. »War doch alles nicht ernst gemeint, Richard. Kennst uns doch, wir sind eben so.«

»Haben sonst nicht viel zu lachen«, pflichtete ihm Aaron bei. »War doch halb so schlimm. Und gib's zu, ein bisschen lustig war es auch, oder?«

Ich schüttelte den Kopf und schwieg. Meine Laune war im Keller. Wütend war ich vor allem auf Liz. Wie konnte sie es zulassen, dass man mich so vorführte? Und sogar aus Leibeskräften mitmachen?

»Ach Richard, nun komm …«, begann sie, doch ich ließ sie gar nicht erst fortfahren. Heute hatte ich keine Lust auf ihre Ausflüchte oder Entschuldigungen. Außerdem gab ich bei ihr sowieso immer viel zu schnell klein bei. Eine der schlechten Angewohnheiten, die ich meinem Meister zu verdanken hatte. »Nein danke, für heute reicht es mir.«

Ich erhob mich und verließ den Raum. Ohne mich umzudrehen, wusste ich, dass drei Augenpaare auf meinem Hinterkopf ruhten.

Noch vor Morgengrauen hatte ich mein karges Zimmer verlassen. Nachdem ich mich eine endlose Zeit auf meiner harten Matratze herumgewälzt und meine derzeitige Situation verflucht hatte, war ich in unruhigen Schlaf gefallen. Das erste Mal seit vielen Monaten träumte ich wieder den Traum, in dem ich den kratzenden Strick um meinen Hals fühlte, das erdrückende Gefühl spürte, wie sich die Schlinge zuzog, die Luke öffnete …

Schweißnass war ich erwacht und hatte kurzerhand beschlossen, den Tag allein zu verbringen. Vielleicht waren Liz und ich zu viel zusammen gewesen, vielleicht tat ein wenig Abstand gut.

Wieder und wieder hatte ich mir in Erinnerung gerufen, was sie über mich gesagt hatte. Es war nichts Unverzeihliches, und doch hatte es mich verletzt. Wenn sie mit ihren Freunden zusammen war, war sie stets wie ein anderer Mensch. Kühler, härter, abweisender. Ich erkannte sie gar nicht wieder. Oft schon hatte sie mir erzählt, bei ihnen nur in eine Rolle zu schlüpfen, doch ich wurde das beunruhigende Gefühl nicht los, dass es genauso gut ich sein konnte, bei dem sie das tat.

Die Stadt erwachte nur langsam, und anfangs genoss ich das Gefühl, allein mit meinen Gedanken zu sein. Unbehelligt, ohne Ziel und auf eigene Faust durch diesen schlafenden Riesen zu wandeln. Die Größe Londons verblüffte mich noch immer. Jedes Mal, wenn ich dachte, diese Stadt durchschaut zu haben, brachte sie mich in Ecken, die ich noch nie zuvor gesehen hatte. Nicht zum ersten Mal kam mir London vor wie ein Lebewesen, wie eine einzige gewaltige Kreatur, die niemand kontrollieren konnte.

Ich konnte die Einsamkeit nur kurz genießen. Zu viel ging mir in meinem Kopf umher, zu viele Dinge wollten geklärt werden. Mehr als einmal überkam mich der Impuls, zu Calcraft zurückzukehren, dann wieder wurde ich von dem Verlangen überrannt, sofort zu Elizabeth zu eilen. Ich musste mich zwingen, nichts von alledem zu tun. Mein Meister hatte mir die Briefe vorenthalten, Liz hatte sich gestern Abend unmöglich verhalten. Nein, für den Moment war es besser, allein zu sein. Ich wollte nicht schon wieder vorschnell einen Entschluss fassen, an dem ich wenig später zweifeln würde.

Meine Schritte trugen mich unbewusst ins Theaterviertel. Hierhin hatte mich mein Weg selten verschlagen, eine Vorstellung hatte ich in meinem ganzen Leben noch nicht besucht. Ein Gefühl von Verlorenheit und Einsamkeit beschlich mich, als ich an den erloschenen Lichtern der Theater vorbeilief und die Plakate abgesetzter Vorstellungen erblickte. Wo am frühen Abend das Leben tobte, herrschte nun eine erdrückende Stille.

Ich lief weiter, immer weiter, tief in Gedanken versunken. Als ich ein Geschäft für Trauerwaren mit opulenten Auslagen entdeckte, schlich sich wie von selbst wieder der Tod in meine Gedanken. Ich wurde ihn einfach nicht los! Mit mildem Erstaunen stellte ich nicht zum ersten Mal fest, dass er kein unwillkommener Begleiter war.

Beim Blick auf die Särge im Schaufenster musste ich wieder einmal an die unwürdigen Begräbnisse der Gehenkten denken. Kein schwarzer Anzug, kein schöner Sarg, keine feierliche Prozession. Ein schnöder Holzsarg und eine Grube. Keine vergossene Träne, keine Blumen. Hatten sie das verdient? Ich wusste es nicht. Es war mir ein Rätsel, wie unterschiedlich mit dem Tod umgegangen wurde. War es am Ende nicht völlig egal? Dem Tod zumindest war es völlig gleichgültig. Das war ja das Angenehme an ihm: Er machte keine Unterschiede. Auf den Tod war mehr Verlass als auf jeden Menschen, den ich bislang kennengelernt hatte. Er fragte nicht, woran jemand glaubte, woher jemand kam oder was jemand getan hatte. Er holte die, die er zu holen hatte. Ein regelrecht tröstender Gedanke.

Eine lächerliche Diskussion kam mir in den Sinn, die mein Vater vor schier endlos langer Zeit mit einem Lehrer meiner Schule geführt hatte. Mein Vater hatte die Einäscherung als ein Werk des Teufels bezeichnet, als sicheren Fahrschein in die Hölle. Damals hatten mich seine Worte eingeschüchtert, heute erschienen sie mir reichlich albern. Ich war alles andere als davon überzeugt, dass es einen Gott gab, und wenn doch, so würde er kaum einen Unterschied machen, in welcher Form unser Körper wieder eins mit der Erde wurde, aus der er stammte. Und dann sollte das mit der Auferstehung doch auch kein allzu großes Problem mehr darstellen, oder?

Es war lange her, dass ich an meinen Vater, an mein altes Leben in Sheerness gedacht hatte. Und als der Tag langsam verging, hatte ich festgestellt, dass ich mein derzeitiges Leben aller Zweifel und Probleme zum Trotz um nichts auf der Welt gegen mein altes eintauschen würde.

Besänftigt kehrte ich am Abend ins *Angel* zurück. Die Füße taten mir weh und ich war erschöpft, doch ich fühlte mich besser. Befreit. Manchmal tat es tatsächlich gut, allein mit seinen Gedanken zu sein. Eine Lösung hatte ich zwar nicht gefunden, doch ich war zuversichtlich, dass sich am Ende alles fügen würde.

Im Pub war es ungewöhnlich leer, nur einige versunkene Zecher saßen über ihre Krüge gebeugt in Ecken und an der Theke. Niemand beachtete mich. Mir sollte es recht sein. Nach gestern Abend hätte ich eine zweite Bloßstellung nur schwer ertragen. Ich stieg sofort die morsche Treppe zu den Gasträumen hinauf, der Weg durch das Zwielicht war mir längst ebenso vertraut wie der schimmlig-feuchte Geruch, der hier überall festhing wie eine schlechte Erinnerung. Ich beachtete ihn gar nicht mehr.

Auf meinem Zimmer traute ich meinen Augen kaum. Oder, um genauer zu sein: Zunächst traute ich meiner Nase kaum, denn als ich die Tür öffnete, schlug mir der Geruch frischer Blumen entgegen. Erstaunt erblickte ich mehrere Krüge, Gläser und Eimer voller Blumen in allen Farben und Formen. Es war das erste Mal, dass ich in diesem Pub etwas Lebendiges, Frisches, Wohlriechendes sah. Verwirrt trat ich ein. Elizabeth musste sie hierher gebracht haben.

Erst jetzt sah ich den Umschlag, der an einem der Gläser lehnte. *Richard* stand in geschwungenen Lettern darauf. Ich erkannte Elizabeths Schrift sofort. Sollte dies nach all den Jahren tatsächlich ihr erster

Brief an mich sein, der mich tatsächlich erreichte? Noch bevor ich ihn gelesen hatte, fühlte ich mich schuldig. War ich gestern zu hart mit ihr umgegangen? Verstand ich wirklich keinerlei Spaß?

Mit klopfendem Herzen öffnete ich den Umschlag.

Lieber Richard,

was gestern Abend passiert ist, tut mir schrecklich leid. Ich wollte dich nicht bloßstellen und schon gar nicht verletzen. Ich weiß auch nicht, was mit mir los war, aber ich bin nicht stolz darauf. Aaron und Charlie werden sich so schnell auch nicht mehr trauen, etwas zu sagen. Dafür habe ich gesorgt.

Ich hoffe, du kannst mir verzeihen. Ich würde es verstehen, wenn du es nicht könntest, und vielleicht bist du ja auch bereits über alle Berge. Falls nicht, und ich hoffe inständig, dass dies der Fall sein mag, so möchte ich dich heute Abend auf mein Zimmer einladen. Ich habe eine Überraschung für dich, die du gewiss nicht vergessen wirst.

Wirst du kommen? Ich hoffe es von ganzem Herzen.

Deine Liz

Ich legte den Brief auf den Tisch neben die Blumen.

Gänseblümchen, Narzissen, Schlüsselblumen, stellte ich erfreut fest. Die mochte ich besonders gern.

Meine Hand zitterte und meine Lippen waren trocken. Elizabeth hatte mich auf ihr Zimmer eingeladen. Davon träumte ich schon, seit ich mein Quartier im *Angel* bezogen hatte. Bislang war es stets tabu gewesen, die eine oder andere Andeutung meinerseits hatte sie stets nur mit einem schelmischen Lächeln quittiert. »Nicht so hastig«, hatte sie dann meist gesagt.

Jetzt war es also so weit. Oh Gott, jetzt war es tatsächlich so weit. Mein Herz begann zu rasen, meine Hände wurden schweißnass. Alle Farbe wich mir aus dem Gesicht und ich spürte das Blut in meinen Ohren rauschen. Wie sollte ich mich nur verhalten? Und vor allem: Was sollte ich nur anziehen?

In Windeseile stürmte ich durch mein Zimmer, von der schwindenden Hoffnung angetrieben, irgendwo noch saubere Kleidung zu finden. Fehlanzeige. Seit Rose sich nicht mehr um meine Kleider kümmerte, hatte ich die paar Kleidungsstücke, die ich besaß, mehr oder weniger häufig getragen. Und entsprechend sahen sie aus. Dieses Hemd dort musste genügen! Und meine Haare … Verzweifelt versuchte ich, sie vor dem Spiegel zu glätten. Er war angelaufen und praktisch blind, doch es reichte, um mir zu zeigen, dass es ein verzweifeltes Unterfangen war. Mist, ein Kamm wäre jetzt nicht die schlechteste Idee!

Nach einigen zwecklosen Minuten gab ich frustriert auf, fluchte laut und einfallsreich – und machte mich auf den Weg. Ich wollte nicht noch mehr Zeit verlieren. Immerhin wusste ich nicht, wann Liz diesen Brief in meinem Zimmer hinterlassen hatte. Und ich wollte sie keinesfalls verpassen.

Vor ihrer Tür hielt ich inne und atmete tief durch. Ich war nervös, nervöser als ich mich je gefühlt hatte. Was würde mich erwarten?

Ich hob die Hand zum Klopfen, ließ sie langsam wieder sinken. Zögerte. Genoss den kostbaren Moment der Anspannung noch einen endlosen Augenblick länger …

Dann klopfte ich zweimal.

Die Tür war nur angelehnt und schwang mit einem leisen Quietschen auf. Verunsichert blickte ich in die dunkle Öffnung. Es sah nicht so aus, als würde Licht brennen. Zaghaft schob ich die Tür weiter auf. »Liz?«, fragte ich mit gedämpfter Stimme. »Bist du da?«

Ich verharrte, schon jetzt überfordert mit der Situation. In romantischen Dingen hatte ich offensichtlich noch viel zu lernen.

Dann fasste ich mir schließlich ein Herz und trat ein. Mehr als einmal hatte Elizabeth gesagt, ich müsste etwas selbstbewusster, bestimmter werden. Und wer wusste es schon – am Ende war dies hier vielleicht ein Test.

Muffiger Geruch schlug mir entgegen. Nicht direkt unangenehm, aber zumindest fremdartig. Im schattigen Zwielicht einiger brennender Kerzen konnte ich Schälchen ausmachen, aus denen gekräuselter Rauch aufstieg. Ah, Weihrauch. Liz hatte vor einiger Zeit erwähnt, dass sie das Zeug gern verbrannte. Gegen den Geruch im Pub, hatte sie grinsend angefügt.

Es wirkte, so viel konnte ich sagen. Dennoch hatte ich das Gefühl, dass er mich benommen machte. In Verbindung mit der warmen Dunkelheit und den flackernden Kerzen fühlte ich mich merkwürdig.

»Liz?«, fragte ich ein wenig verträumt und machte einen weiteren Schritt in den Raum hinein.

Hier wohnte sie also. Viel erkannte ich nicht, doch ihre Vorliebe für kuriose Gegenstände, Masken und dunkle Bilder konnte ich selbst im Zwielicht erahnen. Was fand sie nur an diesem morbiden Kram?

Viel wichtiger war ja aber: Wo steckte sie nur? Und was genau hatte sie nun vor?

»Liz?«, fragte ich erneut, diesmal ein wenig lauter. Ich hatte keinerlei Ahnung, was sie von mir erwartete. Das Protokoll für den Besuch auf dem Zimmer einer Dame hatte mir niemand erklärt. Wer auch? Mein Vater, der Pfarrer? Oder Calcraft, der Einzelgänger? Ich hatte bei Weitem zu viel Zeit in der Obhut weltfremder Männer verbracht, als dass ich auf eine solche Situation vorbereitet sein konnte. Jetzt bekam ich die Quittung dafür. Ich fühlte mich wie ein kleiner Junge. Und es gab nun wirklich nichts Schlimmeres!

»Schließ die Tür und komm näher.«

Mein Herz machte einen Satz. Das war Elizabeths Stimme gewesen, ganz eindeutig. Aber wo war sie hergekommen? Ich konnte sie nirgendwo entdecken, die Ecken des Raumes verloren sich in dunklen Schatten.

Ich tat, wie mir geheißen, und tauchte völlig in der schattigen Tiefe des Raumes unter. Wo die Kerzen herkamen, war mir schleierhaft. Urplötzlich flammten sie vor mir auf, erhellten eine kleine Holzkonstruktion, die ich erst nach einigen Augenblicken als das erkannte, was sie war.

Eine Bühne.

»Liz, was geht hier vor?«, fragte ich unruhig in das Dunkel. Ein romantisches Stelldichein hatte ich mir anders vorgestellt.

Wie von Geisterhand tauchte eine Puppe auf der kleinen Bühne auf. Tief in mir rumorte es dumpf. Es war, als müsste ich mich an irgendetwas erinnern, doch da war nichts. Nur Anspannung, Nervosität und zunehmend auch Ungeduld.

Die Figur des Punch mit der Narrenkappe hampelte eine Weile über die Bühne und verschwand dann wieder ohne nennenswerte Vorkommnisse.

»Pass gut auf.« Wieder ihre Stimme. Wieder konnte ich nicht sagen, woher sie gekommen war. Es blieb keine Zeit, darüber nachzudenken: Die nächste Figur auf der Bühne erkannte ich sofort. Und doch musste ich zweimal hinsehen, bis ich glaube, was ich da sah.

Diese Puppe sah so aus wie ich. Reglos sah ich zu, wie neben meiner Puppe eine weitere auf der Bühne auftauchte. Schwarze lange Haare, ein Blumenstrauß im Arm … Liz!

Die beiden umkreisten einander, vollführten einen merkwürdigen Tanz auf den Brettern der Bühne. Als sie sich näher kamen und sich zu küssen schienen, bahnte sich eine Gewissheit in mir an und mir fiel ein, wo ich ein solches Puppenspiel bereits gesehen hatte.

Ein Jahrmarkt vor den Toren eines kleinen Dorfes. Ein Stand, abseits all der anderen … eine alte Frau. Eine Erinnerung trieb in mir an die Oberfläche. Ich hatte es noch mal gesehen. Am Tag der ersten Hinrichtung vor dem Newgate-Gefängnis. Wie hatte ich das nur vergessen können?

Ich schreckte hoch, löste mich mit Mühe von diesem Schauspiel. Etwas anderes kam mir unvermittelt in den umwölkten Sinn. Wie war Elizabeth überhaupt in mein Zimmer gekommen?

Meine Alarmglocken schrillten. Irgendwas stimmte hier nicht. Langsam wich ich zur Tür zurück. Ich wusste nicht genau, was es war, doch die Stimmung in diesem dunklen Raum schlug schlagartig um. Sie wurde kalt, bedrohlich und bösartig. Mit einem aufgebrachten Zischen erloschen die Kerzen und tauchten den Raum in tiefes Schwarz.

Als ich hörte, wie sich ein Schlüssel im Schloss umdrehte, wusste ich, dass ich einen gewaltigen Fehler begangen hatte.

Etwas kam aus der Dunkelheit auf mich zu. Zunächst sah es so aus, als hätte einer der tiefen Schatten aus der Ecke des Raumes urplötzlich eine Gestalt angenommen. Dann schälten sich vertraute Umrisse heraus. Es war Elizabeth.

Oder das, was einmal Elizabeth gewesen war. Der Schreck lähmte mir die Glieder. Unfähig, auch nur einen Finger zu rühren, stand ich wie festgewachsen da und starrte auf das grässliche Wesen. Die Haare, die Kleidung, mehr erinnerte nicht an das Mädchen, das ich gestern noch geküsst hatte.

Die Gewissheit wollte in mein Bewusstsein rieseln, doch ich wehrte sie ab. Wollte es nicht wahrhaben. Wie auch? Wie sollte ich begreifen, dass das Mädchen, das ich liebte, ein Wechselbalg war?

Wechselbalg.

Verflucht, das konnte nicht wahr sein! Und doch wusste ein Teil von mir, dass es stimmte. Elizabeth war ein Wechselbalg. War immer schon ein Wechselbalg gewesen.

Erst langsam dämmerte mir, was das bedeutete. Es war, als stünde die Zeit still. Unzählige Dinge schossen mir durch den Kopf, während sich die Gestalt näherte.

»Du warst es«, brachte ich als Erstes hervor.

Sie war mittlerweile ganz nah. Spöttisch legte sie den Kopf schief und lächelte. »Ich war was, Süßer?«

»Damals in Sheerness. Die verschwundenen Kinder, deine Mutter …«

»Sicher war ich das. Und du hast mich gedeckt. Hast mich sogar vor dem Strick bewahrt.«

Ich konnte nicht klar denken. Weg! Ich musste hier weg! Ich schnellte herum und rüttelte an der Tür. Verschlossen.

»Zu spät«, sagte sie leise. »Das Spiel ist aus.«

Ich musste mich zwingen, sie anzusehen. Ihre Anmut, ihre Schönheit – es war, als hätten sie nie existiert. Das Mädchen, das ich geliebt hatte, war eine Illusion gewesen. In Wirklichkeit hatte ich in den Armen dieses Monsters gelegen. Jetzt wurde mir auch klar, woher ihre Narben kamen. Ihr entstellter Körper war übersät davon, ich wollte mir gar nicht ausmalen, was sie in den letzten zwei Jahren alles angestellt hatte. Mit wem sie sich angelegt hatte.

»Was willst du?«, brachte ich mit trockener Kehle hervor.

»Oh, keine Sorge, dein mickriges Leben ist mir egal.«

Natürlich. Um mich ging es hier gar nicht. »Calcraft«, meinte ich. »Du willst Calcraft.« Ich musste Zeit gewinnen. Ich wusste nicht, wofür, doch ich musste unbedingt Zeit gewinnen. »Und dann?«

»Unwichtig. Eines kann ich dir aber versprechen: Schön wird es nicht.« Sie lachte ein abstoßendes Lachen. Dann schnellte sie vor, packte mich mit einer Hand an der Kehle, hob mich mühelos hoch und drückte mich gegen die Wand. Ein fauliger Geruch schlug mir entgegen. Ihr Geruch! Wieso nur hatte ich sie nicht gewittert?

»Clever, nicht?«, sagte sie, als hätte sie meine Gedanken gelesen. »Du warst aber auch zu einfach zu täuschen, du dummer kleiner Junge. Das warst du früher schon und das bist du noch immer.« Ich bekam kaum Luft, trat und schlug um mich. Ich hatte keine Chance gegen sie. »Der Gestank im Pub, am Fluss, auf dem Markt, die Blumen. Mehr war gar nicht nötig.«

Am liebsten hätte ich laut aufgelacht. Ich Dummkopf!

Ein anderer Gedanke kam mir. Calcraft ... Er war ihretwegen nach Sheerness gekommen. Selbst ihn hatte sie getäuscht. Furcht kroch durch meinen Verstand, fegte alle anderen Empfindungen beiseite. »Du hast ihn auch getäuscht!«, brachte ich heiser hervor.

»Aber natürlich. Mit deiner Hilfe sogar, Richard. Ist das nicht toll?«

Meine Gedanken rasten, wollten mir etwas aufzeigen, das mein Verstand gleichzeitig abschmettern wollte. Wenn sie Calcraft tatsächlich täuschen konnte, dann konnte das nur eines bedeuten: Ich hatte mich auf die Anführerin eingelassen! Ausgerechnet auf das Wechselbalg, das einen Krieg gegen die Menschheit anzetteln wollte. Und nicht nur das: Ich hatte ihr geholfen!

»Du bist die Anführerin«, brachte ich tonlos hervor. Ich war so erschüttert von meiner Erkenntnis, dass ich nicht mal schockiert klingen konnte.

In der Veralberung einer liebevollen Geste strich sie mir die Haare aus dem Gesicht. »Aber sicher, Liebster. Das war ich die ganze Zeit.«

Ich griff um mich und bekam einen schweren Gegenstand zu fassen. Ohne darüber nachzudenken, zog ich ihn ihr über den Kopf. Sie zischte und lockerte ihren Griff, ich riss mich los, rollte mich ab und war schon auf halbem Weg zum Fenster, fegte dabei alles um, was ich zu fassen bekam.

Zwei weitere Schemen tauchten vor mir aus dem Nichts auf. Einer holte aus, dann versank die Welt in dunklem Schmerz.

XLI

William Calcraft

Jemand hämmerte gegen meine Tür. Ich brauchte einige Zeit, um mich aus den schwarzen Fluten des Schlafs emporzukämpfen und das Geräusch von meinen unruhigen Träumen zu trennen.

Das war nicht einfach. Oft, viel zu oft wurden meine Traumwelten von Verfolgern heimgesucht, von Wechselbälgern, die sich gegen jede Vernunft Zutritt zu meinem Schlafzimmer verschafften und mich erledigten, bevor ich meine Aufgabe vollendet hatte.

Bevor ich *sie* gefunden hatte.

Wieder klopfte es, diesmal noch energischer und mit einem verzweifelten Unterton. Für einen kurzen Moment schoss mir durch den Kopf, es sei vielleicht Richard. Ich verwarf den Gedanken sofort. Nein, das war unmöglich. Dafür war er mittlerweile zu stolz und zu stur. Dass er diese Angewohnheiten von mir hatte, machte das natürlich nicht besser.

Mir fiel ein, dass auch Benjamin nicht zu Hause war. Er besuchte irgendeine entfernte Tante in Surrey. Ich erstarrte. Wenn es also doch …

»Wer ist da?«, verlangte ich zu wissen, als ich aufstand und instinktiv nach dem Strick griff, den ich unter der Matratze aufbewahrte. Man konnte ja nie wissen.

»Ich bin es, Mister Calcraft.«

Rose? Was wollte sie denn zu dieser nachtschlafenden Zeit?

Ich öffnete die Tür und blickte in ihre weit aufgerissenen Augen.

»Was ist denn, Rose? Ist jemand im Haus?«, fragte ich alarmiert und warf einen Blick in den Gang hinaus.

»Nein.«

Ich sah, dass sie weinte.

»Es ist nur … ich weiß nicht, wie ich es sagen soll.«

»Nun mal raus mit der Sprache«, sagte ich und schob sie zu einem Schemel. Widerstandslos setzte sie sich.

»Ich glaube, Richard ist in Gefahr!«

»Der Reihe nach, ja? Hast du schlecht geträumt?«

Sie sah mich entrüstet an. »Das war kein Traum!«, brach es mit neuerlichem Schluchzen aus ihr heraus. Ich reichte ihr mein Taschentuch, das sie jedoch nur schräg von der Seite ansah. »Er … er ist in Gefahr. Ich habe es gesehen. Er … da war dieses Puppenspiel. Und dieses Mädchen.«

Wie war das gewesen? Puppenspiel? Mädchen? Etwas regte sich in mir. Eine dunkle Vorahnung. »Und du bist dir sicher, dass du etwas gesehen hast?«

Sie nickte hastig mit dem Kopf. »Ich war da, Mister Calcraft. Ich bin ihm hinterhergelaufen. Mehr als einmal. Ich weiß mittlerweile ganz gut, wie man Leuten nachspioniert«, fügte sie beinahe stolz an. Sie lächelte schief. »Habe ich in den Büchern von Wilkie Collins gelernt. Jedenfalls war da dieser Pub an der Themse, ich war schon mehrmals da. Er trifft sich dort mit diesem Mädchen, dieser Dunkelhaarigen. Als ich ihn das erste Mal dort gesehen habe, bin ich fürchterlich erschrocken. Da stand so ein altes Puppenspiel hinter dem Haus und eine der Figuren … Ich weiß, das klingt albern, doch eine der Figuren sah ein bisschen so aus wie Richard!«

Ich schluckte und schloss für einen kurzen Moment die Augen. Ich wusste, wo ich bereits etwas Ähnliches erlebt hatte. War dies also der Moment, den ich ebenso gefürchtet wie ich ihn sehnlichst herbeigesehnt hatte? Alles sprach dafür.

»Ist das alles?«, fragte ich betont ruhig.

Sie schüttelte den Kopf. »Heute Abend war ich wieder dort. *Angel Inn* heißt der Pub, falls Sie ihn kennen. Ein übler Ort. Ich habe gesehen, wie Richard hineinging. Kurz danach lösten sich zwei Gestalten von der Hauswand, folgten ihm und schlossen die Tür von innen ab. Ich bin sofort zurückgerannt.«

Das verhieß in der Tat nichts Gutes. Üble Gedanken beschlichen mich. »Dieses Mädchen, Rose«, begann ich, »wie sah es aus?«

Ich kannte die Antwort, bevor Rose sie mir gab. Es konnte keinen Zweifel daran geben: Es war das Mädchen, das ich vor dem Strick bewahrt hatte. Es war das Mädchen, für das ich damals noch nicht bereit gewesen war. Ich atmete tief durch.

War ich es jetzt?

Ich wusste es nicht. »Führ mich augenblicklich hin!«, sagte ich dennoch. Ich musste es herausfinden. Nicht zum ersten Mal seit seinem Verschwinden merkte ich, wie sehr mir Richard fehlte.

Ich spürte es, noch bevor der Pub in Sichtweite kam. Spürte sie. Wechselbälger. Das hier war kein Ort, an dem sie sich nur gelegentlich herumtrieben. Das hier war ein Nest.

»Sei auf der Hut und bleibe dicht hinter mir«, wies ich die tapfere Rose an, die mich, ohne mit der Wimper zu zucken, in diese üble Gegend geführt hatte. Wie konnte dem Jungen das entgangen sein? Sicher, der Fluss schenkte diesem Uferstreifen ein ganz besonders intensives Aroma, doch ich hätte erwartet, dass er das mittlerweile trennen konnte.

»Sehen Sie nur, Mister Calcraft«, hörte ich Roses Stimme hinter mir. »Das Fenster.«

Ich beschleunigte meinen Schritt. Das zerbrochene Fenster ließ nichts Gutes erahnen. Vorsichtig warf ich einen Blick in den Schankraum. Umgeworfene Stühle, zerbrochene Gläser. Weit und breit niemand zu sehen. Ich wusste, dass das nichts zu bedeuten hatte. Sie konnten überall sein.

Ich wandte mich zu Rose um. Sie sah nicht glücklich aus und zitterte, doch von Angst sah ich in ihren Augen nichts. Ein tapferes Mädchen! »Was auch passiert, du musst auf mich hören. Wenn ich sage, du sollst wegrennen, rennst du, wenn ich sage, du sollst bei mir bleiben, bleibst du. Hast du verstanden?«

Rose nickte und wir betraten den Pub. Hier konnte ich schon eher verstehen, weshalb es Richard nicht sofort aufgefallen war. Abgestandener Rauch und bitteres Bier verhüllten den Gestank nach diesem Abschaum beinahe völlig. Und da war noch etwas. Ich hielt inne. Etwas, das ich noch nie wahrgenommen hatte. Da wusste ich, was es war.

Eine Gewissheit überlief mich wie ein eiskalter Schauer. Sie war es. Sie war hier gewesen.

Ein Knarren aus dem Stockwerk über uns ließ mich zusammenzucken.

Oder sie war noch hier.

Ich legte den Finger auf die Lippen, zeigte zur Treppe am Ende des Raumes und bedeutete Rose, mir zu folgen. Leise schlichen wir die Treppe empor. Tausend Gedanken rasten durch meinen Kopf, tausend Pläne, Fragen, Ängste. Ich ließ sie ungehindert passieren. Was auch immer ich mir ausdachte – wenn sie mich tatsächlich dort oben erwartete, wäre jeder Plan nichtig.

Meine Anspannung wich einer seltsamen Hochstimmung. So langsam begriff ich, dass das bevorstand, worauf ich seit so vielen Jahren hinarbeitete.

Wieder das Knarren. Wieder machten wir einige Schritte. Die Katze, die am oberen Ende der Treppe auftauchte, erschreckte mich mehr, als ich mir das jemals eingestehen würde. Fauchend flitzte sie an uns vorüber und schoss aus der Tür heraus.

»Zum Teufel!«, entfuhr es mir und ich stürmte die letzten Stufen hinauf. Ich fand ihr Zimmer sofort. Oder besser gesagt das, was davon übrig geblieben war.

»Was ist hier nur passiert?«, flüsterte Rose fassungslos, als wir auf die

Verwüstung blickten. Auch hier war das Fenster zerbrochen, das Bett war umgeworfen, überall lagen Gegenstände auf dem Boden verstreut. Nur die Bühne stand intakt in der Mitte des Raumes. Ich musste nicht genau hinsehen, um die Puppe zu erkennen, die mit ausgerissenen Gliedmaßen auf ihr lag.

Rose auch nicht. »Richard!«, entfuhr ihr. »Mister Calcraft, sehen Sie nur! Wo ist Richard?«

Ich schüttelte den Kopf. »Ich weiß es nicht.« Die vielen Eindrücke in diesem Raum lenkten mich ab, machten mir das Denken schwer. Dazu dieser beißend-süßliche Geruch von Weihrauch oder sonstigen Kräutern. Geschickt, äußerst geschickt. Ich durfte meine Gegnerin nicht unterschätzen. »Wartest du einen Moment draußen?«, bat ich Rose. »Keine Sorge«, fügte ich an, als ich die Angst in ihrem Blick las. »Es ist niemand hier.«

Ich musste allein sein. Irgendwo in diesem Raum gab es einen Hinweis. Wenn ich ihn fand, konnte ich Richard vielleicht retten. Am liebsten hätte ich ihm ordentlich die Ohren lang gezogen, ihn für seine Dummheit bestraft. Doch bevor ich das tun konnte, musste ich zunächst dafür sorgen, dass er überlebte.

Törichter Narr! Warf sich ausgerechnet ihr an den Hals, von allen Wechselbälgern das böseste und gefährlichste. Da hätte er genauso gut mit einem Eisblock in die Hölle hinabsteigen und hoffen können, das Fegefeuer würde ihn nicht schmelzen.

Ich schloss die Augen. Bilder blitzten auf, Eindrücke kamen und gingen wie Wolken, die sich vor die Sonne schoben.

Es waren mindestens drei gewesen. Drei Wechselbälger. Und Richard. Er hatte keine Chance gehabt. Mein Zorn verrauchte so schnell, wie er gekommen war. Was hätte er auch anderes tun sollen? Sie hatte ihm Lügen ins Ohr geträufelt wie feinsten Sirup, hatte einen Weg gefunden, mir diese Briefe unterzuschieben. Wer wusste schon, was sie oder einer ihrer Lakaien ihm alles über mich erzählt hatte. Legenden gab es ja genug. Haarsträubende Gerüchte und schlimme Anschuldigungen. Natürlich gab es sie. Viele davon hatte ich selbst in die Welt gesetzt.

Ich hatte den Jungen in diese Sache hineingezogen. Jetzt hatten sie ihn in ihrer Gewalt. Wenn mich mein Gespür nicht täuschte, war er zwar nur ein Druckmittel, um mich anzulocken. Sicher war ich dennoch nicht. Zu viel Sicherheit war der erste Schritt ins Grab, also musste ich alle Möglichkeiten in Betracht ziehen.

Als ich die Puppe in die Hand nahm, durchzuckte es mich. Ein Puppenspiel an einer Mauer, dahinter ein kleiner Friedhof, eine Kirche. Direkt neben dem Newgate-Gefängnis. Modriger Geruch stieg mir in die Nase, ein Hauch von Abwasser, Kanalisation.

Da wusste ich es.

Verdammt noch mal, wieso war ich nicht früher darauf gekommen? Flüsse … es waren doch immer schon Flüsse gewesen, die die Grenzen zwischen den Welten markierten. Ich stürzte aus dem Zimmer. Jede Sekunde zählte.

»Rose, schnell, wir müssen los!«

»Wohin gehen wir?«, fragte sie atemlos, während wir die Treppe hinunterstürmten.

»Wir gehen nirgendwohin, mein Kind. Zumindest nicht gemeinsam. Wir setzen auf die andere Themseseite über, dann bringe ich dich zu einer Kutsche. Du wirst nach Hause fahren, die Tür verriegeln und auf Onkel Ben warten. Er wollte bis zum Vormittag zurück sein.«

»Und Sie?«

»Ich werde Richard zurückbringen!«

XLII
Richard Winters

Einen seligen Moment lang wusste ich nicht, was passiert war. Dann brachte der dumpfe Schmerz in meinem Hinterkopf die Erinnerung mit voller Wucht zurück.

Elizabeth war ein Wechselbalg! Am liebsten wäre ich sofort wieder in selige Ohnmacht gefallen. Ich hatte alles verloren. Meine Liebe zu Elizabeth war eine Täuschung gewesen, die mich und Calcraft in tödliche Gefahr gebracht hatte. Für sie hatte ich alles aufgegeben, was ich besessen hatte, hatte Calcraft, Benjamin und Rose zurückgelassen.

Es bereitete mir keine Freude, die vergangenen Geschehnisse zu rekonstruieren. Ich erinnerte mich noch an Elizabeths Zimmer im *Angel*, dann dieser Schlag, dann nichts mehr.

Ich fühlte mich hundeelend. Ich war allein, auf mich gestellt und hatte alles falsch gemacht, was ich falsch machen konnte. Jetzt bezahlte ich dafür. Beim Gedanken an meinen Meister schossen mir Tränen in die Augen. Das *Golden Rose*. Benjamin. Rose.

Rose …

Ob ich sie je wiedersehen würde? Erst jetzt merkte ich, wie sehr mir ihre Gesellschaft fehlte. Ihre Wärme, ihre Herzlichkeit, ihre unschuldige Art. Was hatte sie zu mir gesagt, als wir allein im Gastraum des *Golden Rose* gewesen waren?

Nicht die Arbeit macht dich zu einem Menschen, sondern das Herz.

Sie war die Einzige gewesen, die mich nicht für meine Arbeit verurteilt hatte. Gut, abgesehen von Calcraft und Benjamin, aber die beiden waren etwas anderes. Sie hatte Mitgefühl gezeigt, war besorgt um mich gewesen. Und wie hatte ich es ihr gedankt?

»Gar nicht«, sprach ich leise zu mir selbst. Mit einiger Mühe hielt ich meine Tränen zurück. Es gelang mir nicht. Ich hatte Rose so oft mit Elizabeth verglichen, dass ich gar nicht gemerkt hatte, was für ein besonderes Mädchen sie war. Wie sie sich um mich gekümmert hatte. Wieso nur hatte ich mich wieder auf Elizabeth eingelassen? Hatte ich nicht schon damals im Wald, als Calcraft mich vor dem Wechselbalg gerettet hatte, festgestellt, dass sie mich immer nur ausgenutzt hat? Was war ich nur für ein verdammter Esel gewesen! Und wie konnte es mir nur die ganze Zeit entgangen sein, dass sie ein Wechselbalg, höchstwahrscheinlich sogar die Anführerin der Wechselbälger war? Was für ein unerfahrener Junge ich doch war.

Genug davon! Selbstmitleid brachte mich jetzt nicht weiter. Ich blickte um mich. Es war so dunkel, dass ich mehrmals die Augen zukneifen musste, bis ich sicher sein konnte, sie wirklich geöffnet zu haben. Der Boden war kalt und feucht, irgendwo tropfte es. An meinem Kopf fühlte es sich klebrig an, doch ich erreichte ihn nicht mit der Hand. Ich war an Händen und Füßen gefesselt.

War es das? Stand mein Ende unmittelbar bevor? Ich war so enttäuscht, wütend und traurig, dass mir selbst die unmittelbare Vorstellung des Todes keine Angst einjagte. Ein Henker, der Angst vor dem Tod hat, wäre aber auch zu albern gewesen.

Vergeblich hoffte ich, dass sich meine Augen an die Dunkelheit gewöhnten, doch selbst als endlose Minuten vergangen waren, konnte ich nicht mehr als vage Umrisse ausmachen. Sah ganz so aus, als hätte man mich in eine Zelle gesteckt.

»Hallo?«, rief ich und erschreckte darüber, wie brüchig meine Stimme klang. Das Echo warf sie verzerrt und schwächlich zurück. »Hört mich jemand?«

Natürlich hörte mich niemand. Wenn es stimmte, was ich mir zusammengereimt hatte, dann war ich nicht in der Gewalt eines beliebigen Wechselbalgs. Wenn es stimmte, war ich in der Gewalt jener Kreatur, die mein Meister all die Jahre gesucht hatte. Und ich war auf sie hereingefallen wie ein kleiner verliebter Junge!

»Verdammter Mist!«, fluchte ich. Für einen kurzen Moment übermannte mich doch die Panik, schnürte mir die Todesangst die Kehle zu.

Dann wurde ich ruhig.

Nicht hinter mir war Elizabeth her. Ich war nur der Lockvogel für Calcraft, was bedeutete, dass Elizabeth – oder wie auch immer ihr richtiger Name war – fest mit seinem Auftauchen rechnete. Solange er nicht kam, würde mir nichts passieren. Und wenn er kam … nun, das stand auf einem gänzlich anderen Blatt. Die Frage war nur: Woher sollte er wissen, wo ich mich aufhielt?

Mein Meister hatte Angst vor dieser Begegnung gehabt, das hatte ich mehr als einmal gespürt. Angst und Respekt. Es konnte also nicht schaden, mit klarem Verstand vorzugehen. Auch wenn das in meiner gegenwärtigen Situation alles andere als einfach war.

Ich robbte unbeholfen auf dem Boden voran, um meine Umgebung auszukundschaften. Wo war ich nur? Konnte es ein Gefängnis sein, ein altes Verlies? Ich stieß gegen ein Holzfass. Vielleicht doch nur ein Keller, ein Lagerraum unter der Erde? Ich schleifte mich weiter über den Boden, eine mühevolle Angelegenheit, die den pochenden Kopfschmerz nicht gerade abklingen ließ. Da, eine offene Kiste! Es roch nach Wachs, im Dunkeln schimmerten längliche weiße Objekte. Kerzen!

Jetzt nahm ich den Geruch wahr. Wo hatte ich ihn nur schon gerochen? Und wieso war er mir so merkwürdig vertraut? Staub, Holz, Kerzenwachs, Weihrauch, brüchiges Papier …

Aber natürlich, ich war in einer Kirche! Kein Wunder, dass mir der Geruch so vertraut vorkam, immerhin hatte ich praktisch meine gesamte Kindheit in den kühlen, verlassenen und strengen Räumlichkeiten der Kirche in Sheerness verbracht.

Ich hörte ein Rauschen und folgte ihm. Bald stieß ich schmerzhaft gegen eine Wand, hinter der das Rauschen lauter wurde. Als würde ein unterirdischer Fluss dahinter gluckern. Unterirdische Flüsse gab es laut Benjamin aber eine ganze Menge in London, von Kirchen ganz zu schweigen. Wunderbar, ich hatte also immer noch keine Ahnung, wo ich war.

Ich lehnte mich an die Wand, um mich auszuruhen und nachzudenken. Etwas Spitzes fuhr mir in den Rücken. Ich schrie auf, darauf gefasst, gleich ein Messer in die Seite gerammt zu bekommen. Es dauerte eine ganze Weile, bis ich herausgefunden hatte, was mir da genau in den Rücken gestochen hatte: Zwischen den Fugen der Wand war eine Glasscherbe eingeklemmt. Sofort versuchte ich aufgeregt, damit meine Fesseln zu durchtrennen.

Zunächst sah es nicht danach aus, dass es mir gelingen würde, ich hatte zu wenig Spielraum an der Wand und ritzte mir mehr als einmal in die Arme.

Doch irgendwann hatte ich es geschafft und wandte mich den Fußfesseln zu. Das war schwieriger. Ich musste mich auf den Boden setzen und die Beine in die Luft strecken, eine reichlich alberne Vorstellung. Doch sie erfüllte ihren Zweck: Einige schmerzhafte Minuten später hatte ich mich befreit. Und nicht nur das: Das Seil der Fußfessel war lang und stabil genug, um daraus einen Strick zu drehen – nun hatte ich auch eine Waffe. Keine besonders wirkungsvolle vielleicht, doch in diesem Kampf die denkbar beste.

Und sie kam keine Minute zu früh: Ich hörte Schritte. Rasch versteckte ich mich hinter den Holzfässern und wartete. Ein Schlüssel drehte sich im Schloss, eine Tür wurde geöffnet. Schwacher Lichtschein fiel in mein Gefängnis, erhellte feuchte Steinquader und unverputzte Wände. Mein Verstand raste. Sollte ich mich sofort auf die Gestalt stürzen, die im Türrahmen stand? Oder sollte ich die Verwirrung nutzen, wenn sie mich vergeblich an meinem alten Platz suchte?

Ich kam gar nicht dazu, weiter darüber nachzudenken. Eine weitere Figur tauchte hinter der Gestalt auf. Dann ging alles ganz schnell. Ein dumpfes Keuchen, die erste Gestalt ging in die Knie, die zweite zog sie in den Raum hinein, stürzte sich auf sie. Es war unmöglich zu erkennen, wer da mit wem kämpfte, doch als ich ein Röcheln und das grausig vertraute Reißen vernahm, hätte ich vor Freude am liebsten laut aufgeschrien.

Calcraft!

»Kein Wort, Junge«, raunte er leise. Ich hörte, wie er den Körper wegschleifte und in der Dunkelheit hantierte. Kurz darauf ging ein kleines Licht an. Eine schwache Flamme erhellte die Züge meines Meisters. »Wenigstens in einer Sache sind Kirchen zu etwas nutze«, meinte er und kam näher. »Es gibt nie einen Mangel an Kerzen.«

Ich konnte es nicht fassen. Calcraft war tatsächlich hier! »Wie haben Sie mich gefunden, Meister?« Am liebsten hätte ich ihn umarmt, dann fiel mir wieder ein, was alles zwischen uns vorgefallen war. Beschämt trat ich zurück. »Oh … Meister, was ich gesagt habe …«

»Papperlapapp.« Calcraft legte mir die Hand auf die Schulter. »Für derlei Quatsch haben wir jetzt keine Zeit. Was geschehen ist, ist geschehen. Sehen wir zu, dass wir alles zum Guten wenden.«

Ich nickte. »Danke.«

»Wofür, Junge?«

Ich überlegte kurz. »Für alles.« Als ich es aussprach, merkte ich, wie wahr das war. Ich war meinem Meister für so viele Dinge dankbar, die ich niemals angesprochen hatte. Wahrscheinlich, weil es mir bis zu diesem Moment selbst nicht klar gewesen war.

»Unfug«, gab er barsch zurück. »Jetzt müssen wir erst mal hier rauskommen. Vorzugsweise an einem Stück.«

Ich nickte. »Wie lautet der Plan?«

»Plan?« Calcraft schüttelte den Kopf. »Es gibt keinen Plan. Hier helfen keine Manöver, keine ausgetüftelten Schachzüge. Sie ist irgendwo in dieser Kirche. Und wir müssen sie erwischen, bevor sie uns erwischt. Das ist alles.«

Ich verstand. Neue Zuversicht machte sich in mir breit. »Dann los«, sagte ich und rieb mir die Handgelenke. Das Seil hatte tief in sie eingeschnitten, nur langsam ließ das Kribbeln nach.

»Welche Kirche ist das?«, fragte ich Calcraft.

Er entzündete eine Fackel an der Wand und reichte sie mir. »St. Sepulchre, gleich neben dem Newgate-Gefängnis. Man sagt, die verzweigten Keller der beiden Gebäude gingen ineinander über. Diesen Durchgang müssen wir finden.«

»St. Sepulchre ...«, wiederholte ich. Da fiel es mir ein. »Damals bei der Hinrichtung habe ich ein Puppenspiel an der Mauer gesehen. Was hat das alles zu bedeuten?«

»Dass wir es hier mit einem weiteren Nest zu tun haben. Wie dieser Pub, in dem du abgestiegen bist. Hier war es nicht der Wirt, sondern der Pfarrer, der mit ihr gemeinsame Sache machte. Sie kann sehr überzeugend sein, nicht?«

Ich blickte beschämt zu Boden und sagte nichts. Stumm schritt ich neben ihm dahin. Wir waren in einem dunklen Gewölbegang, in dem es mehr Spinnennetze und dunkle Maueröffnungen gab, als mir lieb sein konnte. »Sie hat Sie auch getäuscht«, sagte ich verteidigend.

»Ich habe schon in Sheerness gemerkt, dass etwas mit ihr nicht stimmt. Doch ich gebe zu, sicher war ich nicht. Das bin ich erst seit Kurzem.«

»Wie haben Sie es herausgefunden?«

»Oh, das habe ich letztlich Rose zu verdanken.«

Rose? Wie war das möglich?

»Sie war es, die mich heute dazu gebracht hat, das *Angel* aufzusuchen«, fuhr mein Meister fort. »Ohne sie wäre ich jetzt nicht hier. Noch nicht. Und vielleicht wäre ich nie gekommen.« Sein Gesicht nahm einen entschlossenen Ausdruck an. »Genug davon! Da – ein Durchgang. Das Katz- und Mausspiel ist eröffnet.«

Calcrafts Fackel erhellte uralte Gräber. Ratten stoben leise quiekend vor dem ungebetenen Lichtschein davon, wieder und wieder glitten Spinnenweben über mein Gesicht wie Geisterfinger. Ich schauderte, war aber überglücklich darüber, wieder Seite an Seite neben Calcraft zu gehen. Er hatte mir gefehlt. Und Rose … Ich konnte es immer noch nicht fassen, dass ich ihr meine Rettung zu verdanken hatte. Was war das nur für ein Mädchen?

Lange liefen wir nun schon durch diese alten Gänge, tiefer und immer tiefer hinein in eine unbekannte Welt. So groß diese Kirche auch sein mochte – selbst wenn wir in St. Paul's wären, hätten wir sie schon längst hinter uns zurückgelassen.

Die einschläfernde Monotonie des verborgenen Ganges ließ meine Gedanken abschweifen. Sollten wir das hier heil überstehen, dachte ich mir, würde ich Rose zum Essen ausführen. Was sie wohl gern mochte? Wir hatten so viele Wochen unter einem Dach gelebt, und doch wusste ich weniger über sie als über die Beschaffenheit des Kopfsteinpflasters in Whitechapel.

Der Angriff erwischte mich vollkommen unerwartet. Im einen Moment trottete ich noch hinter Calcraft dahin, im nächsten fiel bereits ein buckliges kleines Wechselbalg über mich her.

Trotz seiner geringen Größe war das verwachsene Ding stark und flink. Es drückte mir die Kehle zu und schnappte nach meinem Ohr. Aus den Augenwinkeln sah ich, dass auch mein Meister überrascht worden war. Erneut war ich auf mich allein gestellt. Und doch war diesmal etwas anders. Zum ersten Mal fühlte ich vollkommene Überzeugung für unseren Kampf. Entweder verlieh mir dieses Gefühl Kraft – oder ich war einfach nur verdammt wütend, dass man mich ausgenutzt, hintergangen und eingesperrt hatte.

Ich wirbelte herum, drückte das Wechselbalg fest gegen die Wand. Es krächzte, als ich es an den verformten Schultern zu fassen bekam und langsam zu Boden drückte. Am liebsten hätte ich die Augen geschlossen, doch ich wagte es nicht, diese Kreatur auch nur einen Moment unbeobachtet zu lassen. Ihr eines Auge war zugeschwollen, das andere funkelte mit purer Mordlust. Der schiefe Mund entblößte Zähne, die eher zu einem Wildschwein gepasst hätten.

Solche Wesen konnte sich selbst der verkommenste Verfasser von Schauerromanen nicht ausdenken! Mit einiger Anstrengung drehte ich dem Wechselbalg mit einer Hand die Arme hinter den Rücken, während ich mit der anderen nach meinem improvisierten Strick griff. Würde er halten?

Ein geübter Ruck, ein Reißen, ein grässliches Schmatzen – und das Wechselbalg sank leblos zu Boden. Ohne einen weiteren Gedanken daran zu verschwenden, eilte ich zu Calcraft, der noch immer mit einem Wechselbalg rang. »Es hat den verdammten Strick durchgebissen!«, brachte er gepresst hervor. Ich verpasste der Kreatur einen Hieb, drückte es mit meinem Stiefel zu Boden, legte den Strick an.

Wenige Sekunden später war im Tunnel Ruhe eingekehrt.

»Alle Achtung, Junge«, gab Calcraft zwischen schnaufenden Atemzügen von sich. »Was ist denn in dich gefahren?«

Obwohl die Situation alles andere als passend dafür schien, musste ich grinsen. »Ich denke, ich bin endlich aufgewacht, Meister.«

»Wurde ja auch Zeit«, meinte er grummelnd und ging einfach weiter. Kaum zu glauben, dass mir seine Art gefehlt haben konnte.

»Was meinen Sie, wie viele von denen sind hier unten?«, fragte ich, als wir an einem kleinen Fluss vorbeikamen.

»So viele, wie sie auftreiben konnte.«

»Minus die ersten drei.«

»Wenn wir Pech haben, war das erst der Anfang. Sie kommen über den Fluss, siehst du?« Mein Meister leuchtete mit der Fackel zu dem unterirdischen Strom. »Das ist der Fleet. Früher floss er oberirdisch, doch mittlerweile wurde er fast vollkommen unter die Erde verlegt. Ich bin ihm vor einigen Tagen bis an seine Quelle gefolgt. Viele sind in den letzten Wochen über diesen Weg gekommen. Sie hat sie gerufen, Junge, hat sie versammelt. Und auf diesen Moment gewartet. Los, weiter! Wir müssen sie zu fassen kriegen, bevor es zu viele werden. Das ist unsere einzige Chance.«

Wir wateten durch den Fluss. Das Wasser war eiskalt, doch es kümmerte mich nicht. Im Gegenteil. Mir war, als schärfe die Kälte meine Sinne. »Woher wussten Sie eigentlich, dass sie irgendwann auftaucht? Sie jagen doch schon viel länger Wechselbälger, als Elizabeth auf der Welt ist.«

»Das lass mal meine Sorge sein. Für meinen Geschmack wird hier unten derzeit sowieso zu viel geredet. Also still jetzt und äußerste Konzentration. Wenn wir Glück haben, ist sie stolz genug, es persönlich mit uns aufzunehmen.«

Ich lachte kurz auf. »Und ob sie das ist.«

Zwei weitere Hinterhalte bestanden wir unbeschadet. Wie mein Meister bereits erwähnt hatte, waren die meisten Wechselbälger dumm und leicht zu durchschauen. Auch Calcraft schien gestärkt, mühelos rang er zwei von ihnen zu Boden und erledigte sie nacheinander. So einfach würde es nicht bleiben, das wussten wir, doch es stimmte uns zuversichtlich. Wir waren in guter Verfassung.

Wir betraten das Newgate-Gefängnis durch ein halb verschüttetes Kanalisationsrohr, das schief in der Wand hing. Es war gewaltig, selbst mein Meister musste sich kaum ducken, um hindurchzugehen.

»Dies muss der verlassene Zellenblock sein, von dem mir der Direktor erzählt hat. Ein schlimmer Ort, an dem sich unvorstellbare Dinge abgespielt haben. Genau das richtige Versteck, meinst du nicht?«

Ja, das passte zu ihrem übertriebenen Sinn für Dramatik. Es war erstaunlich, wie schnell sich ein starkes Gefühl wie Liebe in Hass verwandeln konnte. Ich konnte mir sogar vorstellen, ihr den Strick selbst umzulegen.

Langsam gingen wir weiter. Dieser Ort ließ mir einen Schauer nach dem anderen über den Rücken laufen und schien einzig und allein aus bösen Erinnerungen zu bestehen. Das spürte sogar ich. Irgendwo hier in der abgestandenen Dunkelheit tief unter den Gefängnismauern hatte sie sich versteckt. Jetzt mussten wir sie nur finden. Und vernichten.

»Spüren Sie etwas, Meister?«

»Eine ganze Menge«, gab er leise zurück, »doch ich kann es nicht einordnen. Das ist verwirrend, aber etwas anderes hätte ich bei ihr nicht erwartet. Wir müssen sie überraschen, ihr bei dem, was auch immer sie gerade ausheckt, zuvorkommen.«

»Und wie stellen wir das an, mit nur einem Strick?«

Anstatt zu antworten, betrat mein Meister die Zellen vor uns. Sie waren alt, leer und ohne Türen, doch sie zu betreten, war äußerst beklemmend. »Wenn wir Glück haben …«, murmelte er leise, suchte eine Zelle nach der anderen ab. »Wer sagt's denn!«

Er präsentierte mehrere Meter Seil, die neben einigem Werkzeug vergessen auf einem Zellenboden gelegen hatte. Ernst blickte er mich an. »Deswegen habe ich dich als Lehrling aufgenommen, Richard. Deswegen bist du hier. Ich weiß nicht, ob ich allein mit ihr fertigwerde. Besser gesagt, ich bin ziemlich sicher, dass ich nicht allein mit ihr fertigwerde. Du bist bereit, das hast du gerade unter Beweis gestellt. Ich brauche deine Stärke und deinen Mut. Dann können wir es schaffen.«

Ich nickte mit trockenem Mund. »Was muss ich tun?«

»Sie ist hier irgendwo, das weiß ich. Wir werden sie aufspüren. Wir werden sie gemeinsam überwältigen. Wir werden ihr den Strick um den Hals legen und dann beide mit vereinten Kräften daran ziehen. Du hörst auf mein Kommando, hast du das verstanden? Wenn ich sage ›Jetzt‹, dann reißt du mit aller Kraft an dem Strick, hörst du? Du reißt wieder und wieder an ihm, bis wir sie vernichtet haben. Dann rennst du so schnell wie möglich aus diesem Höllenloch.«

»Und Sie?«

»Das spielt keine Rolle. Wichtig ist nur, dass du meine Befehle befolgst. Wirst du das tun?«

»Ja«, entgegnete ich nach einigem Zögern.

»Richard Winters!« Calcrafts Stimme war drohend geworden. »Wirst du das tun?«

»Ja!« Diesmal lag kein Zweifel in meiner Stimme. Calcraft wusste, was er tat. Im Gegensatz zu mir hatte er das immer getan.

»In Ordnung. Dann …«

Ein leises Kichern ließ uns erstarren.

Elizabeth! Sie war hier! Hatte sie uns belauscht?

»Richard Winters, wirst du das tun?«, wehte es voller Hohn zu uns aus dem Nirgendwo. »Wie niedlich. Dabei wird er nur eines tun. Sterben.«

Bei diesem letzten Wort blies ein eisiger Hauch die Fackel aus. Wir standen in vollständiger Dunkelheit.

»Los!«, gab Calcraft gepresst hervor, ohne auch nur eine Sekunde zu verschwenden. »Folge mir!«

Das war gar nicht so einfach. »Haben Sie noch eine Fackel?«

»Nein!« Ich sah kaum die Hand vor Augen und hatte Mühe, mit ihm Schritt zu halten. Immer wieder verhöhnte uns Elizabeths geisterhafte Stimme.

Wie mein Meister in dieser Dunkelheit auch nur irgendetwas erkennen konnte, war mir rätselhaft. Er eilte voran, als bewegten wir uns in hellem Tageslicht, während ich alle paar Schritte stolperte und mich kaum auf den Beinen halten konnte.

»Was würdest du nur ohne deinen Meister machen?« Ihre Stimme schien von allen Seiten zu kommen, schien aus dem Boden zu dringen, aus den Wänden, hallte in meinem Kopf wider. Am liebsten hätte ich mir die Ohren zugehalten, doch ich war mir nicht sicher, ob ich die Stimme dadurch überhaupt ausblenden konnte. Sie schien mich zu durchdringen. »Wie fühlt es sich an, immer auf die Hilfe anderer angewiesen zu sein?«

»Halt den Mund!«, schrie ich in die Dunkelheit hinein. Ich wollte keine Angst haben. Verzweifelt versuchte ich, sie abzuschütteln und fand schließlich auch einen Weg: Ich überließ der Wut den Vortritt. »Halt endlich deinen Mund!«

Blind vor Zorn rannte ich weiter. Und stieß mit meinem Meister zusammen. Fluchend und keuchend gingen wir zu Boden, wollten uns aufrichten und gegenseitig auf die Beine helfen. Dann war sie da. Ich hatte keine Ahnung, wo sie hergekommen war. Sie war einfach da, als wäre sie wie unser Schatten die ganze Zeit bei uns gewesen.

Wir hatten ein Phantom gejagt und nicht gesehen, dass es von Anfang an unter uns gewesen war.

Ich hörte, wie sie meinen Meister zu Boden drückte, und warf mich mit voller Wucht gegen den Körper, von dem ich in der Dunkelheit hoffte, dass es ihrer war. Instinktiv spürte ich, dass ich getroffen hatte: Ich konnte sie zu Boden reißen und bekam sie zu fassen. Mit einem gurgelnden Schrei riss sie sich los, schleuderte mich von sich. Immerhin schien sie allein zu sein. Es war anscheinend ganz so, wie ich mir gedacht hatte: Sie war zu stolz, zu siegessicher, um ihren Untergebenen den Vortritt zu lassen. Zu einem einfachen Gegner machte sie das nicht. Ich wusste um ihre Stärke.

Woher plötzlich das von meinem Meister durch die Dunkelheit gespannte Seil in meiner Hand kam, wusste ich hingegen nicht. Ich musste es instinktiv ergriffen haben. Der Aufprall hatte mir die Luft aus den Lungen gepresst, Sterne tanzten vor meinen Augen. Nur mühsam rappelte ich mich auf, als ich plötzlich die Stimme meines Meisters hörte.

»Jetzt!« Seine Stimme hallte von den Wänden wider. »Jetzt, Richard!«

Ich zögerte nicht. Mit aller Wucht zog ich an dem Strick, wieder und wieder und wieder. Ich hörte ein Röcheln, ein verzweifeltes Aufbäumen, ein heiseres Krächzen, einen Aufprall ... und dann wieder dieses irrsinnige Lachen. Von allen Seiten prasselte es auf mich ein, wurde von verzerrten Echos tausendfach zurückgeworfen. Am liebsten hätte ich mir die Ohren mit heißem Wachs verstopft. Hatte ich sie erwischt?

Schnelle Schritte entfernten sich, dann flammte eine Fackel an der nahen Wand auf. Was hatte das nur zu bedeuten? Dann sah ich es. Alle Hoffnung schwand aus mir wie Sandkörner aus einem Stundenglas. Schwärze stürmte von allen Seiten auf mich ein, nur mit großer Mühe konnte ich mich auf wackeligen Beinen halten.

Vor mir lag nicht Elizabeth. Vor mir lag William Calcraft. Der Strick, an dem ich gezogen hatte, hatte sich fest um seinen Hals geschlossen. Er bewegte sich nicht.

Ich schrie, doch ich hörte meine eigene Stimme gar nicht. Ich schrie all das aus mir heraus, was sich in mir angestaut hatte. In diesem Moment hatte Elizabeth, hatten die Zellen, hatten alle Wechselbälger dieser Erde ihren Schrecken verloren. Meine Welt war auf die leblose Figur vor mir zusammengeschmolzen. Auf meinen Meister.

Ich war hin und her gerissen, wollte in einem Moment die Verfolgung aufnehmen um diese grausame Kreatur mit eigenen Händen töten, im anderen einfach zusammenbrechen, aufgeben, mich neben die leblose Gestalt des Henkers legen und alles vergessen. Die Schwärze war verlockend, doch ich kämpfte sie zurück. Noch würde ich nicht aufgeben.

Diese Kreatur hatte uns in eine Falle gelockt. Sie hatte die Stimme meines Meisters imitiert. Dennoch war es ich, der am Strick gezogen hatte. Wieder und wieder.

Nicht nur das: Ich war es gewesen, der töricht in diese Falle getreten war. Nur meinetwegen war Calcraft hierhergekommen, um mich zu retten.

Ich eilte zu ihm, der Blick tränenverschleiert, das Herz ein Hort der Verzweiflung. Hastig nahm ich ihm den Strick vom Hals, warf ihn angewidert von mir. Wenn er tot war, hatte ich ihn auf dem Gewissen.

»Meister!«, brach es aus mir heraus. »Meister!«

Zwei Dinge geschahen gleichzeitig. Seine Augenlider flatterten und … er veränderte sich. William Calcraft veränderte sich. Er … nein, das konnte nicht sein! Und doch sahen meine Augen das, was mein Verstand nicht akzeptieren wollte.

Mein Meister war ein Wechselbalg.

Entsetzt robbte ich von ihm weg und blickte fassungslos auf die Gestalt vor mir. Das durfte … das konnte doch nicht sein!

Nach allem, was passiert war, nach allem, was ich gesehen hatte, war ich mir sicher gewesen, dass mich nichts mehr schockieren würde. Nach Elizabeth schon gar nicht mehr. Und doch erschütterte mich das grausige Bild, das sich mir bot, mehr als alles andere. Die Grundfesten meiner Welt stürzten ein und hinterließen mich einsam in der Dunkelheit.

Vorsichtig pirschte ich mich an das Wesen heran, das mein Meister gewesen war. Es lebte, und ich war jederzeit darauf gefasst, dass sich nun auch Calcraft gegen mich stellen würde. Er schlug die Augen auf. Sie hatten eine andere Farbe, saßen plötzlich viel tiefer in den Höhlen. Den Blick erkannte ich dennoch sofort. Da war noch etwas von meinem Meister in ihm, etwas Menschliches, das ich bei Elizabeth nicht mehr gefunden hatte. Das Wechselbalg lag gekrümmt auf dem Boden und blickte mich eindringlich an. »Aber … wieso?«, fragte ich mit brüchiger Stimme.

Es versuchte zu sprechen, doch es dauerte eine Weile, bis es ganze Worte formen konnte. »Bitte verzeih mir«, brachte Calcraft unter großer Anstrengung hervor. Der Strick hatte üblen Schaden angerichtet. *Ich* hatte üblen Schaden angerichtet. »Ich habe dich angelogen.«

»Sie … Sie …« Sie sind ein Wechselbalg, wollte ich sagen. Ein Monster. Das Wesen, das Sie über Ihren Tod hinaus hassen. Doch ich brachte nur ein heiseres Schluchzen heraus. Das hier war keine böse Kreatur, das erkannte ich sofort – auch wenn ich alles andere nicht begriff.

»Es war alles meine Schuld«, sagte ich mit belegter Stimme. »Ich habe Ihre Stimme gehört und nicht darauf geachtet, von wem sie kam.«

»Du hast getan, was ich dir aufgetragen habe. Und das musst du jetzt wieder tun. Finde sie. Töte sie.«

Ich nickte. Er tastete nach meiner Hand. Seine Haut fühlte sich viel schuppiger an, härter. »Das werde ich.«

»Wenn wir sie los sind, werden die anderen Wechselbälger verunsichert sein, verstreut und uneins. Das musst du ausnutzen.«

Wechselbalg hin oder her: Zum ersten Mal hatte mein Meister meine Zukunft angesprochen. Und zum ersten Mal fühlte ich mich bereit dafür. Wahrscheinlich hatte ich es schon längst gewusst, aber hier, an diesem Ort der Verzweiflung, wurde mir endgültig bewusst, was meine Aufgabe war. Ich würde diese Bestien jagen, bis sie alle aus diesem Land vertrieben waren.

»Meister«, begann ich zögerlich. Es fühlte sich keineswegs seltsam an, diese sterbende Kreatur ›Meister‹ zu nennen. Ganz im Gegenteil: Ich war noch nie so stolz darauf gewesen, William Calcrafts Lehrling zu sein.

»Was ist?«

Es fiel mir schwer, die Zeit mit Fragen wie diesen zu vergeuden, doch ich musste es wissen. »Wieso das alles? Wieso machen Sie Jagd auf Ihresgleichen?«

»Weil wir das Letzte sind, Junge.« Ein heftiger Hustenkrampf schüttelte ihn. Er wand sich, hatte offensichtlich große Schmerzen. Die Hilflosigkeit verzehrte mich. Ich konnte nichts für ihn tun. »Weil wir es nicht verdient haben zu leben. Weil wir noch schlimmer sind als der schlimmste Abschaum der Menschen. Weil wir eure Welt vergiften.«

»Sie haben das nicht getan.«

»Ein schwacher Trost für all die anderen. Richard …« Er versuchte, sich aufzurichten, und blickte mich eindringlich an. »Rede mit Benjamin. Er weiß Bescheid. Über alles. Vollende meine Geschichte. Füge ihr ein paar heroische Kapitel hinzu. Führe meine Arbeit zu Ende. Ich weiß, dass du das kannst. Aber vor allem … Vor allem überlebe diese Nacht.«

William Calcraft starb ohne einen weiteren Laut.

XLIII
Richard Winters

Zwei Jahre hatte ich im Schatten des Todes gelebt und doch keine Trauer gefühlt. Die Menschen waren gekommen und gegangen, eine endlose Abfolge baumelte an Stricken. Und hier, unter den unaussprechlichen Schrecken des Gefängnisses, fühlte ich zum ersten Mal die ganze Macht des Todes. Unser Gefährte verschonte nicht einmal uns, das wurde mir urplötzlich schmerzhaft bewusst.

Wut, Trauer, Fassungslosigkeit und Schuldgefühl führten einen kurzen, aber heftigen Kampf in mir. Kraftlos sank ich neben der leblosen Hülle meines Meisters zusammen und überließ mich einen Moment lang der Trauer. Langsam, ganz langsam veränderte sich etwas in mir. Für Trauer, für Fragen und Antworten war es weder der richtige Ort, noch die richtige Zeit. Es gab nur eine Sache, die ich tun konnte. Gefühle kämpften in mir wie ein Sturm. Dann verließ die Wut als Sieger das Schlachtfeld.

Ich würde diese Sache zu Ende bringen. Für meinen Meister, für mich, für die Welt.

Ich hob den Strick vom Boden auf. Mit festem Schritt verließ ich das Gefängnis.

Ich blendete alles aus, vergaß für einen Moment meine Trauer und die gähnende Leere, die Calcrafts Tod in mir aufgetan hatte. Jetzt zählte nur noch eines. Und diesmal würde ich mich durch nichts auf der Welt aus der Ruhe bringen lassen.

Elizabeth machte es mir nicht allzu schwer, ihr zu folgen. Ihre Schritte hallten laut durch den engen Gang, traten in Pfützen, gaben sich keinerlei Mühe, leise zu sein. Beinahe war es ein wenig so, als wollte sie gefunden werden. Natürlich war mir der Gedanke gekommen, dass sie mich vielleicht wieder in eine Falle locken würde. In einen Hinterhalt. Ich glaubte jedoch nicht, dass andere Wechselbälger im Spiel waren. Zumindest nicht, solange sie dachte, die Oberhand zu haben. Und daran konnte es gerade keinen Zweifel geben.

Ich wusste nicht, wie ich den Weg zurückfand. Irgendetwas schien meine Schritte zu lenken, zurück durch dieses verdammte Gefängnis.

Im Gewölbe unter der Kirche brannte eine einsame Fackel in ihrer Halterung. Es kam mir vor, als wäre bedeutend mehr Zeit vergangen, seit Calcraft mich hier gefunden hatte. Da war er noch am Leben gewesen …

Nicht jetzt! Ich schluckte den Gedanken herunter wie bittere Arznei.

Zwei Stufen auf einmal nehmend stieg ich die Treppe hinauf und sah zum ersten Mal die Kirche, in die Elizabeth mich verschleppt hatte. Und nicht nur das. Vorne am Altar brannten einige Kerzen, davor kauerte eine Gestalt in der lästerlichen Parodie eines stillen Gebets. Mich ließ diese Geste kalt. Ich hatte noch nie viel von Kirchen gehalten und würde sie ganz bestimmt nicht öfter aufsuchen, falls ich diese Sache unbeschadet überstehen sollte.

Falls.

Ich näherte mich der Gestalt. Die schwarzen langen Haare wirkten verfilzt, das Kleid schmutzig. Das Bild der schönen Elizabeth war längst in Flammen aufgegangen, war gänzlich gegen ihre hässliche Fratze ausgetauscht worden. Ihr ganzes Leben hatte sie mich nur benutzt. Und mich am Ende sogar dazu gebracht, meinen Meister zu töten.

»Schluss damit«, rief ich ihr entgegen. »Meinst du nicht, du hast genug angerichtet?«

Sie reagierte nicht, also setzte ich jeden weiteren Schritt bedächtig vor den anderen. Jetzt nur nichts Unüberlegtes tun. Calcrafts Worte kamen mir in den Sinn, und es fiel mir schwer, nicht erneut in der Trauer zu versinken, die nur darauf wartete, dass ich nachgab.

Plan? Es gibt keinen Plan. Hier helfen keine Manöver, keine ausgetüftelten Schachzüge. Sie ist irgendwo in dieser Kirche. Und wir müssen sie erwischen, bevor sie uns erwischt. Das ist alles.

Entschlossen schritt ich voran. Noch fünf Schritte. Ich öffnete die Schlinge des Stricks. Drei Schritte. Ich holte tief Luft. Zwei Schritte.

Ein Schritt.

Ich schnellte vor, legte ihren Hals in die Schlinge – und zog mit aller Macht zu.

Ihr leichter Körper fiel mir entgegen, ließ mich zurücktaumeln. Stroh … es war nur eine Strohpuppe!

Etwas verdunkelte die Kerzen des Altars. Bevor ich zur Seite rollen konnte, hatte sich Elizabeth auf mich gestürzt, das Maul voller spitzer Zähne weit aufgerissen.

»Du bist noch dümmer, als ich dachte!«, spie sie mir entgegen. Ekelerregender Gestank entströmte ihr wie einem Kadaver.

»Diesmal nicht!«, presste ich zwischen zusammengebissenen Zähnen hervor und warf sie ab. Ich flüchtete unter den Kirchenbänken hindurch und kam hinter dem Altar zum Stehen.

Nachdenken. Ich musste nachdenken!

Sie kam auf die Beine und schlich geduckt auf mich zu, die Arme ausgestreckt wie eine Krabbe, den Kopf schief gelegt. Da war nichts Menschliches mehr in ihr. »Was wirst du jetzt tun, so ganz allein? Wer wird dich retten, wo du doch deinen Meister mit eigenen Händen getötet hast? Ich sollte dir wohl dankbar sein, nicht wahr? Schon wieder.« Sie kicherte. »Richard Winters, der Held meines Lebens.« Sie senkte ihre Stimme auf ein tierisches Grollen herab. »Na los, bringen wir es hinter uns.«

Mit einem Satz war sie auf dem Altar und versuchte, mir den Strick zu entreißen. Gut! Er machte sie nervös. Ich schnellte zurück, griff hinter mich, bekam eine brennende Kerze zu fassen und schleuderte sie ihr entgegen. Sie erlosch, lenkte sie aber lange genug ab, um mir einige Sekunden Zeit zu verschaffen. Mit einem Schrei aus tiefster Seele stürzte ich mich auf sie, brachte sie mit meinem ganzen Gewicht zu Fall.

Wir krachten in eine Reihe Holzbänke. Wenn ich mich verletzt hatte, merkte ich es nicht. Etwas hatte in mir die Kontrolle übernommen, blendete alles aus. Alles außer diesem Ding, das sich unter mir wand wie eine Schlange.

Meine Welt war auf diesen Ausschnitt zusammengeschmolzen, alles andere existierte nicht. Es gab kein Gestern und kein Morgen, keinen Schmerz, keine Angst, keinen toten Calcraft. Es gab nur diesen Moment.

Als ich versuchte, den Strick um ihren Hals zu legen, konnte sie mich wegstoßen. Ihr Stiefel traf mich in die Rippen, doch ich registrierte es kaum. Ich wollte mich aufrichten, blieb mit einem Fuß unter einer Bank stecken – und ging zu Boden wie ein gefällter Baum.

Bleierne Schwere befiel mich, als würde ich unter einem Stein zermalmt. Ich wusste, wusste einfach, dass dies das Ende war. Ich hatte einen Fehler gemacht. Jetzt würde es ganz schnell gehen. Elizabeth erhob sich über mir, ein leichtes Lächeln auf den Lippen. Meine Gedanken huschten kurz nach Sheerness, zu Benjamin, verweilten einen Augenblick bei Rose, wanderten zu Calcraft, schossen dann wieder zu Rose zurück. Zu ihrem sanften Lächeln, zu ihrer Herzlichkeit. War das das berühmte Leben, das im Augenblick des Todes vorüberzog? Wieso war Rose das Letzte, das sich in meinem Verstand einbrannte? Dann, ganz plötzlich, wusste ich es. Wie konnte ich nur so blind gewesen sein für das, was sich direkt vor mir befand? Richard Winters, du bist als Narr auf diese Welt gekommen und wirst als Narr gehen.

Es sei denn … Meine Hände schlossen sich um die Kirchenbank, unter der mein Fuß eingeklemmt war. Elizabeth thronte über mir wie ein Aasgeier, schien meine Hilflosigkeit sichtlich zu genießen. Mit einem schmerzhaften Ruck zog ich an meinem Fuß. Irgendetwas knackte, eine Welle des Schmerzes überrollte mich. Doch ich war frei.

Nicht nur das: Der Schmerz schenkte mir Klarheit und stachelte meine Wut so sehr an, dass ich mich mit einem Aufschrei zur Seite rollte und hinter den Altar eilte.

»Elender Feigling«, zischte es hinter mir. »Ein Meister am Strick, aber ein Hosenscheißer, wenn es um den eigenen Tod geht.«

Ich verschwendete meine gewonnene Zeit nicht mit einer Antwort. Ein Plan. Ich brauchte einen Plan. Argwöhnisch beobachtete ich jeden ihrer Schritte. Diesmal war ich es, der sie langsam auf mich zukommen ließ, achtete genau auf jede ihrer Bewegungen. Bei der ersten Gelegenheit würde ich …

Wieder war sie schneller gewesen! Sie hatte angetäuscht, über den Altar zu springen, ich hatte einen Satz zur Seite gemacht – und schon war sie um den Altar herum und schleuderte mich zu Boden.

Sie presste mich auf den kalten Stein, ihr Gesicht dicht über mir. Beim Gedanken, dass ich diese Lippen geküsst hatte, wurde mir speiübel. Mit aller Wucht schmetterte ich meine Stirn in ihr Gesicht. Es knirschte, als ich ihre gebogene Nase traf, doch bevor ich mich aus ihrem Griff winden konnte, hatte sie ausgeholt und mir einen Schlag versetzt, der alle Kraft aus mir herauspresste. Nur noch halbherzig versuchte ich, sie von mir wegzudrücken. Schwächer und schwächer wurde meine Gegenwehr, schon sehr bald würde ich ihr nichts mehr entgegenzusetzen haben.

Da sah ich, dass ein Schemen hinter Elizabeth auftauchte. Ich konnte nichts Genaues erkennen, sah nur, dass der Schemen mit einen größeren Gegenstand ausholte … im nächsten Moment knackte es ganz fürchterlich und Elizabeth löste ihren Griff, sackte auf mir zusammen.

Ich wusste, dass man ein Wechselbalg nicht auf diese Weise töten konnte. Vielleicht reagierte ich deshalb so schnell. Ohne nachzudenken, schob ich sie hastig weg von mir, fand meinen Strick, legte ihn ihr um den Hals.

Das Scheusal auf dem Boden rührte sich. Ich musste schnell sein. Irgendetwas sagte mir aber, dass bei ihr etwas mehr nötig war als unser übliches Spielchen. Ich legte ihr den Strick um den Hals. Dann sah ich mich fieberhaft um. Da, gleich über mir, ein Balken! Ich hatte immer noch Calcrafts Strick. Wenn ich ihn um diesen Balken schlang … Würde er halten? Ich hoffte es. Ohne einen Gedanken an meinen unbekannten Retter zu verschwenden, warf ich das andere Ende des Stricks mit der geübten Bewegung eines Henkers über den Balken, zog probeweise daran.

Straff und fest.

Mit aller Kraft zog ich Elizabeth in die Höhe. Sie schlug mit Armen und Beinen um sich, gab entsetzliche Laute von sich, spuckte, geiferte. Wieder und wieder ließ ich den Strick los und zog ihn wieder hoch. Woher ich diese Kraft nahm, war mir völlig schleierhaft. Ich wagte nicht, länger darüber nachzudenken. Ich hatte Angst, dass sich der Zauber sonst urplötzlich in Luft auflösen würde.

Es knackte, ich spürte, wie etwas riss.

Elizabeths Körper hing schlaff und reglos über mir.

Ich ließ sie fallen und sank ermattet auf die Knie. Lichtpunkte tanzten vor meinen Augen, mir war, als hätten mich alle Lebensgeister verlassen.

Mit letzter Kraft wandte ich mich zu der Person um, die mir das Leben gerettet hatte. Sie beugte sich über mich, einen gewaltigen Kerzenständer in der Hand. Sie lächelte. Rose.

XLIV
Richard Winters

Ich hatte keine Ahnung, wie und wann wir ins *Golden Rose* zurückgekommen sind. Ich wusste nur, dass es für mich keinen schöneren Ort geben konnte, an dem ich nach diesen Ereignissen die Augen öffnen wollte.

Mein Zimmer.

Und nicht nur das. Auf einem Schemel vor dem Bett saß eine Person, die ich mehr vermisst hatte, als mir bislang bewusst gewesen war. Ich blickte in die warmen Augen von Benjamin Goldberg.

»Ich bin überglücklich, dass es dir gut geht, Richard«, waren seine ersten Worte an mich. Sie lösten eine Welle an Bildern, Empfindungen und Erinnerungen aus, auf die ich nicht vorbereitet war.

Nachdem meine Tränen vergossen und mein heiseres Schluchzen abgeklungen war, blickte mich Benjamin ernst an. »Wie ist es passiert?«

»Es war sie«, sagte ich mit belegter Stimme. »Sie hat uns in eine Falle gelockt. Sie …«

Benjamin schüttelte den Kopf. »Nicht nötig. Ich kann mir vorstellen, was sich zugetragen hat. William hat immer gewusst, was ihm noch bevorsteht.«

Ich war müde, unendlich müde, wollte nur noch schlafen. Vergessen. Noch mehr verlangte ich aber nach der Wahrheit. »Wie lange?«

Benjamin hob die Brauen. »Wie bitte?«

»Wie lange wussten Sie es schon?«

»Oh.« Er lächelte, als würde er sich an etwas längst Vergangenes erinnern. »Die ganze Zeit. Ich wusste es die ganze Zeit. Ich war es, der ihn aufgenommen hat.«

»Aufgenommen?«

Erst jetzt bemerkte ich das Buch, das er auf dem Schoß trug. »Steht alles hier drin«, meinte er und deutete auf den Ledereinband. »Ich habe es niedergeschrieben, vor langer Zeit und mithilfe einiger anderer Personen, die ihr Geld damit verdienen, Dinge zu erfinden und zu Papier zu bringen. William Calcraft war ein Wechselbalg, das die Grausamkeit seiner Art noch mehr verabscheut hat als die Menschen, die ihn verstießen, nachdem sie gemerkt hatten, was ihnen ins Haus gekommen war. Er war ein Ausgestoßener, weder lebendig noch tot, weder in ihrer Welt zu Hause noch in der unseren.«

Nach und nach wurden mir Dinge klar. Dinge, die nun, ausgebreitet und durchleuchtet, vollkommen logisch erschienen. Mein Meister hatte andere Wechselbälger gespürt, weil er selbst eines war. Er hatte sie gejagt, weil sie ihn zu einem Aussätzigen gemacht hatten.

»Wieso ging er nicht zurück? Ich dachte, sie haben eine eigene Welt.«

»Wer sie einmal verlässt, kann nie wieder zurück, es sei denn, er stirbt. Also kam er irgendwann nach London. Zerfressen von Hass, legte er sich mit jedem seiner Art an, den er finden konnte. Bei einem dieser Kämpfe wurde er übel zugerichtet. Ich fand ihn, auf einem Misthaufen nicht weit von hier. Ich war noch jung, konnte ihn tragen. Das war lange vor Roses Zeit. Ich nahm ihn bei mir auf, er vertraute sich mir an. Ich war es, der ihm empfahl, es als Henker zu versuchen.«

»Und jetzt ist er tot.« Wieder brannten meine Augen. »Es ist meine Schuld.«

»Unfug!« Benjamin sah mich entrüstet an. »Es ist ihre Schuld. Dein Meister wusste das. Er wusste, was auf dem Spiel stand. Und nicht nur das: Er ging gar nicht davon aus, diese Begegnung zu überleben.«

»Wollte er mich deshalb als Lehrling?«

»Deshalb. Und, um nicht immer so allein zu sein. Auch wenn er das natürlich nie zugegeben hätte«, fügte er lächelnd an.

Ich musste ebenfalls lächeln. »Die ganze Zeit dachte ich, dass er mir mit seinem Geschwätz vom Tod den Spaß am Leben verderben wollte. Jetzt weiß ich, dass es nur dazu da war, um mir zu zeigen, wie wertvoll das Leben ist.«

Benjamin nickte. »Das Leben, das er nie leben durfte.«

»Wissen Sie, was seine letzten Worte waren? ›Rede mit Benjamin. Er weiß Bescheid. Über alles. Aber vor allem … Vor allem überlebe diese Nacht‹«, zitierte ich ihn. Ich würde diese Worte nie vergessen.

»Gut gemacht. Er hat sich den Richtigen ausgesucht. Den, der seine verborgene Arbeit fortführen wird.«

Ich hatte den Impuls, etwas dagegen zu sagen, merkte aber, dass ich das gar nicht wollte. Alles schien plötzlich so klar. So einfach. Natürlich würde ich seine Aufgabe fortführen. Etwas anderes kam nach allem, was geschehen war, nicht infrage. Vielleicht nicht unbedingt als Henker, aber auf jeden Fall als Jäger.

»Dieses Buch«, fragte ich und zeigte auf das in Leder gebundene Buch. »Wieso haben Sie es geschrieben?«

»Oh, dahinter steckt eine wirklich gute Geschichte. William wusste, dass er als Henker vor allem einen grausamen und erbarmungslosen Ruf braucht, also hat er von Anfang an dafür gesorgt, dass es mehr Gerüchte und Legenden als Fakten über ihn gibt.« Ben klopfte sich an die Nase und sah mich wissend an. »Er war überaus clever darin, Leute Gerüchte in die Welt setzen zu lassen und dafür zu sorgen, dass ihm sein Ruf vorauseilte. Ich habe auch einige Dinge in dieses Buch geschrieben. Hier …«

Er schlug das Buch auf und blätterte eine Weile darin herum und zeigte mir stolz eine Stelle. »Seine Jahre, bevor er Henker wurde, sind beispielsweise vollständig von mir.«

Ich überflog die eine oder andere Passage. »Sie haben ihn sogar als Nachtwächter in einer Brauerei arbeiten lassen!«, gab ich erstaunt von mir. Die Vorstellung, dass mein Meister Pfeife rauchend zwischen Bierfässern patrouillierte, war aller Trauer zum Trotz zu komisch.

Auch Benjamin musste lächeln. »Als Schuhmacher gefiel er mir aber auch immer ganz gut.« Er blickte an seinen mitgenommenen Stiefeln herab. »Und nützlich wäre er dann auch noch gewesen.«

Er streckte mir das Buch entgegen. »Es ist deins, Richard. Schreib ihm ein Ende, das seine Legende am Leben hält.«

Ich nickte. Das war ich ihm schuldig. »Wer wird jetzt der Henker von London?«, wollte ich wissen.

»Zumindest nicht du, Richard, falls du das meinst. Du bist zu jung, so viel steht fest. Ich denke, William Marwood wird es werden. Das meinte dein Meister zumindest hin und wieder.«

»Und ich ... wie kann ich seine Aufgabe fortführen?«

»Es wird sich ein Weg finden lassen. Wenn William zu glauben ist, wird es in Bälde sowieso keine öffentlichen Hinrichtungen mehr geben.«

Ich nickte. »Deshalb war er ja so in Eile.«

Benjamin erhob sich. »Du wirst einen Weg finden, Richard Winters. Davon bin ich überzeugt.« Er legte mir die Hand auf die Schulter. »Aber natürlich darfst du so lange hierbleiben, wie du möchtest.«

Eine Welle der Dankbarkeit und Behaglichkeit durchströmte mich. Dann setzte ich mich ruckartig auf. Brennender Schmerz durchzuckte meinen Fuß an der Stelle, wo er eingeklemmt gewesen war. Egal, ich war glimpflich davongekommen.

»Wie geht es Rose?«, fragte ich unvermittelt. Ich konnte noch immer nicht glauben, dass sie tatsächlich dort gewesen war. Das war sie doch gewesen, oder? Sie kam mir vor wie ein Schutzengel, der über mich gewacht hatte. Der die ganze Zeit für mich da gewesen war, wenn ich nur einmal genau hingesehen hätte.

»Sie schläft. Es geht ihr gut. Sie ist ein wenig durch den Wind, doch ich denke, das ist den Umständen entsprechend zu verkraften.«

»Sie hat mir das Leben gerettet.«

Benjamin nickte. »Und sie würde es jederzeit wieder tun.«

XLV
Richard Winters

Leise öffnete ich die Tür. Durch das Fenster drang Sonnenschein herein.

Rose saß aufrecht im Bett, in ein Buch vertieft.

»Störe ich?«, fragte ich schüchtern.

Sie blickte auf und strahlte mich an. »Richard. Nein, überhaupt nicht. Komm doch herein.«

Wieso war mir früher nie aufgefallen, wie schön ihre Augen blitzten? Wie warm und beruhigend ihr Lächeln wirkte? Wie hübsch ihre Haare auf ihre Schultern fielen?

Ich sah mich um und nahm schließlich unbeholfen auf der Bettkante Platz. »Ich wollte mich bedanken.«

»Aber das hast du doch schon«, meinte sie sanft. »Gestern, in der Kirche.«

»Ich möchte es aber noch mal tun, weil ich mich nicht daran erinnern kann. Und außerdem … außerdem hättest du es verdient, dass ich mich ab sofort jeden Tag bei dir bedanke.«

»Nun hör aber auf. Ich konnte sie eh nicht ausstehen.«

Ich musste grinsen. Verstohlen nestelte ich in meiner Tasche.

»Was ist das?«, fragte sie.

»Schließ die Augen.« An diesem Morgen war mir urplötzlich klargeworden, was ich zu tun hatte. Ich legte ihr die goldene Rose in die Hand, die mir die unglückliche Dame auf der Brücke geschenkt hatte. »Und jetzt öffne sie.«

Roses Augen glänzten. »Oh, Richard, ist die wirklich für mich? Die ist wunderschön!«

Stürmisch umschlagen ihre Arme meinen Hals.

Manchmal, ja manchmal brauchte ich wirklich entschieden zu lange, um gewisse Dinge zu bemerken.

Ich blickte sie lange an. Dann stand ich auf, ging zur Tür, ließ sie leise ins Schloss fallen und setzte mich wieder auf die Bettkante. Rose war mir mit Blicken gefolgt, jetzt schauten wir uns tief in die Augen.

Ich wusste, was meine Aufgabe war. Ich wusste, dass ich William Calcrafts Lehrling war. Ich wusste, dass ich beim Besten gelernt hatte und diese Wechselbälger zur Strecke bringen würde.

Ich küsste Rose.

Aber das würde einen Tag warten müssen.

Nachbemerkung

Der Henker William Calcraft (1800-1879) galt als einer der grausamsten und fleißigsten Henker der englischen Geschichte. In seinen 45 Jahren im Dienste des Galgens brachte er es auf die unglaubliche Zahl von 450 Hinrichtungen. Er war weithin gefürchtet, aber auch verhasst, viele kreideten ihm Inkompetenz und Lust am Quälen an. Ich halte mich da zurück. Vieles von Calcrafts Leben liegt im Dunkeln, weswegen einige der in diesem Buch gemachten Annahmen historisch verbürgt, andere – wie etwa der Zeitpunkt und die Ursache seines Todes – frei erfunden sind. Ich weigere mich jedoch, einem Mann, der von Herzen gern Hasen züchtete, jegliche Sympathie abzusprechen – so finster dreinblickend er von seinen Zeitgenossen auch beschrieben werden mag.

Danksagung

Ich danke

Dave Sherwood für die grundlegende Idee. Er ist ein direkter Nachfahre Calcrafts und spielt außerdem Schlagzeug in der ziemlich coolen Band *Amulet*.

Charlotte für ihre niemals enden wollende Geduld, ein verlässliches Händchen bei der Namenswahl und die eine oder andere Ablenkung, wenn ich mich mal wieder zu tief in grausigen Gefängnisaufzeichnungen verfangen hatte. Danke, Naseweis.

London für niemals endende Inspiration. Wie sagte schon Samuel Johnson: »When a man is tired of London, he is tired of life.«

Björn Springorum wurde 1982 in Calw geboren. Nach dem Studium der Anglistik sowie der Alten Geschichte in Stuttgart machte er sich als freier Kultur- und Musikjournalist selbstständig, schrieb nebenher Romane und sah sich die Welt an.
Heute lebt und arbeitet er als Autor und Journalist in Stuttgart, teilt sich eine Wohnung mit mindestens zwei, eher aber drei Katzen und hätte gerne Tage, die 36 Stunden dauern. Wenn er nicht gerade schreibt, liest oder vorliest, erfreut er sich an gut bestückten Bücherregalen, ausgezeichnetem Essen und schmackhaften Weinen. Von Henkern und Galgen träumt er übrigens bis heute. Von London sowieso.

Mehr über unsere Bücher, Autoren und Illustratoren auf:
www.thienemann.de

Springorum, Björn:
Der Ruf des Henkers
ISBN 978 3 522 20216 9

Gesamtausstattung: Max Meinzold
Innentypografie: Tanja Haaf
Reproduktion: Medienfabrik GmbH, Stuttgart
Druck und Bindung: GGP Media GmbH, Pößneck

MIX
Papier aus verantwortungsvollen Quellen
FSC® C014496
FSC www.fsc.org

Vorsicht!

Hochspannung in Serie!

Alice Gabathuler

Lost Souls Ltd. – Band 1
Blue Blue Eyes

288 Seiten · Broschur
ISBN 978-3-522-20204-6

Lost Souls Ltd. – So nennt sich die Untergrundorganisation um den jungen Fotografen Ayden, den kaputten Rockstar Nathan und den charmanten Verwandlungskünstler Raix. Sie alle haben als Opfer von schweren Verbrechen überlebt und dabei einen Teil ihrer Seele verloren. Nun verfolgen sie nur ein Ziel: Jugendliche in Gefahr aufzuspüren und zu versuchen, sie zu retten. Dabei kämpfen sie gegen Entführer, Morder, das organisierte Verbrechen – und gegen die Dämonen ihrer Vergangenheit.

Alice Gabathuler
Band 2: Black Rain

288 Seiten · Broschur
ISBN 978-3-522-20205-3

Alice Gabathuler
Band 3: White Sky

288 Seiten · Broschur
ISBN 978-3-522-20206-0

Alice Gabathuler
Band 4: Red Rage

304 Seiten · Broschur
ISBN 978-3-522-20207-7

THIENEMANN
Wir schreiben Geschichten!

www.thienemann-esslinger.de